빈센트 반 고흐,
영혼의 그림과 편지들

◆ 일러두기

* 『빈센트 반 고흐의 편지 전집』(갈리마르 출판사)에서 선별하여 엮되, 날짜는 Van Gogh Museum과
  Het Huygens Instituut이 정리한 아카이브(vangoghletters.org)를 참고하였다.
* 그림 제목은 검색이 편리하도록 영어로 표기하였다.

빈센트 반 고흐,
영혼의 그림과 편지들

세상에서 나를 이해하는 유일한 사람,
내 동생 테오에게

빈센트 반 고흐 지음 | 이승재 옮김

더모던
Themodern

"사랑하는 테오야,

정겨운 편지와 동봉해준 50프랑 지폐, 고맙게 잘 받았다.

　네게 쓰고 싶은 이야기들이 많았는데, 그래 봐야 무슨 소용인가 싶어졌다. 그저 대표 양반들이 너를 다시 호의적으로 대해 주기를 기대해 본다.

　네 가정 생활이 화목하다고 설명하려고 애쓸 필요 없다. 좋은 면도, 아닌 면도 있는 걸 나도 잘 아니까. 게다가 아파트 5층에 살면서 아이를 키우려니 너나 제수씨나 얼마나 힘든 일이 많겠어.

　그러니 중요한 일이 잘되고 있다면 내가 왜 덜 중요한 일로 고집을 피우겠니. 내 말은, 다시 차분하게 그 일을 논의하려면 오랜 시간이 걸리겠다는 거야. 지금으로서는 할 말이 이것뿐이다. 그 사실을 깨닫고 두려웠고, 굳이 그런 심정을 감추지도 않았지. 하지만 그게 전부다.

　다른 화가들은, 속으로는 어떤 생각을 하는지 모르겠다만, 본능적으로 돈 문제는 논의를 회피하려고 해. 그래, 우리는 그림으로 말할 수밖에 없는 사람들인 거야.

　하지만 아우야, 예전부터 네게 한 말인데, 최대한 잘하려고 한결같이 집중하고 노력해 왔던 자로서 엄숙하게 다시 한번 말하마. 나에게 넌 그저 코로의 그림을 파는 미술상이 아니야. 내 그림을 중개만 한 게 아니라, 창작 과정에도 관여해서 작가의 역할까지 담당했고, 곤경 속에서도 중심을 잡아 주었어. 그게 우리의 관계야. 그게 다야. 지금 같은 위기에 네게 적어도 이 말은 해주고 싶었다. 미술상들 사이가 이토록 팽팽하게 긴장된 시기에는 말이야. 작고한 화가들의 그림을 파는 미술상과 생존 화가들의 그림을 파는 미술상 사이에.

　그래, 난 내 그림들에 목숨을 걸었고 그 대가로 내 이성의 절반이 무너져 내렸다. 좋아, 좋다구. 하지만 넌 일개 미술상이 아니잖아. 그러니까 난 널, 인간미가 넘치는 미술상으로 판단했었어. 그런데 넌 어째서……"

테오야, 우리 서로에게 영원한 친구가 되어 주자

의문의 총상 : 대체 그 밀밭에서 무슨 일이 있었나?

1890년 7월 27일 일요일, 어둠이 완전히 내린 무렵 한 남자가 옆구리를 움켜쥐고 라부 여관으로 들어왔다. 까마귀가 나는 광활한 밀밭에서 총을 맞고 기절해 있다가, 정신이 들자 인적 없는 시골길을 홀로 간신히 걸어온 참이었다. 3층의 장기 투숙객 빈센트 반 고흐였다. 깜짝 놀란 주인장 라부가 의사를 불렀고, 가셰 박사가 헐레벌떡 달려와서 응급 처치를 했고, 동생 테오가 파리에서 기차를 타고 급히 오베르로 내려왔다. 그런데 정작 사건의 당사자는 태연하게 침대에 앉아 담배를 피웠다. 괜한 소란을 피웠나, 방문객이 오히려 머쓱해지는 월요일이 지나가고 있었는데, 어둠이 내리며 병세가 급격히 악화되더니 결국 7월 29일 밤 1시 반, 서른일곱 살의 가난한 네덜란드 화가는 눈을 감았다.

구두 한 켤레
A Pair of Shoes, 1886년
캔버스에 유화, 37.5 × 45cm

테오는 이튿날 급히 형의 장례식을 치르고, 참석해준 형의 지인들에게 형을 기억해 달라는 의미로 그림들을 나눠 준 다음, 유품들을 정리하다가 미완의 편지를 발견했다. "난 그림에 목숨을 걸고 그 대가로 존재의 절반이 무너져 내렸는데, 넌 어째서……." 죽을 때 형의 품속에 있던 원망 가득한 편지, 수신인은 동생인 테오, 자신이었다.

'직장(화랑)을 그만둘 생각이고, 인상주의 화가들의 작품은 여전히 거래가 어렵다'는 테오의 편지에 대한 답장이었다. 하지만 답장은 이미 1주일 전에 왔다. 동생의 입장을 이해한다는 내용이었다. 그런데 진심은 원망과 불안이었던 모양이다. 이제야 뭔가 작품이 그려지기 시작했는데, 이제야 누군가 내 그림을 사주려고 하는데, '화가 공동체'의 꿈을 다시 펼치고 싶은데, 자꾸만 발작이 재발해서 건강과 정신을 잃어가는 현실이 갑갑했으리라. 게다가 유일한 후원자인 테오마저 부정적인 소식을 전해오자 서운했겠지. 다만, 보내지 않을 편지는 없앴으면 좋았을 것을, 원망 가득한 편지를 형의 유품으로 읽게 하다니 참 얄궂다. 공교롭게도 형을 보내고 6개월 만에 테오까지 세상을 떠나고 말기에 (1891년 1월 25일) 괜시리 속상한 마음이 더 커진다.

고갱과의 두 달 : 대체 반 고흐는 왜 귀를 잘랐나?

특히나 테오는 2년 전의 '그 사건' 후에 형을 요양원과 정신병원에 진짜 광인들과 함께 방치했다는 죄책감을 느껴왔던 터였다. 형이 파리로 가고 싶다고 계속 부탁했지만 못 들은 척했고, 그 사이 자신은 결혼을 해서 가정을 꾸렸고 아들도 태어난 참이었다. 하지만 무엇보다도 (형의 부탁이긴 했지만) 고갱을 아를로 보낸 것이 테오 자신이었다.

빈센트는 '화가 공동체'를 꿈꿨다. 예술과 생계 사이에서 고통 받는 가난한 화가들을 위해, 동료 화가들이 모두 참여해서 공동으로 그림값을 보장해 주는 시스템을 만들고 싶었다. 생활비 전액을 동생에게 지원받는 처지에 대한 변명이었을까. 어쨌든 반 고흐는 아를에 '노란집'을

자화상 혹은 테오의 초상화
Self-Portrait or Portrait of Theo van Gogh, 1887년
캔버스에 유화, 19×14.1cm

자화상
Self-Portrait, 1889년
캔버스에 유화, 57×43.5cm

마련했고, 첫 번째 동료로 폴 고갱을 꼽았다. 하지만 이국적인 마르티니크 섬이나 화려한 파리로 돌아가고 싶었던 고갱에게 아를은 매력이 없었다. 이 상황을 안타깝게 여긴 테오가 고갱을 설득했던 것이다.

1888년 10월 23일 해뜰 무렵, 폴 고갱이 아를 역에 내렸다. 그가 드라 가르 카페의 문을 열고 들어서자, 고갱의 자화상을 본 적이 있는 카페 주인 지누가 알아보고 노란집으로 안내했다. 고갱 방을 장식해 주고 싶어서 해바라기 그림을 엿새 만에 4점이나 그려가며 반 년째 고갱을 기다려 온 반 고흐는 환호했다. "이제 화가들의 공동체를 만들 수 있어. 고갱처럼 멋진 동료와 함께 지내며 그가 그림 그리는 모습을 곁에서 볼 수 있다니 얼마나 행운이야!"

그랬는데 정확히 두 달이 지난 12월 23일, 크리스마스를 이틀 앞둔

정물: 화병의 해바라기 열다섯 송이
Still Life: Vase with Fifteen Sunflowers, 1889년
캔버스에 유화, 95×73cm

밤에 빈센트는 자신의 왼쪽 귀를 잘랐다(정확히 말하면 귓불이었다). 조용한 시골 마을이 발칵 뒤집어진 건 불 보듯 뻔한 일. 경찰이 노란집으로 출동했고, 고갱은 테오에게 얼른 아를로 오라고 전보를 보내고는 자신은 서둘러 아를을 떠나 버렸다. 크리스마스의 악몽 같은 사건이었다.

반 고흐는 대체 왜 귀를 잘랐을까? 우울증이 심했던 빈센트가 고갱이 그린 〈해바라기를 그리는 반 고흐〉를 보고 '분명히 나인데 제정신이 아닌 것처럼 보여서' 분노했다고도 하고, 테오의 결혼 소식에 외톨이가 될까 봐 두려웠다고도 하고…… 확실한 건, 고갱은 노란집에 오고 나서 채 일주일도 되지 않아서 아를을 싫어했고 반 고흐가 이 사실을 눈치챈 것이다. "고갱은 이 기분 좋은 마을 아를, 우리가 함께 지내는 노란집, 특히 나한테 실망한 것 같아."

고흐는 절망했던 것 같다. 고갱과 함께 만들어 가려던 꿈이 시작도 하기 전에 좌초될 위기에 처했는데, 이 꿈은 테오를 위해서라도 꼭 성공해야 했다. 동생에게 후원을 받은 지 10년이 가까워지는데 제대로 그림 1점 팔지 못한 채 재료비만 쏟아붓는 중이었고, 하필이면 '몽티셀리처럼 물감을 반죽이라도 해놓은 듯 두껍게 칠하는' 채색(임파스토 기법) 때문에 물감 값을 더 보내라고 끊임없이 독촉하는 상황에 대한 타개책이었다. 그래서 두 달 동안 참았을 것이다.

하지만 테오도 이런 상황을 진즉에 알고 있었다. 고갱이 그림을 팔아 달라며 미술상인 자신에게 따로 쓴 편지에서, 형의 열정과는 대조적인 냉소와 비아냥을 읽었다. 그런데 동생 역시 형을 위해서 어떻게든 상황을 해결해 보려고 홀로 고군분투했다.

"우리 서로에게 영원한 친구가 되어 주자!"

테오는 형 빈센트를 사랑했다. 까탈스럽고 종잡을 수 없고 때론 공격적이지만, 미치광이 같은 행동 아래 감춰진 상처받은 영혼을 알았기에 안타까워했다. 유치할 정도로 거친 붓질 아래 숨겨진 천재성을 보았기에 형의 실패에 함께 아파했다. 하지만 너무나 극단적인 성향이어서 대체 어떻게 반응할지 알 수 없는 예민한 형에게는 조심스러운 격려 외에는 자유롭게 건넬 수 있는 말이 적었다. 형은 단순한 조언조차도 때로는 왜곡하고 격분했으니까.

빈센트가 왜 남들처럼 평범하게, 적당히 원만하게 사는 게 힘들었는지 정확히 알 방법은 없다. 그저 여러 원인을 추측해 볼 뿐이다. 자신이 태어나기도 전에 죽었던 1살 위 형의 무덤이 창밖으로 보이는 집에서, 생일 때마다 축하가 아니라 어머니의 통곡을 들으며 자랐기 때문일까. 유달리 예민한 감수성 탓에 사소한 사회적 신호들을 무던하게 흡수하지 못하고 방황하다가 영 사회 밖으로 튕겨져 나갔는지도 모르겠다.

다만 빈센트가 끊임없이 불화와 문제를 일으키는 내내, 테오는 형의 곁을 지켰다. 27세 늦은 나이에 화가가 되겠다는 무모한 선언을 응원했고, 팔릴 만한 예쁜 그림이 아니라 칙칙한 그림만 고집스럽게 그려도 이해했고, 수년째 발전이 없는 캔버스를 보고도 힐난의 말을 꾹 참았고, 그런데도 끝없이 이어지는 하소연과 비난과 요구도 묵묵히 들었다. 그렇게 10년째 외면받던 형의 그림이 드디어 1점(〈붉은 포도밭〉) 팔리고, 자신도 가족과 갓난아기를 데리고 네덜란드로 여름 휴가를 다녀온 지 얼마 안 된 평화로운 일요일 밤, 형의 사고 소식이 날아든 것이다.

1872년 9월, 열아홉 살의 형 빈센트와 열다섯 살의 동생 테오는 헤이그의 스헤베닝언 바닷가를 걷다가 풍차 앞에 멈춰서 약속했다. "우리, 서로에게 영원한 친구가 되어 주자" 그렇게 시작된 편지 교환이 평생 이어졌다. 한때 '빈센트 반 고흐'의 자화상인 줄 알았던 그림이 '테오도르 반 고흐'의 초상화였을 정도로 서로 닮은 형제. 그들이 주고받은 편지를 한 통 한 통 읽다 보면, 서로가 서로의 버팀목이 되어 주며 치열하게 노력하고 실패했던 삶이 오롯이 느껴져, 한없이 기뻐지고 한없이 슬퍼진다.

붉은 포도밭

The Red Vineyard, 1888년

캔버스에 유채, 75×93cm

정물: 노란 배경의 아이리스 화병

Still Life: Vase with Irises against a Yellow Background, 1890년

캔버스에 유화, 92×73.5cm

차례

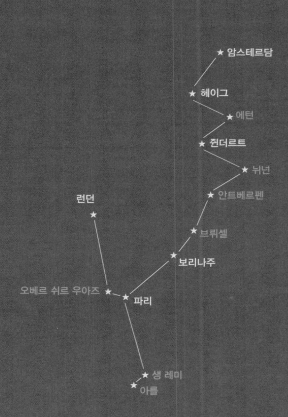

★ 암스테르담

★ 헤이그

★ 에턴

★ 쥔더르트

★ 뉘넌

★ 안트베르펜

★ 브뤼셀

보리나주

런던 ★

오베르 쉬르 우아즈 ★ ★ 파리

★ 생 레미
★ 아를

어긋난 사랑, 거듭된 실패

1

부모도, 여인도, 신도 나를 외면했다

Vincent

빈센트 반 고흐가 27세에 '화가가 되 겠다'고 했을 때 사람들의 반응은 냉랭했 다. 잘 다니던 구필화랑을 권고사직(!)으 로 그만둔 직후부터 지난 4년간 그는 모든 일에 실패했기 때문이다. 목회자가 되겠 다기에 일가친척들이 물심양면으로 지원 했는데 15개월 만에 대학입시에서 낙방했고, 여전히 뜻을 굽히지 않고 전도사 학교에 들어가지 만 파견지인 보리나주의 탄광촌에서도 쫓겨났다. 게다가 사촌누이인 케이를 사랑한다고 선언해서 네덜란드의 명문가 '반 고흐' 집안을 발칵 뒤집어 놓는 스 캔들까지 일으켰다. 그런데 이제 또다시 화가가 되겠다고 선언한 것이다. 빈센 트는 집안의 망신거리이자 문제아로 낙인찍혔고, 안타깝게도 그의 예술적 감 수성을 알고 있는 이는 4살 터울의 동생 테오뿐이었다.

빈센트는 1853년 3월 30일, 벨기에와 네덜란드 접경 지역(브라반트)의 소도 시 흐로트 쥔더르트의 동네 목사관에서 3남 3녀의 장남으로 태어났다. 여동생 아나가 태어난 다음 1857년 5월 1일에 테오도르 반 고흐가 태어났다.

빈센트는 과묵한 아이였고, 숲을 이리저리 홀로 거닐며 수첩에 그림을 그리 곤 했다. 개신교 목사인 아버지가 신도들의 가정방문을 멀리까지 다녀와서 들 려주는 숲길의 모습들을 눈을 반짝이며 듣던 아이. 12세에 기숙학교를 다녔지 만 큰 흥미를 못 느꼈고, 가정형편도 좋지 않아서 학업을 중단했다.

16세(1869년)에 미술상으로 큰돈을 번 센트 큰아버지의 주선으로, 테르스 테이흐 씨가 운영하는 구필화랑 헤이그 지점에 취직했다. 처음에는 서류 작업 이나 잡무를 하다가 미술품(복제화 및 판화) 판매를 맡았는데, 비르비종파 등 자연을 그린 작품들에 흥미를 느껴 스스로 다방면으로 공부하며 열심히 일하 게 되었다. 그런데 3년 후(1872년)에 동생 테오도 학업을 중단하고 구필화랑 브뤼셀 지점에 취직하니 형제는 서로를 애틋해 하며 의지했다. 거기에 판매 실 적이 좋았던 빈센트가 이듬해 런던으로 승진해 가고, 테오가 헤이그 지점으로 옮겨와 형의 빈자리를 채우며 형제의 공감대는 더 깊어졌다.

런던에 도착한 스무 살(1873년)의 빈센트에게는 승승장구할 날만 펼쳐질 것 같았다. 그는 틈날 때마다 미술관과 화랑들을 방문해 그림을 감상하는 즐거움을 누렸다. 이때 런던 도시빈민들의 빈곤한 삶을 목격하고 사회참여 소설을 찾아 읽었다. 그런데 짝사랑하던 하숙집 여주인의 딸 외제니 로이어로부터 비밀 약혼을 했다는 고백을 들은 후로 심각한 우울증세가 나타나기 시작했다. 부모님은 장남을 걱정했고 센트 큰아버지 역시 조카를 염려해서 파리로 근무지를 옮겨주지만(1874년) 빈센트는 무단결근까지 감행하며 런던으로 돌아와 배회했다. 결국 화랑 측이 해고를 통지하자 빈센트는 사표를 냈다. 23세(1876년)에 실업자가 되었다.

그는 다국어 구사 능력을 살려서 곧바로 기숙학교 교사로 취직했지만 무보수였기에 고민하다가, 목회자가 되어 설교를 하기로 결심했다. 아버지는 장남을 도르드레흐트의 서점에 취직시켜서 현실적인 해결책을 주려 하지만 빈센트는 여전히 제멋대로였다. 이에 아버지는 빈센트를 도와주기로 했다.

그래서 빈센트는 암스테르담 신학대학 입학시험 준비를 시작한다(24세). 얀 큰아버지와 스트리커르 이모부의 적극적인 지원을 받았는데 15개월 만에 나온 결과는 불합격. 빈센트가 뜻을 굽히지 않자, 아버지가 다시 브뤼셀의 복음주의 신학교에 입학시켰다. 하지만 여기서도 3개월 만에 교육과정에 반발하다가, 간신히 보리나주의 탄광촌으로 임시직 발령을 받아 파견된다(26세). 빈센트는 헌신적으로 사역을 펼치지만, 빈자들에게 옷까지 다 주고 자신은 맨바닥에서 자는 고행에 가까운 생활방식에 사람들은 곤혹스러워 했고, 교단은 '스스로 광부가 되는 것이 아니라, 광부를 신에게 인도하는 것이 전도자의 임무'라며 그를 해직시켰다.

1880년(27세), 빈센트는 신까지 자신을 외면해 버린 듯한 좌절 속에서 자신이 무엇을 하고 싶은지 곰곰이 생각했다.

'나도 무언가는 잘하는 사람이다. 나의 존재 이유가 분명히 있다. 나도 지금과 전혀 다른 사람이 될 수 있다. 그런데 과연 어디에 도움이 될 수 있을까? 무슨 일을 할 수 있을까? 내 안에 있는 그것, 그게 과연 무얼까?'

네가 항상 그립구나

사랑하는 테오에게

편지 고맙게 받았어. 이번에도 네가 무사히 도착했다는 소식을 들으니 기쁘구나. 떠난 첫날부터 네가 그립더니 오늘 오후에 집에 돌아왔을 때는 네 빈자리가 이루 말할 수 없이 허전하더라.

정말 즐거운 시간을 같이 보냈어, 그렇지? 비를 맞은 날도 있지만, 기회가 생길 때마다 여기저기서 이것저것 보았으니까 말이야.

이 끔찍한 날씨에 오이스테르베이크(학교)까지 오가야 하니 참 힘들겠구나. 어제 전시회를 기념하는 마차 경주가 열렸지만 궂은 날씨 탓에 점등식과 불꽃놀이는 미뤄졌어. 그걸 본다고 네가 계속 남지 않았던 게 다행이지. 하네베이크 씨와 로스 씨(하숙집) 가족이 네게 안부 전한다.

1872년 9월 29일 일요일, 헤이그

우리 형제가 같은 길을 걷게 되다니

사랑하는 테오에게

우리 형제가 이제 같은 일을, 그것도 같은 구필화랑에서 할 수 있게 됐다니 정말 기쁘구나. 앞으로는 편지를 자주 주고받아야겠다. 네가 떠나기 전에 한 번 더 볼 수 있으면 좋겠고! 만나면 할 이야기가 끝도 없겠어.

브뤼셀은 제법 괜찮은 도시지만 아마 처음에는 다소 생소하게 느껴질 수도 있을 거야. 어쨌든 또 편지해라. 잘 지내! 네가 보내 주는 소식이 얼마나 반가운지는 몇 번을 강조해도 모자랄 거야. 행운을 빈다.

1872년 12월 13일 금요일, 헤이그

화가는 아름다움을 보는 법을 알려주는 사람

사랑하는 테오에게

새해에는 좋은 일만 있기를 진심으로 기원한다. 화랑에서 네 능력에 만족한다는 소식, 테르스테이흐 씨에게 전해 들었어. 네 편지를 보니 너도 예술에 열정을 가지게 된 모양이구나. 아주 좋은 일이다, 아우야. 네가 밀레, 자크, 슈라이어, 랑비네, 프란스 할스 같은 화가들을 좋아한다니 기쁘구나. 마우베 형님 말마따나 "바로 그거야!" 그래, 밀레의 〈만종〉, 바로 그거야! 풍부하고도 시적이지. 너와 예술을 논하는 게 정말 좋지만, 지금으로서는 이렇게 간간이 편지로라도 자주 이야기를 이어가자. 아름다운 작품들을 최대한 많이 보고 느껴라. 사람들 대부분은 아름다움을 볼 줄도 모르거든.

　항상 여기저기 거닐어 산책을 많이 하고, 자연을 한껏 사랑해라. 그게

장 프랑수아 밀레 작
만종The Angelus, 1857~1859년, 캔버스에 유화, 55.5×66cm

만종(밀레 작품 모사)
The Angelus(after Millet)
1880년

바로 예술을 오롯이 진정으로 이해하는 길이야. 화가는 자연을 이해하고 사랑하는 이지. 그리고 우리에게 자연을 바라보는 법을 알려줘.

게다가, 착하기만 하고 나쁜 일이라곤 전혀 못 하는 화가들이 있지. 일반인들 중에도 선행 말고는 할 줄 아는 게 없는 이들이 있듯이 말이야.

이곳이 마음에 든다. 숙소도 훌륭하고 런던이라는 도시는 물론 영국의 생활양식과 영국인의 생활상을 관찰하는 것도 대단히 즐거워. 거기다가 내게는 자연과 예술과 시도 있지. 이런 삶이 부족하다면, 도대체 뭐가 더 있어야 충분하니? 그렇다고 네덜란드를 잊고 지내는 건 아니야. 무엇보다 헤이그와 브라반트는 내 머릿속에 늘 떠올라.

1874년 1월 초, 런던

내 마음속 시인은 요절한 게 아니라 잠들었기를

사랑하는 테오에게

센트 큰아버지가 또 오셨어. 단둘이 있을 때 이런저런 이야기들을 꽤 많이 나눴다. 혹시 네가 여기 파리 지점으로 올 수 있을지 여쭤봤어. 처음엔 넌 헤이그에 있는 게 훨씬 낫다며 잘 듣지도 않으시더라. 하지만 내가 거듭 말을 꺼냈으니 생각은 해보실 게다.

센트 큰아버지는 무섭도록 총명한 분이지. 지난겨울, 내가 여기 파리에서 지낼 때 대화 도중에 불쑥 이런 말씀을 하시더라. "내가 초자연적인 건 잘 모른다만, 자연에 관해서는 모르는 게 없지." 정확한 말씀은 기억나지 않지만 대충 그랬어. 한 가지 더 알려 주자면 당신이 가장 좋아하는 그림 중 하나가 샤를 글레르의 〈부서진 환상〉이야.

생트 뵈브가 말했어. "무릇 사람들은 마음속에 요절한 시인을 묻고서 살아남았다." 뮈세 말은 또 달라. "우리 마음속에는 젊고 활기찬 시인이 잠들어 있다." 센트 큰아버지는 전자일 거야. 네가 어떤 양반을 상대하는 건지 잘 알고, 조심하라는 말이다! 네가 이곳 파리나 런던으로 가겠다고 분명히 말씀드려.

일전에 아버지가 편지에 쓰셨어. "'비둘기처럼 솔직하라'고 말했던 입술로 곧바로 '뱀처럼 신중하라'고 말한다." 너도 이 점을 항상 명심해라.

추신 : 혹시 화랑에 메소니에 작품의 사진들이 있니? 있다면 자주 들여다봐라. 주로 사람들을 그리는 작가지. 〈창가에서 담배 피우는 사람〉과 〈점심 식사하는 청년〉 등은 아마 너도 알고 있을 거야.

1875년 7월 15일 목요일, 파리

나더러 화랑을 떠나라더라

사랑하는 테오에게

지난번에 만나고 아직 네게 편지를 못 썼다. 그동안 무슨 일이 있었는데, 전혀 예상하지 못했던 건 아니었어.

부소 사장님(구필화랑을 부소 앤 발라동 화랑이 인수했다)을 다시 만났을 때, 혹시 존경하는 사장님께서 올해도 내가 이 화랑 직원으로 일하는 걸 긍정적으로 생각하시는지 여쭤봤어. 물론 사장님께서 나를 심하게 나무라신 적이 없다는 점도 분명히 상기시켜 드렸지.

그게 또 사실이기도 하고. 그런데 존경하는 사장님께서 딱 내가 하려던 말을 가로채시지 뭐냐. 그러니까, 나더러 4월 1일 자로 화랑을 떠나라더라고. 그러면서 그간 회사에서 내게 이것저것 가르쳐 준 사람들에게 고마워하라더라.

사과가 익으면 산들바람에도 나무에서 떨어진다지. 내 경우가 꼭 그래. 그동안 영 잘못된 일들도 해왔으니 나도 딱히 할 말은 없어.

그래서 말인데, 아우야, 앞으로 무슨 일을, 어떻게 해야 할지는 다소 앞이 캄캄하다만, 그래도 희망과 용기를 잃지 않도록 힘쓰려 한다.

이 편지는 테르스테이흐 씨께도 보여드리면 좋겠다. 존경하는 사장님도 곧 알게 되겠지만 지금으로서는 다른 사람에게 말하지 말고 아무렇지 않게 행동해 주면 좋을 것 같다.

1876년 1월 10일 월요일, 파리

날개도 없는데 서서히 위로 올라가는 담쟁이덩굴처럼

사랑하는 테오에게

어제 코르 큰아버지가 이 편지지와 비슷한 낡은 종이 뭉치를 얻어 주셨어. 연습장으로 유용하게 쓸 수 있겠지? 할 일이 너무 많은데다가 쉬운 일들도 아니야. 하지만 끈기 있게 파고들면 해낼 수 있겠지. 담쟁이덩굴을 마음속에 담아둘 거야. '날개도 없는데 서서히 위로 뻗어 올라가서' 벽을 뒤덮는 담쟁이덩굴처럼, 펜으로 종이를 뒤덮어야지.

매일 산책한다. 얼마 전에는 홀란츠허 스포르 역으로 가려고 바위텡칸트로 내려가다가 아주 근사한 동네를 지나갔어. 일꾼들이 모래를 잔뜩 실은 수레를 끌고 이에 강변을 따라 이동하는 장면도 구경하고, 담쟁이덩굴이 가득한 정원이 딸린 온갖 골목길도 돌아다녔지. 흡사 램스게이트에 온 기분이었어. 역 옆에서 풍차들이 서 있는 왼쪽으로 꺾어서 운하를 따라 느릅나무가 늘어선 길로 들어가니, 그곳 풍경은 꼭 렘브란트의 동판화 같았고.

조만간 스트레크푸스의 책으로 역사 공부를 시작할 계획이야. 엄밀히 말하면 이미 시작했다고 해야겠지. 쉽지는 않을 거야. 언제 끝날지도 모르고. 하지만 한 단계씩 해야 할 일만 제대로 해나가면 언젠가는 분명히 성과를 내리라 믿어. 또 그러길 간절히 바라고. 하지만 시간은 걸릴 거야. 나 이전에도 무수히 많은 사람들이 경험한 일이니까. 코로도 말했잖아. '고작 40년간 작업하고 생각하고 관심을 기울인 게 전부다.' 아버지나 스트리커르 이모부를 비롯한 여러 분들도 지금의 결과를 얻기까지 무수히 연습해야 했을 텐데, 그림 그리는 일도 그래. 그런데 종종 이런 생각도 든다. '내가 과연 그럴 수 있을까?'

1877년 5월 19일 토요일, 암스테르담

아니에르의 리스팔 레스토랑
The Rispal Restaurant at Asnières, 1887년
캔버스에 유화, 72×60cm

레스토랑 내부
Interior of a Restaurant, 1887년
캔버스에 유화, 45.5 × 56.5cm

나는 새장 속의 새처럼 게으를 뿐이지
책과 그림에 누구보다 열정적인 사람이다

◆ 빈센트는 거듭된 실패의 와중에 테오가 "그만두라"고 말했다는 이유로 화가 나서 편지를 뚝 끊었는데, 부모님에게 그동안 생활비를 지원해 준 사람이 테오였다는 말을 듣고서 다시 펜을 들었다.

사랑하는 테오에게

네게 편지하는 일이 썩 내키지가 않아서 그간 소식을 끊었었다. 여러 이유가 있어. 네가 어느 정도 남처럼 느껴지고, 나도 네게 그런 존재 같다. 아마도 네가 생각하는 것 이상으로. 그러니 이런 관계를 굳이 유지해 봐야 서로에게 좋을 게 없어.

네게 편지해야 한다는 의무감만 안 들었어도, 또는 그럴 필요만 없었어도, 이 편지는 쓰지 않았을 게다. 에턴(당시 아버지의 부임지)에서 소식 줬다. 네가 내 앞으로 50프랑을 보냈다고. 뭐, 그래서 받았지. 마지못해서 우울한 마음으로. 막다른 골목에 몰린 듯한 혼란스러운 처지라 어쩔 수가 없구나. 그래서 고맙다는 말을 전하려고 펜을 들었어.

알고 있겠지만 난 보리나주로 돌아왔다. 아버지는 에턴 근처에 있으라고 하시지만 내가 거절했지. 아무리 생각해도 잘한 결정이다. 본의 아니게, 가족들에게 이미 난 골치 아픈 존재, 이해할 수 없는 인간, 영 믿을 수 없는 인간이 되어 버렸으니 가까이 있다 한들 누구에게 도움이 되겠어? 내가 집을 떠나 적당한 거리를 두고, 마치 존재하지 않는 것처럼 사는 게 모두에게 이롭고 가장 합리적인 최선의 결정이라고 판단했다.

새들이 깃털을 바꾸는 털갈이 시기가, 우리 인간에게는 시련과 불행을 겪는 역경의 시기야. 털갈이 도중에 멈춰 버릴 수도 있지만 새롭게 거듭나 그 과정을 박차고 나올 수도 있지. 하지만 그게 남들 앞에서 드러내고 할 일은 아닌 게, 그리 즐겁고 유쾌한 일이 아니거든. 그래서 안

26

보이는 곳으로 숨어드는 거야. 어쨌든 내 마음이 그렇다. 온 가족에게 잃었던 신뢰를 되찾는 건 절망에 가까울 정도로 어렵다. 편견 없는 신뢰를 회복하고 그에 맞먹는 명예나 품위와 관련된 자질을 보여주는 것도 마찬가지로 힘들겠지. 하지만 앞으로 서서히, 그러나 확실하게 회복될 거라는 믿음을 완전히 버린 건 아니다.

그래서 무엇보다 우선은, 아버지와 나 사이의 진정한 관계 회복을 바란다. 그다음에는 당연히 너와의 관계도 나아지기를 바라고. 서로를 진심으로 이해하는 게 오해하는 것보다는 백번 낫지 않겠니.

나라는 사람은 열정적이어서, 엉뚱한 일을 벌이고 나중에 후회하는 경우가 좀 많다. 인내하며 차분히 기다리는 게 나을 때, 성급하게 말을 내뱉거나 행동에 옮기는 일도 잦고. 그런데 아마 나 말고도 이렇게 경솔하게 행동하는 사람들이 있겠지.

그럴 때 과연 어떻게 해야 할까? 경솔하게 행동한 사람들은 스스로를 위험하고 아무짝에도 쓸모없는 인간이라고 자책해야 할까? 내 생각은 달라. 오히려 모든 방법을 동원해 그 열정을 긍정적으로 활용해야 해. 한 가지만 예를 들어보자. 나는 책에 대해서만큼은 열정을 억누를 수 없어. 끊임없이 지식을 쌓고 공부하고 싶어. 매일 빵을 먹고 싶은 것과 똑같아. 난 그림과 예술작품에 둘러싸여 지낼 때도, 그 작품에 열광적으로 빠져들었지. 그 일을 절대 후회하지 않아. 그리고 그 세계에서 멀리 떨어져 지내는 지금도 여전히 그림 나라가 그리워.

너도 기억할 거야. 난 (과거에도 그랬고 지금도 여전히) 렘브란트와 밀레에 관해서라면 거의 모든 걸 알지. 쥘 뒤프레, 들라크루아, 밀레이, M. 마리스 등도 마찬가지야. 그런데 (지금은 더 이상 그런 환경에 있지 않으니) 영혼이라고 불리는 게 결코 죽지 않고 살아남아서, 영원히 찾고 찾고 또 찾아다니더라. 그러니 향수병에 젖어 그리워하느니 차라리 어디나 다 내 고향이고 내 나라로 여기자 마음먹었어. 절망에 빠져드는 대신, 힘닿는 한 활동적으로 우울하게 지내는 길을 택했지. 생기 없고 정

**석고상, 장미와
소설책 두 권이 있는 정물**
Still Life with Plaster Statuette,
a Rose and Two Novels
1887년, 캔버스에 유화
55 × 46.5cm

체된 채로 절망에 빠져드는 우울함이 아니라, 우울한 기운을 희망하고
갈망하고 찾아 나서는 쪽으로 활용했다는 뜻이야.

그래서 성경과 미슐레의 『프랑스 혁명』을 제법 진지하게 열독했어.
지난겨울에는 셰익스피어, 빅토르 위고, 찰스 디킨스, 비처 스토우 등을
읽었고, 최근에는 아이스킬로스 같은 고전과, 고전까지는 아니어도 나
름 명작에 가까운 작품들도 들여다봤어. 파브리티우스나 비다 등등.

이런 작품들에 심취한 사람은 남들 눈에는 충격적으로 비칠 수도 있
어. 그래서 본의 아니게 특정 관습이나 예법, 사회상규에 어긋나는 죄를
범하게 될 때도 있고. 무조건 나쁘게만 보는 시선이 정말 유감스럽다.

너도 알다시피 나는 옷차림에 거의 신경을 쓰지 않잖아. 남들이 눈살
을 찌푸릴 만도 해. 하지만 그건 가난과 빈곤 때문만이 아니라, 심히 낙

담한 마음 때문이야. 때로는 관심 분야를 깊이 파고드는 데 필요한 자발적 고독을 확보하기 위해서기도 해.

그래, 내가 그럴듯한 직업도 없이 떠돌아다닌 게, 정확히는 기억나지 않지만 5년쯤 됐다. 이제 다들 나보고 이렇게 말해. 언제부턴가 쇠퇴하기 시작하더니 시들시들해져서 아무것도 안 한다고. 과연 그럴까? 간간이 밥벌이는 했어. 몇몇 친구들이 선의로 준 돈도 받았고. 근근이 먹고 살아온 게 사실이지. 또한 주변인들에게 신뢰를 잃은 것도, 호주머니 사정이 처참한 지경인 것도, 미래가 암담한 것도, 더 잘할 수 있었던 것도 사실이야. 밥벌이를 하겠다면서 시간을 낭비했고, 그간 알량하게 했다는 공부도 서글프고 절망적인 상황이다. 그런데도 부족한 것투성이고, 어디가 끝일지도 모르겠어. 하지만 그렇다고 해서 날 쇠퇴했다고 말할 수 있을까? 내가 아무것도 안 했다고 할 수 있냐는 거야.

그러면 이렇게 묻겠지. 그럼 왜 계속하지 않았느냐고. 다들 바랐던 것처럼 대학에 가지 그랬느냐야. 내 대답은 하나뿐이야. 학비가 너무 비쌌어. 그렇다고 그 미래가 지금 내가 가고 있는 길과 연결되는 미래보다 더 낫다는 보장이 있어?

난 지금 이 길로 계속 걸어가야 해. 아무것도 하지 않고, 공부도 하지 않고, 찾아다니지도 않으면, 내 삶은 실패로 끝날 텐데 이런 불행이 또 있을까!

그러면 또 이렇게 묻겠지. 궁극적인 목표가 무엇이냐고. 그건 차차 명확해질 거야. 서서히, 하지만 확실하게. 마치 크로키가 데생이 되고, 데생이 그림이 되듯, 진지하게 파고들면 어렴풋하고 모호하던 생각이, 아이디어가 되어 뇌리를 스치고 결국 확실한 의견으로 굳어지는 거야.

전도사 생활이나 예술가 생활이나 사실 크게 다를 것도 없어. 옛 학파들은 낡은 구시대적 관습을 고집해. 이 '혐오스럽고 폭압적인 존재들'은 편견과 관례라는 철갑옷을 두르고 주도권을 손에 쥐면 관료주의 체제를 동원해 자리를 마음대로 주무르고 편애하는 자들의 뒤를 봐주느라 능력자들을 배제하지.

불평을 늘어놓자거나 내가 틀렸을 수도 있는 부분들을 변명하려는 게 아니야. 단지 이 말을 하고 싶었다.

지난여름 네가 찾아왔을 때, '라 소르시에la sorcière(마녀)'라고 부르는 폐광 근처를 지나다가 예전에 레이스베이크의 오래된 운하와 풍차 주변을 거닐던 일을 떠올렸지. "전엔 우리가 많은 부분에서 생각이 같았는데, 언젠가부터 형과 달라졌어. 예전 같지 않아." 천만의 말씀! 전혀 그렇지 않아. 달라진 게 있다면, 그땐 내 삶이 조금 덜 힘들었기에 내 미래가 덜 암울해 보였던 거야. 또 내면을 들여다봐도, 내 시선과 사고방식은 달라진 게 없고, 단지 그때 생각하고 믿고 사랑했던 것들을 이제는 더 진지하게 생각하고 믿고 사랑한다는 것뿐이야.

헤이그 근처의 풍차 The "Laakmolen" Near The Hague
1882년, 수채화, 37.7 × 56cm

그렇기 때문에 내가 이제는 렘브란트, 밀레, 들라크루아 같은 화가들에 대한 관심이 식었다고 생각하는 건 오해야. 정반대거든. 다만, 믿고 사랑해야 할 대상이 여럿으로 늘었지. 셰익스피어의 작품 속에 렘브란트적인 요소가 있고, 미슐레 속에 코레조가, 빅토르 위고 안에 들라크루아가 담겨 있어. 마찬가지로 복음서에 렘브란트의 일부가, 렘브란트의 그림에 복음서의 이야기가 표현되어 있어. 결국, 모든 게 대부분 똑같다는 뜻이야. 있는 그대로 듣고 이해하고, 악의적으로 왜곡하려 들지 않고, 원래 가지고 있는 개성을 깎아내리지 않고 비교 대상을 동등하게 바라봐야 한다는 거지. 그래서 버니언의 책에 마리스나 밀레가, 비처 스토의 책에 아리 쉐페르가 담겨 있는 거야.

그림을 너무 깊게 파고드는 열정을 이해하고 용인할 수 있다면, 책에 대한 사랑 역시 렘브란트에 대한 사랑만큼 신성하다는 사실을 인정해야 할 거야. 나는 책과 그림, 두 분야에 대한 사랑이 상호보완적이라고 생각하거든.

그러니까 내가 이것도 저것도 다 부정한다고 생각해선 안 돼. 믿음을 버린 사람처럼 보이겠지만 내면에 나만의 믿음을 간직하고 있을 뿐만 아니라 아무리 달라졌다고 해도 난 여전히 같은 사람이야. 내 고민거리는 오직 이거 하나야. 나는 어디에 도움이 될까, 어떻게든, 누구에게든 도움이 되고 유용한 사람이 될 수 있을까? 어떻게 하면 이런저런 지식을 더 많이, 더 깊이 알 수 있을까? 이런 고민거리가 끊임없이 날 괴롭히고 있어.

게다가 가난에 발목이 잡혀서, 이런저런 일에서 배척당하고, 꼭 필요한 것들도 언감생심 꿈도 못 꾸는 처지야. 그러니 우울할 수밖에 없고, 우정이나 고귀하고 진지한 사랑이 있어야 할 자리에 공허함만 느껴지고, 사기를 통째로 꺾고 좀먹는 끔찍한 좌절감에 시달릴 뿐만 아니라, 운명은 애정이라는 본능에 장벽을 세워 가로막는 것만 같고, 역겨움에 구역질이 솟구치기만 해. 그래서 이렇게 외치곤 한다. "도대체 언제까지입니까, 주님!"

이제 어떻게 하면 좋을까? 내면에서 일어나는 변화가 외부로도 표현될까? 마음속에는 커다란 화덕이 있는데 불을 쬐러 오는 이 아무도 없고, 지나가는 이들은 그저 굴뚝에서 나오는 작은 연기만 쳐다보다가 가던 길을 그대로 간다.

인간은 누구나 가끔은 멍한 순간을 겪는다. 그런데 간혹 남들보다 더 멍하게, 더 깊은 몽상에 빠지는 사람이 있어. 내가 그래. 내 잘못이지. 그런데 다 이유가 있었어. 이런저런 이유로 딴 데 정신이 팔렸거나 불안에 떨었던 거야. 하지만 다시 제대로 일어설 수 있어. 몽상가는 이따금 우물에 빠지기도 하지만 곧 다시 밖으로 걸어 나온다고 하잖아.

멍해 보이는 사람도 일종의 보상처럼 순간순간, 정신이 또렷해질 때가 있어. 사람은 누구나 나름의 존재 이유가 있거든. 그걸 첫눈에 알아보지 못하거나, 대부분 본의 아니게 정신이 팔려 깜빡 잊고 지나치는 거지. 그런데 이 사람은 폭풍우가 몰아치는 바다 위에서 이리저리 흔들리며 오랜 세월을 견딘 끝에 목적지에 도달하게 돼. 쓸모없는 인간 같았고, 어느 자리에서도, 아무 일도 못 할 것 같았던 사람인데, 번듯하게 자리를 잡고는 언뜻 봤을 때와는 달리 적극적으로 능력을 펼쳐 보이는 거지. 솔직히, 지금 펜이 흘러가는 대로 이 글을 쓰고 있긴 하지만, 네가 나를 게으르고 나태한 인간으로 보지 않았으면 하는 바람이 크다.

왜냐하면, 게으른 사람 중에도 결이 다른 사람이 있거든.

천성이 비열하고 성격이 나태하고 무기력해서 게으른 사람이 있다. 네가 날 이렇게 여겨도 할 수 없지.

그런데 결이 다르게 게으른 사람은 어쩔 수 없이 게으른 거야. 속으로는 무언가를 하고 싶은 욕구가 타들어 가는데도 아무것도 하지 않는 사람이야. 왜냐하면, 형편상 아무것도 할 수 없고, 일종의 감옥 비슷한 환경에 고립돼 있으며, 생산적인 일을 하는데 필요한 것들을 갖추지 못한 데다, 운명이 그를 이 지경으로 만들어놨기 때문이야. 이 사람은 언제나 자신이 뭘 해야 할지 스스로 깨닫지 못하지만, 본능적으로는 느껴.

나도 무언가는 잘하는 사람이다. 내 존재 이유를 느낄 수 있다! 나도 지금과 전혀 다른 사람이 될 수 있다! 나는 과연 어디에 도움이 될 수 있을까? 무슨 일을 할 수 있을까? 내 안에 있는 그것, 그게 과연 무얼까!

네가 나를 이렇게, 결이 다른 게으른 사람으로 여긴대도 상관없다.

새장에 갇힌 새도 봄이 찾아오면 자신이 잘하는 게 있다는 걸 누구보다 잘 알고, 해야 할 일이 있음도 강렬히 느껴. 그런데 그렇게 할 수가 없어. 왜일까? 할 일이 기억나지 않고, 생각이 모호해지다가 이런 생각이 들거든. '다른 새들은 둥지를 만들고 새끼를 낳아 키우잖아.' 그러고는 새장 창살에 머리를 들이받아. 하지만 새장은 멀쩡하고 새만 머리가

고요한 날씨의 스헤베닝언 해변
Beach at Scheveningen in calm weather, 1882년, 패널 위 종이에 유화, 35.5×49.5cm

깨질 듯 아파 고통스럽지.

"이런 게으름뱅이가 있나." 지나가던 다른 새가 한마디 던져. 돈이 많아 놀고먹는 녀석이라고. 그런데 새장에 갇힌 새는 죽지 않고 그대로 살아남아. 안에서 벌어지는 일이 밖으로 드러나지 않거든. 그냥 건강히 지내고 햇살을 받으며 그럭저럭 즐겁게 지내는 거야. 다만 철새들이 이동하는 계절이 찾아오면 침울해지지. 새장 속의 새를 봐주는 아이들이 묻는 거야. 필요한 건 다 가지고 있지 않냐고. 새는 천둥 번개가 내리칠 것처럼 먹구름으로 가득 찬 하늘을 올려다보면서 속으로는 운명에 맞서고 싶은 반항심을 느끼게 돼. "나는 새장에 있어, 새장 안에. 그러니 부족한 게 있을 리 있겠어, 이 멍청이들아! 내겐 없는 게 없다고! 다만 부디, 자비를 베풀어서 다른 새들처럼 날 수 있는 자유를 달라고!"

결이 다른 게으른 사람은 이 새장 속의 새 같은 사람이야.

사람들은 이따금 뭔지 모르지만 끔찍하고 소름 끼치고 아주 흉측한 감옥 같은 곳에 갇혀서 아무것도 할 수 없을 때가 있어.

그리고 내가 아는 한, 해방의 시간 역시 찾아와. 뒤늦게라도 해방의 시간은 꼭 온다. 부당한 이유든 정당한 이유든 금 간 명성, 가난, 피할 수 없었던 운명, 불행, 이런 것들이 감옥의 죄수를 만들어내는 거야.

우리를 가두고, 가로막고, 묻어 버리려는 주체가 무언지는 여전히 알 수 없지만, 빗장, 철창, 벽은 여전히 느낄 수 있어.

이 모든 게 그저 상상의 산물일까? 난 그렇게 생각하지 않아. 그러면 이렇게 자문하겠지. 주님, 이게 얼마나 오래 갈까요? 앞으로도 계속 이어질까요? 영원히 계속될까요?

이 감옥을 사라지게 하는 게 뭔지 알아? 바로 진지하고 깊은 사랑이야. 친구가 되는 것, 형제가 되는 것, 사랑하는 것, 그게 바로 전능한 힘으로, 강력한 마법으로 감옥의 문을 여는 열쇠가 되는 거야. 하지만 그 사랑을 갖지 못한 이들은 그렇게 죽음 안에 머무는 거지.

연민의 정이 태어나는 곳에 생명이 태어나는 거야.

그 감옥은 시시각각 다른 이름으로 불려. 편견, 오해, 이런저런 것에 대한 치명적인 무지, 불신, 왜곡된 수치심.

다른 이야기를 하자면, 내가 꺾이고 시들해지는 동안 넌 우뚝 일어섰다. 내가 연민을 잃었다면 넌 그걸 얻었고. 난 그래도 만족해. 진심이고, 앞으로도 계속 기뻐할 거야. 만약 네가 경솔하고 가벼운 사람이었다면 내가 걱정했겠지. 기쁨의 날이 길지 못할 테니까. 하지만 너는 분명 진지하고 사려 깊은 사람이니 오래도록 기뻐하리라고 믿는다. 다만, 네가 이 형을 형편없는 게으름뱅이가 아닌 다른 존재로 바라봐 준다면 마음도 편하겠구나.

그리고 혹시라도 형이 널 위해 할 수 있는 게 있다면, 네게 도움이 될 만한 일이 있다면 언제든 이야기해라.

내가 네 도움을 받았듯, 너도 내 도움을 받을 수 있는 거니, 어떤 식으로든 내가 도울 일이 있을 때 주저 말고 말해주면 좋겠다. 신뢰의 의미로 생각하마. 서로 떨어져 살았던 만큼 여러 면에서는 달리 보고, 달리 생각할 수도 있겠지만, 언젠가는 서로 도울 일이 있을 거다.

1880년 6월 22일 화요일에서 24일 목요일 사이, 보리나주

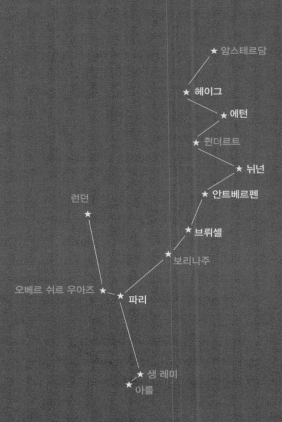

★ 암스테르담

★ 헤이그

★ 에턴

★ 쥔더르트

★ 뉘넌

★ 안트베르펜

런던
★

★ 브뤼셀

★ 보리나주

오베르 쉬르 우아즈 ★ ★ 파리

★ 생 레미
★ 아를

화가의 도시, 파리로!

2

나의 꿈은 그림이고, 화가였더구나

화가가 되고 싶다는 빈센트의 결심이 느닷없는 것은 아니었다. 화랑에서 일하면서 바르비종파 화가들의 풍경화 복제화를 수집하기 시작했고, 런던 시절에는 휴일마다 화랑과 미술관을 섭렵하며 좋아하는 화가가 54명으로 늘어났고, 거기에 찰스 디킨스나 에밀 졸라 등의 문학 작품을 탐독해서 런던의 빈민이며 보리나주 탄광촌의 빈곤 문제에 관심을 가졌다. 자연히 밀레를 좋아하게 되었고, 가는 곳마다 풍경과 인물을 데생하는 것이 일상이었다. 도르드레흐트의 서점에 근무할 때부터는 본격적으로 그림을 시작했다고 봐도 무방했다. 이미 그림은 그의 삶에 깊숙이 들어와 있었다. 어쩌면 눈앞에 빤히 보이는 길을 두고 먼 길을 돌아온 셈이었다. 차곡차곡 쌓인 문화적 소양이 그림으로 폭발할 기회만 엿보고 있었다.

빈센트가 '직장, 친구, 가족, 신, 미래(희망)'로부터 버림받았다고 느끼던 암흑의 시기, 그는 전도사 직에서 쫓아내지 말아달라고 통사정이라도 해보려고 100킬로미터를 걸어서 브뤼셀의 학교로 찾아갔다. 자신이 그린 광부들의 데생을 옆구리에 끼고서. 피테르선 목사는 이 젊은이를 가엾게 여겼고 그의 데생을 훌륭하게 보았다. 그래서 미술 공부를 해보라고 진지하게 권하며 응원했다. 뜻밖의 칭찬 한 마디에 빈센트는 화가로 첫발을 내딛는 큰 용기를 얻었다.

하지만 가족들은 장남이 이제 그만 일탈을 끝내고 '재능 있고 착실한 아들'로 돌아오기를 바랐다. 형을 설득하려고 보리나주를 찾았던 테오는 깜짝 놀랐다. 형의 그림은 진지했지만 어설펐고, 생활상은 듣던 것보다 더 비참했다. 그래서 형과 심하게 말다툼을 했다. "빵을 만들든 목수가 되든 뭔가 마땅한 직업을 가져. 이런 식으로는 얼마 못 가, 형!" 형은 동생에게 화가 나서 거의 1년간 연락을 끊었다. 테오가 자신의 생활비를 꼬박꼬박 지원해 주는 줄도 모르고.

빈센트는 그림 교육을 정식으로 받은 적은 없지만, 그동안 화가와 화풍들을 감상하며 쌓아온 폭넓은 지식이 있었다. 그래서 〈바르그의 목탄화 연습〉이라는 교재를 빌려서 선긋기 훈련부터 시작했고, 당시 주목받는 화가였던 친척 형님 안톤 마우베에게 지도받기 위해서 헤이그로 갔다.

하지만 그는 상품성이 있는 밝은 수채화를 많이 그려서 생계부터 챙기라는 조언을 무시하고, 자신이 의미있게 여기는 대상들만 수십 번 반복해서 그렸다. 거기에 스트리커르 이모부의 딸인 미망인 케이에게 사랑을 고백하고(1881년), 거리의 여인 시엔을 만나 동거하며 "그녀와 결혼하겠다"고 선언했다(1882년). 할아버지와 아버지가 목사인 집안의 장남이 일으킨 추문에 일가친척들은 분노했고, 마우베 역시 빈센트에게 등을 돌렸다.

결국 테오의 설득으로 빈센트는 시엔과 결별하고 드렌터(화가들의 성지)로 갔다가, 뉘넌으로 들어갔다. 아버지는 아들이 마을사람 절반이 자신의 신도인 좁은 시골로 오는 것을 우려하면서도 화실로 쓸 공간을 마련해 주는데, 아들은 "털복숭이의 덩치 큰 개를 집 안으로 들이듯 한다"고 아버지를 비난하며 예배 참석을 거부했다. 거기에 마르홋 베헤만의 음독자살 사건, 모델을 섰던 동네 처녀와의 염문 등 문제가 끊이지 않으며 부자의 갈등은 극으로 치닫는데, 그때 돌연 아버지가 사망한다(32세. 1885년). 빈센트는 마을을 떠나야 했고, 마침 미술을 체계적으로 배워 보겠다는 마음이 생겨서 안트베르펜 미술학교로 갔다.

이곳에서 빈센트의 그림은 큰 변화를 맞이한다. 어둡고 칙칙한 색만 고집하던 빈센트의 팔레트가 밝아진 것이다! 자연스레 관심이 빛으로 옮겨가며 인상주의에 심취하고 남부의 태양을 찾아 아를까지 가게 되는 변화의 시작이었다. 하지만 3달 만에 정형화된 작법을 따르지 않는다고 교수진이 만장일치로 낙제점을 주려 하자, 빈센트는 파리 테오의 집으로 갔다(33세. 1886년).

2년의 파리 생활에는 편지가 별로 없다. 출장 등의 사유가 아니면 굳이 테오와 편지를 주고받을 일이 없었을 테니까. 다만 테오가 여동생 빌레미나에게 보낸 편지글에 그 쉽지 않았던 여정이 엿보인다. "너무 힘들다. 아무도 우리 집에 오려고 하지 않아. 빈센트 형이 걸핏하면 시비를 걸거든. 게다가 형은 정리하는 법이 없어서 집이 엉망진창이야. 정말이지 형이 다른 곳으로 갔으면 좋겠다."

일상의 풍경이 열 배쯤 더 좋아

사랑하는 테오에게

지난번 편지는 마음이 불안한 상태에서 썼다는 걸 네가 안다면, 너그러이 용서해 주리라 믿는다. 그림 실력은 늘지 않고 도대체 어디로 돌아가야 할지도 모르겠어서 답답한 마음에 무작정 펜을 들었던 거야. 마음이 더 정리될 때까지 기다렸어야 했는데, 결국 네 눈에는 내가 편지 말미에 흉봤던 부류들이나 나나 별반 차이가 없어 보였겠구나. 자신이 무슨 말을 했고 어떤 행동을 했는지 생각 않고 경거망동하는 사람들 말이야.

그 부분은 그냥 넘어가고, 이것만 꼭 알아주면 좋겠다. 요 며칠 사이에 긍정적인 변화가 있었다는 것 말이야. 적어도 데생을 12장 마무리했는데, 대부분 연필과 펜이었지만 내가 봐도 많이 나아진 것 같더라.

어렴풋이 랑송의 데생처럼도 보이고, 또 얼핏 영국식 목판화와도 비슷해. 물론 더 어색하고 서툴긴 하지. 잔심부름꾼, 광부, 눈 치우는 사람, 눈길 산책, 노부인들, 노신사(발자크의 『13인당 이야기』의 주인공 페라귀스) 등을 그려 넣었어. 작은 그림 2장은 동봉한다. 〈출발〉과 〈잉걸불 앞에서〉야. 아직은 그럴싸하다고 말하긴 이르지만, 그래도 괜찮아지기 시작했어. 거의 매일 같이 모델을 만날 수 있어. 나이 든 잔심부름꾼, 노동자, 혹은 꼬마가 자세를 취해줘. 다음 일요일에는 아마 군인 한두 명이 모델을 서줄 것 같다.

나쁜 기분이 가시고 나니 너는 물론이고 세상 사람들 전체가 좋게 보이고, 달라 보인다. 풍경도 다시 데생으로 그려봤어. 황야를 배경으로 했는데 그려본 지 좀 오래됐더라고.

난 풍경을 좋아하는데 일상에 대한 관찰은 그보다 한 열 배쯤 더 좋아하지. 가끔은 두려울 정도로 정직한 내용이 담겨 있거든. 가바르니, 앙리 모니에, 도미에, 드 르뮈, 앙리 필, Th. 쉴레르, Ed. 모렝, G. 도레(《런던》), A. 랑송, 드 그루, 펠리시엥 롭스 등이 표현한 일상은 대단한 걸작

출발   잉걸불 앞에서

들이야.

　이 대가들처럼 되겠다고 큰소리치는 건 아니고, 일상에서 마주치는 노동자들을 계속 그려나가다 보면 머지않아 신문이나 책에 삽화 정도는 그릴 수 있지 않을까 싶어. 무엇보다 모델들에게 사례할 능력을 갖추게 되면, 여성을 포함해 더 많은 사람들에게 모델이 되어 달라고 부탁할 수 있고, 그만큼 그림 실력도 월등해질 거야. 느낌이 온다니까.

　어쩌면 초상화 그리는 법도 터득하게 될 것 같아. 물론 어마어마한 연습이 뒤따라야겠지. 단 하루도 그냥 흘려보내지 않고 있다. 선 하나 긋지 않고 보내는 날이 없어.

1881년 1월, 브뤼셀

41

농부의 삽질 동작만 다섯 번도 넘게 그렸다

사랑하는 테오에게

삽을 든 농부를 최소 5장은 넘게 그렸다. 그러니까, 각기 다른 삽질 동작을 포착한 거지. 씨 뿌리는 사람은 2장, 빗질하는 아가씨도 2장 그렸어. 흰 모자 쓴 아낙과, 양손을 머리에 얹고 팔꿈치를 무릎에 얹은 자세로 난로 앞 의자에 앉은 병든 노인도 1장씩. 물론 그게 다는 아니야. 먼저 다리를 건넌 양 두세 마리를 뒤따르는 양 떼도 그렸어. 삽질하는 사람, 씨 뿌리는 사람, 일하는 사람, 여자든 남자든 계속 그렸어. 전원생활과 관련된 모든 걸 연구하고 관찰하고 그려봤다. 다른 화가들도 다들 그랬었고, 지금도 그러고 있으니까. 지금은 더 이상 예전처럼 자연 앞에서 나약한 존재라는 기분이 들지 않는다.

헤이그에 갔을 때 콩테랑 연필을 가져왔는데 지금 그걸 주로 사용하고 있어. 또 붓과 찰필도 쓰기 시작했어. 세피아(오징어 먹물로 만든 갈색 물감)도 좀 써봤고 먹물도 좀 써봤고 색깔 있는 물감도 써봤어. 요즘 그린 데생들은 확실히 예전 것들과 달라. 인물들이 『바르그의 목탄화 교본』 속 그림들과 거의 비슷해지고 있고. 그렇다고 풍경화 실력이 줄지도 않았고, 오히려 는 것 같다.

그루터기들이 남은 밭을 갈고 파종하는 장면이야. 폭우가 밀려들기 직전의 분위기를 담아 크게 그린 데생도 하나 있어.

작은 크기의 나머지 2장은 삽질하는 농부의 포즈야. 이런 걸 좀 더 많이 그릴 생각이야.

다른 하나는 씨가 담긴 바구니를 든 사람이고. 이런 바구니를 든 아낙들을 많이 그리고 싶어. 지난봄에 보여줬던 것처럼 작은 크기의 인물들을 제대로 표현하고 싶거든. 첫 번째 크로키 전경에 있는 인물들 있잖아.

아무튼 마우베 형님 표현대로 '공장 전체가 가동 중이다.'

1881년 9월 중순, 에턴

땅을 파는 농부 Digger, 1881년　　　　　　　　**땅을 파는 농부**Digger, 1881년

낫으로 풀을 베는 소년 Boy cutting grass with a sickle
1881년, 47×61cm

요제프 블록의 초상화
Portrait of Jozef Blok, 1882년
종이에 분필, 연필, 잉크, 38.5 × 26.3cm

말괄량이(자연) 길들이기

사랑하는 테오에게

자연은 처음에 항상 그리는 사람에게 저항한다. 하지만 단호하게 그려 나가면 자연의 적대감에 휘둘리지 않아. 오히려 힘이 실리지. 사실상 화가와 자연은 뜻을 같이하니까. 자연은 손으로 만져지는 대상이 아니나, 화가는 자연을 손으로 움켜쥐고 단단히 붙잡아야 해. 그렇게 한동안 씨름하고 실랑이를 벌이고 나면, 자연이 유연해지고 고분고분해지지.

내가 그 경지에 다다랐다는 말은 절대로 아니다. 세상에, 어림도 없지. 다만 이제 그렇게 되어가고 있다는 말은 할 수 있어. 자연과의 싸움은 셰익스피어가 이야기하는 『말괄량이 길들이기』와 비슷한 것 같아 (좋든 싫든, 저항에는 끈기로 대응하는 방식이 말이야). 어느 분야나 다 그렇겠지만 특히 데생만큼은 내버려두는 것보다 가까이 다가가 움켜쥐는 게 훨씬 나은 것 같다.

생각하면 할수록 인물 데생이 대단히 유용하고, 풍경화 데생에도 도움이 된다는 확신이 점점 굳어진다. 버드나무를 생명체(실제로 살아 있는 생명체가 맞지)로 대하며 데생을 시작하면, 그 한 그루 나무에 오롯이 생명을 불어넣을 때까지 쉼 없이 작업하는 동안 자연스레 그 주변으로 관심이 집중되기 마련이야.

작은 크로키 몇 장 동봉한다. 요즘은 뢰르로 가는 길에 나가서 그림을 그리는 일이 잦다. 가끔 수채화나 세피아 묵화를 시도하는데, 처음부터 잘될 리는 없잖아.

1881년 10월 12일 수요일에서 15일 토요일 사이, 에턴

케이를 미친 듯이 사랑하게 되었다

사랑하는 테오에게

마음에 담아 두고 있던 얘기를 털어놓고 싶다. 아마 너도 이미 알고 있을 테니 새로울 것도 없겠지.

나는 올여름에 케이를 미친 듯이 사랑하게 되었다. '케이에게는 내가 가장 가까운 사람이고, 나에게는 케이가 가장 가까운 사람'이라고밖에 표현할 말이 없어. 그래서 그렇게 고백했다. 하지만 그녀는, 자신은 이제껏 살아온 과거처럼 미래에도 살아갈 것이기에 내 마음을 받아들일 수 없다고 대답하더라.

그래서 내 마음속에서 아주 치열한 전투가 벌어졌지. 그녀의 '아니, 싫어, 절대로' 앞에서 포기해야 할까? 아니면, 이미 끝난 일이라고 여기지 말고, 희망을 갖고 포기하지 말아야 할까?

난 포기하지 않는 쪽을 택했다. 지금도 여전히 '아니, 싫어, 절대로'라는 반응이 전부이지만 내 결정을 후회하지 않아.

그 후로 당연히, 인생의 소소한 고통들을 수없이 감수하며 지내고 있다. 책에 쓰이면 읽는 이들에게 재미라도 전해 주지, 직접 겪으면 절대로 유쾌할 수 없는 불행들. 하지만 아직까지는 기뻐. 포기나 '사랑하지 않을 방법' 따위는 당신들이나 따르라고 하고, 조금 더 용기를 냈던 내 결정이 말이야. 너도 알다시피 이런 경우에는 뭘 할 수 있고, 해야 하는지 아는 게 놀랍도록 어렵다. 그러나 길을 찾기 위해 끊임없이 서성여야지. 가만히 앉아만 있는 게 아니라.

이제껏 네게 침묵했던 이유는, 내 마음이 너무 애매하고 어중간해서 네게 정확히 설명할 수가 없었거든.

하지만 지금은 모두에게 다 말했다. 케이는 물론이고 아버지, 어머니, 스트리커르 이모부와 이모, 센트 큰아버지와 큰어머니께도. 그나마 호의적으로, 내가 이를 악물고 열심히 해서 성공하면 그래도 가능성이 있을 거라고 조용히 말씀해 주신 분은, 전혀 기대하지 않았던 센트 큰아버

뜨개질하는 여인
Scheveningen Woman Knitting, 1881년
수채화, 51 × 35cm

지셨어. 내가 '아니, 싫어, 절대로'라고 말한 케이에게 화내지 않고, 가볍게 웃어넘기는 모습이 좋으셨나 봐. 난 케이가 앵무새처럼 계속 내뱉는 말은 멈추길 바라지만, 항상 그녀의 행복을 바라거든. 마찬가지로 스트리커르 이모부의 말도 별로 신경쓰지 않아. 내가 오랜 친분 관계들을 끊어서 망치고 있다고 했지만, 난 '오랜 친분들을 끊는 게 아니라 오히려 옛 관계들을 새롭게 해서 더 돈독하게 만드는 것'이라고 말씀드렸지. 어쨌든 난 우울과 비관은 저 멀리 날려 버리고 계속 이 방향으로 밀고 나갈 생각이야. 그동안에도 열심히 일했어. 케이를 만난 뒤로 그림이 훨씬 더 좋아졌다니까.

이제 상황은 좀 더 명확해졌다고 할 수 있지. 케이는 여전히 '아니, 싫어, 절대로'라고 말하고 있고, 난 연로한 양반들에게 엄청나게 시달리겠지. 그네들은 이미 다 끝난 옛일로 치부하면서, 나를 기어이 포기시키려들 테니까. 그래도 당분간은 신중하실 게다. 12월 이모부 생신 때까지는 내게 듣기 좋은 말만 늘어놓으며 어르겠지. 추문을 피하고 싶을 테니까. 그런데 그 후에는 날 떼어놓는 조치를 취하실 테니 걱정이야.

상황을 명확히 설명하려다 보니 다소 원색적인 표현을 쓰는 점은 미안하다. 요란한 색으로 굵고 진하게 선을 긋는 식으로 상황을 설명했어. 하지만 이래야 내가 지금 어떤 상황에서 겉돌고 있는지 네가 더 쉽게 이해하지. 그러니 어른들을 공경하지 않는다고 날 나무라지는 말아라.

이 양반들은 내 뜻에 극구 반대할 거라는 것만 네가 명확히 알면 돼. 무슨 수를 써서라도 나와 케이가, 만남은 고사하고 대화나 편지도 주고받지 못하게 할 거다. 왜냐하면 우리가 서로 만나고, 대화하고, 편지를 주고받으면 케이의 마음이 돌아설 수도 있으니까. 참 이상하지. 케이는 자신의 의지는 결코 달라질 일 없다고 믿고 있는데, 정작 어른들은 케이는 마음을 바꾸지 않을 거라고 날 설득하면서도 그녀가 마음을 바꿀까 봐 걱정한다니까.

이 어른들의 생각은, 케이가 마음을 바꾼 때가 아니라, 내가 매년 최소 1,000플로린씩은 버는 사람이 되었을 때 바뀔 게다. 아마 테오 너도 내가 상황을 억지로 끌어가고 있다는 식의 이야기들 들었겠지? 아니, 전혀 그런 게 아니야. 케이와 내가 서로 만나서 대화하고 편지를 주고받으며 서로를 더 잘 알게 되고, 서로가 서로를 위하는 관계가 될 수 있는지 아닌지 스스로 알아보겠다는 건 지나친 요구도, 비상식적인 요구도 아니라고. 아마 내가 부자였다면 얘기가 달랐겠지.

'그녀를 사랑할 거야.
결국 그녀도 나를 사랑하게 될 때까지.
그녀가 사라질수록, 그녀는 또렷해지지.'

테오야, 너도 사랑에 빠져봤잖니? 제발 그랬기를 바란다. 왜냐하면, 사랑에 따르는 이 소소한 고통은 겪을 가치가 있거든. 때로는 비탄에 빠지고, 지옥 같은 순간도 있지만, 훨씬 좋은 게 있으니까.

그래, 아우야, 살다가 언젠가 사랑에 빠지거든 내게 말해다오. 이 복잡한 상황들은 지적하지 말고, 그저 내 마음만 알아다오. 그녀가 '네'라고 대답해 주면 얼마나 좋겠냐마는, 지금으로서는 '아니, 싫어, 절대로'만으로도 행복하단다. 정말이야. 그것만으로도 내게는 의미가 있어. 늙은 현자들은 아무 의미 없다고 하더라만.

추신: 계속 나에게 이 문제를 거론하거나 편지하지 않겠다고 약속하라는데, 그렇게는 못 하겠다. 센트 큰아버지에게 이것만 확실히 해드렸어. 불시에 꼭 편지해야 할 형편이 아니라면, 당분간 스트리커르 이모부에게 편지하지 않겠다고. 종달새가 봄에 노래하지 않을 수는 없으니까.
언젠가 누군가를 사랑하게 됐는데 "아니, 싫어, 절대로"라는 대답을 듣게 되거든, 절대로 포기하지 마! 하지만 넌 항상 운이 따르는 아이니까, 네게는 그런 일이 없으리라 믿는다.

1881년 11월 3일 목요일, 에턴

〈슬픔〉, 텅 비어 있는 마음

사랑하는 테오에게

오늘 우편으로 데생 1점을 보냈어. 혹독한 지난겨울, 네가 보여준 호의
에 대한 감사 표시다. 지난여름에 밀레의 〈양치기 소녀〉 대형 판화를 보
여줬을 때 이런 생각을 했었어. '선 하나로 많은 걸 표현할 수 있구나!'
물론 내가 밀레처럼 선 하나로만 그려 보겠다는 건 아니야. 하지만 이
인물화에 내 감정을 담아 보려 애썼다. 네 마음에 들었으면 좋겠구나.
또한 내가 얼마나 열심히 그리고 있는지도 알아주리라 믿는다. 일단 시
작한 일이니까, 이 기회에 누드 습작을 30여 점쯤 그려보고 싶어.

**장 프랑수아 밀레 작
양치기 소녀**
Young Shepherdess, 1864년
캔버스에 유화, 162×113cm

양치기 소녀(밀레 모사)
The Shepherdess(after Millet), 1889년
캔버스에 유화, 52.7×40.7cm

모델을 직접 보고 그리긴 했는데, 이건 모델을 앞에 두고 습작한 건 아니야. 애초에 종이를 3장 겹쳐놨다가, 윤곽선을 제대로 살리려고 공 들여 눌러 그렸고, 맨 위 종이를 걷어내니 아래 2장에 선이 고스란히 남아서 얼른 원본처럼 완성한 거야. 어떻게 보면 원본보다 새 그림인 거지.

이 데생을 보고 내가 이 편지를 쓴 이유를 알았을 거야. 테르스테이흐 씨한테 돈 갚는 건 좀 미뤘으면 해서. 내가 지금 그 돈이 정말 필요하거든. 모델을 보고 그림을 그리는 것만이 성공에 이르는 지름길이기 때문이야. 모델료가 그리 비싸진 않다만, 수시로 들어가다 보니 꽤 되는구나. 어쨌든 이 일은 너 편한 대로 하되, 크게 무리가 아니라면 약속한 돈은 월초에 보내주면 좋겠다.

추신: 깔끔한 회색 액자에 넣으면 잘 어울릴 거야. 매번 이렇게 그리진 않지만, 이런 식의 영국식 데생이 상당히 마음에 든다. 그래서 한 번 더 그려 보려고. 게다가 애초에 너 주려고 그려서, 미술을 잘 이해하는 너니까 우울한 분위기를 풍기려고 애썼다. 그러니까, 이런 걸 표현하고 싶었거든. 미슐레의 책 구절처럼

'마음은 여전히 텅 비어 있고
아무것도 그 마음을 채울 수가 없네.'

1882년 4월 10일 월요일 추정, 헤이그

슬픔Sorrow

1882년, 49.9×38.8cm

〈슬픔〉과 〈뿌리〉, 두 생명의 치열한 투쟁이 닮았다

사랑하는 테오에게

커다란 데생 2점을 마무리했어. 하나는 이전에 그렸던 〈슬픔〉을 더 크게 그린 건데, 배경 없이 인물만 그렸다. 포즈는 거의 안 바꿨지만, 머리카락은 뒤로 넘기지 않고 앞으로 늘어뜨렸고 부분적으로 땋은 머리를 그렸어. 그렇게 하니까 어깨, 목, 등이 보이더라고. 어쨌든 인물을 더 공들여 그렸다.

다른 하나는 〈뿌리〉인데, 모래 같은 땅에 박힌 나무의 뿌리야. 풍경을 마치 인물인 것처럼 생각하며 그린 거야. 경련이라도 일으킨 듯 심하게 뒤틀린 채 땅속에 박혀 있는 뿌리와, 비바람에 부분적으로 드러난 뿌리를 함께 표현하고 싶었어.

하얗고 마른 여성의 인물화나, 뒤틀리고 까칠까칠한 검은색 나무뿌리나 모두 삶에 투쟁하는 모습으로 그리고 싶었다. 정확히 말하면, 어떤 철학적 느낌을 담지 않은, 있는 그대로의 자연을 표현하고 싶었다고 해야겠지. 내 앞의 두 그림 모두에 이 위대한 투쟁이 무심히 드러나 있다. 나는 그런 감정이 느껴지는데, 틀렸을 수도 있지. 판단은 네 몫으로 남겨두마.

그림들이 마음에 들면 새로 이사한 집에 잘 어울릴 수도 있으니 네 생일을 축하하는 선물로 줄게. 그런데 제법 커서(앵그르 종이 1장 전체를 썼어) 당장 보낼 수 있을지 모르겠구나. 알아보마. 테르스테이흐 씨에게 네 화랑 쪽으로 회송되는 화물에 이 그림들을 함께 넣어 보내달라고 하면 날 뻔뻔하다고 하려나?

〈뿌리〉는 연필로만 그렸지만, 유화처럼 문지르고 긁어서 그렸어.

오늘 데생을 하나 그리기 시작했다고 하자. 예를 들어, 땅 파는 사람을 그려. 그런데 그 사람이 이렇게 말하는 거야. "이제 가야 할 시간이라, 더 이상 포즈를 취할 수 없습니다." 내게는 이제 막 그리기 시작한 그림을 포기하게 만든다고 그를 탓할 권리가 없어. 허락도 받지 않고 그렸거든. 그렇다면 땅 파는 사람 그림을 포기해야 하나?

내 생각은 달라. 당장 내일 이런 사람을 마주칠 수도 있잖아. "모델을 서고 싶습니다. 오늘뿐만 아니라 내일도, 그다음 날도 가능해요. 선생에게 필요한 게 뭔지 잘 알고, 모델 포즈를 취할 만큼 인내심도 넉넉하고 의지도 넘칩니다." 솔직히 첫인상에 집착하는 건 아니지만 이렇게 생각되지 않겠니? "아뇨, 내게는 첫 번째 땅 파는 사람이 필요합니다. 더 이상 포즈를 취할 수 없고, 취하지도 않겠다고 말한 그 사람이요." 일단 두 번째 사람을 그리기 시작했다고 치자. 나는 내 앞에 있는 그를 그리겠지만 머릿속으로 첫 번째 모델을 떠올리겠지. 자, 이런 거야. 이 문제에 대해 지난 편지 내용을 이어서 설명하자면, 내 노력이 성공으로 마무리되려면 네가 조금 더 도와줘야 해. 네가 지난 몇 달간 보내준 돈만큼은 꾸준히 계속 들 것 같다.

감히 바라는 게 있다면 1년만 더, 매달 150프랑씩 네 지원을 받을 수 있을지 알고 싶구나. 그동안 나도 조금씩 잔돈푼 정도는 벌 수 있겠지. 하지만 내 계산이 틀렸어도 궁핍하게라도 어떻게든 버틸 수 있을 것 같다. 그럼 그 1년이 지난 다음에는? 내 그림 솜씨로 보아 그때까지도 성공을 못 할 걸로는 안 보여. 노력을 게을리하지 않고 앞으로 나아갈 테니까. 그리고 무엇보다 나는 늑장을 부리는 사람도 아니고, 억지로 일하는 사람은 더더욱 아니거든. 난 점점 더 데생에 열정이 생기고 있다. 점점 더 빠져들어. Where is a will is a way.("뜻이 있는 곳에, 길이 있다." 원문이 영어로 쓰여 있다.)

사흘 내내 비바람이 기승을 부리더니 결국 토요일 밤과 일요일 새벽 사이에 작업실 창문이 날아가 버렸어(아주 낡은 건물이거든). 유리 4장이 깨지고 창틀까지 뜯겨 나갔는데 그게 전부가 아니야. 평원에서 불어온 바람이 창문을 그대로 때렸으니 충격이 대단했을 거야. 아래층 칸막이가 뒤집어지고 벽에 걸었던 그림들이 다 떨어져 나갔을 뿐만 아니라 이젤도 뒤집어졌어. 이웃 사람 도움을 얻어 끈으로 창틀을 고정하고 대략 1평방미터 정도 되는 창문을 일단 이불로 막은 상태야.

밤새 한잠도 못 잤다는 건 굳이 말하지 않아도 알겠지. 일요일이어서 나 혼자 다 알아서 정리해야 했어. 집주인도 가난한 사람이라 유리는 새로 해줬지만 인부들 돈은 내가 줘야 했어. 더더욱 이사할 이유가 하나 더 늘었지. 봐둔 곳이 있는데 지금 작업실보다 훨씬 넓어. 위층이라 별도 잘 들고 내장재도 있어서 곧바로 지붕이 보이지도 않아. 다락방도 널찍해서 칸막이로 공간을 여럿으로 분리할 수도 있어(필요한 만큼은 있어). 월세가 12플로린 50이야. 집은 튼튼한데 들어올 사람이 많지 않아. "왜냐하면 여긴 스헹크베흐니까." 한마디로, 집주인이 원하는 돈 있는 사람들은 발걸음을 삼가는 곳이란 뜻이지.

거기로 들어가고 싶어. 그쪽 집주인도 내가 와줬으면 하고. 그가 먼저 내게 제안해서, 그 집에 가본 거야.

추신: 넌 앞으로 어떻게 될지도 모르는 상태로 날 도와줬다. 남들은 도와주지 않았고. 언젠가, 네가 날 돕는 건 멍청한 짓이라고 비웃었던 사람들을 고스란히 비웃어줄 수 있는 날이 온다면, 그보다 더 좋은 일이 있을까. 넌 손해 본 게 하나도 없다면서 말이야. 그 생각을 하면 힘이 절로 난다. 아예 네가 벌써 위탁을 받아야 할 것도 같아. 내가 매달 그림을 보낼 테니까. 요즘은 하루에 5장도 그린다. 그런데 20장쯤 그려야 겨우 1장 마음에 들까 말까 해. 단, 이제는 그 1장이 전적으로 우연의 결과물이 아니라는 거지. 이제는 20장을 그리면 최소한 1장은 자신 있다. "그럴듯해 보이네"라고 말할 수 있는 걸 일주일에 하나는 확실히 그릴 수 있다는 말이야.

1882년 5월 1일 월요일, 헤이그

버림받은 여인을 돌보는 난, 아주 고약한 사내다

사랑하는 테오에게

오늘 마우베 형님을 만났는데 아주 유감스러운 말들이 오갔어. 우리 사이의 골이 아주 깊어졌다는 걸 깨달았다. 형님은 내가 되돌아올 수 없는 강을 건넜다는 식으로 얘기하면서, 자신이 내뱉은 말을 주워 담을 생각은 추호도 없다고 못박더라. 그래도 난 작업실로 가서 내 습작들을 보며 차분하게 얘기해 보자고 청했는데 단호히 거절하더라고. "자네 작업실에 갈 일은 없을 거네. 우리 사이는 여기서 끝이니까." 이렇게 한마디 덧붙이더라. "자넨 성질이 아주 고약해." 그러고는 등을 돌리고 가버렸어. 모래 언덕에서 있었던 일이야. 난 혼자 집으로 돌아왔고.

마우베 형님은 내가 스스로 예술가라고 말했다고 꾸짖더라. 그 말은 물릴 생각 없다. 왜냐하면, 내 말은 당연히, 내가 완벽하다는 게 아니라 항상 그걸 찾아다녀야 한다는 뜻이니까. "오! 이미 난 알아! 이미 다 알고 있지!" 이런 자세와는 정반대라고. 그러니까 내 말은, "나는 열의를 다해 찾고 있고, 진심을 다해 작업에 임한다"는 뜻이었어.

나도 귀가 있어서 듣는단다, 테오야! "자넨 성질이 아주 고약해"라는 소리를 듣고 어떻게 해야 하는 거냐? 그냥 발걸음을 돌려 집으로 돌아왔지만, 어떻게 그 형님이 내게 그런 말을 할 수 있는지 너무나 마음이 아프다. 해명을 요구할 생각도 없고, 나 또한 사과할 마음 없어. 하지만, 그래도, 그렇지만! 그가 그런 말을 내뱉은 것을 뼈저리게 후회하길 바랄 뿐이야.

다들 내가 뭔가를 숨긴다고 의심하고 있어. 분위기가 느껴져…… 빈센트는 결코 남에게 드러낼 수 없는 비밀을 숨기고 있다고…… 자, 나으리들. 이거 하나 말씀드리지요. 예의는 물론이고 교양까지 넘치시는 양반들에게 말입니다. 여러분들은 한 여성을 그냥 내팽개치는 행동과 버림받은 한 여성을 보살피는 행동 중 어느 쪽이 더 교양 있고, 섬세하고, 감수성 있고, 용기 있는 행동이라고 보시는지요?

56

하얀 보닛을 쓴 시엔
Sien in a white bonnet, 1882~1883년
47.6×26.3cm

숄을 걸친 시엔의 딸
Girl with a Shawl, 1883년
51×31.3cm

    지난겨울에 남자에게 버림을 받은 임산부를 알게 됐어. 임산부가 먹고살려고 거리를 헤매고 다녔어. 나는 그녀를 모델 삼아 겨우내 그림을 그렸다. 모델료를 제대로 다 챙겨줄 형편은 안 됐지만 방세 정도는 줄 수 있었고, 하나님 감사하게도, 내가 먹을 빵을 함께 나누는 식으로 그녀와 그녀의 아이를 추위와 굶주림에서 보호해줄 수 있었어. 처음에, 그녀의 그 병약한 표정이 내 관심을 끌었지.

    우리 집에서 목욕도 하게 해주고 내 선에서 가능한 몸보신은 다 해줬어. 레이던에 있는 산부인과에도 데려갔고. 아마 거기서 아이를 낳을 거야. 그녀가 아픈 것도 당연한 것이, 태아 위치가 잘못되었다더라고. 그래서 수술을 받아야 했어. 겸자로 아이 위치를 정상으로 돌려놔야 했거든. 그나마 다행히도 수술이 순조롭게 끝났어. 6월에 출산할 예정이야.

가죽 신발을 신고 다닐 정도의 수준이 되는 사람이라면 그런 상황에서 기꺼이 나처럼 행동했을 거야. 지극히 자연스럽고 평범한 일이라 굳이 어디 알릴 필요도 못 느꼈어. 그녀는 처음에 포즈 취하는 걸 어려워했는데 잘 배우더라. 내 그림 솜씨가 나아진 것도 좋은 모델이 함께한 덕이야. 이제는 잘 길들인 비둘기처럼 내 말을 잘 따라. 내 입장도, 뭐, 어차피 결혼은 한 번 하는 건데, 이 여자랑 하는 것보다 나은 게 있을까 싶어. 그것이 이 여인을 도울 수 있는 유일한 방법이니까. 그렇지 않으면 그녀는 가난과 불행이라는 낭떠러지로 또 다시 떠밀리겠지. 그녀는 가진 돈은 없지만 내가 그림을 그려 돈을 벌 수 있게 도와준다.

나는 내 일, 내 직업에 열정과 야망이 넘치는 사람이야. 한동안 유화와 수채화를 소홀히 한 건, 마우베 형님이 날 포기한 충격이 너무 컸기 때문이야. 그가 마음을 바꾼다면 나도 다시 시작할 용기를 내보겠다만, 지금으로선 붓을 쳐다볼 엄두도 안 나. 보기만 해도 불안하고 초조해지거든.

내가 편지했었지, 테오야. 마우베 형님의 태도가 왜 달라졌는지 모르겠다고. 이 편지가 네게 그 이유에 대한 길잡이가 되겠구나. 내 면전에서 나더러 성질이 고약하다고 내뱉는 자와는 말도 섞지 않을 거다.

어쨌든 달리 방법이 없었어. 나는 그저 손이 이끄는 대로 따랐을 뿐이야. 모두에게 좋은 일을 했을 뿐이라고. 굳이 해명하지 않더라도 날 이해해줄 거라 믿어. 내 마음을 뛰게 했던 다른 여자가 떠오를 때도 있어. 그런데 그녀는 너무 멀리 있고 날 만나줄 마음도 없지. 그런데 여기 이 여자는 한겨울에, 굶주리고 병들고 임신한 채로 거리를 헤매고 있었어. 달리 방법이 없었어. 마우베 형님, 테오 너, 테르스테이흐 씨, 당신들은 내 빵을 손에 쥐고 있는 사람들입니다. 그런데 그 빵을 건네주기는커녕 날 빈털터리로 남겨두고 내게 등을 돌리겠다는 겁니까? 이렇게 해명을 했으니, 이제 그 답을 기다리겠습니다.

1882년 5월 7일 일요일 추정, 헤이그

요람 앞에 서서도 무정하다면

아우야,

요즘은 네 생각이 많이 난다. 내가 가진 모든 게 네 것이기도 하고, 내가 이렇게 기쁘고 힘이 넘치는 게 모두 네 덕분이기도 하고, 또 네 덕분에 그나마 행동의 자유를 누릴 수 있고 그림 실력도 점점 균형을 찾아가기 때문이야.

또 다른 이유로도 네 생각을 많이 해.

얼마 전에 집에 돌아왔더니, 곳곳에 감정이 배어 있는 내 집 같은 기분이 안 들더라. 빈자리 두 개가 휑하게 느껴진 탓이었어. 그녀도 없고, 아이도 없었거든.

난로 근처 바닥에 앉아 담배를 피우는 시엔
Sien with Cigar Sitting on the Floor near Stove, 1882년, 45.5×47cm

59

고통스러울 정도는 아니었지만, 결코 달갑지는 않더라. 그 빈자리 두 개가 무슨 그림을 그려도 계속 따라다닌다.

그녀의 빈자리, 아이의 빈자리.

가끔은, 끝내 한숨이나 불만 혹은 외로움으로 표현되는 그런 감정을 네가 알고 있을지 의문이다. 세상에, 내 여자는 어디로 갔을까, 내 아이는 어디로 갔지, 이렇게 혼자 살게 되는 걸까?

넌 나보다 덜 열정적이고 덜 신경질적이지. 하지만 너도 이 우울한 기분, 그러니까, 어느 순간 어느 상황에 놓이면 그런 기분을 느낄 수 있을 거야.

널 떠올릴 때마다 드는 느낌을 이렇게 편지로 쓰면서도, 네가 인정할지 아닐지, 내 생각이 정확한지 아니면 틀렸을지, 솔직히 모르겠다. 나는 신경과민 증상을 지니고 있긴 해. 그렇지만 너나 나나 분명히 차분한 마음을 가지고 있다. 그리고 둘 다 불행하지 않아. 왜냐하면, 우리는 우리 직업과 우리가 하는 일을 진심으로 사랑하기 때문이야. 우리 머릿속에는 예술이 많은 부분을 차지하고 있고 그 덕분에 우리 인생이 흥미진진할 수 있는 거야.

너를 우울하게 만들려는 게 아니라, 이런저런 네 심리 상태에 맞춰서 내가 삶을 어떻게 생각하고, 어떻게 꾸려가는지 너한테 설명하고 이해시키고 싶어서 하는 말이야. 그런데 네가 보기에, 아버지는 여기 오셔서 요람을 보시고도 그 앞에서 무정하게 우리 사이를 반대하실 것 같니? 요람이라는 건 단순한 물건이 아니잖아. 요람과 허튼수작은 엄연히 다른 거야. 시엔의 과거가 어떻든, 내게 그녀는 지난겨울에 만난 가련한 여인이자, 그 겨울을 지내며 나와 함께 그토록 염려했던 아이가 태어나자 내 손을 꼭 잡고 그 아이를 바라보며 눈물을 흘린 어머니일 뿐이야.

1882년 7월 6일 목요일, 헤이그

우울이 아니라 고통이 느껴지는 그림을 그리려고

사랑하는 테오에게

나 같은 사람은 절대 아파서는 안 돼.

너는 내가 예술을 어떻게 바라보는지 이해해야 해. 진정한 예술에 다가가려면 긴 시간, 많은 공을 들여야 한다. 내가 원하는 것, 내가 정해놓은 목표는 사실 달성하기 어려운 수준이지만, 터무니없이 높지는 않다는 게 내 생각이야.

깊은 인상을 심어 주는 그림을 그리고 싶어. 〈슬픔〉은 그 소박한 시작이었지. 〈란 판 메이르데르보르트의 채마밭〉, 〈레이스베이크 초원〉, 〈가자미 건조장〉 등의 풍경화도 마찬가지야. 어쨌든, 내 마음에서 우러나는 감정들을 그 그림 속에 표현했어.

나는 내 인물화나 풍경화를 통해 감상적인 우울이 아니라, 비극적인

**모래언덕에서
그물을 고치는
여자들**

Women Mending
Nets in the Dunes
1882년
패널 위 종이에 유화
42×62.5 cm

고통을 담아내고 싶어.

그러니까 사람들이 내 그림을 보며 이렇게 말하면 좋겠다는 거야. "대상을 강렬히 느끼는 사람이군." 혹은 "아주 섬세한 감수성을 지녔어." 비록 내 그림에 거친 부분들이 있긴 하지만, 어쩌면 그 부분 때문에 오히려 더 그렇게 생각할 수도 있잖아. 이해하니?

지금 이 시기에 이렇게 말하면 거드름 피우는 것처럼 보일 수도 있겠지만, 그래서 더 힘차게 몰아붙이는 거야.

남들이 나를 어떻게 보고 있을까? 무능하고, 괴짜에, 불쾌한 인간. 사회적 지위도 없고, 앞으로도 없을 인간, 한마디로, 무능한 인간 중에서도 가장 한심한 인간으로 보고 있을 거야.

좋아, 어디 그렇다고 치자. 그런데 난, 내 작품을 통해서 그 괴짜, 무능하고 한심한 인간의 마음속에도 이런 감정이 있다는 걸 보여주고 싶어.

그게 내 야망이야. 그 야망은 원한보다 사랑에서 힘을 얻고, 열정보다 차분함에서 힘을 얻어. 가끔은 머리가 지끈거릴 정도로 복잡하지만, 내 마음속에는 차분하고 순수한 음악과 조화가 균형을 이루고 있기도 해. 나는 아주 초라한 집과 더러운 모퉁이에서도 회화나 데생으로 그릴 대상을 찾아내지. 내게는 그런 것에 끌리는 거부할 수 없는 성향이 있다.

시간이 갈수록, 다른 고민거리들이 사라지면서 내 눈이 그림 같은 장면을 민첩하게 잡아내는 것 같아. 예술은 끊임없는 노력을 요구해. 그래서 꾸준히 그리고, 그 와중에 계속해서 관찰하는 거야.

끊임없는 노력이란, 쉼 없는 작업이라는 의미보다는, 남들이 아무리 왈가왈부해도 자신이 본 걸 포기하지 않는 끈기를 뜻해.

희망이 보인다, 아우야. 몇 년 안에, 아니 당장 며칠 내로, 그간의 네 희생에 대한 보상과도 같이 네 마음에 쏙 드는 그림을 내 손으로 직접 그릴 수 있겠다는 희망 말이야.

1882년 7월 21일 금요일 추정, 헤이그

팔레트에서 자연 속의 다양한 회색을 만들어내야

사랑하는 테오에게

내가 이해한 바로는, 자연 속의 검은색에 대해서만큼은 우리 생각이 완벽히 똑같은 것 같다. 사실, 절대 흑이라는 개념은 존재할 수 없잖아. 검은색은 흰색과 마찬가지로 거의 모든 색에 조금씩 포함되어 있고 끝없이 다양한 회색 계열의 색을 구성하고 있어. 그리고 색조tone와 채도strength로 구분된다. 그래서 자연에서 보는 색은 다 특정한 색조와 채도를 가지고 있지. 가장 기본적인 3색은 빨간색, 노란색, 파란색이야.

　오렌지색, 초록색, 보라색은 혼합색이야.

지친 노인
Worn out, 1882년
종이에 펜, 50.4×31.6cm

슬퍼하는 노인(영원의 문턱에서)
Old Man in Sorrow (On the Threshold of Eternity), 1890년
캔버스에 유화, 81×65cm

이 색들에 검은색과 약간의 흰색을 섞으면 끝없이 다양한 회색 계열의 색이 파생돼. 적회색, 황회색, 자회색 등등. 색조나 채도가 서로 다른 녹회색은 또 얼마나 많이 존재하는지 몰라. 끝도 없어.

그런데 온갖 색의 내적 변화를 다 합쳐도 단순한 3가지 기본색만큼 복잡하지는 않아. 색에 대한 올바른 개념을 가지는 게 각기 다른 70가지 색을 갖추는 것보다 훨씬 중요해. 기본색 3개에 검은색과 흰색을 섞고 색조와 채도를 달리해서 만들어낼 수 있는 색은 70가지가 훌쩍 넘거든. 자고로 색채 전문가란 특정한 자연의 색을 보고 분석해서, 예를 들면, 이 녹회색에는 노란색에 검은색을 섞고 파란색이 소량으로 가미됐다고 구분하는 사람이어야 해.

마찬가지로 자신의 팔레트로 자연 속에 존재하는 다양한 회색을 만들어내는 사람이어야 하고.

그런데 밖에서 기본적인 크로키를 하든, 간단한 스케치를 나중에 완성하든, 어떤 경우에도 제대로 된 윤곽선 긋는 법을 갖추는 게 절대적으로 필요해.

그건 저절로 얻어지는 게 아니야. 우선, 관찰해야 하고, 무엇보다 끊임없이 연구하고 찾아보면서 해부학적 지식과 원근법적 지식을 갖추는 게 필요해. 내 앞에는 롤로프스의 풍경화 습작이 걸려 있어. 펜으로 한 크로키야. 그런데 이 단순한 윤곽선이 얼마나 많은 걸 표현하고 있는지, 설명할 길이 없어. 정말, 모든 걸 다 표현하고 있거든.

더 인상적인 예를 들면, 밀레의 〈양치기 소녀〉가 그래. 작년에 네가 보여준 건데 지금도 그 선들이 머릿속에 고스란히 남아 있어. 거기다가 오스타드나 브뤼헐의 펜 크로키 몇 점을 더 추가할 수 있어.

몇몇 결과물을 보면서 윤곽선이 정말로 얼마나 중요한지 확실히 깨달았어. 너도 알고 있는 〈슬픔〉이 그랬어. 정말 고생해서 그린 건데 윤곽선 처리에 신중을 기해서 그렸어.

1882년 7월 31일 월요일, 헤이그

그림이란 대체 뭘까?

일요일 오후, 사랑하는 테오에게

여기는 아직도 가을 날씨야. 비 오고 쌀쌀하지만, 대기 중에 가을 특유의 정취가 가득해. 특히 인물화를 그리기에 좋은 게, 길이며 도로가 비에 젖어서 하늘이 반사되어 비치는 위로 걸어다니는 각양각색의 행인들을 보는 재미가 있어. 마우베 형님이 이런 장면을 화폭에 아름답게 담아내곤 했었는데.

시간이 좀 나길래, 복권판매소 앞에 모여 있는 사람들을 그린 대형 수채화를 조금 작업했어. 동시에 해변을 배경으로 한 다른 그림도 시작했지.

우리가 자연에 무심해지거나 혹은 자연이 우리에게 냉담해질 때가 있더라는 그 말, 전적으로 동감이야. 나도 종종 그렇거든. 그럴 때마다

복권판매소The State Lottery Office
1882년, 수채화, 38×57cm

전혀 다른 걸 시도하는 게 도움이 되더라. 풍경화나 빛 효과에 감흥이 시들해지면 인물화를 그리는 거야. 그 반대로도 하고. 그 시기가 지나가기를 기다리는 수밖에 없어. 난 자연의 무관심을 흥미로운 다른 대상을 골라서 다스리려다 보니 인물화에 점점 매료되고 있어. 풍경화에 푹 빠져 있던 시절이 기억난다. 그땐 인물화보다는 친근한 풍경이나 빛 효과를 살린 유화나 데생에 사로잡혔지. 그래서 멋진 인물화를 봐도 화가로서의 존경의 마음이었지, 뜨겁게 공감하진 못했어.

하지만 당시에도 도미에의 데생은 꽤나 인상 깊었다. 샹젤리제에서 밤나무 아래 서 있는 노인이었어(발자크 소설에 수록된 삽화). 어마어마한 그림은 아니었지만 지금도 이토록 강렬하게 기억되는 건, 굳건하고 남성적인 힘이 넘치는 도미에의 데생을 보며 이렇게 생각했거든. '이 느낌과 생각이 정말 좋다. 부차적인 것들은 과감히 무시하고 덜어내서 본질에만 집중했어. 목초지나 구름보다, 인간이 더 인간에게 생각할 거리를 던져주고 마음에 와닿는구나.'

그래서 영국 삽화가들의 인물화나 영국 작가들의 소설 속 등장인물들이 여전히 내 마음을 끄는지도 몰라. 소박한 분위기와 단순명료한 문장과 분석으로 버무려진 그들의 견고한 작품들은, 흔들릴 때마다 우리를 붙잡아줄 든든한 기초가 되어 준다. 발자크와 졸라 같은 프랑스 작가도 마찬가지고.

지금 화실 창 너머로 보이는 풍경이 장관이야. 종루와 지붕, 연기를 내뿜는 굴뚝 등의 윤곽이 컴컴하고 음산하게 서서히 드러나며 마을이 빛나는 지평선 위로 모습을 드러낸다. 빛이 두꺼운 띠를 이루고, 그 위로 하방이 유난히 두툼한 먹구름이 떠 있고, 더 위쪽의 구름은 가을바람에 덩어리로 찢겨서 흩어지고 있어. 거대한 어둠에 잠겨 있던 마을이 빛줄기에 여기저기 비에 젖은 지붕들이 반짝여서(데생이었다면 구아슈로 효과를 줬을 거야), 여전히 하나의 색조로 이루어진 어두운 그림자 속이지만 빨간 기와와 슬레이트 지붕을 구분할 수 있어.

화가의 작업실에서 본 목수의 작업장
Carpenter's Workshop Seen from the Artist's Studio, 1882년
연필, 펜, 붓, 28.5×47cm

스헨크베흐가 젖은 길과 함께 반짝이는 선처럼 전경에 드러났다. 노
랗게 변한 포플러 잎사귀, 도랑이 흐르는 제방길, 진한 초록색 목초지,
검은 점 같은 인물들도 보여.

데생으로 꼭 남길 거야. 더 정확히 말하면, 토탄 다루는 인부들 인물
화로 오후를 통째로 보낼 일만 없다면 언젠가 꼭 시도해 보고 싶어. 지
금은 머릿속에 온통 그 인부들 그림 생각뿐이야.

네가 참 많이 보고 싶어서 네 생각 많이 한다. 네가 편지에 적었던 몇
몇 파리 예술가들의 특징 말이야, 여성과 동거하며 다른 예술가들보다
씀씀이가 인색하지 않고, 조금이라도 젊음을 간직하려고 애쓰는 그 사

람들에 대한 묘사, 정말 정확한 것 같아. 여기에도 그런 자들이 있다만, 아무래도 파리가 더 힘들겠지. 파리에서 일상생활을 꾸려가며 그런 젊음을 유지하기란 거의 언덕을 거슬러 오르는 것처럼 힘들 테니까.

파리에서는 사람들이 얼마나 절망적이냐. 차분하고, 이성적이고, 논리적이며, 올바른 방식으로 절망으로 빠져든달까? 얼마 전에 타사에르에 대해 비슷한 글을 읽었어. 굉장히 좋아하는 작가였는데, 그의 고통이 참 마음 아프더라.

그래서 더더욱, 예술에서의 모든 시도는 존중되어야 해. 성공할 수도 있지만, 실패를 겪었다고 절망부터 할 일은 분명 아니야. 이것저것 다 안 될 수도 있고, 애초에 목적했던 것과 다른 결과를 맞을 수도 있지만, 어떻게든 용기를 내고 다시 일어나는 게 중요해. 네가 언급한 이들의 인생이 진지하거나 성숙하지 못했다고 해서 내가 경멸하거나 낮잡아 본다고는 생각지 말아라.

결과는 추상적인 생각이 아니라 행동으로 보여져야 한다는 게 내 생각이야. 또한 원칙이라는 건 행위로 이어질 때 의미가 있고 말이다. 무언가를 깊이 숙고하고 성실한 자세로 임하는 게 좋은 이유는, 그 과정을 거치면서 의지가 더 단단해지고 실천력이 커지기 때문이야. 네가 말했던 자들, 보다 신중하게 처신했더라면 더 꾸준히 굳건했겠지. 그래도 실천은커녕 노력조차 안 하면서 원칙만 자랑스레 떠벌리는 인간들보다는 훨씬 낫다. 원칙 따위, 제아무리 훌륭해도 아무 의미 없어. 큰일을 해낼 수 있었던 사람들은 단호하게 행동하고 깊이 생각한 사람들이야. 큰일은 충동적인 행동만으로 이루어지는 게 아니야. 작은 일들이 이어지면서 하나의 커다란 그림을 만드는 거야.

그림이 뭘까? 어떻게 그럴듯하게 그려내지? 느끼는 것과 할 수 있는 것 사이를 가로막고 있는 보이지 않는 철벽을 뛰어넘는 거지. 그 철벽은 어떻게 뛰어넘지? 온몸으로 들이받아 봐야 아무 소용 없는데. 나는 철벽의 기반이 삭아서 무너져 내리도록 인내심을 갖고 꾸준히 노력해야 한다는 생각인데, 그렇다면 원칙을 정해놓고 자신의 삶을 숙고하고 계획하지 않으면, 어떻게 다른 데 정신 안 팔리고 이런저런 방해에도 굴하지 않고 그 힘든 일을 꾸준히 해나갈 수 있겠어? 예술도 다른 분야와 마찬가지야. 위대함은 우연히 얻어지지 않아. 의지로 쟁취하는 거야.

애초에 행동이 원칙으로 세워졌는지, 아니면 원칙에서 행동으로 이어졌는지를 따져보는 건, 불가능하고 또 무의미해. 닭이 먼저냐, 달걀이 먼저냐 같은 문제니까. 다만 내가 긍정적이라고 생각하고 가장 중요하게 여기는 건, 사고력과 의지력을 키우려고 노력해야 한다는 거야.

조만간 나의 인물화 최근작들을 보면서 네가 어떤 생각을 할지 궁금하다. 역시 그림도 닭이 먼저냐 달걀이 먼저냐의 문제야. 애초에 인물을 구도에 맞춰서 그릴 건지, 제각각 그린 인물들이 모여서 어떤 구도가 형성된 건지. 결국은 똑같은 문제인 셈이지. 그래서 항상 노력해야 하고.

네가 편지에 썼던 결론을 인용해 보면, 너나 나는 무대 뒤에서 바라보는 걸 좋아하는 편이야. 분석하는 성향이 있다는 뜻이지. 그림을 그리려면 이런 성향이 꼭 있어야 한다고 생각한다. 이 성향을 활용해서 스케치를 하고 색을 칠해야지. 어느 정도는 타고났겠지만(너한테도 있고, 나한테도 있어. 브라반트에서 보낸 어린 시절과 남들에 비해 생각하는 법을 더 많이 배울 수 있었던 환경 덕분일 거야) 예술적 감각이 구체적으로 드러나며 무르익는 건, 노력과 연습을 통한 나중, 아주 나중의 일이야. 어떻게 해야 널 화가로 만들 수 있을지는 모르겠지만, 네게는 확실히 소질이 있고 그렇게 될 수 있어.

1882년 10월 22일 일요일, 헤이그

드렌터라는 교향곡 속을 황홀하게 거닐었다

사랑하는 테오에게

즈베일로에 다녀온 이야기를 좀 하고 싶다. 리베르만이 오래 머물며 마지막 전시회에 출품한 〈빨래 너는 여인들〉의 습작을 그렸고, 테르 묄런이나 율러스 박하위전도 장기간 머문 곳이야.

한번 상상해 봐. 새벽 3시에 작은 이륜마차를 타고 황야를 가로지르는 장면을 말이야(여인숙 주인이 아선 장에 가는 길을 따라나섰지). 그 길을 동네 사람들은 '제방'이라고 부르는데, 두둑하게 쌓아올릴 때 모래가 아니라 진흙을 썼기 때문이야. 일전에 거룻배를 탔을 때보다 훨씬 편하더라. 출발할 때 막 동이 트며, 수탉들이 황야 여기저기 흩어져 있는 초가집에서 일제히 울어대더라.

나무 사이의 농가들 Farmhouse among Trees
1883년, 패널 위 캔버스에 유화, 28.5×39.5cm

우리가 지나온 집들은 대부분 외떨어진 곳에 있어서, 집을 둘러싼 앙상한 포플러나무들이 노랗게 물든 잎사귀를 바닥에 떨구는 소리까지 들릴 정도였지. 흙담과 너도밤나무 울타리로 둘러쳐진 작은 교외 묘지에 세워진 낡은 종루도 보였어. 황야와 밀밭이 넓게 펼쳐진 그 풍경은 눈을 돌릴 때마다 영락없이 코로가 그린 가장 아름다운 그림이었다. 오직 코로만이 그려냈던 그 적막감, 신비로움, 평화로움. 즈벨일로에 6시에 도착했을 때도 여전히 어둑했어. 그 이른 새벽에 진정한 코로의 작품을 감상한 거야.

이륜마차로 마을로 들어가는데, 그렇게 아름답더라! 집이며 축사, 헛간, 양우리의 지붕이 온통 이끼로 뒤덮였어. 주택들은 화려한 청동색 떡갈나무들을 사이에 두고 널찍이 떨어져 있어. 이끼는 황록색 색조가 두드러지고, 땅은 적색이나 청색이나 노란색이 진한 잿빛 라일락과 어우러지고, 밀밭은 초록색 중에서도 이루 말할 수 없이 맑은 색조였어. 물먹은 나무 몸통의 검은색은 황금비 같은 가을 나뭇잎과 대조를 이루는데, 아직 가지에 매달려 바람에 느슨하게 빙글빙글 도는 나뭇잎들은 마치 술 장식처럼 보였어. 아무튼 포플러나무, 자작나무, 보리수, 사과나무에 간신히 붙어 있는 그 나뭇잎들 사이로 하늘이 보였어.

구름 없이 깨끗한 하늘이 빛나는데, 흰색은 아니고 뭐라 설명하기 힘든 연보라색이랄까, 빨강과 파랑과 노랑이 얼룩진 흰색에 가까워. 모든 걸 녹여낸 분위기로, 아래쪽에 수증기를 머금은 옅은 안개까지도 녹아든 듯 보였지. 모든 색을 품은 섬세한 잿빛 색조라고 정리할 수 있을까.

그런 즈베일로에 왔는데, 화가가 한 명도 없는 거야. 사람들 말이 겨울에는 아무도 찾아오지 않는대. 난 꼭 겨울에 와 보고 싶었는데. 여인숙 주인의 귀가를 기다리느니 차라리 걸어서 돌아가며 그림을 그리기로 했어. 그래서 리베르만이 대형 유화로 그렸던 작은 사과나무 과수원을 스케치했지. 그러고는 이륜마차를 타고 왔던 길을 되짚어서 걸었다.

즈베일로 일대가 막 자라기 시작한 밀밭으로 뒤덮이는 시기라서 어디를 둘러봐도 내가 지금까지 보았던 중에 가장 은은한 초록색이 끝없이 펼쳐져 있었어. 그 위로 저 높이 솟은 하늘은 연보랏빛을 머금은 하얀색인데, 그 색조가 얼마나 섬세한지 그림으로 도저히 담아낼 수 없을 것 같더라. 그런데 다른 효과의 기본에 대해 알려면 꼭 알아야 하는 기본적인 색조인 것 같아.

끝없이 넓고 평평한 대지는 검은색이었어. 거기에 섬세한 연보랏빛 하얀 하늘. 검은 대지가 밀알의 싹을 틔우고, 파릇한 싹이 마치 곰팡이처럼 대지 위로 피어올라. 이게 바로 습기를 머금은 드렌터의 비옥한 대지야. 브리옹의 〈천지창조 마지막 날〉을 떠올려 봐. 난 어제에야 그 그림의 의미를 이해한 것 같다.

드렌터의 척박한 대지도 비슷해. 다만 땅이 마치 그을음처럼 훨씬 더 검다. 밭고랑의 연보랏빛 검은색과도 달라. 영원히 썩어가고 있는 황야의 잡초와 토탄으로 뒤덮인 듯 암울한 분위기야. 어디를 둘러봐도 그래. 끝없이 펼쳐진 토탄 지대를 배경으로 뗏장을 지붕에 얹은 초가집들이 간간이 보여. 비옥한 대지에는 야트막한 벽에 어마어마한 이끼로 뒤덮인 지붕을 가진 보다 원시적 형태의 농가와 양우리들이 보여. 떡갈나무들이 주변을 둘러쌌고.

몇 시간 동안 이런 지역을 걷노라면 끝없이 펼쳐진 대지, 곰팡이처럼 퍼져나가는 밀밭과 황야, 그리고 무한한 하늘밖에 없는 듯이 느껴진다. 말도 사람도 벼룩만큼이나 하찮아. 제아무리 크다 한들 아무 감흥이 없고 오로지 하늘과 땅만 있어.

그런데 티끌 같은 하나의 점으로서 다른 점들을(무한대라는 건 제쳐두고) 보고 있자니, 그 검은 점 하나하나가 전부 밀레더구나. 작은 옛날 교회를 지나는데, 맞아, 정확히 뤽상부르 미술관에 걸린 밀레의 〈그레빌 교회〉 분위기야. 그림 속 삽을 든 작은 농부가, 여기에선 울타리를 따라 양 떼를 모는 목동이지. 뒷배경으로 보이는 바다 대신에 막 자라기 시작한 어린 밀밭이 바다처럼 펼쳐지고, 밭고랑이 파도를 대신하고. 전

**토탄 밭의
두 촌부**

Women on the
Peat Moor
1883년
캔버스에 유화
27.8×36.5cm

반적인 인상이 똑같아.

몹시 분주히 밭을 가는 농부들이며 모래 화차, 목동들, 도로를 정비하
는 인부들, 퇴비를 실은 수레 등을 봤어. 도로 옆 여인숙에서 물레 앞에
앉은 노부인을 데생으로 그려봤는데 작고 어두운 그 윤곽이 마치 동화
에서 툭 튀어나온 분위기였지. 노부인이 앉아 있던 창문을 통해 맑은 하
늘과 초록 들판 사이로 난 오솔길, 풀을 뜯는 거위들이 보이더라.

석양이 내릴 무렵에 찾아오는 적막감, 그 시간만의 평화로운 분위기
를 떠올려 봐!

가을 잎들이 달린 커다란 포플러나무들이 줄지어 선 오솔길도. 군데
군데 진창이 생긴 널찍한 길도 떠올리고. 그 시커먼 진창의 오른쪽으로
도, 왼쪽으로도, 끝없는 황야가 펼쳐져. 뗏장을 얹은 초가집 몇 채가 만
들어내는 삼각형 형태의 어두운 그림자, 창문으로 들여다보이는 난로

73

의 빨간 불씨, 표면에 하늘을 반사시키고 안에선 뿌리가 썩고 있는 탁한 황색 물웅덩이도 보이지. 땅거미 지는 저녁에 물웅덩이 위로 비쳐 보이는 희멀건 하늘을 한번 상상해 봐. 흰 바탕에 온통 검은색인 상황을.

그 진창길 위로 목동이라는 투박한 인물과 절반은 털로, 나머지 절반은 진흙으로 뒤덮인 타원형 덩어리가 서로 밀고 밀리고 있었어. 그 양 떼가 다가와 네 곁을 둘러싸며 지나가면, 너도 따라 방향을 돌려서 따라가게 돼. 말 안 듣는 양 떼는 그렇게 힘겹게 진창을 걸어갔어. 그런데 저 멀리, 농가 하나가 보이더니 이끼로 덮인 지붕, 포플러나무 사이에 놓인 짚단과 토탄 더미도 하나씩 모습을 드러내. 양우리도 어두운 삼각형 모양의 그림자처럼 생겼어. 활짝 열린 문이 무슨 소굴 같더군. 그 끝으로 보이는 널빤지 틈새로 하늘이 보인다. 털과 진흙으로 뒤덮인 행렬은 시커먼 동굴 같은 우리 속으로 몰려 들어가고, 목동과 등불을 들고나온 여인이 우리 문을 닫았어.

땅거미 질 무렵에 마주한 양 떼의 귀환은 내가 어제 들은 교향곡의 피날레였어. 하루가 마치 꿈결처럼 지나갔어. 아침부터 밤까지 가슴이 미어지는 듯한 음악 같은 풍경에 취한 탓에 먹고 마시는 것조차 까맣게 잊었지. 물레 앞 노부인을 그렸던 여인숙에서 먹은 캄파뉴 한 조각에 커피 한 잔이 전부였더라고. 새벽녘부터 황혼까지 하루를 다 보내고 밤도 지나 다음 날로 넘어가는 동안에도 나는 여전히 그 교향곡 속에 푹 빠져 있었다. 숙소로 돌아와 난로 앞에 앉고서야 허기가 느껴지더라. 아니, 게걸스러울 정도로 밀려오더군.

여기서 보내는 하루는 이런 식이지! 이런 하루에서 건져온 게 뭐냐고? 크로키 몇 점에 불과하지. 그런데 당연히 다른 게 하나 더 있어. 무엇보다, 그림을 그리고 싶다는 차분한 욕망.

1883년 11월 2일 금요일, 니우암스테르담

뉘넌에서 직조공과 방직기를 그리고 있다

사랑하는 테오에게

어머니의 회복 속도가 꽤 순조롭다. 갈수록 갑자기 악화할 위험도 줄고 있고. 아무래도 뼈가 아무는 건 시간 문제겠지. 하지만 부러진 뼈가 다 붙더라도 어머니 거동이 예전 같진 않을 게다. 후유증도 있겠고, 아버지도 마음고생이 이만저만이 아니라서, 순식간에 더 늙으실 것 같다.

   이런 일이 있을 때 내가 집에 있어서 다행이다 싶어. 그리고 사고 덕분에 몇몇 문제들은(나와 부모님의 견해 차이가 심각했었지) 완전히 묻혔다. 우리 사이는 꽤 좋아졌어. 아무래도 원래 예정했던 것보다 뉘넌에 더 오래 머물게 될지도 모르겠구나.

   초반의 경악과 공포 분위기가 가신 덕분에 나도 어느 정도는 내 작업을 챙길 수 있게 됐어. 매일 같이 직조공을 대상으로 유화 습작을 그리고 있다. 드렌터에서 네게 보냈던 유화 습작들보다 솜씨가 더 나아. 복잡한 기계장치로 구성된 방직기의 베틀 한가운데에 직조공이 앉았는

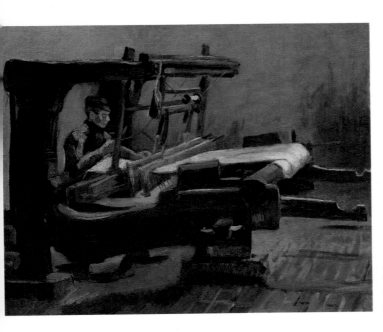

오른쪽에서 본 직조공
Weaver Facing Right, 1884년
패널 위 캔버스에 유화,
37×45cm

75

데, 데생으로 그리면 제법 근사하겠어.

어머니의 사고 전에, 한동안은 생활비를 내지 않기로 아버지와 합의했었어. 연초에 빚을 청산하려고. 새해와 1월 중순에 네가 보내준 돈으로 갚을 생각이었지. 그런데 그 돈을 아버지께 드리고 나니, 이번에는 물감 비용이 차례를 기다리고 있구나. 다행히도 스트리커르 이모부가 아버지께 100플로린을 보냈어. 참 감사한 일이지.

내가 시골의 자연을 얼마나 만끽하는지 잘 알지. 조만간 네가 오면, 직조공들이 사는 초가집을 구경시켜 줄게. 방직기를 돌리는 사람들과 옆에서 실 감는 여자들을 보면 너도 강렬한 인상을 받을 거야.

가장 최근에 그린 유화 습작은 방직기를 돌리는 남자(상반신과 손) 인물화야. 지금은 방직기를 그리고 있고. 떡갈나무 재질인데 낡아서 녹갈색으로 변했고 제조연도가 1730년이라고 새겨져 있더라. 방직기 옆으로 초록 잔디밭이 내다보이는 작은 창이 있고, 그 옆에 꼬마가 유아용 의자에 앉아서 북의 왕복운동을 몇 시간이고 쳐다본다. 이 장면을 실제처럼 그려봤어. 진흙 바닥으로 된 협소한 공간을 차지한 방직기, 직조공, 작은 창, 유아용 의자, 이렇게.

마네 전시회에 대해 상세하게 적어주면 고맙겠구나. 혹시 졸라가 마네에 관해서 쓴 글 읽었니? 나야 개인적으로 마네를 이 시대의 거장으로까지 꼽지는 않지만, 졸라 같은 작가가 마네를 거의 숭배하듯 평가하는 게 과도하다고 보지도 않지. 존재 이유가 분명한 작가인 건 사실이니까. 졸라가 『내가 증오하는 것들』에 잘 써놨지. 다만 내가 졸라의 결론에 동의하지는 않는다. 졸라는 마네를 예술에 있어서 현대적 개념의 새 지평을 연 장본인으로 평가하는데, 나는 다른 많은 화가에게 새 지평을 열어준 현대 화가는 마네가 아니라 밀레라고 생각하거든.

1884년 2월 3일 일요일 추정, 뉘넌

가을의 포플러나무 거리 Avenue of Poplars in Autumn
1884년, 패널 위 캔버스에 유화, 98.5×66cm

내 그림을 팔려고 노력은 해봤니?

아우야,

네가 데생에 관해 지적한 글을 읽자마자 곧장 직조공을 그린 새 수채화 1점에 펜 데생 5점을 보냈다. 솔직히 나도 네 지적에 동의해. 내 그림에 개선할 점이 많다는 지적 말이야. 하지만 동시에, 너 역시 그 그림을 좋아할 애호가를 찾는 데 더 힘을 쏟아부어야 한다는 게 내 생각이야. 지금까지 단 한 점도 못 팔았다는 건(제값이든 헐값이든), 시도조차 안 했다는 거야.

화를 내는 게 아니야. 다만 이번만큼은 에둘러 말하지 않겠다. 계속 이러면 결국에는 내가 이 상황을 참을 수 없을 거야. 그러니 네 입장을 계속 솔직히 말해 줘. 나도 팔릴 그림이니 안 팔릴 그림이니, 그런 진부한 말장난은 않겠어. 이렇게, 새 그림을 보내는 게 나의 대답이다. 너도 속내를 말해라. 내 그림을 신경 써서 팔 마음이 있는지, 네 체면상 도저히 판매할 수가 없는 건지, 솔직한 네 뜻을 알고 싶다. 지난 일은 넘어가자. 난 지금 미래를 바라보고 있어. 그래서 어떻게든 내 그림을 팔겠다고 단단히 마음먹은 거야. 네가 내 그림을 어떻게 생각하든지 말이야.

몇 년째 넌 내 작품에 대해 이렇게 말해. "거의 상품성을 갖췄는데 다만……" 에턴에서 브라반트가 배경인 최초의 크로키를 보냈을 때도 넌 정확히 이렇게 말했었다. 그래서 진부한 말장난이라고 하는 거야.

아니, 드렌터에서 그려온 습작들이 그렇게 다 형편없니? 여기서 그린 습작들을 보내기가 망설여진다. 아니, 안 보내련다. 보려면 봄에 여기 와서 봐라.

안트베르펜에 가서 좀 팔아볼까 싶다. 드렌터에서 그려온 습작들을 검은색 나무 액자에 끼워서 말이야. 이미 목수에게 부탁해 놨어. 내 그림에는 검고 진한 틀이 잘 어울리거든. 내 작품에 고요하고 그럴 듯한 분위기를 심어주려는 것뿐이야. 난 내 그림이 어디 구석에 처박히길 원치 않아. 그렇다고 고급 액자에 담겨 유명 화랑에 전시되고 싶다는 것도 아니야. 알겠어?

그래, 난 네가 '형 작품은 별로야'라거나 이런저런 이유들로 신경을 못 썼다고 솔직하게 말해도 탓할 마음은 없어. 그런데 구석에 두고 아무에게도 보여주지 않는다면 옳지 않다. 더욱이 내게는 그럴듯한 그림이라고(아니었던 거지!) 칭찬해 놓고서 말이야. 전부 거짓말은 아니었겠지. 하지만 네 스스로 내 그림을 누구보다 잘 안다고 말해놓고서 이렇게까지 꿈쩍도 하지 않으니, 네가 내 작품을 매우 하찮게 여긴다고 판단할 수밖에 없다. 그런 너한테 뭘 더 바라겠어? 잘 지내라.

1884년 3월 2일 일요일 추정, 뉘넌

◆ 뉘넌에서 빈센트는 아버지를 위선적이라고 신랄하게 비난했고, 아버지를 옹호하는 테오에게 화를 냈다. 그런데 1885년 3월 26일에 아버지가 급작스럽게 사망하자, 빈센트는 아버지에 대한 애증의 감정을 담아 〈성경이 있는 정물〉을 그렸다.

성경이 있는 정물
Still life with Bible, 1885년
캔버스에 유화, 65 × 78cm

밀레, 나막신을 신고 다닌 전원화가

사랑하는 테오에게

어제 받은 등기우편과 내용물, 진심으로 고맙다. 그래서 이렇게 바로 답장하면서 작은 크로키도 하나 보낸다. 가장 최근의 습작인데 이전 크로키보다 조금 더 정교해졌어. 내가 원하는 수준에는 아직 한참 못 미쳐. 사흘을 내리 아침부터 밤까지 그렸는데, 토요일 저녁부터 더 이상 덧칠을 할 수 없었어. 완전히 말라야 해서 말이야.

오늘은 에인트호번에 가서 작은 석판을 하나 주문했어. 새로 시작할 석판화 연작의 첫 작품에 사용할 거야. 네가 여기 왔을 때 내가 물어봤잖아. 구필화랑의 방식으로 석판화를 찍어내면 비용이 얼마나 드냐고. 아마 네가 100프랑이라고 했지. 그런데 특별히 에인트호번에서는 지금은 잘 쓰지 않는 예전 방식을 여전히 써서 훨씬 저렴하다. 석판 가공에 그레이닝 작업, 종이, 거기에 50장 찍는 비용까지 해서 3플로린이야. 그래서 전원생활 연작을 찍어볼 생각이야. 집에서 일하는 시골 사람들을 모델로 한 것들.

브르타뉴, 카트베이크, 보리나주의 자연경관은 상당히 매력적이고 극적이야. 그런데 이곳의 황야와 마을도 그에 못지않게 아름다워. 게다가 여기서 지내는 동안만큼은 전원생활을 주제로 한 그림을 그릴 대상이 차고 넘칠 거야. 오로지 주시하고 그리기만 하면 돼. 데생이나 수채화도 정말로 다시 그려보고 싶은데, 작업실에서 지내게 되면 저녁에 작업할 방법과 시간이 생길 것 같다.

네가 보내 준 100프랑 덕분에 이루 말할 수 없이 기분이 좋다. 전에도 말했듯이, 꼭 처리해야 할 비용 때문에 걱정이 되던 터였거든. 사람들이 닦달하는 건 아닌데, 그들에게도 필요한 돈이라는 걸 내가 너무나 잘 알아서 말이야. 그래서 유산 분배를 논의할 때 내 몫을 조금은 남겨야겠다고 편지했던 거야. 지금은 그럴 필요는 없어. 올해도 어김없이 힘들겠지만. 밀레의 말을 계속 떠올리고 있다. '고통을 회피하지 않겠다. 왜냐하

난로 옆의 촌부
Peasant Woman Cooking
by a Fireplace, 1885년
캔버스에 유화, 44×38cm

질그릇과 감자가 있는 정물
Still Life with Potatoes
1885년, 캔버스에 유화, 44×57cm

면 고통이야말로 예술가의 표현력을 가장 강렬하게 끌어올려 주기 때문이다.'

5월 1일에 이사할 생각이다. 물론 어머니나 여동생들과는 별문제 없이 잘 지내. 다만, 길게 보면 이렇게 하는 게 모두에게 편할 것 같아. 같이 사는 게 그리 쉬운 문제는 아니거든. 전적으로 어머니와 여동생들 탓도, 전적으로 내 탓도 아니야. 그저 사회적 지위가 중요한 사람들과 사회적 시선 따위 개의치 않는 전원화가 사이의 견해차가 원인이지.

나 자신을 전원화가로 지칭했는데, 그게 사실이기도 하고, 앞으로도 더 분명해질 거야. 여기 생활이 마음이 편하거든. 내가 그 옛날에, 밤이면 광부나 토탄 캐는 사람들의 집, 불가에 앉아 그들을 바라보고, 여기서는 직조공이나 농부들의 생활상을 관찰한 게 괜한 짓은 아니었더라. 작업 때문에 다른 생각할 겨를도 없어. 온종일 농부가 일하는 모습을 지켜보고 있노라면 어느새 나도 그 속으로 빨려 들어가 다른 생각을 할 수가 없거든.

전시회에서 보면 대중들이 밀레의 작품에 무관심한데, 이런 상황은 예술가는 물론이고 미술상들에게도 맥빠지는 일이라고 썼더구나. 나도 같은 생각이야. 그런데 무엇보다 밀레 자신이 이런 상황을 느꼈고 잘 알았어. 상시에의 책을 읽다가 내가 놀랐던 건, 밀레가 화가로서 첫발을 내딛던 순간을 회상하는 부분이었어. 정확한 문장은 기억나지 않지만 그 의미는 기억난다. '내가 화려한 신발을 신고 부유한 삶을 사는 신사였다면 이런 무관심이 정말 괴로웠겠지. 하지만 난 나막신을 신고 다니니까 잘 헤쳐나갈 수 있다.' 그리고 실제로 그렇게 했지.

그러니까 잊지 않을 건 '나막신을 신고 다닌다'는 문제야. 그건 곧, 먹고 마시고 입고 자는 것이 농부들이 만족하는 수준에서 나도 만족한다는 뜻이야.

밀레는 그렇게 살았고 다른 걸 원하지 않았어. 그리고 내 생각에, 밀레는 한 인간으로서 다른 화가들에게, 이스라엘스나 마우베처럼 부유한 이들이 보여주지 못한 길을 보여줬어. 그래서 다시 말하지만, 밀레는 '밀레 아버지'야! 모든 면에서 젊은 화가들에게 조언자이자 길잡이니까. 내가 아는 화가 대부분은(사실 많이 알지도 못해) 이 점을 부정하려고 할 거야. 나야 밀레와 같은 생각이고 그의 말을 전적으로 믿지.

내가 밀레의 말을 상세히 설명하는 이유는 '도시 사람이 농부를 그리면 생김새들은 제법 근사한데, 본의 아니게 자꾸 파리 외곽 변두리가 떠오른다'던 네 말이 생각나서야. 나도 전에 종종 그런 인상을 받았거든(바스티엥 르파주가 그린 〈감자 캐는 여성〉은 확실히 예외야). 그런데 그건 화가 자신이 전원생활에 충분히 깊이 뛰어들지 못해서가 아닐까? 밀레는 이런 말도 했었지. '예술에 마음과 영혼을 다 바쳐야 한다.'

드 그루의 장점은, 진짜 농부를 그린다는 거야(그런데 나라에서는 그에게 역사화를 그리라고 했으니! 그는 그것조차 성공적으로 그리긴 했지만, 자기 본연의 모습을 표현할 수 있었더라면 얼마나 더 좋았을까!). 벨기에 사람들이 아직도 드 그루의 진가를 인정하지 않는 건 명백히 수치스러운 일이자 크나큰 손실이야. 그는 밀레에 버금가는 대가의 반열에 올라야 할 인물이라고. 대중은 그를 모르고 진면목은 더더욱 몰라서, 도미에나 타사에르처럼 여전히 무명이지만, 몇몇 사람들은(예를 들자면 멜르리) 드 그루의 감성을 담아서 그림을 그리고 있어.

얼마 전에 한 삽화잡지에서 멜르리의 그림을 하나 봤어. 거룻배 갑판실에 모인 선원 일가족의 모습이었어. 남편과 아내와 아이들이 테이블 주변에 서 있고.

대중적인 인기에 대해서 몇 년 전 르낭이 쓴 글을 읽었는데, 그게 계속 생각나고 실제로 그렇게 믿는다. 누구든 뭔가 훌륭하고 쓸모있는 일을 성취하고 싶다면, 대중의 호감이나 인정은 기대하지도 말라는 거야. 오히려 아주 소수, 혹은 단 한 명의 인정밖에 못 받을 거라면서.

1885년 4월 13일 월요일 추정, 뉘넌

〈감자 먹는 사람들〉의 정직한 손, 정직한 식사

사랑하는 테오에게

네 생일을 맞아 진심으로 건강과 평온이 깃들기를 기원한다. 마음 같아서는 생일 날짜에 맞춰서 〈감자 먹는 사람들〉을 보내주고 싶었는데. 작업은 차근차근 잘 진행되고 있지만 아직 완성하질 못했어.

유화 채색은 상대적으로 단시간에, 그것도 대부분 기억에 의존해서 마쳐야 하는데, 얼굴과 손의 유화 습작을 그리느라 겨울을 다 보냈어. 그리고 채색에 집중한 요 며칠은 정말이지 치열한 전투 같기는 했지만 아주 열정적인 시간이었어. 간간이 실패에 대한 두려움이 스쳤지만, 그림을 그린다는 것도 '행동하고 창조하는' 과정이야.

직조공들이 체비엇이라고 부르는 직물이나 형형색색 격자무늬의 화려한 스코틀랜드 직물을 짤 때, 그들이 하는 일은 체비엇에 다른 색을 더하거나 회색 색조를 입히고, 각기 다른 색으로 이루어진 격자무늬는 강렬한 색들이 서로 부딪히지 않도록 균형감을 줘서 멀리서 보더라도 조화로워 보이게 하는 거야.

빨간색, 파란색, 노란색, 황백색, 검은색 실들로 짜서 만들어낸 회색, 또는 초록색, 주황색, 노란색 실을 어지럽게 엮어서 만들어낸 파란색은 단색과는 전혀 느낌이 달라. 단색은 들끓듯 강렬한 느낌을 전해줘서 더 거칠고 차갑고 생기가 없어 보이기 마련이야.

하지만 직조공도, 심지어 그 문양이나 색 배합을 직접 만든 전문가도, 필요한 실의 수나 방향을 언제나 확실히 예측할 수 있는 건 아니야. 결코 쉽지 않지. 붓 터치로 전체를 조화롭게 만드는 것만큼이나 어려워. 내가 뉘넌에 도착해서 그렸던 초기 유화 습작들 옆에 지금의 그림을 나란히 놓고 보면, 색감과 생명력이 다소 더 생생해진 게 느껴질 거야.

〈감자 먹는 사람들〉은 확실히 황금색과 잘 어울리는 그림이야. 아니면 잘 익은 밀밭의 깊은 색을 가진 벽지로 도배된 벽에도 잘 어울린다.

감자 먹는 사람들
The Potato Eaters, 1885년
석판화, 26.5×30.5cm

감자 먹는 사람들
The Potato Eaters, 1885년
캔버스에 유화, 81.5×114.5cm

바꿔 말하면, 이런 환경이 아니라면 절대로 걸어선 안 돼.

어두운 배경에서는 진가가 드러나지 않거든. 특히나 흐릿하고 밋밋한 배경에서는 더 볼품없어. 무척 어두운 실내에서의 순간을 담은 그림이라서 말이야.

사실은 실제 장면도 일종의 금색 테두리에 들어 있었어. 난로의 열기와 불빛이 흰 벽을 가득 비췄거든. 그림에서는 잘려나갔지만, 실제로는 그 모든 게 함께 비춰진 모습이 관찰자의 눈에 비친 장면에 가깝지.

다시 한번 강조하는데, 이 그림은 꼭 황금색이나 짙은 동색 테두리의 액자에 넣고 감상해야 해. 이 그림의 가치를 제대로 감상하고 싶다면 내 말을 꼭 기억해라. 이 그림을 금색 계열 옆에 두면 빛이 전혀 없는 곳에 두어도 빛이 느껴질 거야. 또한 밋밋하거나 새까만 배경에 뒀을 때 보여지는 대리석 무늬 같은 점들도 사라지지. 그림자를 파란색을 활용해 칠했기 때문에 금색이 가장 잘 어울려.

어제 이 그림을 에인트호번에 사는 지인에게 가져갔어. 그도 그림을 그려. 사흘쯤 후에 다시 가서 계란 흰자로 닦아낸 다음 세부를 손볼 거야. 나름 채색과 배색을 열심히 연구하는 사람인데 내 그림이 꽤나 마음에 든대. 이전에 석판화로 찍어낸 내 습작도 봤었는데, 내가 이렇게까지 채색과 데생의 수준을 끌어올릴 줄은 몰랐다는 거야. 이 사람도 모델을 두고 작업해서, 농부의 얼굴이며 손을 너무나 잘 알더라. 근데 손 얘기가 나오니까, 이제는 손을 그리는 자신만의 방식을 발견했다는군.

내가 〈감자 먹는 사람들〉에서 정말로 보여주고 싶었던 건, 이 농부들이 램프 불빛 아래서 집어먹는 감자가 바로 그들의 손으로 땅을 일구고 수확해서 식탁에 차린 것이라는 사실이었어. 말하자면 손으로 하는 노동을, 그들이 정직하게 일해서 얻은 정직한 식사를 보여주고 싶었다. 우리 같이 '좀 배웠네' 하는 치들과는 전혀 다른 삶의 방식을 말이야. 그래서 난 사람들이 이 그림을 보고서 그저 '예쁘네, 잘 그렸네' 하고 말하는 게 정말 싫다.

겨우내 손에 여러 색의 실을 쥐고 어떤 문양으로 직물을 짤지 고민했어. 아직은 투박하고 거친 문양의 직물처럼 보이겠지만, 나름의 규칙에 따라 공들여 고른 실들로 짠 결과물이다. 사실적인 전원생활을 그렸다고 보일지도 모르겠다. 사실이고. 꼭 맥빠지게 순박한 시골 농부 그림만 찾는 사람들도 있다만, 난 그런 건 아냐. 내가 마침내 깨달은 건, 농부들의 거칠고 투박한 모습이 담긴 그림이 더 좋다는 거야. 상투적으로 굳어진 참한 분위기의 인물을 그리는 게 아니라.

내 눈에는 시골 아낙이 고상한 귀부인보다 훨씬 아름다워 보인다. 때가 묻고 기운 자국에 시간, 바람, 태양이 더 없이 섬세하게 장식된 파란 치마와 상의 차림의 그녀들이 말이야. 그녀들이 귀부인의 드레스를 걸치는 순간, 진정성은 사라져. 농부도 퍼스티언(면 직물의 종류) 재질의 옷을 걸치고 밭에서 일할 때가, 일요일마다 신사복 차림으로 교회에 나가 앉아 있을 때보다 훨씬 더 멋지지.

마찬가지 이유로, 전원 그림을 아기자기하고 참한 통속화로 취급하는 건 잘못이다. 농부 그림에서는 베이컨의 훈제 향, 감자에서 모락모락

감자 캐는 촌부
Peasant Woman
Digging Up Potatoes
1885년
패널 위 종이에 유화
31.5 × 38cm

87

땅을 파는 여자가 있는 오두막 Cottage with Woman Digging
1885년, 마분지 위 캔버스에 유화, 31.3×42cm

피어오르는 김이 느껴져야지! 그건 비위생적인 게 아니야. 고약한 배설물 냄새가 나야 마구간이고. 익어가는 밀 냄새며 감자 냄새, 비료, 두엄 냄새가 나야 진짜 건강한 밭이지. 특히 도시 사람들에게는 더더욱 그래야 유익해. 농부를 그린 그림에서 향수 냄새가 나서는 안 돼.

이 그림에서 네 마음에 드는 부분이 있는지 궁금하다. 그랬으면 좋겠구나. 안 그래도 지금, 포르티에 씨가 내 그림을 신경 쓰겠다고 했다는 반가운 소식만큼이나, 습작 외에 그에게 보여줄 중요한 작품이 생겨서 기쁘다. 뒤랑 뤼엘 씨에게, 비록 그 양반은 큰 관심을 보이지는 않았다만, 그래도 이 그림을 한번 보여줘라. 추하다고 여길 수도 있지만(뭐, 상관없어) 어쨌든 그렇게 해봐. 우리가 얼마나 애쓰고 있는지 알려주는 셈이니까. 그러나 이런 소리를 들을지도 몰라. "이렇게 조잡한 그림이 있나!" 나도 이미 각오했으니 너도 마음 단단히 먹어라. 그래도 우린 끈기 있게 진실한 그림, 정직한 그림을 내놓아야 해.

전원생활을 그리는 건 진지한 작업이다. 그래서 예술과 삶에 진지한 사람들에게 진지한 생각 거리를 던져주는 그림을 그리려고 노력하지 않는다면 나 자신을 탓하고 나무랄 거야. 밀레나 드 그루 같은 화가들이 좋은 본보기지. 그들은 '더럽다, 조잡하다, 지저분하다, 냄새난다' 따위 편잔은 귓등으로 흘려들었어. 그런 말에 흔들리는 건 수치야. 그러면 안 돼! 농부를 그리려면 스스로 농부처럼 생각하고 행동해야지. 농부가 아닌 다른 사람이 될 수 없다는 생각으로 그려야 한다고. 나는 이런 생각을 자주 해. 농부들은 그 자체로 동떨어진 하나의 세계고, 여러모로 볼 때 그들의 세계가 식자들의 세계보다 뛰어나다는 생각. 모든 면에서 다 그렇다는 건 아니야. 그들이 예술 등의 세계는 잘 모르니까.

이 유화 작업에 너무 정신을 쏟다 보니, 이사 문제를 까맣게 잊고 있었다. 꼭 해야 하는데. 고민이 줄어들 날이 없네. 하지만 이런 장르의 그림을 그리는 화가들의 삶이 다 그런 고민의 연속인데, 나만 편하고 싶다는 건 아니야. 이들이 힘든 상황에서도 꿋꿋이 그림을 그려냈듯이, 나도 물질적인 어려움은 있지만 꺾이거나 무너지진 않을 거다. 아무렴.

〈감자 먹는 사람들〉이 거의 다 끝나간다. 너도 알다시피, 유화 작업은 완성 단계 직전 며칠이 항상 위험해. 아직 칠이 마르기 전이라서 자칫 큰 붓으로 손보다가는 그림을 아주 망칠 수가 있으니까. 아주 가는 붓으로 가볍고 차분하게 손질해야 해. 그래서 그림을 친구네로 옮겨 놓은 거야. 그에게는 내가 그림을 손보다가 망치지 않게 각별히 신경 써달라고 부탁도 했어. 그리고 후반 작업을 꼭 그의 집에 가서 하고 있지.

너도 보면 알겠지만, 매우 독창적인 그림이다. 안부 전한다(오늘까지 끝마치지 못해 정말 속상하다). 다시 한번 건강과 평온을 기원한다. 마음의 악수 청하고, 내 말 명심해라.

1885년 4월 30일 목요일, 뉘넌

렘브란트의 묘한 미소, 그 마법을 나도 얻고 싶다

사랑하는 테오에게

진작 전했어야 했는데, 네가 준 50프랑이 얼마나 고마운지 모르겠다. 덕분에 무사히 월말을 넘겼어. 물론 오늘부터 다시 똑같은 문제가 반복되겠지만 말이야.

돈을 받자마자 매력적인 모델을 불러서 실물 크기로 얼굴을 그렸어. 검은 머리카락 빼고는 다 밝아. 그래도 금색 반사광 효과를 살려보려 한 배경 때문에 단색의 색조가 유난히 도드라진다.

이런 계열의 색을 썼지. 진한 살색에 목은 그을린 구릿빛, 머리카락은 흑옥 같은 검은색으로. 검은색은 암적색과 프러시안 블루로 만들었어. 블라우스는 희끄무레한 색으로 칠했어. 배경은 흰색보다 훨씬 환한 밝은 노란색이고 검은 머리에 강렬한 빨간색을 살짝 첨가했고 두 번째 리본에도 희끄무레한 색 위에 강렬한 빨간색을 썼어.

모델은 극장식 식당에서 일하는 아가씨인데, 내가 찾던 에케 호모(°이 사람을 보라!°) 같은 표정이었어. 하지만 그녀의 표정을 최대한 사실적으로 묘사하면서도, 동시에 나 나름의 생각도 넣으려고 애썼지. 그녀가 우리 집에 왔을 때는 틀림없이 이미 밤새도록 일에 시달린 후였을 테고, 딱 그런 분위기의 말을 했어. "전 샴페인을 마시면 기쁘기보다 오히려 더 슬퍼져요." 그 순간 어떻게 해야 할지 느낌이 오더라. 그래서 관능적인 면과 비통한 감정을 동시에 표현하려고 노력했다.

어제 렘브란트 작품의 커다란 사진 복제화를 봤다. 처음 보는 그림이었는데, 엄청나게 인상적이었어. 여성의 얼굴인데, 빛이 가슴 – 턱 – 아래턱 – 코끝으로 쏟아져. 이마와 눈은 그늘이 졌는데 빨간 깃털 장식의 커다란 모자 때문이야. 가슴골이 드러나는 꽉 끼는 블라우스에도 빨간색과 노란색이 쓰였고. 배경은 어두워. 묘하게 웃는 그 표정이, 렘브란트 자신의 자화상 속 웃음과 은근히 닮았더라. 사스키아를 무릎에 앉히

붉은 리본을 단 여인의 초상
Portrait of a Woman with Red Ribbon, 1885년
캔버스에 유화, 60×50cm

턱수염이 있는 노인의 초상
Portrait of an Old Man with Beard, 1885년
캔버스에 유화, 44.5×33.5cm

파란 옷을 입은 여인의 초상
Portrait of a Woman in Blue, 1885년
캔버스에 유화, 46×38.5cm

고 한 손에 술잔을 든 그림 말이야.

지금 내 머릿속은 온통 렘브란트와 할스로 꽉 찼다. 이들의 그림을 하도 많이 봐서가 아니라, 이곳 안트베르펜에서 이 두 화가가 살던 시절을 떠올리게 하는 사람들을 워낙 많이 봤거든. 지금도 무도회장에 종종 가서 여성, 뱃사람, 군인 들의 다양한 얼굴을 관찰한단다. 입장료를 20~30센트 내면 맥주 한 잔을 줘. 술 마시는 사람도 거의 없는데, 밤새도록 흥겨운 분위기야. 적어도 나는 활기찬 사람들을 관찰하며 즐겁게 시간을 보내. 내가 할 일이자 그림 실력을 확실히 키울 수 있는 유일한 방법은, 모델을 보고 많이 그려보는 거야.

너무 오랫동안 식욕을 강제로 억누르고 지냈나 봐. 네게서 돈을 받았는데 위에서 음식을 소화시키지 못하네. 뭐, 해결 방법이 있겠지. 그래도 작업할 때는 정신도 멀쩡하고 몸도 끄떡없어. 그런데 야외로 나가서 그리는 일이 너무 버거울 정도로 몸이 약해졌다.

그림 그리는 일이 기력을 많이 소모하는 일이긴 하지. 그래도 난 여기 와서 평온한 마음과 삶의 기쁨을 얻었어. 새로운 아이디어도 많아졌고, 내가 원하는 방식대로 표현하는 새로운 방법도 터득했거든. 재질이 좋은 붓이 엄청나게 도움이 되더라. 그리고 이 두 가지 색에 완전히 푹 빠졌어. 암적색과 코발트색.

코발트색은 신이 내려주신 색이야. 어떤 사물을 중심으로 주변에 공간을 만들고 싶을 때 코발트색이 가장 효과적이지. 암적색은 적포도주처럼 진한 붉은색으로 포도주처럼 따뜻하고 묵직한 힘이 느껴져. 에메랄드 그린도 그래. 이런 색들을 쓰지 않고 표현해 보겠다는 건 어리석은 절약일 뿐이다. 카드뮴색도 마찬가지고.

지금이 우리가 미래의 사업으로 키울 씨앗을 뿌릴 적기라는 내 제안을 터무니없다고 여긴다면, 당장 편지해라. 난 지금 하는 작업들을 더 잘할 수 있을 것 같아. 그저 신선한 공기와 공간이 좀 더 필요할 뿐이지. 그러니까, 형편이 좀 넉넉했으면 좋겠다는 거야. 무엇보다, 무엇보다 모델을 자주 부를 수 없는 게 가장 큰 문제야. 훨씬 더 나은 그림을 그릴 수 있는데 그럴수록 비용이 더 많이 드네. 그렇지만 더 고급스럽고 진정성이 담긴 남다른 작품을 추구해야 하는 거 아니야?

이곳에서 오가며 마주치는 여성들의 얼굴은 정말 인상적이야. 사귀고 싶다는 생각보다 그림으로 그려내고 싶은 마음이 훨씬 간절해. 솔직히 말하면, 둘 다 하고 싶긴 하다.

그건 그렇고, 연말이면 대략 나흘에서 닷새는 굶어야 할 것 같으니, 늦어도 1월 1일까지는 편지를 보내주면 정말 고맙겠다.

너는 이해하지 못할 수도 있겠지만, 이래서 그래. 돈을 받으면 나의 가장 큰 허기부터 채우는데, 그건 며칠씩 굶었더라도 음식을 먹는 게 아니라, 그림 그리는 일이거든. 그래서 즉시 모델을 찾아나서고, 돈이 떨어질 때까지 계속한다. 그동안 내가 붙잡고 있는 마지막 생명줄은 숙소 사람들과 함께 먹는 아침 식사와 저녁에 간이식당에서 먹는 커피 한 잔에 빵, 혹은 가방에 넣고 다니는 호밀 빵이 전부야. 그림만 그릴 수 있다면야 식사는 이걸로도 충분해. 그런데 모델을 부를 수 없는 처지가 되면 온몸에 힘이 다 빠져나가는 것 같다.

난 모델로서 여기 사람들이 정말 좋은데, 시골 사람들과 완전히 다르거든. 특히 개성들이 매우 달라. 그리고 대조되는 특징, 예를 들면 서로 다른 피부색을 통해 새로운 아이디어가 떠오르기도 해. 가장 최근에 그렸던 자화상은, 여전히 만족스럽지는 않지만, 그래도 이전에 그렸던 것들과는 확실히 달라.

너는 '진실됨'의 중요성을 그 누구보다 잘 알 테니까 솔직하게 털어놓을게. 이런 이유로, 나는 시골 아낙네를 그릴 때는 시골 아낙네의 분위기가 느껴지게, 매춘부를 그릴 때는 매춘부의 표정이 드러나게 그리고 싶다. 그래서 렘브란트가 그린 매춘부의 얼굴을 보면서 충격을 받은 거야. 그 묘한 미소의 순간을 포착해서 한없이 아름다운 모습으로 표현해 내다니, 마법사 중의 마법사야!

내게는 새로운 영역인데, 나도 어떻게든 그 경지에 오르고 싶다. 마네도, 쿠르베도 그 경지에 도달했지. 아아, 빌어먹을, 나도 똑같은 야망이 있다고! 졸라, 도데, 공쿠르, 발자크 같은 문학 거장들의 작품으로 여성들이 가진 그 무한한 아름다움을 뼛속까지 깊이 느꼈더니 더욱 그래. 스티븐스의 그림도 성에 안 차. 그녀들은 내가 개인적으로 알 수 있는 여자들이 아니고, 그 역시 그녀들에게 대단한 흥미를 느낀 것 같지 않아.

어쨌든, 나는 무슨 일이 있어도 실력을 키우고 싶어. 나다운 그림을 그릴 거야. 내가 고집스러운 것도 알고, 사람들이 나와 내 그림에 대해 가지는 염려도 잘 안다.

여기서는 누드모델을 구하기가 힘들어. 적어도 내 모델을 서준 아가씨는 원치 않더라. 물론 '원치 않는다'는 건 상대적일 수도 있어. 아무튼 가벼운 문제가 아니야. 그래도 모델로는 아주 괜찮은 아가씨야.

사업적인 관점으로 봤을 때 이렇게밖에 말할 수가 없다. 우리는 '세기말'을 살고 있다고. 그래서 이 시대의 여성들은 혁명기의 여성 같은 매력을 지니고 있어. 또 그만큼 할 말도 많고. 그러니 그녀들을 그리지 않는다면 이 세상에서 점점 멀어지는 거야. 시골이나, 도시나, 사정은 어디나 똑같아. 시대에 발맞춰 살아가려면 여성들을 고려하면서 살아야 해. 잘 지내고, 새해 복 많이 받아라.

1885년 12월 28일 월요일, 안트베르펜

적록색 누드 옆으로 공간이 열리며 빛이 일렁인다

사랑하는 테오에게

네 편지와 동봉해준 돈, 잘 받았다는 소식을 너무 오래 끌었구나. 편지를 읽어 보니 너는 여전한 것 같다. 내가 보기에 넌 일반론과 편견에 치우쳐서 날 판단해. 근거도 없고 사실과도 완전히 다른데, 도대체 네가 왜 그런 걸 믿는지 도저히 이해할 수가 없어. 이 문제 때문이라도 아무튼 조만간 너와 내가 파리에서 만나야 서로에게 이롭겠다.

이번 주에는 끔찍하게 바빴다. 유화 수업 말고도, 저녁에 데생 수업도 듣고, 그다음에는 데생 클럽에서 밤 9시 반부터 11시까지 데생을 해. 두 군데 클럽에 등록했거든. 두 사람을 새로 알게 됐는데, 네덜란드 사람들이고 데생 실력도 제법 있어. 이번 주에는 큰 캔버스에 레슬링 선수 두 명의 반신상을 그렸어. 페를라트 선생이 잡아놓은 포즈였어. 이 작업은 아주 마음에 들더라.

마찬가지로 고대 석고상을 따라 그리는 작업도 괜찮았는데, 커다란 얼굴 그림 2점을 마쳤다. 이 작업은 두 가지 장점이 있어. 첫째, 몇 년간 옷 입은 모델들만 그리다가 누드와 고대 석고상을 다시 접하니 이것저것 세세한 부분을 확인할 수 있어서 상당히 흥미로웠어. 둘째, 나중에 파리에서 학교라도 다녀보려면 다른 기관에서 기초는 다졌다는 경력이 필요하고, 어딜 가더라도 제법 긴 시간 동안 미술학교를 다닌 이들과 경쟁해야 하니까.

페를라트 선생이 내게 아주 혹독한 지적을 했는데, 데생 반을 담당하는 핑크 선생도 그랬다. 무엇보다도 데생에 집중하라더라. 가능하면 아무것도 하지 말고 최소한 1년간 고대 석고상과 누드의 데생만 하라는 거야. 그것이 실력을 키우는 가장 빠른 지름길이라고, 그러고 나면 야외 작업이나 자화상 실력도 확 달라질 거라고 말했어.

맞는 말 같다. 그래서 한동안은 고대 석고상과 누드모델을 접할 수

여성 토르소 석고상(뒷모습)
Plaster Statuette of a Female Torso(rear view), 1886년
캔버스에 유화, 40.5×27cm

여성 토르소 석고상
Plaster Statuette of a Female Torso, 1886년
다중 보드 위 마분지에 유화, 35×27cm

있는 곳부터 찾아볼 생각이다. 반에서 가장 실력이 월등한 친구도 이런 식으로 훈련했다는 거야. 그 친구 말이, 습작 하나를 끝낼 때마다 나아지는 게 느껴졌대. 그 친구의 이전 그림과 최근 그림을 비교해 보니 내 눈에도 차이점이 보이더라.

그리스인들은 윤곽선부터 시작하지 않고 중앙, 즉, 핵심부터 시작했다. 제리코는 그리스인들에게 이런 기술을 물려받은 그로에게 이 기법을 배웠는데, 자신도 그리스인들에게 직접 배우고 싶었다. 그래서 그는 스스로 공부하고 연구했다. 나중에 들라크루아도 제리코와 같은 길을 걸었다. (지누의 책에서 인용)

너도 기억할 거야. 이 부분은(밀레 역시 이런 기법으로 그렸어) 유화 인물화에서 가장 핵심이야. 특히 붓으로 직접 형태를 그리는 방식과 밀접한 관련이 있어. 부그로를 비롯한 여타 화가들의 방식과는 전혀 다르지. 그들이 그린 인물들은 내적인 굴곡이 부족해서 제리코나 들라크루아의 그림과 비교하면 밋밋한 데다 채색에 파묻혀 버린다.

반면에 제리코와 들라크루아의 인물들은, 정면을 바라보고 있는데도 등까지 보이지. 인물 주변의 공간감이 느껴지는 게, 그들이 색을 뚫고 나오거든.

나는 이런 경지에 도달하려고 노력 중이야. 다만 페를라트나 핑크 선생한테는 말하지 않을 거야. 두 양반 모두 색을 못 다루는데, 그런 경지에 오르는 길을 알려줄 리가 없지.

이상하게도, 내가 그린 습작과 다른 학생들의 습작을 비교해 보면 도무지 닮은 구석이 없다. 걔네들은 맨살과 거의 똑같은 색을 써서, 가까이서 보면 꽤나 정확해 보이는데 한 걸음만 물러나도 보고 있기 힘들 정도로 밋밋해. 분홍색, 섬세한 노란색 등등 그 자체로는 흠잡을 데 없는 색들이, 오히려 칙칙한 효과를 내는 거야.

내가 그린 건, 가까이서 보면 적록색 분위기가 먼저 눈에 들어오고 황회색, 흰색, 검은색을 비롯해서 다양한 중성적인 색조, 그리고 대부분은 뭐라고 이름 붙이기 힘든 색감의 색들이다. 그런데 한 걸음만 물러나도 몸이 색을 뚫고 나와서 그 주변에 공간이 생기고 일렁이는 빛이 느껴져. 동시에 글라시 효과로 넣은 색조차 말을 걸어오는 것 같은 분위기도 느낄 수 있어.

부족한 건 연습이야. 얼굴 그림을 한 50여 점은 그려봐야 그럴듯한 것 몇 쯤 건질 텐데. 지금도 펼쳐 놓고 사용할 색을 고르는 일이 너무 힘들다. 아직 충분히 습관이 들질 않아서, 아무리 오랜 시간 고민해도 다 헛수고야. 하지만 한동안 꾸준히 붓질을 연습하는 게 중요하겠지. 그러면 처음부터 곧바로 정확하게 느낌을 살리게 될 거야.

몇몇 학생들이 내 데생을 봤는데, 그중 한 명이 내가 그린 농부 얼굴에 영감을 받아서 누드모델 데생 시간에 강렬한 방식으로 형태를 잡고 그림자 부분을 강조해서 그렸더라. 나중에 보여줬는데 매우 생생했고, 여기 와서 본 학생들 데생 중에서 단연 가장 뛰어났어. 그런데 평가가 어땠는지 알아? 시베르트 선생은 그 학생을 불러서 한 번만 더 이런 식으로 데생을 하면 교사를 조롱하는 행위로 간주하겠다고 엄포를 놨대. 다시 말하지만, 여기서 유일하게 괜찮은 데생이었다니까. 타사에르나 가바르니의 화풍이 느껴질 정도로.

이곳 분위기를 알겠지? 그래도 괜찮아. 이런 걸로 분개하면 안 돼. 그냥 이 못된 습관을 바로잡고 싶은데 그게 마음대로 되지 않는 것처럼 순진한 척해야 해.

여기 학생들이 그리는 인물 데생은, 항상 머리가 바닥으로 거꾸로 곤두박질칠 것처럼 무거워 보여. 제대로 균형을 잡고 서 있는 인물이 하나도 없어. 그건 애초 구상 단계에서부터 신경썼어야 할 부분이지.

아무튼, 그래도 난 여기 온 게 기쁠 따름이야. 수업 방식이 어떻든, 결과가 어떻든, 페를라트 선생과 잘 지낼 수 있든 없든 말이야. 내가 추구해 왔던 생각들이 여기서 현실과 충돌하는 것을 본다. 그래서 내 그림을 새로운 시선으로 바라보게 되었어. 그러자 내 단점들을 더 잘 파악하게 되었고, 그것들을 고치기 위해 차근차근 노력할 수 있게 되었지.

1886년 1월 28일 목요일 추정, 안트베르펜

테오야, 내게로 빨리 와다오

사랑하는 테오에게

한달음에 불쑥, 여기까지 달려왔다고 날 원망하지는 말아주기 바란다. 아무리 생각해 봐도 이게 시간을 줄일 방법이더구나. 정오에 조금 못 미쳐서 루브르에 도착할 것 같아.

몇 시까지 카레 전시실로 올 수 있는지 답장 부탁한다. 다시 말하지만, 생활비는 큰 차이가 안 날 거야. 물론 남은 것도 아직 좀 있고. 다만 이게 다 떨어지기 전에 너와 의논하고 싶다. 우린 어떻게든 잘 해낼 수 있을 거야. 두고 봐라.

그러니 빨리 와다오.

1886년 2월 28일 일요일 추정, 파리

◆ 빈센트는 파리에 도착하자마자 스케치북을 찢어 쓴 이 쪽지를 테오의 근무지인 갤러리로 보냈다. 형이 안트베르펜 미술학교의 정형화된 교육을 답답해 하며 파리로 오겠다는 뜻을 여러 번 밝혔지만, 테오는 곧 이사를 할 예정이었기 때문에 그 후에 오라고 내내 타일렀다. 그런데도 어느 날 무작정 학교를 뛰쳐나와서는 아무런 상의도 없이 불쑥 파리로 온 상황이었다.

이후 2년여의 파리 생활은(1886년 3월~1888년 2월) 빈센트의 그림에서 중요한 변곡점이 된다. 안트베르펜에서부터 서서히 밝아지던 팔레트가, 파리에서 인상주의를 만나면서 더욱 밝아졌다. 하지만 이 시기에는 테오와 함께 살았기 때문에 주고받은 편지가 별로 없어서, 많은 부분이 베일에 가려져 있다. 직접 작품을 보고 짐작해볼 수 있을 뿐이다.

아, 그림과의 고약한 인연을 원망한단다

사랑하는 테오에게

편지와 동봉한 것, 고맙게 잘 받았다. 성공을 거둬도 그림에 들어간 비용을 회수할 수 없다고 생각하면 슬플 따름이다.

네가 전한 식구들 소식에 뭉클했다. '다들 잘 지내지만, 서로 얼굴을 보고 있자니 슬프기만 하네.' 10여 년 전이었더라면 서로, 그래도 우리 집은 결국 다 잘될 거라고, 화목해질 거라고 장담했겠지. 네 결혼이 성사되면 어머니도 기뻐하실 거야. 더구나 너 자신을 위해서도, 일과 건강을 위해서라도 독신으로 지내서는 안 돼.

나로서는, 결혼이나 자녀에 관한 생각이 점점 사라진다. 가끔은 서른 다섯이라는 나이에 이렇게 정반대의 마음이 드는 게 꽤나 서글프다. 그럴 때면 이 그림과의 고약한 인연을 탓한단다.

리슈팽이 어딘가에서 이런 말을 했었어.

"예술을 사랑하면 진짜 사랑은 잃게 되리."

정말 구구절절 옳은 말이야. 그런데 반대로 생각해 보면, 진짜 사랑은 예술을 싫어한다는 말이기도 해. 때로는 벌써 늙고 지쳐 버린 기분이 든다만, 아직 그림에 대한 열정을 방해할 정도의 애욕은 여전히 있다.

성공하려면 야망을 품어야 하는데 그 야망이라는 게 내게는 영 어리석어 보여. 어떤 결과가 나올지 알 수가 없으니까. 다만 나는 무엇보다도, 네 부담을 어떻게든 줄여주고 싶다. 지금부터는 아예 불가능한 얘기도 아닌 게, 네가 곤란한 일 없이 자신 있게 내 그림을 남들에게 선보일 수 있을 만큼 실력을 키울 작정이거든.

그러고 나서 어디 프랑스 남부 어딘가로 가서 틀어박혀서 인간적으로 역겨운 화가들과 마주치지 않을 생각이다.

한 가지 확실히 말할 수 있는 건, 더 이상은 카페 뒤 탕부랭을 위해 그리지 않겠다는 거야. 가게가 다른 사람에게 넘어갈 모양이던데 굳이 내가 반대할 일도 없어.

카페 뒤 탕부랭에 앉아 있는 아고스티나 세가토리의 초상화
Agostina Segatori Sitting in the Café du Tambourin, 1887년
캔버스에 유화, 55.5 × 46.5cm

세가토리는 전혀 다른 문제야. 난 여전히 그녀에게 애정을 느끼고, 그녀도 내게 같은 감정이기를 바라지. 그러나 지금은 그녀의 상황이 좋지 않아. 카페에서도 자유롭지 못하고 주인도 아닌 데다 병으로 힘들어 해. 말하기 조심스럽다만, 아무래도 중절 수술을 받은 것 같다(아니면 유산이거나). 그랬다고 해서 그녀를 비난할 마음은 없어. 두 달 후에는 나아지겠지. 그러길 바란다. 그땐 자신을 곤란하게 만들지 않은 내게 고마워할 거야.

하지만 건강을 회복하고도 여전히 내것을 돌려주지 않겠다고 냉정하게 거절하거나 내게 어떤 해라도 입힌다면, 그땐 나도 봐주지 않아. 하지만 안 그럴 게다.

난 그녀를 잘 알기에 여전히 믿고 있거든.

게다가 만약 그녀가 카페를 잘 운영해 보겠다면, 사업적으로 그녀가 바가지를 씌울지언정 손해는 안 봤으면 좋겠다. 필요하다면 내 발을 살짝 밟고 가도 괜찮아. 그녀만 잘 지낼 수 있다면. 마지막으로 봤을 때, 내 마음까지 짓밟지는 않았지. 사람들 말처럼 고약한 사람이었다면 그러고도 남지 않았겠니.

어제 탕기 영감님을 만났는데, 내가 얼마 전에 그린 그림을 진열장에 걸어뒀더라. 네가 떠나고 나서 4점을 그렸고 지금은 큰 호수를 그리는 중이야. 크고 기다란 그림은 팔기 어렵다는 건 나도 잘 안다만, 나중에 사람들도 그런 그림 속에 신선한 공기와 활기가 넘친다는 사실을 알게 될 게다. 지금도 식당이나 시골 별장의 장식품으로 좋아.

네가 진짜로 사랑에 빠져서 결혼하게 된다면, 여느 미술상들처럼 시골 별장을 하나쯤 마련할 수도 있지 않겠니. 잘살면 비용도 많이 들지만, 또 그만큼 입지도 넓어지지. 그러니 요즘은 가난해 보이는 것보다 부유해 보이는 편이 훨씬 나아. 자살을 택하느니 즐겁게 사는 게 훨씬 나은 거야. 식구들에게 안부 전한다.

1887년 7월 23일 토요일에서 25일 월요일 사이, 파리

★ 암스테르담

★ 헤이그
　　★ 에턴
　★ 쥔더르트
　　　★ 뉘넌
　★ 안트베르펜

런던
★
　★ 브뤼셀
　★ 보리나주
오베르 쉬르 우아즈 ★
　　★ 파리

★ 생 레미
★ 아를

아를의 태양과 노란집

3

정열과 광기 사이에서, 길을 잃어 버렸다

Vincent

왜 아를이었을까? 전문가들은 독주 압
생트를 들이붓는 파리 생활로부터의 피
신이었으리라 추측했고, 빈센트 자신은
'파리의 피로'에서 벗어나 남프랑스의 빛
이 필요했다고 말했다. 또는 북유럽 태생
의 화가가 '강렬한 태양 아래 윤곽이 명확
하고 색채가 쨍한 풍광'에서 자신이 좋아했던
일본의 채색 목판화(우끼요에)를 연상했던 것도

같다(아를을 막연히 일본과 닮았다고 여겼다). 그래도 여전히 마르세유며 니
스며 수많은 다른 지역들이 아니라 아를인 이유는 미스터리다.

아마도 운명적인 끌림이 아니었을까. 아를의 태양은 빈센트를 치유해 갔으
니 말이다! 엄청난 작업량에도 성과가 없으니 자책하고, 인정받지 못하는 초
조함을 적개심으로 드러내고, 수시로 테오에게 돈을 부탁하는 미안함에 굳이
시키지도 않은 '다작' 다짐을 해대는 그는, 보고 있기 민망할 정도였다. 그랬
던 빈센트가, 아를의 '광활한 폐허, 변화무쌍한 자연' 속에서 화가로서 뿌리를
내리기 시작했다. "그림과의 악연을 저주한다"느니 "화가를 미치광이로 취급
한다"느니 하는 푸념은 여전했지만, 자신의 작품에 대해 말할 때는 변명에 급
급했던 이전과 달리 차분하고 당당하게 의도를 설명했다.

테오는 형의 변화를 알아챘다. 형제는 함께 인상주의를 주목했고, 미술계
가 아직 주목하지 않는 인상주의 화가들의 작품을 선점하려는 계획을 세웠
다. 거기에 빈센트는 '화가들의 공동체'를 결성해서 동생에게 돈을 지원받는
처지에서 벗어나 보려는 계획까지 있었다. 그래서 아를에 공동 화실 개념으
로 '노란집'을 마련했고, 제일 먼저 포르티에(파리의 미술상)의 몽마르트르
화랑에서 그림을 보고 감명을 받았던 화가 폴 고갱을 초대했다.

하지만 고갱은 자신의 그림과 성공에 대한 욕심이 커서 누군가를 품어줄
여유가 없는 자였다(잘못된 사람을 택해서 처절한 실패를 반복하는 것도 빈센
트의 고질병이었다). 또한 고갱에게 화가 반 고흐(빈센트)는, 미술상 반 고흐

(테오)의 지원을 얻어서 경제적 곤궁에서 벗어나기 위한 조건에 지나지 않았다. '테오 반 고흐라는 친구가 제아무리 내가 마음에 들어도, 단지 내 환심을 사려고 프랑스 남부까지 나를 불러 먹여 살리겠다고? 이 친구는 네덜란드에서 이론적으로만 이 분야를 공부한 사람일 뿐이야.' '이제야 궁지에서 벗어났어! 반 고흐 씨(테오)가 와서 내 도기 작품을 300프랑에 사 갔어. 그 대가로 월말에 아를로 가야 해.'

결국 고갱은 테오에게 매달 150프랑의 생활비 지원을 약속받고 브르타뉴 퐁타방에서 아를로 갔다. 하지만 어린 시절 페루에서 자라 카리브해의 마르티니크 섬처럼 이국적인 풍광을 동경하는 고갱에게 아를은 지루한 곳이었다. '아를에 와 있는데 풍경이나 사람들이나 하나같이 볼품없고 초라해. 빈센트와 나는 일치하는 의견이 거의 없어. 특히 그림에 관해서는 더더욱. 이 친구는 낭만적인데, 나는 원초적인 성향이 강하거든. 색도 그래. 빈센트는 반죽이라도 해놓은 듯 두텁게 칠하는데, 나는 그렇게 만지작거리는 기법이 끔찍해.'

고갱과 반 고흐가 아를의 노란집에서 맞은 비극적 파국은 이제 너무나 유명한 이야기다. 1888년 크리스마스를 이틀 앞둔 날 밤에 자신의 귀(귓불)를 자른 반 고흐! 아를의 투우장에 즐겨 갔던 빈센트가 승리한 투우사가 소의 귓불을 자르는 세리머니를 흉내냈다고도 하고, 낮에 거리에서 고갱을 찌르려다가 실패해서 자해를 했다는 말도 있고, 사실은 그날 아침 테오의 결혼 소식이 담긴 편지를 받은 것이 원인이라는 분석도 있고…….

빈센트는 이 사건의 언급을 꺼렸고 고갱은 자신에게 유리하게 입장을 밝혔으니, 사건이 실제보다 더 극적이고 과장되게 알려진 측면이 있다. 다만 분명한 건, 고집 센 두 화가의 예술관이 상반되었기에 공동작업은 둘 모두에게 힘들었을 것이다. 반 고흐는 '관찰'을 통해서 자연을 더 잘 그리려고 애썼고, 고갱은 마음속 '상상'을 표현하기 위해 자연을 이용해서 그렸으니.

어쨌든 화가들의 공동체 결성은 이렇게 실패했다. 고갱은 떠났고, 반 고흐는 이제 주기적인 발작에 시달리며 더욱더 홀로 고립되어 버렸다.

눈이 내린 풍경
Landscape with Snow, 1888년
캔버스에 유화, 38×46cm

파리로부터 숨을 수 있는 은신처가 필요했어

사랑하는 테오에게

여행하는 동안 처음 보는 새로운 세상만큼이나 네 생각도 많이 했어.

나중에는 너도 여기에 자주 올 수 있겠지, 혼자 생각해 보았다. 파리에서는 작업이 거의 불가능할 지경이어서, 마음의 안정과 평온을 되찾을 수 있는 은신처가 꼭 필요했어. 그럴 수 없다면 아마도 완전히 멍해졌겠지.

가장 먼저 해주고 싶은 말은, 이 일대에 온통 눈이 60센티미터나 쌓여 있고, 아직도 계속 눈이 내리고 있다는 거야.

아를이 브레다나 몽스보다 큰 고장은 아닌 듯해.

타라스콩에 도착하기 전에 근사한 장관을 감상했다. 커다란 노란 바위들이 서로 뒤얽힌 모습이 상당히 웅장했어. 그 바위틈 사이로 자리 잡은 골짜기에는 황록색과 적록색 잎사귀가 달린 키 작은 둥근 나무들이 줄지어 서 있는데, 꼭 레몬 나무처럼 생겼더라.

그런데 여기 아를은 평지 같다. 붉은 흙이 인상적인 포도밭이 펼쳐지고, 그 뒷배경으로 섬세한 자홍색 산들이 자리를 잡았어. 그리고 흰 눈으로 뒤덮인 산봉우리와 눈처럼 밝게 빛나는 하늘이 서로 맞닿은 설경이 마치 일본화 속 겨울 풍경 같다.

이게 내 주소야. 「카렐 식당, 카발르리가 30번지, 아를」

아직까지 동네 한 바퀴 돌아봤을 뿐이야. 어젯밤에 완전히 녹초가 됐었거든.

조만간 또 편지할게. 그래도 어제 이 거리에 있는 골동품점에 들렀는데 주인이 몽티셸리(마르세유 태생의 프랑스 화가로, 당시에 사망 2주기를 맞고 있었다)의 그림을 알더라. 너와 네 동료들에게 마음의 악수 청한다.

1888년 2월 21일 화요일, 아를에 도착해서

우리는 인상주의 중개권을 선점할 자격이 있어

사랑하는 테오에게

정겨운 편지도, 함께 보내준 50프랑 지폐도, 고맙게 잘 받았다.

여기 생활비가 기대했던 것만큼 저렴하지는 않아. 그래도 벌써 습작을 3점이나 완성했는데, 아마 파리에 있었다면 지금 같은 시기에 꿈도 못 꿀 일이지.

네덜란드에서 들려오는 소식이 만족스럽구나. 내가 먼저 남부로 내려온 걸 리드가 곱지 않은 시선으로 본다 해도(잘못된 시선이지만) 크게 놀랍진 않다. 그래도 그 친구와의 친분이 우리에게 전혀 이롭지 않은 건 아니지. 일단은 그에게 아주 근사한 그림을 선물받았고(우리끼리 얘기지만, 우리가 사려던 그림이잖아), 리드가 몽티셀리의 그림값을 높인 덕에 우리가 소장한 5점도 같이 가격이 오른 셈이며, 어쨌든 첫 몇 달 동안은 우리한테 잘해 줬으니까.

그런데 지금은 몽티셀리보다 더 큰 사업에 끼워 주려는데, 그가 상황을 제대로 파악하지 못하는 것 같아.

인상주의 화가들에 관해서 우리가 확실한 주도권을 쥐면서 리드가 우리 선의를 오해하거나 의심할 일 없도록 하려면, 마르세유의 몽티셀리 그림은 그 친구 마음대로 하도록 관여하지 않는 게 좋겠어. 작고한 화가들의 경우에 우리는 작품 가격에만 간접적으로 관심이 있다는 점을 강조하면서 말이야.

인상주의 화가들을 영국에 소개하는 일은 네가 적임자라고 본다. 직접 하지 않더라도 네가 중개해야 옳아. 그러니 만약 리드가 이 일을 선수치면, 우리를 배신한 거라 간주해도 무방해. 더구나 우리는 마르세유의 몽티셀리 그림 거래까지 내버려 두었는데 말이야.

그나저나 우리의 친구 코닝을 네 집에 머물게 해주면 그에게 큰 도움이 될 게다. 리베 박사를 만나고 오면 우리가 해준 조언이 틀리지 않았

아를의 노부인

An Old Woman of Arles
1888년, 캔버스에 유화
58×42.5cm

다는 걸 깨닫겠지.

네가 그 친구를 받아 주면 그 친구는 큰 짐을 더는 셈이야. 그 대신, 그 친구 아버지께는 간접적으로라도 네가 책임질 일은 전혀 없다는 점을 명확히 설명드려야 해.

베르나르를 만나거든, 아직은 퐁타방보다 생활비가 더 들지만 중산층이 사는 가구 딸린 집에 세들면 더 절약할 수 있다고 전해라. 지금 내가 그 방법을 찾는 중이니 상황 파악이 되면 평균 생활비가 어느 정도 들지 곧 편지한다고.

가끔 피가 온몸을 순환하는 게 느껴지는 듯하다. 최근에 파리에서 지낼 때는 통 경험하지 못했던 일이야. 정말 죽을 맛이었지.

창문에서 본 푸줏간
A Pork-Butcher's Shop Seen from a Window, 1888년
마분지 위 캔버스에 유화, 39.5×32.5cm

물감과 캔버스는 식료품 잡화점이나 서점에서 사야 하는데, 없는 게 많더라. 마르세유는 사정이 어떤지 확인차 한번 가봐야겠다. 근사한 파란색 등등을 만들겠다는 희망을 버리지 않았거든. 마르세유에 가면 직접 원재료를 구할 수 있으니 가능하겠지. 나도 지엠이 쓰는 파란 색조를 만들어 보고 싶어. 다른 색들처럼 쉽게 변색되지 않는 색. 아무튼 두고 보자고.

별 걱정하지 말고, 동료들에게 내가 악수 청한다고 전해라.

추신: 습작으로 아를의 노부인, 눈 덮인 설경, 정육점이 보이는 거리 풍경을 그렸어. 아를의 여인들은 하나같이 다 미인이야. 거짓말이 아니라니까. 반면에 이곳의 미술관은 끔찍하고 하나같이 장난 같아서, 차라리 타라스콩에나 어울릴 수준이야. 고대 유물 박물관도 있는데 거기는 제대로야.

1888년 2월 24일 금요일 추정

고통받는 고갱을 위해, 네가 그림을 사줄 수 있겠니?

사랑하는 테오에게

네 답장과 테르스테이흐 씨에게 보낼 편지 초안, 50프랑 지폐까지 정말 고맙게 받았다.

초안의 내용이 아주 괜찮더라. 제대로 옮겨 쓸 때 논조에 힘이 빠지지 않도록 신경 써주면 좋겠다. 네 편지가 내 편지를 보완해 줬어. 솔직히, 우편으로 보내고 나서 아쉬운 부분들이 떠올랐거든. 너도 눈치챘겠지만, 테르스테이흐 씨를 영국에 인상주의 화가들을 소개할 대표주자로 내세우자는 생각이 편지를 쓰는 동안에 떠올랐기 때문에, 본문에는 거의 못 쓰고 추신으로 덧붙였지. 그런데 그 부분을 네가 아주 상세히 설명했더라. 알아들을까? 뭐, 그 양반 마음에 달렸겠지.

고갱에게 편지를 받았다. 병이 나서 보름이나 앓아 누웠었다더라. 빚독촉에 무일푼인 모양이야. 그래서 혹시 네가 그림을 팔았는지 궁금한데, 귀찮게 하는 걸까 봐 직접 편지를 못 쓰겠대. 당장 몇 푼이라도 벌어야 할 처지라서 그림값을 더 내릴 용의도 있다더라.

내가 도와줄 수 있는 거라곤 러셀에게 편지 한 통 써주는 것뿐이다. 그래서 오늘 바로 편지를 부칠 생각이야. 게다가 사실은 우리가 벌써 테르스테이흐 씨에게 팔아 보려고 궁리했잖아. 그런데 어쩌겠어. 난색을 보일 게 뻔하니. 어쨌든 네가 그 양반과 연락할 일이 있을까 해서 짤막한 서신 동봉하는데, 혹여 나한테 편지가 오거든 네가 열어서 읽어 봐라. 그러면 내가 나중에 네게 다시 설명할 번거로움이 줄잖아. 이번만 그렇게 하자.

혹시 화랑 명의로 고갱의 바다 풍경화를 사줄 수는 없을까? 그렇게만 되면, 잠시나마 그도 숨통이 트일 텐데.

그나저나 코닝을 너희 집에 받아줬다니 정말 다행이다. 네가 혼자 지내지 않는 것도 다행이고. 파리에서의 삶이란 늘 삯마차 끄는 말 신세처

폴 고갱 작
해안 풍경
The beach at Dieppe, 1885년
캔버스에 유화, 73×73cm

럼 처량하게 느껴지는데, 거기다가 마구간 같은 집에서 혼자 지내다 보면 정말 이건 아니다 싶거든.

앵데팡당전(展)(1884년에 시작. 작품 심사 없이 자유롭게 출품)에 관해서는 네 의견대로 해라. 몽마르트르 언덕을 그린 대형 풍경화 2점을 내면 어떠니? 나는 솔직히 아무래도 상관없어. 오히려 올해 작업할 그림이 더 기대되기도 하고.

여긴 추위가 매섭다. 밖에는 여전히 눈이 쌓여 있어. 마을을 배경으로 한 설원을 습작해 봤어. 오늘은 여기서 이만 줄인다. 코닝에게 전하는 몇 마디 말도 동봉할게.

네가 테르스테이흐 씨에게 편지를 써서 정말 만족스럽다. 이번 일이 네덜란드에서의 네 인맥을 새롭게 다지는 계기가 되면 좋겠다.

너와 네가 만날 모든 동료들에게 마음의 악수 청한다.

1888년 3월 2일 금요일 추정

**아를이 보이는
눈 덮인 풍경**
Snowy Landscape with
Arles in the Background
1888년, 캔버스에 유화
50×60cm

이제 겨울이 다 끝났기를 간절히 희망한다

사랑하는 테오에게

마침내 오늘 아침에서야 날이 조금씩 풀리기 시작했다. 그리고 난 이제 이 미스트랄mistral(론강을 따라 부는 강한 북풍)의 실체를 확실히 깨달았지. 근처 여러 군데를 돌아다녔는데 이놈의 바람 때문에 도대체 아무것도 할 수 없더라고. 파란 하늘에 뜬 강렬한 태양이 이글거리면서 눈을 녹이고 있는데도, 이 바람은 어찌나 차갑고 건조한지 소름이 돋을 정도야. 그래도 아름다운 것들을 많이 구경했어. 호랑가시나무, 소나무, 잿빛 올리브나무 들이 늘어선 언덕에 수도원 건물 잔해가 남아 있더라. 조만간 그림으로 그려내고 싶어.

막 습작을 하나 마쳤는데, 뤼시엥 피사로에게 주었던 그림과 비슷해. 대신 이번에는 오렌지를 그렸어. 이것까지 포함하면 습작을 8점 그렸는데, 작품 수준은 아니야. 아직은 따뜻한 곳에서 느긋하게 그릴 수 없었거든.

네게 보내려다가 순간 착각해서 다른 종이들과 함께 태운 줄 알았던 고갱의 편지를 결국 다시 찾았어. 여기 같이 동봉한다. 그런데 내가 이미 직접 편지를 써서 러셀의 주소를 알려줬어. 러셀에게도 고갱의 주소를 줬고. 그러니 원한다면 서로 직접 연락하겠지.

그나저나 우리 중 대다수(물론 우리도 포함해서)의 미래는 여전히 힘들 거야! 물론 나는 최후에는 승리하리라 믿는다. 그런데 과연 예술가들이 그 승리의 혜택을 누릴 수 있을까? 그들이 평안한 날을 경험할 수 있을까?

재질이 거친 캔버스를 하나 샀어. 그걸로 무광 효과를 연습해볼 거야. 이제는 여기서 파리에서 파는 가격으로 웬만한 건 다 구할 수 있어.

토요일 저녁에 아마추어 화가 둘이 찾아왔어. 한 사람은 식료품 잡화상을 운영하면서 화구들도 팔고, 다른 한 사람은 치안판사인데 인상이 선하고 지적이야.

파리에서의 생활비보다 낮출 수가 없어서 답답하다. 매일 최소 5프
랑은 들어. 아직은 중산층 집의 하숙을 못 구했는데, 꼭 구해볼 거야.

파리도 추위가 누그러졌다면 너한테도 좋은 소식이겠지. 유난한 겨
울이었어.

습작이 마르지 않은 것 같아서 말아놓을 엄두가 안 난다. 빨리 마르
지 않을 정도로 두껍게 칠한 부분이 더러 있거든.

알퐁스 도데의 『알프스의 타르타랭』을 읽었는데 엄청나게 재미있
더라.

그나저나 지독한 테르스테이흐 씨 답장은 아직이니? 어쨌든 우리에
겐 잘된 일이니 걱정하지 말아라. 답장이 없더라도 우리에 대해서 이야
기를 듣고 있을 테니, 책잡힐 행동만 하지 않도록 조심하자. 예를 들어,
마우베 형님을 추모하는 그림을 그리고 우리 형제가 같이 쓴 편지를 동
봉해서 형수님한테 보내면 어떨까. 테르스테이흐 씨가 끝내 답장하지
않더라도, 그 양반 험담은 일절 담지 않을 거야. 다만 우리가 죽은 사람
처럼 취급받을 이유가 없다는 사실을 알려줘야지.

아무튼 테르스테이흐 씨가 우리에게 적대적인 건 아닐 거야.

가엾은 고갱, 운도 없지. 침상에서의 보름보다 회복에 시간이 더 걸
릴까 봐 걱정이야. 세상에, 도대체 언제쯤에야 예술가들이 건강한 시대
가 될까? 가끔은 스스로에게 정말 화가 난다. 남들보다 더 아프니 덜 아
프니 하는 문제가 아니야. 여든까지는 족히 살 만큼 강한 신체와 혈통을
가지는 게 이상적이잖아.

하지만 더 행복한 화가들의 시대가 오고 있음을 느끼는 것만으로도
위안이 되겠구나.

이제 겨울이 다 지나갔기를 바라는 마음을 전하고 싶었다. 파리의 겨
울도 끝났기를 바란다. 악수 청한다.

1888년 3월 9일 금요일

**정물: 여섯 개의
오렌지가 있는 바구니**
Still Life Basket with Six Oranges
1888년, 캔버스에 유화
45 × 54cm

**컵에서 꽃을 피우는
아몬드 나뭇가지**
Blossoming Almond
Branch in a Glass, 1888년
캔버스에 유화, 24 × 19cm

프랑스 소설책과 장미가 있는 정물
Still Life with French Novels and a Rose
1887년, 캔버스에 유화, 73×93cm

아를 역 부근의 플라타너스 길
Avenue of Plane Trees near Arles Station
1888년, 캔버스에 유화, 46×49.5cm

화가들의 공동체를 만들어 보자

사랑하는 테오에게

편지와 동봉한 100프랑 지폐, 고맙다. 네 기대처럼 나 역시 테르스테이흐 씨가 조만간 파리에 오기를 무척 바라고 있다. 네 말처럼 모두가 궁지에 몰리고 곤란한 요즘이니 아주 적절하지. 랑송의 유작 판매와 그의 애인 이야기를 썼던데, 매우 흥미롭더구나. 개성 있는 작품을 많이 그렸고, 그의 데생은 종종 마우베 형님이 연상된다. 그의 습작 전시회를 놓쳐서 무척 아쉽다. 빌레트 작품전을 못 본 건 말할 것도 없고.

빌헬름 황제의 서거 소식을 어떻게 생각하니? 프랑스 정세가 급변할까, 아니면 파리는 그냥 차분할까? 모르겠다. 그림 시장까지 여파가 미칠까? 어디선가 미국에서는 그림 수입 관세가 폐지될 거라는 글을 읽었는데, 사실이니?

아마도 몇몇 미술상과 수집가들이 합의해서 인상주의 화가들의 작품을 적절히 나눠서 사는 편이, 화가들이 그림 판매 대금을 공평히 나누기로 합의하는 것보다 수월하겠지.

하지만 화가들에게 최선책은, 함께 모여서 각자의 그림을 조합에 내놓고 판매 대금을 나누되, 조합은 모든 회원들의 생계와 작업을 보장하는 거야. 드가, 모네, 르누아르, 시슬레, 피사로가 주도적으로 나서면 어떨까? "자, 우리 다섯 사람은 각자 작품을 10점씩 내고 (혹은 1만 프랑 값어치에 해당하는 그림들을 내놓되, 감정평가는 테르스테이흐 씨나 너처럼 조합이 인정한 전문가가 행하고, 지정된 전문가들은 그림 대신 투자금을 내놓는 방식으로) 이후에도 매년 비슷한 액수의 그림을 낼 테니…… 기요맹, 쇠라, 고갱 등등 여러분도 우리의 대의에 동참해 주기를 부탁합니다."

그렇게 되면, 훌륭한 그랑 불바르 화가들(유명 화랑 '그랑 불바르'에서 전시해 주는 인상파 화가들)은 그림을 조합의 공동 재산으로 내놓고 명성을 지키는 동시에, 더 이상 명성에 따른 이익을 독차지한다는 비난도 듣지 않게 되지. 일차적으로야 물론 개인의 노력과 천부적 재능으로 얻은 명성이지만, 이차적으로는 지독하게 궁핍한 상황을 견디며 작업에 임하고 있는 여러 화가들 덕분에 그 명성이 더 커지고, 견고해지고, 유지되고 있으니까. 어쨌든 이런 상황이 조성돼서 테르스테이흐 씨와 네가(어쩌면 포르티에 씨도 함께?) 전문가로 위촉되면 좋겠다.

너도 느끼겠지만, 이번 일에 테르스테이흐 씨가 같이해 준다면, 아마 둘이서 부소 앤 발라동 화랑 양반들에게 필요한 그림을 사들일 돈을 선뜻 내놓도록 설득할 수도 있을 거야. 하지만 서둘러야 해. 안 그러면 다른 미술상들이 중간에서 가로챌지 몰라.

매일 화가 공동체에 대해 생각한다. 머릿속에서 계속 계획들이 구체화되는데, 사실은 전적으로 테르스테이흐 씨에게 달렸지. 화가들이 우리 이야기에 귀는 기울이겠지만, 테르스테이흐 씨의 지원 없이는 그 이상 진척되지 않아. 그 양반 도움 없이는 그저 아침부터 밤까지 남들 한탄이나 듣게 될 거야. 그들은 저마다 해명이나 이치를 따져 물으러 쉴 새 없이 찾아올 테고.

테르스테이흐 씨가 그랑 불바르 화가들이 빠지면 아무것도 못 한다고 보는 건 당연해. 거기다가 틀림없이, 그들이 협회 창설을 위해 일부 그림의 소유권을 조합의 공유 재산으로 내놓는 일에 앞장서게 설득하라고 네 등을 떠밀 거야. 그런 제안이 있으면 프티 불바르 화가들(그랑 불바르 화가들에 비해 인지도가 낮다는 의미로 붙인 이름)은 도의상 어쩔 수 없이 따르겠지. 그러면 그랑 불바르 화가들은 일부 프티 불바르 화가들이 "매번 당신들만 모든 걸 챙겨간다"며 일견 타당한 비난을 내놓기 전에 선수를 쳐야 명성을 유지할 수 있어. 이렇게 말할 거야. "아니, 그 반대야. 오히려 우리가 먼저 나서서 말했어. 우리의 그림은 예술가 모두의 것이라고."

드가, 모네, 르누아르, 피사로가 이렇게 말하는 게(이걸 현실적으로 실행하는 방식에는 저마다의 생각이 다르겠지만) 아무 말 않고 그냥 내버려두는 것보다 훨씬 잘하는 거야.

1888년 3월 10일 토요일

예술가로서의 내 삶이 완전히 새로웠으면 해

사랑하는 테오에게

편지 정말 고맙게 잘 받았다. 50프랑을 이렇게나 빨리 보내줄 줄은 생각도 못 했는데.

테르스테이흐 씨는 여전히 답장이 없나 본데, 우리가 굳이 다시 편지를 보내서 압박할 필요는 없을 것 같다. 다만 네가 부소 앤 발라동 화랑의 헤이그 지점 이름으로 공식 서한을 보낼 수 있다면 '문제의 편지를 받았다는 언급조차 없다니 의아하다' 정도의 말만 추신으로 덧붙이면 어떨까.

빨래하는 여자들이 있는 아를의 랑글루아 다리
The Langlois Bridge at Arles with Women Washing, 1888년, 캔버스에 유화, 54×65cm

123

나는 오늘 15호 캔버스를 들고 나왔다. 파란 하늘 아래, 마차 한 대가 지나가고 있는 도개교를 그렸지. 아래도 역시 파란 강물이 흐르고, 옆에는 초록 풀들이 자라는 주황색 제방에, 카라코를 걸치고 얼룩덜룩한 머리쓰개를 쓴 여자들이 모여 앉아 빨래를 해. 작고 수수한 다리와 그 아래서 빨래하는 여인들을 담은 또 다른 풍경화도 그렸어. 플라타너스가 서 있는 역 주변의 산책로도 그렸다. 전부 더하면 여기 와서 그린 습작이 12점이야.

이 지역 날씨는 정말 변화무쌍하다. 바람이 잦고 툭하면 먹구름이 하늘을 뒤덮는데, 그래도 아몬드나무들이 꽃을 피우기 시작하더라. 그나저나 앵데팡당전(展)에 내 그림이 걸렸다니 반가운 소식이야. 시냑을 찾아가 만나면 좋을 거야. 오늘 받은 네 편지에 보니, 그 친구에 대해 첫 만남 때보다 호감이 생긴 듯해서 마음이 놓인다.

어쨌든, 오늘부터 네가 그 아파트에서 홀로 지내지 않을 테니 기쁘구나. 코닝에게 안부 전해주렴. 건강은 괜찮니? 난 조금씩 나아지고 있어. 다만 열도 나고 식욕이 전혀 없어서 식사가 진짜 고역이다. 일시적인 현상일 테니 인내심을 가져야겠지.

그나저나 사랑하는 아우야, 나는 꼭 일본에 와 있는 기분이다. 딱 그렇게밖에 표현할 수가 없어. 아름다운 풍경이 일상이 되어 버렸어. 그래서 (비록 지출은 가파르게 상승하고 그림은 돈이 안 되는 게 걱정이다만) 남부로의 긴 여행을 시작한 것이 성공으로 가는 길이라는 희망을 버리지 않았다. 여기 와서 나는 새로운 것을 보고, 새로운 걸 배우고 있어. 그리고 조금 신경 써서 관리하니 몸도 별 탈 없어.

이런저런 이유로 나는 일종의 임시 거처를 마련했으면 한다. 파리에서 삯마차를 끄는 가련한 말들, 그러니까 너를 비롯해서 우리 친구들, 가난한 인상주의 화가들이 지쳤을 때 편히 쉬어갈 수 있는 공간 말이야.

이 근처의 매음굴 입구에서 벌어진 범죄사건 수사 과정을 구경했어. 이탈리아인 두 명이 알제리 보병 둘을 살해했거든. 그 참에 '레콜레가'

꽃이 핀 아몬드 나무

Almond Tree in Blossom, 1888년
캔버스에 유화, 48.5×36cm

라는 작은 골목에 있는 매음굴에 들어가 봤다. 아를 여성들과의 사랑 이야기는 아마 여기를 넘지 않을 것 같다.

군중들은(남부인들은, 타르타렝인들처럼 행동보다는 의지가 앞선다만) 정말이지 시청에 가둔 살인범들을 집단으로 때려죽일 기세였다만, 실제 보복은 이탈리아인 전부(남자고 여자고, 하다못해 굴뚝 청소하는 어린아이까지)가 모조리 강제로 마을을 떠나는 거였어. 흥분한 군중들이 이 마을의 대로를 가득 채운 모습을 직접 목격하지 못했다면 너한테 이런 이야기도 하지 않았을 거야. 장관이었어.

너도 잘 아는 원근틀을 이용해서 습작 3점을 더 그렸어. 나는 원근틀 사용을 중요하게 생각해. 독일이나 이탈리아 옛 화가들이 그랬듯, 틀림없이 조만간 적잖은 화가들이 사용하게 될 거야. 플랑드르 옛 화가들도 분명히 사용했을 거야.

이 도구의 현대식 활용법이 옛사람들의 방식과는 다를 수 있어. 하지만 유화의 기법도 얀과 휘버르트 판 에이크 형제가 유화 작업을 고안해내던 시기에 비하면 요즘은 전혀 다른 효과를 만들잖아. 내 말은, 나만의 작업 방식만 고집하고 싶지 않다는 거야. 나는 색 배합과 데생 기법이, 나아가서 예술가의 삶까지도 완전히 새로워져야 한다고 굳게 믿는다. 이런 신념으로 작업하면 우리의 소망이 결코 헛된 기대로 끝나지는 않을 거야. 여차하면 언제든 습작을 보낼 수 있는 건 알지? 아직 덜 말라서 두루마리로 말 수 없을 뿐이다. 악수 청한다.

일요일에 베르나르와 로트렉에게 편지를 쓸 거야. 그러겠다고 굳게 약속했거든. 어쨌든 그 편지들도 일단 네게 보내마. 고갱 일은 정말 유감이다. 무엇보다 건강이 좋지 않아서 이런저런 힘든 일을 버텨낼 여력이 더는 없을 거야. 시련을 거치면서 나아지는 게 아니라 오히려 더 지칠 테고, 결국 작업에도 지장을 받게 될 텐데. 또 연락하마.

1888년 3월 16일 금요일 추정

예술가는 아름다운 세계를 창조하기 위해 과장할 자유가 있어

사랑하는 테오에게

고갱에게 소식이 왔어. 궂은 날씨를 불평하면서 여전히 건강이 좋지 않다더라. 인간이 겪는 여러 가지 난처한 일 중에서 돈 없는 것만큼 고약한 일도 없다면서 평생 이렇게 궁핍하게 살 운명으로 느껴진다네.

요 며칠 비바람이 심해서 집에서 습작을 했는데, 베르나르의 편지에 크로키로 그려 넣었어. 이걸 스테인드글라스처럼 굵은 윤곽선으로 데생해서 색을 넣고 싶어.

모파상의 『피에르와 장』을 읽고 있는데 내용이 훌륭하다. 이 책의 서문을 읽어 봤나 모르겠다. 무릇 작가는 과장을 통해 소설 속에서 더 아름답고 단순하고 위안이 되는 세계를 그려낼 자유가 있고, 플로베르가 '재능은 오랜 인내의 산물'이라고 말한 건 독창성이 곧 강렬한 의지와 날카로운 관찰력의 산물이라는 뜻이라고 설명하고 있다.

이 지역 생 트로핌 성당에 고딕풍 주랑 현관이 있는데, 볼수록 근사하더라. 그런데 한편으로는 중국어가 들리는 악몽처럼 잔인하고 기괴해 보이기도 해서, 이토록 웅장하고 아름다운 구조물인데도 마치 딴 세상 것처럼 보이기도 한다. 그 세상이 로마 황제 네로가 군림했던 영광스러운 세상이 아닌 게 다행이라면 다행이지.

솔직히 말하면, 알제리 보병들이나 매음굴 사람들, 첫영성체에 참여하러 가는 아를의 꼬마 아가씨들, 위협적인 코뿔소를 닮은 중백의(中白衣) 차림의 신부, 압생트를 마시는 술꾼들 모두가 딴 세상 존재들 같달까? 예술적인 세계만이 내 집 같이 편안하다는 말이 아니라, 헛소리라도 지껄이는 게 홀로 고독한 것보다 좋다는 뜻이야. 매사를 농담으로 여기지 않으면 사는 게 우울해질 것 같아서 그래.

파리는 여전히 눈 속에 파묻혀 있다지. 이제는 이 바쁜 양반 테르스테이흐 씨 얘기를 좀 해보자. 우리 형제와 친구나 다름없는 입장이니만큼 뭐라고 답은 줘야 하잖아. 이렇게 우리를 없는 사람 취급을 할 수는 없어. 단지 우리 형제가 아니라, 인상주의 화가 전체의 문제라고. 그러니 우리의 요구사항을 전해 들었으면 답은 해야지. 너도 같은 생각일 거야. 그 양반 의도를 정확히 파악하지 못하면 앞으로 나아갈 수 없다고 말이야.

우리는 런던과 마르세유에서 인상주의 화가들의 상설전시회를 여는 게 좋겠다고 생각하니까, 당연히 그 방법을 모색해야겠지. 자, 그렇다면 테르스테이흐 씨는 어떻게 나올까? 함께할까, 아닐까?

동참하지 않겠다면 무슨 이유로 적대적인 걸까? 적대적인 의도가 있기는 한 걸까? 혹시 그 양반도 우리처럼 계산해 봤을까? 그러니까, 인상주의가 뜨는 순간 현재 고가로 거래되는 인상주의 화가들의 그림값이 떨어지겠구나 하고 말이야. 고가로 책정해서 그림을 팔아온 미술상들의 방식을 생각해 봐. 그들은 제 잇속을 위해서 새로운 화파의 출현에 반대하면서 서로 제 살만 깎아 먹었지. 벌써 몇 년 전부터 밀레와 도비니 등에 버금가는 열정과 끈기를 보여온 화파의 출현을 말이야.

어쨌든 행여 테르스테이흐 씨한테 답장이 오거든 뭐라고 썼는지 알려줘. 이 일에 관해서는 전적으로 네 의견에 따르마. 행운을 빌면서 악수 청한다.

추신: 다른 친구들에게 보내는 편지와 함께 고갱에게 받은 편지도 동봉하니, 읽어 봐.

1888년 3월 21일 수요일, 혹은 22일 목요일

산 자들이 살아가는 한, 죽은 자들도 살아간다

사랑하는 테오에게

편지와 50프랑, 고맙게 받았다. 더 여유롭게 답장하려고 했다만, 급한 사정이 생겼어. 이번에도 먼저, 테르스테이흐 씨 얘기야. 네가 월요일에 소포를 발송한다니 정말 반가운 소식이다. 아마도 그 안에 내 그림이 포함돼 있기 때문이겠지.

하지만 그 그림은 중요하지 않아. 막 완성한 이번 그림이 네 마음에 들어서, 이것이 네덜란드로 보내졌으면 하거든.

과수원에 나가서 20호 캔버스에 그린 그림이야. 쟁기로 일궈놓은 연보라색 땅과 갈대로 이어붙인 울타리가 있는 과수원에, 분홍색 복숭아나무 두 그루가 파랗고 하얘서 찬란해 보이는 하늘 아래 서 있다. 내가 그린 최고의 풍경화 같다. 이 그림을 들고 집에 돌아왔는데 우리 누이동생이 네덜란드 신문에 실린 마우베 형님의 추모 기사글을 보냈더라. 초상화는 아주 근사했는데, 글은 별 내용도 없고 그저 그랬어. 동판화는 괜찮았고. 그런데 뭔가에 감정이 북받치면서 목이 콱 막히더라. 그래서 그림 위에 이렇게 썼어.

「마우베 형님을 기억하며

빈센트와 테오가」

너만 괜찮다면 우리 같이 서명해서 이 그림을 형수님에게 보낼까 한다.

여기서 그린 것 중에서 가장 잘 그린 습작을 고른 거야. 우리 집안 사람들이 뭐라고 할지 모르겠지만, 상관없어. 아무래도 마우베 형님을 추모하는 뜻을 담으려면 진지하고 무거운 그림보다 부드럽고 밝은 분위기가 더 나을 것 같거든.

꽃 피는 분홍 복숭아나무(마우베를 추억하며)
Pink Peach Tree in Blossom(Reminiscence of Mauve)
1888년, 캔버스에 유화, 73×59.5cm

「죽은 이들이 죽었다 여기지 말아라.

산 자들이 살아가는 동안에는

죽은 이들도 살아간다. 죽은 이들도 살아간다.」

나는 세상사를 이렇게 느끼고 있어. 그렇게 슬픈 일은 아니라고.

이것 말고도 과수원이 배경인 습작이 네다섯 점 더 있고, 곧 30호 캔버스에 같은 주제를 또 그릴 생각이야.

지금 사용하는 아연 백색 물감이 도대체 마르지를 않네. 다 마르면 바로 보내마. 그건 그렇고 이제 하루하루가 편안하다. 그런데 날씨는 반대야. 사흘을 내리 바람이 쌩쌩 불고 나서야 겨우 하루 조용해지지. 그래도 과수원의 유실수들에는 꽃이 활짝 피었다. 바람 때문에 그리기가 여간 힘든 게 아닌데, 말뚝으로 이젤을 땅에 고정하고 여차저차 해나가고 있어. 풍경이 정말 아름답거든.

1888년 4월 1일 일요일 추정

131

열병을 앓듯 작업에 매달리고 있다

사랑하는 테오에게

편지 정말 고맙다. 동봉해준 100프랑 지폐도. 네덜란드로 보낼 그림들의 스케치를 몇 점 보냈다. 유화가 색감이 훨씬 밝다는 건 두말하면 잔소리지. 지금도 한창 새 그림 작업 중이야. 과수원의 꽃나무들.

이곳의 공기는 확실히 내게 매우 이로워. 너도 와서 마음껏 들이키면 좋겠구나. 공기가 너무 좋아서 묘한 효과가 생겼는데, 코냑을 약간만 마셔도 금방 얼큰하게 취한다는 거야. 그래서 혈액순환을 돕는 별도의 강장제가 필요 없고, 녹초가 될 일은 줄었어. 다만 여기 온 이후로 내내 소화가 안 돼서 고생이다. 인내하며 고쳐야 할 문제겠지.

올해는 그림 실력을 크게 발전시키고 싶다. 또 반드시 그래야 하고.

과수원에 가서 그림을 하나 더 그렸는데, 분홍색 복숭아나무들만큼이나 잘 그려졌다. 연분홍색의 살구나무들이야. 지금은 검은 줄기의 황백색 매실나무 숲을 그리는 중이야. 캔버스와 물감이 제법 많이 들었는데, 부디 이게 돈 낭비는 아니길 바랄 뿐이다. 4점 중에서 테르스테이흐 씨나 마우베 형님의 기준으로 '그림'이 될 만한 건 고작 하나야. 그래도 나머지 습작들은 교환 용도로 사용할 수 있을 거야. 언제쯤 네게 보낼 수 있을까? 테르스테이흐 씨에게는 2점을 보내고 싶다. 아니에르에서 그렸던 습작보다 낫거든.

어제도 투우를 보러 갔어. 투우사 다섯이서 리본 달린 창과 휘장으로 황소를 대적하는데 한 명이 담장을 뛰어넘으려다 급소를 다쳤어. 금발에 회색 눈동자를 가진 상당히 침착한 투우사였는데, 사람들 말이 회복하려면 오래 걸릴 거라더라. 하늘색과 금색이 들어간 의상을 입었는데 딱 몽티셀리가 그린 숲속의 세 사람 인물화 속 기사 같은 분위기였어. 해가 들고 사람들이 들어차니까 원형 경기장이 무척 아름답더라.

나도 나지만, 네게도 힘든 달이 되겠구나. 그래도 너만 버텨준다면 꽃이 핀 과실수를 최대한 많이 그리는 게 우리에게 이득이야. 작업은 잘

꽃 피는 과수원

Orchard in Blossom, 1888년

캔버스에 유화, 72.5 × 92cm

아를 경기장의 관중 Spectators in the Arena at Arles
1888년, 캔버스에 유화, 73×92cm

진행되고 있어. 같은 주제로 10점 정도 더 그릴 거야.

너도 알겠지만 내 작업 성향이 변덕스럽잖아. 그러니 과수원에 쏟는 열정도 곧 사그라들겠지. 그다음에는 아마 원형 경기장을 그리지 않을까. 그려보고 싶은 데생은 어마어마하게 많아. 일본 판화풍으로 데생을 해보고 싶거든. 쇠도 달궈졌을 때 두들겨야지. 25호, 30호, 20호 캔버스를 연달아 그리고 있으니, 과수원 작업이 끝나면 기진맥진하겠어.

분홍색 복숭아나무를 어떤 열정을 담아 칠한 게 보일 게다. 사이프러스 나무 혹은 황금빛 밀밭 위로 별이 빛나는 밤도 꼭 그릴 거야. 여기 밤 풍경이 정말 근사하거든. 열병을 앓듯 계속 작업에 매달리고 있다.

이렇게 1년이 지나면 결과가 어떨지 정말 궁금해. 그때는 병치레 좀 덜 하면 좋겠다. 지금도 간혹 며칠씩 힘들다만, 크게 걱정할 일은 아니야. 지난 겨울이 유독 추웠던 탓이니까. 빈혈도 나아지고 있다. 그게 중요하지.

지금까지 그림에 돈을 많이 들였으니, 이젠 내 그림이 들인 돈만큼, 아니, 그보다 훨씬 더 값어치가 나가게 만들어야 해. 그럼, 그렇게 될 거야. 물론 그리는 것마다 성공작은 아니지만, 작업은 순조롭게 진행되고 있어. 지금까지는 네가 내가 쓰는 비용에 대해 불평 한번 안 했지. 그런데 미안하지만, 계속 이 속도로 작업을 하기엔 돈이 턱없이 부족해. 그런데도 더 작업해야 할 게 엄청나게 많지.

그러니 한 달이나 보름쯤 형편이 빠듯해질 것 같으면, 미리 알려다오. 그땐 데생에 치중해서 비용을 낮출 수 있어. 괜히 고생하지 말라는 말이야. 여기는 할 게 너무 많아. 온갖 다양한 습작을 만들 수 있지. 파리와는 달라. 파리에서는 마음에 든다고 아무 데나 자리 잡고 앉을 수가 없잖아. 한 달쯤 비용을 좀 넉넉히 쓸 수 있으면 딱 좋겠다. 왜냐하면 꽃이 만개한 과수원 그림이 팔기도 좋고 교환하기도 좋으니까. 하지만 너도 집세를 내야 하니, 어쨌든 힘들면 미리 알려주면 좋겠다. 파리의 겨울도 이제는 끝이 났겠지?

구스타프 칸의 지적은 옳아. 내가 색조에 큰 고민을 하지 않았다는 비평 말이야. 하지만 나중에는 다들 다른 평가를 내리게 되겠지. 분명히. 색조values과 색채colour는 둘 다 구현하기란 불가능해. 테오도르 루소가 그런 기술이 탁월했지만, 여러 색을 섞다 보니 시간이 흐르면서 점점 검어져서 이제는 그림조차 알아보기 힘들 정도야. 극지방과 적도에 동시에 살 수는 없잖아. 한 쪽을 선택해야지. 나는 아마 색채를 택할 것 같다.

또 연락하자. 너와 코닝과 다른 동료들에게 악수 청한다.

1888년 4월 9일 월요일

강렬한 원색은 세월과 함께 부드러워진다

사랑하는 테오에게

부탁했던 물감을 전부 보내 주다니 정말 고맙구나. 지금 막 받아서 아직 자세히 확인은 못 했다만, 정말 만족스럽다.

게다가 오늘은 날씨도 좋았어. 오전에 과수원에 나가서 꽃이 핀 자두 나무를 그리고 있었는데 갑자기 강한 돌풍이 부는 거야. 여기서만 나타나는 현상으로, 주기적으로 돌풍이 반복되지. 바람이 불 때 햇살에 작고 하얀 꽃들이 반짝이는데, 정말 아름다웠어! 덴마크 화가 친구와 함께, 바람이 불 때마다 마치 지진이라도 난 듯 모든 게 다 변하는 땅을 그렸다. 땅에는 파란색과 자홍색이 가미된 노란색 속에서 하얀색이 도드라지고, 하늘도 흰색과 파란색으로 그렸어. 그런데 이러한 야외 작업 방식을 다들 뭐라고 말할까? 아무튼 반응을 기다려 보자.

저녁식사 후에 테르스테이흐 씨에게 보낼 〈랑글루아 다리〉 그림을 하나 더 그리기 시작했어. 네게 주려고. 마우베 형수님에게도 하나 보내고 싶어. 내가 쓴 돈이 워낙 많으니, 어떻게든 순식간에 빠져나가는 돈을 거둬들여야 한다는 사실을 잊고 있는 건 아니거든.

그나저나 탕기 영감님한테 물감을 주문하지 않은 게 좀 후회된다. 그렇다고 크게 덕을 보는 일도 없지만(오히려 그 반대지), 참 남다른 양반이라서 자주 생각이 나더라. 오가는 길에 뵙거든 꼭 내 안부를 전해주고, 혹시 진열장에 내걸 그림이 필요하면 여기에 있다는 말도 전하고. 아주 근사한 걸로. 아, 갈수록 사람이야말로 모든 일의 뿌리라는 생각이 든다. 비록 현실에서는 진실되게 살아가지 못해서 우울한 감정에 빠져 지낼지라도 말이야. 아니, 그러니까 색을 칠하고 석고를 만지는 것보다 몸으로 부딪쳐서 일하는 게 더 중요하지. 그림을 그리거나 사업을 하는 것보다 자식을 낳는 게 더 가치 있고 말이야. 하지만 그러면서도 주변의 친구들도 삶에서 헤매고 있는 것 같으면, 나는 살아 있다고 느껴진다.

그런데 사람의 마음속에 장삿속이 있는 것 또한 분명하기 때문에, 네덜란드 측과의 친분을 돈독히 다지고 유지해야 해. 더군다나 지금은 인상주의의 앞날에 대해서 실패를 전혀 염려할 필요가 없으니까 말이야. 승리가 거의 눈앞에 보장된 상태인 만큼 우리는 그저 올바르고 차분하기만 하면 돼.

네가 지난번에 말했던 〈마라의 죽음〉이 정말 보고 싶다. 꽤나 흥미로울 것 같아. 얼핏 든 생각으로는, 마라는 도덕적으로 크산티페에 버금가는(물론 더 강렬하지). 비수 같은 사랑을 품은 여인 같거든. 그래도 감동적이긴 해도, 모파상의 『텔리에의 집』만큼 유쾌하지는 않아.

로트렉은 카페 탁자에 턱을 괴고 앉아 있는 여인의 그림을 완성했나 모르겠다.

만약 내가 실물을 보고 그린 것을 다른 캔버스에 습작하는 요령을 익히면, 그림을 더 많이 팔 수 있을 거다. 꼭 해내려고 해. 그래서 네덜란드로 보낼 2점을 시험 삼아 그려 보는 거고. 또한 네게 보내는 그림이니 무모한 행동도 아니지.

타세 사장님에게 진홍색까지 주문해준 건 정말 잘했다. 방금 확인했어. 인상주의 화가들이 유행시킨 색들은 다 쉽게 변색돼. 그래서 더더욱 과감하게 원색을 활용해야 하지. 시간이 흐르면서 강렬함이 사그라들며 부드러워지니까.

그래서 내가 주문한 물감들, 그러니까 세 가지 크롬 옐로(주황색, 노란색, 레몬색), 프러시안 블루, 에메랄드 그린, 진홍색, 베로니즈 그린, 선홍색 등은 마리스, 마우베, 이스라엘스 같은 네덜란드 화가의 팔레트에는 없어. 들라크루아의 팔레트에서나 구경할 수 있지. 그는 무척 타당한 이유로 모두가 배척했던 두 색상, 레몬색과 프러시안 블루를 즐겨 쓴 화가야. 그런데 그 두 색상으로 환상적인 작품을 그려냈어.

너에게 악수를 청한다. 코닝에게도. 다시 한번 물감 보내줘서 고맙다.

1888년 4월 11일 수요일 추정

노란집

The Yellow House, 1888년
캔버스에 유화, 72×91.5cm

노란집을 작업실로 빌렸어

사랑하는 테오에게

편지와 50프랑, 고맙게 잘 받았다. 미래를 암울하게 보진 않는다만, 부침은 많을 것 같다. 때로는 내가 감당해낼 수 있을까 싶어. 특히 건강이 좋지 않을 때 그래. 지난주에는 아주 혹독한 치통에 시달리느라 애꿎은 시간만 버렸어. 그래도 방금 펜으로 데생한 작은 그림들 두루마리로 발송하고 왔다. 12점이야. 보다시피, 유화를 멈췄다고 작업까지 멈춘 건 아니란다.

그 속에 노란 종이 위에 급하게 쓱쓱 그린 마을 입구 작은 공원 잔디밭 크로키가 있는데, 그 끝에 대충 이렇게 생긴 건물이 있거든. 그게, 오늘부터 그 건물 오른쪽 공간을 빌리기로 했어. 방이 넷이야. 정확히 말하면 2개의 방에 각각 작은 공간이 딸린 구조.

건물 외벽은 노란색이고 실내는 석회로 하얗게 칠해져 있어. 햇볕도 잘 드는데 월세는 15프랑이야. 일단 2층 방에 가구를 놓고 침실로 사용할까 한다. 여기를 남부 지방에서 활동하는 동안 작업실 겸 창고로 활용할 생각이야. 내 주머니를 털어가며 나를 억누르던 여인숙 주인의 괜한 트집에서 해방되는 거야. 베르나르에게 편지가 왔는데 그 친구도 집 전체를 빌렸는데 거의 헐값이었대. 운도 좋지! 이 크로키보다 훨씬 나은 데생으로 이 집을 다시 그려 보내줄게. 그리고 이제부터는 감히 단언하는데, 베르나르와 다른 화가들에게 그림을 보내라고 하겠어. 그렇게 모아 두었다가 기회가 생기면 여기서 전시회를 열어야지. 마르세유에서는 분명히 기회가 생길 거야.

이번에는 운이 따랐기를 바란다. 무슨 말이냐면, 노란 외벽에 실내는 하얀색인데 볕까지 잘 드니, 드디어 실내에서도 그림을 환하게 볼 수 있겠다는 거야. 빨간 벽돌 바닥이고 밖으로 나가면 정원 딸린 작은 공원이 나오는데, 그걸 그린 데생 2점도 보내마. 완성도가 훨씬 높을 거라고 장담한다.

러셀이 편지했는데 기요맹의 그림 1점과 베르나르의 그림 두세 점을 샀다더라. 게다가 나와도 습작을 교환하고 싶다는데, 어찌나 기쁘던지! 이 끔찍한 건강 문제만 아니면 아무것도 거칠 게 없을 텐데. 그래도 파리 시절보다는 나아지고 있어. 내 위장이 이토록 약해진 건, 파리에서 싸구려 와인을 지나치게 마신 탓이겠지. 여기 와인도 형편없다만 그나마 거의 입에도 대지 않아. 그러니까 제대로 먹지도 마시지도 못해서 몸은 허약해졌지만, 오히려 피는 더 맑아지고 있어. 그래서 다시 말하지만, 지금 내게 필요한 건 인내하며 견뎌내는 거야.

신발 두 켤레에 26프랑을 썼고, 셔츠 세 벌을 사니 27프랑이 들었어. 100프랑짜리 지폐로도 풍족하게 지낼 수는 없다는 말이야. 하지만 마르세유에 가서 일을 벌여볼 계획이라서 옷차림에 신경을 써야 했어. 정말 괜찮은 그림만 골라서 살 거니까. 마찬가지로 내 작업도, 그럴듯하게 못 그릴 바엔 차라리 하나라도 덜 그리는 편이 나아.

만에 하나 네가 그 영감님들 곁을 떠나야 할 상황이 발생해도, 나는 사업의 가능성을 추호도 의심하지 않아. 다만, 불시에 일격을 당하는 일만큼은 피해야겠지. 그 상황을 조금이라도 뒤로 미룰 수 있으면 더 좋고. 나로서도 몇 달 준비해서 마르세유에 가는 게, 쫓기듯 급하게 하는 것보다 더 자신 있게 진행할 수 있을 테니까.

물감도 있고, 붓도 있고, 아직은 이것저것 남아 있다. 그래도 낭비해서는 안 돼. 네가 영감님들과 결별하면, 나는, 예를 들어 매달 생활비를 150프랑 아래로 아껴 써야겠지. 지금 당장은 어렵다만 두 달쯤 후에는 그럴 수 있을 거야. 그때쯤 벌이가 나아지면 금상첨화겠지. 그렇게 되기를 바라고 있고.

진하게 끓인 수프만 먹어도 당장 몸이 나아질 것 같은데, 참 끔찍하지, 지금 사는 이 집에서는 그렇게 간단한 음식조차 먹을 수가 없다. 이 근방의 작은 식당들마다 다 안 된다는 거야. 감자 좀 삶는 게 뭐 그리 어려운 일이라고, 안 된다니! 그래서 쌀이나 마카로니를 주문해도 마찬가지야. 없대. 아니면 기름이 많이 묻어서 못 먹는다거나. 그런 요리는 안

한다면서 핑계를 대지. 내일 된다느니, 화덕이 모자라다느니. 어이가 없지만 이게 사실이야. 그러니 내 건강이 좋아질 수가 없지.

그런데도 어떤 결단을 내리기가 너무 힘들었던 건, 헤이그에서도 뉘년에서도, 작업실을 차려서 잘 꾸려 보려 했지만 결과가 좋지 않았기 때문이야. 하지만 그때와는 많은 게 달라졌고 나도 입지를 어느 정도는 다진 셈이니, 해볼 거야. 이 고약한 그림 그리기에 이미 많은 돈을 쏟아부었으니, 반드시 그림으로 다시 그 돈을 거둬들여야 해. 인상주의 화가들의 작품 가치가 올라간다고 감히 믿는다면(나는 확신한다만), 그들의 그림을 더 많이 모으고, 그림 값을 계속 올려야지. 그렇기 때문에 더더욱 차분한 자세로 작품의 질에 신경을 쓰고 시간을 낭비하지 말아야 해. 몇 년만 지나면 그간 쏟아부었던 돈이 다시 우리 수중에 돌아올 것도 같다. 현금이 아니면 그림의 값어치로라도 말이야.

정물: 데이지 그릇
Still Life: Bowl
with Daisies, 1888년
캔버스에 유화
33 × 42cm

141

너만 괜찮으면 빌리거나 사서, 침실에 가구를 좀 들여놓을 생각이야. 오늘이나 내일 아침에 알아보러 갈 거야.

이곳의 자연은 채색하기 정말 좋은 조건을 갖췄어. 그러니 이곳을 떠날 가능성은 크지 않을 것 같구나.

필요하다면 새로 구한 작업실을 다른 사람과 공유할 수 있어. 그러고 싶기도 하고. 고갱이 남쪽으로 내려올지도 모르겠다. 맥나이트와 같이 생활할 수도 있고. 그러면 집에서 요리도 할 수 있겠지.

어쨌든 작업실이 개방된 공간이니 여자들을 불러들이거나 그녀들과 동거할 일도 없을 거야. 뭐, 이곳의 미풍양속이 파리만큼 비인간적이거나 부자연스럽지는 않다. 하지만 나는 기질적으로 향락과 그림을 동시에 할 수 없는 사람이고, 지금은 그림에 만족해야 할 때지. 진실한 행복도 아니고 진실한 삶도 아니지만, 어쩌겠어? 이런 예술가의 삶이 비록 진실한 삶은 아닐지라도 내게는 생생한 삶이고, 여기에 만족하지 못한다면 배은망덕한 거야.

혹시 너희 집에 보관하기 불편한 그림들이 있다면 이곳을 보관창고로 쓰렴. 형편없는 그림을 너희 집에 두면 안 되잖아. 휴가 때 네덜란드로 돌아갈 거니? 네덜란드에 가서 테르스테이흐 씨도 만나고, 인상주의 화가들 업무와 관련해서 마르세유에도 갈 수 있으면, 도중에 브레다에 들를 수 있지 않을까 싶다. 그나저나 쇠라는 다시 만났어?

악수 청하면서, 이곳의 오늘 날씨처럼 네게는 화창한 한 해가 되기를 기원한다. 코닝에게도 안부 전한다.

추신: 다음 편지에 100프랑을 보내줄 수 있으면, 당장 이번 주부터 작업실에서 지내려 한다. 가구상이 제시하는 조건을 들으면 편지로 전하마.

1888년 5월 1일 화요일

이전에 없었던 색채를 쓰는 화가가 그림의 미래야

사랑하는 테오에게

몇 마디 전할 말이 있어 다시 펜을 들었다. 곰곰이 생각해 보니 그냥 깔개 하나에 매트리스 하나를 구해서 작업실 바닥에 놓고 잠자리로 쓰는 게 가장 나은 방법 같다. 여름 내내 무척 더울 테니, 그거면 충분할 거야.

침대는 겨울에 다시 필요할지 아닐지 고민해 보자. 너희 집 침대는 아무래도 다른 화가를 들여서 쓰게 하는 게 낫겠어. 너도 말벗이 있으면 좋을 테니까. 코닝이 떠나도 그 자리를 대신할 다른 화가가 있을 거야. 어쨌든 침대는 그대로 너희 집에 두는 게 어떨까?

거주할 집이라면 해안 근처인 마르티그나 다른 곳에서도 구할 수 있어. 하지만 작업실로서는 바로 맞은편에 공원이 있는 이곳이 정말 매력적이다. 그런데 보수 공사나 가구 구입은 일단 보류하는 게 현명하겠어. 행여 여름에 콜레라라도 돌면, 시골로 피난 가야 할 수도 있으니 말이야. 이 동네 오래된 골목길은 얼마나 더러운지 모른다!

소문이 자자한 아를의 여인들에 대해 얘기해 줄까? 확실히 매력적이야. 하지만 예전만은 못하지. 그러니까 만테냐보다 미냐르의 화풍에 가깝다. 쇠퇴기에 접어든 여인들 말이야. 그래도 아름다워, 무척 아름답지. 내가 말하는 건 딱 로마스러운, 다소 시시하고 평범한 유형들에 국한된 거야.

그래도 예외들도 있지! 프라고나르의 여인들, 르누아르의 여인들도 보여. 또 어떤 화풍의 그림으로도 그려진 적 없는 여인들도! 여기서 할 수 있는 최선은, 여러모로 아무리 살펴봐도, 여인들과 아이들의 초상화 그리기 같아. 그런데 내가 적임자는 아니야. 나는 여인들을 상대하는 벨아미(기 드 모파상의 장편소설 주인공. 매력적인 외모로 모든 여자들을 유혹한다)에 어울리지 않는 사람이거든.

남부의 벨아미 같은 이가 나타나 주면 정말 기쁠 것 같다. 몽티셀리

143

는 어울리지 않았지만 나름 준비를 했었고, 나는 그런 바람은 있지만 어울리지 않거든. 그러니 미술계의 모파상 같은 화가가 등장해 이곳의 아름다운 사람들과 풍경들을 표현해 준다면 엄청나게 기쁘겠다.

나는 계속해서 이런저런 그림을 그려서 작품을 남기겠지. 그런데 풍경화 하면 클로드 모네이듯, 과연 인물화 하면 떠오를 화가는 누가 될까? 혹시 너도 나처럼 로댕을 떠올렸니? 그런데 그는 색을 칠하지 않으니까 안 돼. 미래의 화가는 이전에 없었던 색채를 쓰는 화가일 거야. 마네는 그런 준비는 했지만, 너도 잘 알다시피 인상주의 화가들이 이미 훨씬 강렬한 색을 구사했지.

나처럼, 싸구려 비앤비에 거주하고 입에는 의치를 여럿 해넣고 알제리 보병들이 드나드는 매음굴을 찾으며 그림을 그리는 자가 미래의 화가일 거라고는 상상이 되지 않지. 하지만 다음 세대에는 이런 사람이 나올 것이니, 우리는 의심하거나 불평하지 않고 현재의 조건에서 이 방향으로 최선을 다해야 한다. 내 생각이 옳다고 본다.

정리하자면, 너만 괜찮으면 작업실 꾸미는 일은 서두르지 않을 생각이다. 당분간은 충분히 괜찮은 상태니 말이야. 그리고 위에서 설명한 대로 바닥에서 자면 돈도 안 들어. 호텔비 30프랑 대신 월세만 15프랑 내는 셈이니까 훨씬 이득이고.

너와 코닝에게 악수 청한다. 데생을 하나 더 그렸다.

1888년 5월 5일 토요일

라마르틴 광장 2번가

사랑하는 테오에게

100프랑이 든 편지 방금 받았다. 정말 고맙다. 이전에 50프랑을 동봉한 편지도(역시 브뤼셀에서 보냈더구나). 무사히 잘 받았다고 알려주려고 쓰는 편지야. 그런데 파리로 편지를 2통 이상 보냈고 데생 두루마리도 하나 도착했을 텐데, 아마 네 짐작대로 코닝이 네게 발송하지 않은 모양이다. 그 친구, 앵데팡당전(展)에서 연락을 받았다고 엽서를 보냈더라고. 4월 5, 6일에 그림을 가져가지 않으면, 가구 창고 같은 곳에 보관된다고 했대. 그 친구가 5월을 잘못 말한 거라면 그냥 가서 찾아오면 될 일인데. 착실한 젊은 친구가 네가 없다고 오락가락하는 모양이다.

드가의 그림을 팔았다니 반가운 소식이다. 구매자에게 쓴 편지도 아주 잘 썼어. 뫼니에나(그림을 여러 점 봤는데 괜찮더라) 더 브라켈레이르도. 벨기에 브뤼셀의 20인전(展)을 대표해서 왔다는 사람 있잖아, 로스 리오스 데 구아달키비르인지 뭔지 하는 이름을 가진 그자가 더 브라켈레이르가 뇌 질환으로 몸도 제대로 못 가눈다고 말해서 그를 망연자실하게 했다더라고. 사실이 아니기를 바란다. 너도 혹시 그런 소식을 들었어?

파리로 보낸 문제의 편지에 적었다만, 내가 작업실을 빌렸다. 방 4개 짜리 집 전체야(연세가 180프랑). 이제부터 거기서 지낼 거라서, 오늘 깔개와 매트리스와 이불을 사려고. 그런데 호텔비 미납이 40프랑 있어서, 남는 돈이 거의 없을 것 같아. 하지만 이제 돈은 돈대로 내면서 제대로 대접받지 못하는 호텔에서 영영 벗어나는 거야. 내 집이 생기는 거니까. 자세한 내용은 이미 보낸 편지에 썼어.

여기는 정말이지 미스트랄이 기승을 부리는데, 그래도 작게나마 데생 12점을 그려서 보냈다.

지금은 날씨가 화창해. 그래서 커다란 데생 2점에 작게 5점 또 그렸어.

아를 부근 밀밭의 농가

Farmhouse in a Wheat Field near Arles, 1888년

캔버스에 유화, 24.5×35cm

그림 보낼 상자를 찾았으니, 내일은 발송하마.

작은 데생 5점은 오늘 브뤼셀로 보낸다.

클로드 모네의 근사한 작품들을 봤다면, 내 그림들이 상대적으로 초라해 보일 거야. 나 역시 지금의 나 자신이, 내 그림이 못마땅하다. 하지만 갈수록 나아질 가능성이 엿보여.

그리고 머지않아 다른 예술가들이 이 아름다운 지방에 모여들어 같이 활동하면 좋겠어. 그렇게 함께 작업하는 게 나쁜 생각 같지 않아.

네가 말한 그곳은 예전에 라파르트와 자주 산책했던 곳이야. 스하르베이크라고 부르는 국민의회 기념탑 너머로 가는 변두리와 시골을 말하는 거지? 요사팟의 계곡이던가 하는, 포플러나무들이 늘어서 있던 곳도 떠오른다. 풍경화가 이폴리트 불랑제가 근사하게 그렸지. 대로변에서 식물원 위로 저무는 석양을 바라봤던 것도 기억난다.

상자에 코닝에게 주는 갈대 펜도 넣었다.

그리고 이게 이제 내 주소야

「라마르틴 광장 2번가」

네가 돌아올 무렵이면 파리도 완연한 봄이 되어 있겠지. 틀림없이. 맙소사, 그래도 전혀 이른 게 아니지.

호텔에서 지내다 보니 작업 진척도가 형편없다. 앞으로 1년여가 지나면 내 가구가 생기겠지. 내 소유의 가구. 남부에 고작 몇 달 머물고 말 거라면 아무 의미 없겠지만 장기 체류라면 사정이 달라지잖아.

그리고 나는 이곳의 자연을 영원히 좋아할 게 틀림없다. 일본 그림들처럼 말이야. 한번 좋아하면 생각을 바꾸지 않지.

1888년 5월 7일 월요일

과수원 그림들을 잘 보관해라

사랑하는 테오에게

일간 청구서 비용을 다 치렀다. 그런데 영수증에, 일단 그건 내 소지품을 돌려받는 비용이고 과다 청구금액은 치안판사에게 제출된다고 적혀있더라.

그러니 거의 빈털터리 신세가 됐다. 집에서 먹을 커피와 수프 재료를 좀 사고 의자 2개와 탁자를 샀더니 달랑 15프랑 남았어. 그래서 부탁하는데, 파리에 오기 전이라도 어떻게든 돈을 좀 보내주면 좋겠다. 상당히 난처한 게, 이 일로 작업에 큰 지장을 받았거든. 더없이 좋은 날씨가 이어지고 있는데 말이야. 이 작업실을 더 일찍 찾지 못한 게 아쉬울 따름이다. 이 인간들에게 바가지만 안 썼어도 진즉 가구까지 들였을 텐데.

외지인들은 여기서 쉽게 사기를 당해. 그런데 여기 사람들은 자신들의 행동이 잘못이라고 생각하지 않아. 최대한 얻어낼 수 있는 대로 얻어내는 게 의무라고 여기거든.

맥나이트처럼 아예 오지로 들어가면 큰 비용은 들지 않아. 하지만 심히 따분한 곳이니 여태 제대로 된 작품 하나 못 그리고 있다.

그러니 작업을 활발히 하는 데 불가피하게 드는 비용이라면, 치르는 게 낫지.

내가 보내는 것들에서 괜찮은 건 네가 따로 챙기면서 내가 너한테 갚아야 할 비용에서 공제해 주면 좋겠구나. 나로서는 이런 식으로 1만 프랑어치가 모아지면 마음이 한결 편해질 것 같다. 지난 수년간 쓴 돈이라도 고스란히 회수해야 해. 그 정도 가치는 인정받아야지.

거기까지는 아직 갈 길이 멀다. 하지만 이곳의 자연은 좋은 그림을 그리기에 필요한 모든 걸 다 품고 있어. 그러니 제대로 된 작품을 못 만든다면, 그건 전적으로 내 탓이다. 예전에 마우베 형님 말이, 한 해에만 수채화로 6,000프랑을 벌어들였다더라. 그래, 비록 지금은 걱정이 많지만 나중에 그런 행운으로 이어질 것 같다.

하얀 과수원

The white orchard, 1888년
캔버스에 유화, 60×81cm

이번에 보낸 그림에 거친 캔버스에 그린 분홍색 과수원 나무 그림하고 가로로 긴 흰 과수원 나무 그림, 그리고 다리 그림이 있어. 이것들을 잘 가지고 있으면 나중에 분명히 가격이 오를 텐데, 이 정도 수준의 그림을 50여 점쯤 가지고 있으면 과거에 그렇게 야박했던 기회를 충분히 보상받을 수도 있을 거야. 그러니 이 3점은 꼭 너희 집에 따로 보관해 두고 되도록 팔지 말아라. 나중에 각각 500프랑의 값어치는 할 테니까.

이런 작품을 50여 점 따로 가지고 있으면 그나마 마음 편히 작업을 할 수 있을 거야. 어쨌든 곧 편지해라.

1888년 5월 10일 목요일

아를의 랑글루아 다리
The Langlois Bridge at Arles, 1888년
캔버스에 유화, 49.5×64cm

삯마차를 끄는 말과 같은 신세

사랑하는 테오에게

이곳의 신선한 공기와 따뜻한 온기 덕분에 몸 상태가 괜찮다. 또 여기서는 해야 할 작업이 있고 자연이 있거든. 이런 게 없었다면 우울했겠지. 너도 거기서 매력적인 일을 하며 지내고, 인상주의 화가들과의 일도 잘돼 간다면, 대단한 결실이지. 외로움, 걱정, 골칫거리, 우정의 필요성, 공감의 결여 등은 아주 나빠. 슬픔, 실망 같은 감정적인 문제는 방탕한 생활보다 더 크게 우리를 무너뜨리지. 번민하는 마음을 소유한 행복한 사람들인 우리를 말이야.

네 주변에 네덜란드 사람들보다 훨씬 더 활기차고 다정다감한 사람들이 있었으면 했는데, 어쨌든 코닝이 내 곁에 있으니 다행이다. 그래도 네 곁에 프랑스 친구들 몇 명은 있으면 좋겠구나.

가구상과는 아직도 협상 중이다. 마음에 드는 침대가 있는데 생각보다 비싼 거야. 가구에 돈을 쓰기 전에 작업비부터 생각해야 할 때지. 지금은 숙박비가 하루에 1프랑이야. 그리고 속옷 몇 벌에 물감도 조금 샀어. 속옷은 아주 질긴 재질로 골랐지.

혈액순환이 제대로 되면서 성공에 대한 확신도 되살아나고 있다. 네가 겪는 병이 이 혹독한 겨울 때문이라 해도 놀랍지 않다. 도대체 끝이 안 보이니 말이야. 나도 똑같단다.

다음 편지에 네가 씻은 듯이 나았다는 소식을 전할 리는 만무하지만, 만약 그런 일이 생긴다면 중대한 변화겠지. 어쨌든 건강이 회복되는 동안에는 어느 정도 계속 우울감에 시달려도 이상할 건 없어. 사실 우울감은 늘 있고, 예술가의 삶에서는 주기적으로 돌아오지. 진짜 삶, 그러니까, 이상적이지만 실현 불가능한 삶에 대한 향수 같은 것이지.

때로는 자신을 온통 예술에 던질 욕망이, 다시 일어설 힘이 모자란다. 삶은 말이 끄는 삯마차와 같고, 우리는 앞으로도 계속 그렇게 묶인 채로 지내야겠지. 그런데 그러기 싫잖아. 햇살이 쏟아지는 들판과 강가에서,

153

자유로운 다른 말들과 함께 뛰어다니고 싶잖아. 후세를 만들면서.

결국 네 심장병에 이런 원인도 있을 거야. 놀랍지 않다. 이 흐름을 뒤집고 싶은데 방법이 없고, 그렇다고 포기할 수도 없고, 그러니 병이 들고, 나아지지 않아. 정확히 치료 방법도 모르고. 누군가 이런 상태를 '죽음과 불멸이 덮쳤다'고 표현했더라.

우리가 끌고 다니는 삯마차가 미지의 누군가에게는 분명히 유용할 거야. 하지만 우리가 새로운 예술, 미래의 예술가를 믿는다면, 우리의 예감은 결코 틀리지 않을 거다. 선한 코로 영감님은 눈을 감기 며칠 전에 이렇게 말했어. "간밤에 꿈에서 하늘이 온통 분홍색으로 물든 풍경화를 봤지." 인상주의 화가들이 분홍색 하늘, 노란색이나 초록색 하늘을 그리잖아? 그러니까 내 말은, 미래에 그렇게 될 거라고 느껴지면, 실제로 그런 일이 벌어진다는 거야.

우리는, 죽음이 당장 우리 앞에 놓여 있다고 생각지는 않지만, 죽음이 우리보다 훨씬 크고 우리의 삶보다 훨씬 길다고 느끼잖아. 죽음을 직접 느끼진 못해도, 우리가 하찮은 존재에 불과하다는 현실은 느껴. 그래서 예술가라는 테두리에 들어가려고 혹독한 대가를 치렀지. 건강, 젊음, 자유, 그 어떤 것도 제대로 못 누렸어. 봄나들이 가는 사람들이 탄 삯마차를 끄는 말보다 나을 게 하나도 없다고. 그러니까, 내가 나와 네게 바라는 건, 건강 회복이야. 반드시 그래야 해.

퓌비스 드 샤반느의 〈희망〉은 어찌나 사실적인지! 미래의 예술은 분명히 아름답고 젊을 것이기에, 지금 이 순간 우리가 젊음을 다 바치고 장차 편안하게 보답을 받을 수 있을 거야. 어리석은 말 같지만, 그게 내 느낌이야. 너도 나처럼, 네 젊음이 연기처럼 사라져 가는 모습을 보며 괴로워하고 있겠지. 하지만 젊음은 우리가 이뤄낸 작품 안에서 되살아날 테니, 결국 잃는 건 없는 셈이야. 작업해 나가는 힘이야말로 또 다른 젊음이다. 그러니 건강 회복에 전력을 다해라. 우리는 건강이 필요해.

1888년 5월 20일 일요일 추정

이 세상은 신이 그리다가 실패한 습작 같아

사랑하는 테오에게

앞으로도 데생을 많이 할 계획이야. 여긴 벌써부터 날이 더워지고 있다.

이 편지에 물감 주문서를 동봉한다. 혹시 네가 당장 물감을 주문해 줄 형편이 되지 않으면 데생을 더 그리고 있으면 되니까 괜찮다. 급한 정도에 따라 주문서를 2장으로 나눴다.

물론 언제나 가장 시급한 건 데생이지. 붓이든 펜이든 쉴 없이 그려도 늘 부족해. 나는 요즘 본질적인 부분은 과장하고 평범한 부분들은 일부러 모호하게 처리하고 있어.

도미에에 관한 책을 샀다니 기쁘구나. 다만 도미에의 석판화도 몇 장 더 사두면 아주 좋을 거야. 장차 그의 작품을 구하기 어려워질 게다.

건강은 어떠니? 그뤼비 박사는 다시 만나봤어? 난 아무래도 그 양반이 네 신경계 치료에 집중해야 하는데 심장병에 너무 비중을 두는 게

정물: 병, 레몬, 오렌지
Still Life: Bottle, Lemons
and Oranges, 1888년
캔버스에 유화, 53×63cm

155

아닌가 걱정이다. 네가 처방을 잘 따르면 그 양반도 곧 상황을 파악하겠지. 어쨌든 그뤼비 박사만 있으면 넌 장수할 텐데, 문제는 그 양반이 오래 못 살 것 같아. 워낙 연로하시니 막상 우리가 그 양반의 도움이 절실해졌을 때 이 세상 사람이 아닐 것 같단 말이지.

난 말이다, 신을 이 세상으로 평가하면 안 될 것 같다는 생각이 자꾸 든다. 왜냐하면 이 세상은 그 양반이 그리다가 실패한 습작 같거든. 어쩌겠어. 망친 습작이라도 좋아하는 작가가 그렸으면 비난하지 않잖아. 그냥 침묵해 주지.

하지만 그래도 우리에겐 더 나은 작품을 요구할 권한이 있어. 우리는 같은 이의 손으로 만들어낸 다른 작품도 필요해. 이 세상은 분명, 작가가 자신이 뭘 해야 하는지도 모르고 창작에 대한 정신의 여유도 없었던 시기에 성급하게, 그냥 되는 대로 막 만든 거야.

전설에 따르면, 신이 세상이라는 습작을 만드느라 엄청나게 고생을 했다더라. 나는 그 전설이 진실이라고 생각하지만, 그 습작은 몇 가지 면에서 실패했어. 이런 실수를 하는 건 대가(大家)들뿐이야. 그러니 그가 같은 손으로 설욕전을 펼쳤으리라는 기대를 품는 것이 크나큰 위안이 된다. 그러니까 이 세상을, 꽤나 정당하고 확실한 이유로 수많은 비판을 받고는 있지만, 다른 모습을 덧씌우지 말고 있는 그대로의 모습으로 받아들여야 해. 그래야 다른 생에서는 지금보다 더 나은 세상을 볼 수 있다는 희망도 계속 생기는 거니까.

1888년 5월 26일 토요일

고갱과 동료가 되고 싶다

사랑하는 테오에게

고갱에 대해 생각해 봤다. 자, 고갱이 여기로 오겠다고 하면 여행 경비를 부담해 줘야 하고 침대와 매트리스도 2개씩 장만해야겠지.

하지만 그가 뱃사람 출신이니 집에서 요리를 해먹을 수 있을 거야. 그러면 나 혼자 쓰던 생활비로도 둘이 지낼 수 있어. 알다시피, 난 화가들이 홀로 사는 것을 어리석다고 생각하잖아. 고립되어 지내면 손해야. 이 양반을 돕고 싶다는 네 뜻에 대한 내 대답이다.

네가 브르타뉴로 이 양반 생활비를 보내고, 프로방스로 내 생활비도 보내고, 그럴 수는 없어. 그런데 우리 둘이 생활비를 합치면 괜찮을 게다. 예를 들어 매달 250프랑쯤으로 액수를 정하고, 매달 내 그림과 별도로 고갱의 그림도 1점씩 받는 거야. 그 예산을 넘기지 않으면, 이익을 보는 셈이잖아? 게다가 내가 다른 화가들도 합류시킬 생각이고.

그래서 여기 고갱에게 보내는 편지 초안을 동봉하니까, 네가 읽어 보고 괜찮다고 하면 발송하마. 물론 몇몇 문구는 당연히 손을 좀 볼 거야. 어쨌든 우선 이렇게 써봤다! 그냥 단순 업무 정도로 여겨주렴. 모두에게 최선일 테니, 되도록 이렇게 처리하자. 다만 네 개인사업이 아니니, 내가 책임을 지고 고갱을 동료로서 맞이하는 게 맞는 것 같다.

넌 이 양반을 돕고 싶겠지. 나도 이 양반의 궁핍한 사정을 듣고 마음이 아팠거든. 하지만 하룻밤 새 해결할 수는 없잖아. 우리로서는 이보다 나은 제안을 하기 힘들지만, 다른 사람들도 더 좋은 제안을 내놓지 못할 거야.

나로서도, 내 작업에만도 이렇게나 돈이 많이 들어가서 걱정이 많다. 하지만 아무리 궁리해 봐도 돈 많은 아내를 얻거나 그림 그리는 친구들끼리 힘을 합치는 것밖에는 달리 방법이 없어. 나는 결혼은 어렵겠고 동료를 얻는 쪽을 생각하고 있다.

만약에 고갱이 동의한다면, 시간을 지체하지 않을 작정이다.

이게 조합의 시작이 될 수도 있어. 그러면 베르나르도 남부로 내려와 합류할 거야. 이건 알아둬라. 나는 여전히 네가 프랑스 인상주의 화가협회를 이끌 적임자라고 본다. 만약 내가 그네들을 한자리에 모으는 데 일조할 수 있다면, 기꺼이 그들 모두를 나보다 유능한 화가로 대우하겠어. 그들보다 더 큰 비용을 쓰고 있다는 사실에 내가 얼마나 화가 나는지 너도 느낄 게다. 너와 그들에게 더 이득이 될 유익한 동반자 관계를 구축해야 해. 그럴 거다. 그러니 이걸 잘 생각해 봐라. 괜찮은 동거인을 구하면 확실히 생활비는 줄어들 거야.

나중에 언젠가는 사정이 풀릴 수도 있겠지. 하지만 큰 기대는 걸지 않는다. 그저 지금은 네가 고갱부터 도와주면 정말 기쁘겠다. 난 요리나 살림에 전혀 재주가 없지만, 다른 이들은 이런저런 경험에 군복무 경력도 있으니 다른 재주들이 많을 거야.

이런저런 준비를 하고 편지를 마무리하려면 고갱 편지도 얼른 써야겠다. 별다른 얘기 않고 작업에 관해서만 이야기할 거야.

1888년 5월 28일 월요일 혹은 29일 화요일

◆ 1888년 5월 22일 편지를 보면, 고갱은 테오에게 도움을 청했다. 이미 두 달 전부터 퐁타방의 여인숙에서 외상으로 지냈고, 혼자 힘으로는 해결할 수 없는 처지였다. 이런 상황이 빈센트가 그를 아를로 불러들이는 계기가 되었다.

함께 살아갈 친구들이 필요하다

사랑하는 테오에게

네 여행 계획, 정확히는 화랑 측에서 제시한 출장 계획이 좀 걱정이다.
출장은 피곤한 일이야. 무엇보다 네 뇌를 더 지치게 할 뿐이니까. 어쨌
든 모든 게 내 책임인 것 같다. 네가 이렇게까지 해야 하는 게 나한테 들
어가는 돈 때문일 테니까. 아, 정말 마음이 안 좋다.

전경에 아이리스가 있는 아를 풍경 View of Arles with Irises in the Foreground
1888년, 캔버스에 유화, 54×65cm

그러다가 이렇게 다짐했어. 조만간 내가 괜찮은 작품을 매달 한두 점씩 그려낼 수 있을 거라고. 실력이 점점 좋아지고 있거든. 그러니까 일단 최대한 능청을 부리면서 그뤼비 박사와 이야기해 봐. 그 양반은 아마 네가 한 1년 정도 편하게 쉬길 바랄 거다. 내 생각이 틀렸으면, 그뤼비 박사가 기분전환이면 충분하다고 말해주면 좋겠다만, 그럴 리가 없지.

고갱에게 편지했다. 그냥 우리가 이렇게 멀리 떨어져서 그림을 그리고 있는 게 유감이라고만 했어. 여러 화가가 힘을 합치지 않는 이 상황도 아쉽다고 했지. 어쩌면 인상주의 화가들의 그림 가치가 단단히 굳어지기까지 수년이 걸릴 수도 있어. 그러니 이 양반을 도우면서 장기적으로 바라봐야 해. 하지만 고갱은 재능이 넘치는 사람이니까, 그와 협력하는 것만으로도 우리는 한 걸음 진일보하는 거야.

네가 원한다면 나도 너를 따라 미국에 가겠다는 말, 진심이다. 비록 지독하게 먼 길이지만 그만한 가치가 있다면 기꺼이 고생하마.

우리 같은 사람은 아프지 않도록 신경 써야 해. 왜냐하면 우리는 아프면, 방금 사망한 불쌍한 건물 관리인보다도 더 외롭고 고립될 테니까. 그들은 주위에 사람들이 있고, 어쨌든 멍하게라도 집 안에서 들고나는 살림들을 보살피잖아. 그런데 우리는 홀로 생각에 파묻혀 지내고, 가끔은 아무 생각도 않고 멍청하게 살고 싶을 정도지.

하지만 우리도 육신이라는 걸 가지고 있으니 함께 살아갈 친구들이 필요하다.

코닝에게 전하는 짤막한 작별인사 동봉한다.

내 곁에 토마 영감님 같은 분이 있으면 좋겠다. 너와 함께, 화가들에게 여기로 와서 작업하라고 딱딱 알려주는 사람 말이야. 그러면 고갱은 확실히 이쪽으로 오겠지.

1888년 5월 29일 화요일, 혹은 30일 수요일

고등어 같은 지중해의 바다색

사랑하는 테오에게

드디어 지중해와 맞닿아 있는 생트 마리에 와서 이렇게 편지를 쓴다. 지중해의 바다색은 마치 고등어 같더라. 시시각각 변한다는 뜻이야. 초록색이나 보라색이었다가, 파란색으로 바뀌는가 싶다가, 곧바로 반사되는 빛에 분홍색이나 회색으로 보이거든.

여기는 다음 달부터 해수욕 철이 시작된다고 하네. 해수욕하러 오는 사람들은 대략 스무 명에서 쉰 명 정도래. 나는 내일 오후까지 머물면서 데생을 몇 점 더 할 거야.

생트 마리 해변의 어선들 Fishing Boats on the Beach at Saintes-Maries
1888년, 캔버스에 유화, 65×81.5cm

밤이 내린 뒤에 한적한 해변을 거닐었다. 딱히 유쾌하지도 않았지만, 그렇다고 서글플 일도 없더라. 그냥 아름다웠어. 진하고 그윽한 파란 하늘에 기본적인 파란색 위에 강렬한 코발트를 입힌 것보다 더 진한 파란색 구름이 떠다니고, 밝은 파란색 구름도 마치 푸르스름한 은하수처럼 길게 이어져 있었어. 그런 파란색을 배경으로 별들이 초록색, 노란색, 흰색, 연분홍색으로 밝게 빛나는 게, 네덜란드나 파리 하늘에서 본 별에 비하면 마치 찬란한 보석 같더라. 오팔, 에메랄드, 루비, 사파이어 같은 보석.

바다를 보고 오니, 남프랑스에 머무는 게 얼마나 소중한지 새삼 느꼈다. 색만 조금 더 과장되면 지적에 있는 아프리카도 충분히 느껴지고.

생트 마리에서 그려온 데생들을 함께 보낸다. 떠나오던 날 아주 이른 아침에 배들을 그려왔고, 지금은 그걸 30호 캔버스에 유화로 그리고 있는데 오른쪽으로 바다와 하늘을 더 키웠다. 배들이 바다로 나가기 전의 모습이야. 아침마다 나가서 봐도 너무 이른 시각에 출항하니까 번번이 실패했었거든.

그나저나 도르드레흐트의 멍청한 인간들 봤니? 얼마나 뻔뻔하고 오만한지? 다른 작가들 작품은 물론이고, 아직 누구도 제대로 본 적 없는 드가와 피사로의 작품까지도 차지하려고 기를 쓰고 있잖아. 다만 젊은 친구들이 활약한다는 건 좋은 징조다. 그들을 좋게 이야기해준 선배들이 있다는 뜻이니까.

생활비는 다소 더 들지만 남프랑스에 머무는 이유가 있지. 인상주의 화가들이 다들 일본 그림을 좋아하고 그 영향을 받았지만 일본에 직접 갈 수는 없으니까, 비슷한 분위기의 남프랑스를 선택하는 거야! 그래서 나는 새로운 예술의 미래는 남프랑스에서 시작될 거라고 생각한다.

그렇지만 혼자 사는 건 마땅치 않구나. 두셋이 같이 지내면 훨씬 비용을 줄일 수 있지.

네가 잠시 내려와 있으면 어떻겠니. 여기 와서 지내면 시야가 달라지고, 일본 그림도 더 잘 이해되고 색도 다르게 느껴질 거야. 그래서 나는 여기 오래 머물면 내 개성을 오롯이 드러낼 수 있으리라고 확신한다.

일본 사람들은 그림을 번개처럼 빨리 그려. 그들의 신경이 더 섬세하고 감정은 수수해서 그런 걸까 싶다. 여기서 겨우 몇 달 있었지만, 파리에 있었다면 이렇게 1시간 안에 배를 데생을 해냈을까? 원근틀도 없이? 여기서는 구도를 계산하고 측정하지도 않고 그저 펜이 움직이는 대로 그려도 데생이 나와.

그래서 나는 머지않아 그림으로 돈벌이를 해서 들어가는 비용을 감당할 수 있을 것 같다. 돈을 아주 많이 벌고 싶어서 재능 있는 화가들을 여기로 불러 모으고 싶다. '프티 불바르'의 진창에서 허우적거리는 그들을. 다행히도 그럴듯한 작품을, 그럴듯한 장소에서, 그럴듯한 상대에게 파는 건 꽤 쉬운 일이거든. 고매하신 알베르 님께서 우리에게 비법을 전수해 주신 덕에, 모든 문제가 마법처럼 감쪽같이 사라졌지. 그저 그런 목적으로 나온 예술 애호가들이 돌아다니는 평화의 거리로 나가면 그만이니까. 고갱이 여기로 오면 나와 함께 베르나르가 군복무를 할 아프리카 대륙에 다녀올 수도 있어.

피사로의 말이 맞아. 색의 조화와 부조화가 만들어내는 효과를 대담할 정도로 과장해서 써야 해. 데생도 마찬가지야. 정확한 데생과 적절한 색이 본질이 아닐 수도 있어. 거울 속에 비친 현실의 모습을 색채까지 고스란히 붙잡아둘 수 있다고 해도, 그건 결코 그림이 될 수 없으니까. 그냥 사진에 지나지 않지.

잘 지내라. 악수 청한다.

1888년 6월 3일 일요일에서 5일 화요일 사이

세잔처럼, 남프랑스의 황금색을 표현했지

사랑하는 테오에게

네 편지가 아직 오지 않아서 몇 마디 더 적는다. 아마도 내가 생트 마리에 가 있다고 생각해서 그런 거겠지.

월세에 문과 창문 페인트칠 비용, 캔버스 천 구입비가 한꺼번에 나가서 그런데, 돈을 며칠 앞당겨서 보내주면 정말 고맙겠다.

밀밭이 배경인 풍경화를 작업 중인데, 흰 과수원보다 못한 그림은 절대 아니야. 두 풍경화 모두 얼마전 앵데팡당전(展)에 출품했던 몽마르트르 언덕과 비슷한데, 더 안정적이고 특징이 살아 있어.

또 다른 소재는 농가와 짚단 더미인데 아마 같이 짝을 이루는 그림이 될 것 같아.

고갱은 어떤 그림을 그릴지 궁금하다. 여기 왔으면 좋겠구나. 너는 앞날을 그려봐야 부질없다고 여길지 모르겠지만, 그림이라는 게 서서히 그려나가면서 동시에 앞으로의 상황도 미리 계산해야 하는 거야.

나도 그렇지만 고갱도 그림 몇 점 팔면 형편이 훨씬 나아질 거야. 작업을 계속하려면 어떻게든 생계는 해결해야 하니, 생활이 보장되는 든든한 기반이 있어야 해.

이 양반과 내가 여기 오래 머문다면, 점점 더 개성적인 그림을 그리겠지. 왜냐하면 당연히 이 지역의 풍광을 속속들이 다 연구할 테니까. 나로서는 남부에서 본격적으로 시작한 터라 이제는 다른 곳으로 방향을 바꾸는 건 생각하기 힘들다. 옮겨갈 생각보다는 이 지역을 더 깊숙이 파고드는 게 더 이로울 거야.

마지막에 그린 밀밭 풍경화가 단연 압도적으로 좋다. 의외로 파란색과 노란색으로 커피 주전자와 잔들, 접시 등을 그린 정물화가 견줄 만하고. 데생이 좋아서 그런 모양이다. 나도 모르게 전에 봤던 세잔의 작품이 문득문득 떠오르는데, 그의 그림이 프로방스의 억척스러운 면을 강조했기 때문이겠지. 포르티에 씨 집에서 봤던 〈추수〉처럼 말이야.

프로방스의 추수
Harvet in Provence
1888년, 캔버스에 유화
50×60cm

밀밭Wheat field
1888년, 캔버스에 유화
50×61cm

정물: 야생화가 꽂힌 마요르카 항아리
Still Life: Majolica Jug with Wildflowers, 1888년
캔버스에 유화, 55×46cm

정물: 파란 에나멜 커피 주전자, 도기와 과일
Still Life: Blue Enamel Coffeepot, Earthenware and Fruit, 1888년
캔버스에 유화, 65×81cm

지금은 봄과는 완전히 다른 느낌으로 변했지만, 벌써부터 타들어 가기 시작하는 자연의 분위기가 싫지 않다. 짙은 황갈색에 청동색, 구리색이 지배적이고 거기에 흰색으로 달궈놓은 초록색과 파란색 하늘이 대비를 이루는데, 이 분위기가 만들어낸 감미로운 색조는 더없이 조화롭게 어우러지면서도 들라크루아식의 강렬한 대비를 이루고 있다.

고갱이 함께한다면, 우리는 한 걸음 앞서갈 수 있어. 그러면 분명히, 우리는 남부의 개척자로 입지를 굳히고 아무도 그 사실에 반박하지 못할 거야.

나는 나머지 그림을 압도하는 이 풍경화 속에 표현한 색들을 자유자재로 다룰 수 있어야 해. 포르티에 씨의 말이 기억난다. 처음에는 자신이 소장한 세잔의 그림들을 대수롭지 않게 보았었는데, 다른 그림들과 나란히 세우니 다른 색들을 완전히 압도하더라고 하더라. 게다가 세잔이 금색을 표현한 걸 보면, 얼마나 색을 격조 있게 사용하는지 알 수 있어.

그래서 말인데, 어쩌면 내가 제대로 된 궤도에 오른 것도 같고, 내 눈이 이곳의 자연에 잘 적응해 가는 것도 같아. 확실히 그런지는 일단 조금 더 두고 보자.

마지막에 그린 그림은 작업실의 벽돌 바닥에 두어도 절대로 밀리지 않아. 시뻘건 벽돌을 오히려 배경으로 삼듯, 색감이 죽거나 희멀겋게 뜨는 일이 없어. 세잔이 작업했던 엑상프로방스의 자연도 여기와 흡사해. 같은 크로 지역이니까. 내가 캔버스를 들고 집으로 돌아오며 '그래, 내가 세잔 영감님과 똑같은 색조를 다룰 수 있게 됐어' 하고 중얼거리는 건, 말하자면, 세잔이 졸라와 마찬가지로 이 지역 출신이라서 이곳의 자연을 속속들이 알았는데, 그런 사람과 똑같이 계산해 보고 똑같은 색조를 낼 수 있다는 뜻이었다. 한눈에 서로 어우러져 보이지만, 뜯어 보면 서로 닮은 구석이 하나도 없는 색들을 말이야.

1888년 6월 12일 화요일, 혹은 13일 수요일

168

'예술가를 위한 예술'은 그저 유토피아일까

사랑하는 테오에게

모호할 경우에는 자제하는 편이 낫다고, 아마 내가 고갱에게 편지했을 거야. 이 양반의 답장을 읽고 난 지금도 여전히 같은 생각이다. 그가 다시 제안에 응하기로 번복한다면, 그야 얼마든지 그 양반의 자유지. 다만 지금 이 상태에서 고갱에게 긍정적인 답변을 강요한다면 우리 이미지가 어떻게 비칠지 모르겠다.

보다시피 네 편지는 잘 받았어. 정말 고맙다. 안에 든 게 여러 개더라. 특히 동봉된 100프랑 지폐, 고마워. 전신환이 늦은 건, 일요일 소인이 찍힌 걸 보니 우체부 실수 같은데, 뭐 별로 상관 없지. 생트 마리행 열차는 매일 있으니까.

다만 내 발목을 잡았던 건, 캔버스와 월세였어. 전에도 언급했다시피 타세 상점의 캔버스가 야외 작업에서 마음에 안 드는 점이 너무 많아. 앞으로는 일반용을 써야겠기에, 틀까지 포함해서 캔버스 천을 50프랑어치를 샀어. 큰 크기가 (막상 그려 보니, 그렇게 크지도 않더라) 내 작업에 잘 어울려.

모네 전시회를 열었다니 축하한다. 가보지 못해서 무척 속상해. 테르스테이흐 씨의 방문은 나쁠 건 없어. 그가 나중에 분명히 다시 찾겠지만, 아마 네 생각대로, 그러면 너무 늦어져. 그래도 그 양반과의 일에 희망을 버리지 말자. 테르스테이흐 씨가 남다른 건, 사고방식은 경직되었지만, 일단 무언가가 처음에 생각했던 것과 확실히 다르다는 것을 깨달으면 졸라처럼 과감할 정도로 적극적으로 바뀐다는 거야. 아, 그 양반과 네가 지금 이 사업과 관련해서 한배를 타지 않았다는 게 얼마나 슬프지! 하지만 어쩌겠어. 이런 게 소위, 운명이라는 거겠지.

어쨌든 테르스테이흐 씨가 찾아올 줄은 상상도 못 했고, 그 양반이 협조적으로 나올 줄도 예상하지 못한 점도 기꺼이 인정한다. 어쩌면 고갱과의 일도 가능성이 있겠어. 사실은, 그가 궁지에 몰린 것 같아서 자

169

책이 되더라. 나보다 유능한 건 그 친군데, 정작 쓸 돈은 내가 가졌다니! 하지만 사실 절반쯤은 그의 탓이기도 해.

그래서, 고갱이 다급하지 않다면 나도 굳이 서두르진 않을 게다. 확실히 손을 떼겠어. 남은 고민은 간단해. 내가 같이 작업할 동료 화가를 구하는 게, 과연 잘하는 일일까? 테오와 내게 도움이 될까? 그 동료는 어떤 손해 혹은 이득을 얻을까? 맞아, 이런 고민들에 사로잡혀 있단다.

고갱의 계획은 더 얘기 않으마. 지난겨울에 이미 충분히 검토했잖아. 결과는 너도 잘 알고. 나는 인상주의 화가들의 연합이 12인의 영국 라파엘 전파 연합(르네상스 시기로 돌아가자는 복고주의를 표방. 단테 가브리엘 로세티, 존 에버릿 밀레이 등)과 비슷한 성격을 띨 거라고 생각한다. 이런 연합이 반드시 탄생할 수 있다고 믿고. 그렇기 때문에 예술가들이 각자 값 나가는 작품들을 연합에 내놓고 그 이익과 손해를 공통으로 져서, 미술상에게서 독립해서 서로의 생계를 보장할 거라고 생각하는 거야. 물론 영원히 지속될 거라는 건 아니고, 다만 존속하는 동안만큼은 화가들이 꿋꿋하게 버티며 그림을 그릴 수 있어.

그러나 내일 당장 고갱과 그의 채권자인 유대인 은행가들이 찾아와 그림을 10점 주문하는데, 예술가 협회가 아니라 미술상 협회로 의뢰한다면, 글쎄, 내가 과연 그들을 믿고 거래할지 모르겠다. 반면에 예술가 협회라면 50점도 기꺼이 내놓겠어. 아니, 은행가들로 구성된 단체를 왜 예술가 협회라고 부르지?

그보다는 차라리 지금 상태가 더 낫지. 굳이 통째로 뜯어고쳐서 설익은 개혁을 하느니, 있는 그대로 받아들이는 게 더 낫다고. '예술가를 위한 예술', 그 위대한 혁명은, 아, 아마도 유토피아일 뿐이겠지. 너무나 속상하지만, 어쩔 수 없지. 인생은 너무 짧고 너무 빨리 지나간다. 그렇다고 해도 화가라면 그림을 그려야지.

지난겨울에 피사로를 비롯한 여러 화가들과 이 문제에 대해 많은 이야기를 나눴잖아. 거기에 굳이 다른 사족은 달지 않고 딱 하나만 덧붙이마. 난 연말까지 50여 점을 더 그릴 계획인데, 만약 이걸 해내면 내 입장

수확하는 사람과 밀단
Wheat Stacks with Reaper
1888년, 캔버스에 유화
73.6×93cm

을 그대로 고수하겠어.

이번 주에 30호 캔버스에 추수를 그리기 시작했어. 아직 완성되려면 한참 남았는데도, 정물화 딱 1점만 빼고, 공들여 그린 다른 그림들을 모두 압도하더라. 맥나이트와 아프리카에 다녀온 그의 친구가 오늘 보고 갔는데 이제껏 본 내 그림들 중에서 단연 최고래. 대개는 그런 칭찬을 들으면 몸 둘 바를 모를 텐데, 난 이렇게 다짐했다. '나머지 그림들도 끝내주게 좋다는 소리를 듣겠어. 반드시!'

그게, 습작을 그려서 돌아올 때마다 이렇게 되뇌거든. '매일 이렇게만 그린다면 다 잘될 거야.' 하지만 허탕치고 돌아와서도 똑같이 먹고, 자고, 돈을 쓸 때는, 스스로가 못마땅하고 미친놈, 불량배, 정신 나간 늙은이가 된 기분이야.

1888년 6월 15일 금요일과 16일 토요일

171

〈씨 뿌리는 사람〉은 영원(삶과 죽음)에 대한 동경

내 친구, 베르나르에게

이렇게 급하게 써서 미안하네. 내 글씨를 제대로 못 알아볼까 봐 걱정이 되지만, 자네 편지를 받자마자 답장하고 싶어서 말이야.

그거 아나? 고갱과 자네와 내가 한자리에 같이 모여 있지 않은 이 상황이 얼마나 어리석은지 말이야. 하지만 고갱이 떠날 때는 내가 별로 떠날 생각이 없었어. 자네가 떠날 때는 금전 문제가 걸려 있었는데, 내가 여기 생활비가 비싸다는 비보를 전해서 자네가 안 오게 됐고. 지금 생각해 보면 우리 셋이 함께 아를로 오는 게 전혀 어리석은 생각이 아니었는데 말이야. 셋이 지금 내가 사는 집에서 같이 살면 되니까.

이제 내 형편이 조금 나아지니까 이곳의 장점들이 하나둘 눈에 들어와. 여기 온 뒤로 북쪽에서 지낼 때보다 건강이 훨씬 더 좋아졌어. 뙤약볕이 쏟아지는 한낮에 그늘 하나 없는 밀밭에 앉아서 그림을 그린다니까. 매미처럼 즐길 정도야. 세상에, 서른다섯이 아니라 스물다섯에 이곳을 알았더라면! 그땐 회색 계열과 무채색 색조에 열광했었지. 밀레를 동경했고, 그러다가 네덜란드에서 마우베나 이스라엘스 같은 화가들과 교류하게 되었고…….

〈씨 뿌리는 사람〉 크로키라네.

넓은 밭이 온통 쟁기질한 흙덩어리들인데, 거의 자주색으로 보여.

잘 익은 밀밭은 황갈색과 노란색 색조에 양홍색이 아주 살짝 들어간 느낌이고.

크롬옐로 1호 색상의 하늘은, 거기에 흰색을 더한 태양만큼이나 밝고, 나머지 하늘도 크롬 옐로 1호와 2호를 섞은 색이야. 한마디로 샛노랗다는 거지.

씨 뿌리는 남자의 작업 셔츠는 파란색이고 바지는 흰색이야. 캔버스 크기는 25호.

씨 뿌리는 사람 The Sower
1888년, 캔버스에 유화, 64 × 80.5cm

바닥 흙에도 노란색이 많은데, 자주색을 섞은 무채색 색조야. 솔직히, 색상을 예쁘게 뽑는 것에는 관심이 없네. 차라리 낡은 시골 달력처럼 그리는 게 더 좋아. 늙은 농부의 집에 걸려 있을 법한, 우박, 눈, 비, 화창한 날 등을 완전히 원시적으로 그린 그림 말이야. 앙크탱의 〈추수〉가 딱 그런 분위기지.

자네에게 털어놓았듯이 난 시골에서 나고 자랐으니까 시골이 싫지 않아. 오히려 과거의 기억 조각들, 그러니까 씨 뿌리는 사람이나 짚단더미를 보면 그 시절 영원(생명이 죽고, 죽어서 다시 새 생명으로 태어나는 신비)을 동경했던 마음이 되살아나면서, 또다시 매료되어 버린다네.

그런데 줄곧 그려보고 싶었던 별이 빛나는 밤 풍경은 언제나 그릴 수 있으려나. 아, 아쉬워! J.K. 위스망스의 『결혼 생활』에서 대단한 친구, 시프리앙이 이렇게 말했지. '가장 아름다운 그림은 침대에 누워 파이프 담배를 피우며 머릿속으로 그려보는, 그러나 실제로는 결코 그리지 않을 그림'이라고. 하지만 도저히 말로 표현할 수 없이 위대하고 완벽한 자연 앞에서 내가 한없이 못나고 무능하다고 느껴져도, 기어이 그리게 될 거야.

풍경화를 하나 더 소개하지. 석양 같은가, 월출 같은가? 그게, 한여름 저녁의 해라네.

마을은 자주색, 별은 노란색, 하늘은 청록색. 밀밭은 온갖 색조가 다 있어. 해묵은 금색, 구리색, 황록색, 황적색, 샛노란색, 황갈색, 적록색까지. 캔버스는 30호 크기야. 미스트랄이 한창 기승을 부릴 때 그리느라 쇠막대기로 이젤을 바닥에 고정했지. 자네도 이 방법을 써보게.

자, 자네에게 흰색과 검은색에 대해서 할 말이 있네. 〈씨 뿌리는 사람〉을 예로 들지. 그림이 두 부분으로 나뉘어. 위쪽은 노란색, 아래쪽은 자주색. 여기에 흰 바지가, 위아래 노란색과 자주색의 극명한 대비로 피로한 눈을 쉬게 하면서 시선을 분산시켜 주고 있잖은가. 바로 이걸 말해 주고 싶었어.

고갱은 여전히 퐁타방에서 외롭게 지내고 있다고 투덜거리고 있어. 자네처럼 말이야. 자네가 방문하면 좋아할 텐데! 그런데 그 양반이 계속 거기 머물지는 모르겠어. 아무래도 파리로 갈 작정 같더라고. 자네가 퐁타방으로 올 줄 알았다고 하더군. 아, 정말이지 지금 여기에 우리 세 사람이 함께 모여 있다면! 자네는 너무 멀다고 하겠지. 맞아. 하지만 여기선 겨울에도 그림을 그릴 수가 있어. 내가 이 고장을 좋아하는 이유야. 혈액순환을 방해하고, 생각까지 방해하고, 뭐든 할 수 없게 하는 추위에 얼어붙어 있지 않아도 된다는 거.

1888년 6월 19일 화요일 추정

〈알제리 병사의 초상화〉, 요란하게 그려보고 싶었다

사랑하는 테오에게

베르나르에게 편지를 받았어. 무척 외롭지만 그림은 꾸준히 그리고 있대. 새로운 시도 지었는데 다소 감동적인 방식으로 스스로를 희화화하는 내용이었어.

그런데 이런 걸 묻더군. '그림은 그려서 뭐 합니까?' 그림을 그리면서 그런 질문을 하더란 말이야. 그림 그리는 게 아무짝에도 소용없는 일 같다면서. 그림을 그리면서 그런 의문이 드는 건, 그림도 안 그리면서 그러는 것과는 전혀 차원이 다른 이야기야. 어쨌든 그 친구가 작업하고 있는 그림이 궁금해지더라.

고갱이 어떻게 나오려나 궁금하다. 베르나르가 퐁타방으로 찾아가지 않는다면 말이야. 일전에 두 사람에게 서로의 주소를 알려줬거든. 서로의 도움이 필요할 것 같아서.

뙤약볕이 쏟아지는 들판에서 일주일간 그림에만 열중했어. 덕분에 밀밭의 풍경 속에서 씨 뿌리는 사람의 스케치를 그렸다. 갈아엎은 밭 여기저기에 자주색 흙덩어리가 지평선 쪽으로 쭉 이어지고, 파란색과 흰색의 작업복을 입은 남자가 씨를 뿌리고 있는 그림이야. 지평선을 따라 짧지만 잘 익은 밀들이 이어져.

그 뒤로는 노란 태양이 뜬 노란 하늘이 보이고.

색조만 몇 개 간단히 나열했는데 이 구도에서 색감이 얼마나 중요한 역할을 할지 너도 느꼈을 거다.

그래서 25호 캔버스에 그린 이 스케치가 몹시 고민스럽다. 과연 이 그림을 진지하게 작업해서 훌륭한 유화로 완성할지 말지 말이야. 아, 정말 그리고 싶지! 그런데 그만한 여력이 될지 모르겠어.

엄두가 나지 않으니 일단 스케치 상태로 놔둘 생각이다. 아주 오래전부터 씨 뿌리는 사람을 그리고 싶다고 꿈꿔 왔거든. 그래서 막상 닥치니까 두렵기까지 하다. 하지만 밀레와 레르미트의 뒤를 이어 꼭 해야 할 일은…… 씨 뿌리는 사람을 유화로 크게 그리는 일이야.

다른 이야기를 하자. 드디어 모델을 찾았어. 알제리 보병 소속 군인이야. 얼굴은 작은데 황소 같은 목, 호랑이 같은 눈동자를 가진 밀리에라는 친구지. 초상화를 하나 그렸고 지금은 또 다른 초상화에 들어갔다. 반신상을 칠하는 데 엄청나게 힘들었어. 파란 에나멜 냄비처럼 파란색 옷감에 다소 바랜 빨간색과 주황색의 장식끈 무늬가 있고 가슴 부위에 별이 2개 들어간 제복 차림인데, 평범한 파란색을 내는 데 아주 애를 먹었다.

구릿빛 피부에 얼굴은 고양이상이고 머리에 꼭두서니 색의 모자를 쓴 그를, 초록색 문에 주황색 벽돌을 배경으로 그렸어. 서로 쉽게 어울리지 않는 색조들이라 칠하는 게 쉽지 않더라고. 습작이긴 해도 얼마나

알제리 병사
The Zouave(Half Length), 1888년
캔버스에 유화, 65×54cm

176

앉아 있는 알제리 병사
The Seated Zouave, 1888년
캔버스에 유화, 81 ×65cm

힘들던지. 하지만 저속한 것도 같고, 심지어 요란한 것 같기도 한 이런 초상화를 꼭 그려보고 싶었다. 배우는 게 있고, 내가 습작을 하며 노리는 게 바로 이런 거야. 그래서 다시 두 번째 초상화 작업에 들어갔다. 이번에는 흰 벽을 배경으로 앉아 있는 전신상이야.

지난 편지에 깜빡하고 말을 못했는데(보름 정도 지났구나) 타세 사장님이 보낸 물감은 잘 받았다. 그런데 밀밭과 알제리 보병 습작에 물감이 많이 들어서 주문을 또 넣어야할 것 같아. 당장 급한 건 3분의 1, 아니 절반 정도다.

캔버스는 전혀 급하지 않단다.

고갱이 어떤 그림을 그릴지 궁금한데, 그 양반을 여기로 오도록 재촉하는 건, 아니, 안 돼. 이젠 그게 그 양반에게 좋을지 나도 확신이 서지 않아. 가족이 많으니, 다시 돈을 벌어서 그들을 부양하고 가장의 위신을 세우려면 고갱은 더 큰 위험도 감수해야겠지.

어쨌든 나는 화가 연합 때문에 화가 개개인의 개성이 축소되는 건 원치 않아. 그가 뛰어들어 보겠다면 본인도 옳다고 느껴서겠지. 또 본인이 좋다면 굳이 그 마음을 돌리고 싶지도 않고. 어쨌든 그 양반이 어떤 답을 줄지 두고 볼 일이야.

곧 또 편지하자. 마음의 악수 청하고, 동봉해준 신문 정말 고맙다. 전시회 꼭 성공해라.

1888년 6월 21일 목요일

동료가 있으면 더 훌륭한 그림에 집중할 것 같은데

사랑하는 테오에게

작은 데생 중에서 빨래터가 있는 나무다리 혹시 기억하니? 뒷배경으로 마을이 보이고. 그걸 큰 유화로 그렸다.

너한테 미리 말하는 건데, 다들 내가 그림을 빨리 그린다고 여길 거야. 그 말은 한마디도 믿지 말아라.

그렇지 않니, 우리는 감정에, 자연을 향한 우리 감정의 진정성에 이끌려 가잖아. 그 감정이 너무 강렬하면 일인 것도 잊고 매달릴 때도 있어. 가끔은 붓질을 내처 이어가게 되는데, 그게 연설문이나 편지 속에서 단어들이 의미 있게 연결되듯이 이어진단 말이야. 단, 항상 이러는 건 아니야. 영감이 전혀 떠오르지 않는 무거운 날들도 분명히 올 거야.

그래서 쇠가 뜨거울 때 두드려야 해. 다른 일은 제쳐두고.

아직도 사람들에게 선보일 유화 50점의 절반도 완성하지 못했어. 올해가 끝나기 전에는 다 완성해야 해. 서두른 티가 난다고 평가할 거라는 것도 이미 알아. 그저 지난겨울의 내 신념을 지키고 싶어서 그래. 화가 공동체에 대해 나눴던 이야기들 말이야. 어떻게든 화가 공동체를 결성하고 싶다는 말이 아니다. 이건 중요한 문제니까 진지한 자세를 유지하고 논의를 멈추지 않으려는 의도야.

고갱이 나와 함께 작업하러 올 마음이 없다면, 경비를 고스란히 내 작업에 쏟아부으면 그만이야. 그렇게 돼도 딱히 걱정되는 건 아니야. 건강만 버텨준다면 캔버스를 모조리 다 채울 거야. 그중에서 그럴듯한 게 몇 개 나오겠지.

지난겨울 기요맹의 집에 갔을 때, 아틀리에는 말할 것도 없고 복도와 계단까지 캔버스가 걸린 모습이 정말 반갑지 않았니? 그걸 보고 나도 야망을 품게 됐어. 단순히 캔버스 갯수를 늘리는 게 아니라, 전체적으로 봤을 때 나의 노력은 물론이고 너의 노고까지 제대로 보여주는 그림을 그리겠다고 말이야.

밀밭은 작업하기 좋은 소재였어. 일전에 과수원 꽃나무가 그랬듯이.

간신히 새로운 시골 풍경도 찾았어. 포도밭이야.

사이에 짬이 나면 바다 풍경을 몇 점 더 그려보고 싶고.

과수원 꽃나무들은 분홍색과 흰색, 밀밭은 노란색, 바다는 파란색이 주조를 이룬다.

이젠 초록색을 좀 더 연구해 보려고. 그런데 가을이라서 온갖 색조들이 살아나고 있어.

고갱은 어떤 작업을 하고 있는지 궁금하다. 중요한 건 이 양반이 낙

프로방스의 농가 Farmhouse in Provence
1888년, 캔버스에 유채, 46.1×60.9cm

담하지 않게 돕는 거야. 그런데 이 양반 계획이라는 게 내 보기에는 여전히 일종의 강박 같기도 해. 다시 한번 말하지만, 나는 내 개인적인 바람보다 다수의 이익이 더 중요하다고 믿기에, 언제든 나 혼자 쓰는 돈을 동료와 나눌 용의가 있다. 그게 비뇽이든, 고갱이든, 베르나르든, 누구든 말이야. 모여서 지낼 수 있다면, 이사를 가야 하는 상황이 되더라도 얼마든지 그렇게 하겠어. 둘이 (혹은 셋까지도) 의기투합하면, 혼자 쓰는 비용에서 크게 더 들지는 않아. 물감 구입비도 마찬가지야.

그러니, 완성작이 넘치는 이득은 제외하고라도, 너는 한 사람이 아니라 두세 명의 화가들을 지원했다는 자부심을 느끼겠지. 이제는 모두가 힘을 합쳐 작업에 열중하는 게, 우리의 정당한 권리이자, 심지어 의무이기도 하다. 그게 우리가 해야 할 일이야.

그런데 나 혼자서는, 맙소사, 그 어느 것도 못 해. 그러니 동료보다는 차라리 밀려드는 일이 더 필요한 거야. 그래서 캔버스와 물감도 과감하게 주문하는 거고. 전력을 다해 작업에 임할 때만이 비로소 살아 있다고 느낀다.

동료와 함께라면 그렇게까지 작업에 매달리진 않을 거야. 오히려 더 까다롭고 복잡한 그림을 그리겠지.

하지만 고립되어 있으니까, 그저 특정 순간에 느낀 내 감정에만 집중하고, 그걸 한껏 과장되게 그린다. 그 덕분에 정말 산 지 얼마 안 된 캔버스들을 거의 다 썼어. 이것들을 두루마리로 말아서 네게 보내면, 지금 캔버스 틀에 넣어둔 그저그런 그림 여럿을 떼어내야 할지도 모르겠다.

이렇게 해서 가능하면 연말까지, 한 50점쯤 피사로와 다른 사람들에게 보여줄 거야. 나머지 습작들은, 정보로서의 의미가 있으니까 잘 말려서 작품집에 넣어 보관하거나 공간을 차지하지 않도록 책장 같은 곳에 보관하면 될 거야.

1888년 6월 25일 월요일 추정

아류가 아니라 내가 되기 위해 용기를 낸다

사랑하는 테오에게

나야말로 정신 나간 사람이라는 걸 깨닫고 나니, 남부 사람들의 부주의한 성격을 무조건 탓할 수는 없겠더라. 이번에도 멍청하게 편지에 주소를 르픽가 54번지가 아니라 네 옛 주소인 라발가 54번지로 썼지 뭐냐. 편지가 열린 채로 반송되었으니, 우체국 직원들이 베르나르가 그린 매음굴 그림을 보고 자기들끼리 즐겁게 감상했겠어.

어쨌든 이 편지는 고스란히 챙겨서 서둘러 다시 보내마.

오늘 아침에 탕기 영감님이 보낸 물감을 일부 받았어. 그런데 코발트색은 질이 형편없어서 계속 쓰지는 못하겠어. 크롬색은 좀 나은 편이라 계속 주문해도 괜찮겠고. 그런데 양홍색 대신 짙은 꼭두서니 색을 보냈던데, 별 상관은 없다만 사실 이 양반네 양홍색도 그닥 상태가 좋지는 않거든. 뭐, 이 양반 탓만은 아닌데, 아무튼 앞으로 탕기 영감님 가게에서 주문해야 하는 물감이면 옆에 '탕기'라고 꼭 표시할게.

어제와 오늘은 〈씨 뿌리는 사람〉에 매달려서 분위기를 완전히 뜯어고쳤다. 하늘을 노란색과 초록색으로 처리했고 땅은 자주색과 주황색으로 칠했다. 너무나 훌륭한 그림 소재라서, 나든 아니면 다른 사람이라도 꼭 멋지게 완성시키면 좋겠어.

다만 문제는 이거야. 들라크루아의 〈게네사렛 호수 위의 그리스도〉와 밀레의 〈씨 뿌리는 사람〉은 서로 전혀 다른 기법으로 그려졌어. 〈게네사렛 호수 위의 그리스도〉에는 파란색과 초록색의 스케치에, 자주색과 빨간색과 노란색이 살짝 들어간 후광이 있는데, 그림에 사용된 색만으로도 상징적인 언어를 표현하고 있어.

밀레의 〈씨 뿌리는 사람〉은 이스라엘스의 회화처럼 무채색 계열의 회색이 지배적이야.

그럼 이제, 〈씨 뿌리는 사람〉을 노란색과 자주색이 대비되도록 색칠해 보면 어떨까(딱 노란색과 자주색이 어우러진 들라크루아의 〈아폴론의 천장〉처럼)? 당연히 괜찮겠지! 그러니 한번 해보자! 그래, 마르탱 영감님도 이런 말을 했었어. "걸작을 만들어내야 해!"

하지만 그러다 보면 몽티셀리식의 색채 형이상학에 빠져서 아류처럼 되어버려. 그건 마치 의연하게 빠져나오기가 쉽지 않은 늪과 같다. 그래서 꼭 몽유병 환자처럼 흐리멍텅하게 그려지기도 해. 그나마 그럴듯한 작품을 만들어내면 다행이지.

어쨌든 용기를 잃지 말고 절망하지 말자. 조만간 이렇게 시도해본 그림에 다른 것들까지 함께 보내주고 싶구나. 론강을 그린 풍경화가 있어. 트랭크타유 철교인데, 하늘과 강은 압생트 색조이고 강변은 보라색 색조다. 검게 칠한 난간에 사람들 몇몇이 팔꿈치를 괴고 서 있고, 철교는 강렬한 파란색으로 칠했어. 파란색 뒷배경에 강렬한 주황색 색조와 강렬한 에메랄드 그린 색조도 사용했지. 아직 미완성이다만 무언가 비통하고 가슴 아픈 느낌을 표현하려는 시도였어.

고갱에게는 아무런 소식이 없다. 내일 네 편지를 받을 수 있으면 좋겠다. 부주의한 행동에 대해서는 미안하다. 악수 청한다.

1888년 6월 28일 목요일 추정

팔리는 그림을 그리기 위해,
뼛속까지 열의를 불태울 것이다

사랑하는 테오에게

네 편지에 대단한 소식이 있더구나. 고갱이 제안을 받아들였다고! 그 양반이 거기서 더 우물쭈물하지 말고 당장 이리 달려오는 게 최선일 거야. 오는 길에 파리를 먼저 들른데도 골치 아픈 일만 생길 테고. 아마도 틀림없이 거래할 그림도 가져올 텐데, 그러면 정말 좋겠구나. 내 답장 동봉한다. 내가 전하고 싶은 말은 이것뿐이야. '남프랑스에 와서도 북부에 있을 때처럼 열정적으로 그림을 그리고 있는데, 건강은 반 년 전보다 훨씬 좋아졌다. 브르타뉴의 생활비가 확실히 저렴하다면, 비용 때문이라도 기꺼이 내가 북쪽으로 올라가겠다. 하지만 역시나 당신이 남쪽으로 내려오는 게 더 좋을 것이다.'

특히나 4개월 후면 북쪽은 겨울이 시작되잖아. 확실한 건, 같은 작업을 해야 하는 두 사람이, 생활비가 바닥나거나 하면, 빵과 와인 그리고 생필품들로 집에서 지내야 될 수도 있다는 거야. 그런데 집에서 혼자 식사를 해결하는 건 힘든 일이야. 그렇다고 식당에 가자니 여기서는 다들 집에서 끼니를 해결하는 편이라서 음식 가격이 비싸다.

리카르나 레오나르도 다빈치가, 작품 수가 적다고 그들의 그림이 덜 아름다운 건 아니야. 반대로 몽티셀리, 도미에, 코로, 도비니, 밀레의 그림이, 비교적 빨리 그렸고 그래서 작품 수도 상대적으로 많은데, 그런 이유로 추하다고 평가받지도 않는다. 나도 풍경화를 그릴 때, 전보다 훨씬 빠른 속도로 그렸는데도 이제껏 그린 작품들보다 더 괜찮아 보이는 것들도 있더라.

추수며 짚단이며, 그렇게 네게 데생으로 그려 보냈던 것들이야. 전부 다시 손을 봐야 하는 건 사실이야. 기법도 좀 수정하고, 전체적인 붓 터치에 조화를 줘야 해. 하지만 뼈대가 되는 작업은 시간은 오래 걸렸지만

프로방스의 건초더미 Haystacks in Provence
1888년, 캔버스에 유화, 73×92.5cm

한 번에 마무리했고, 덧칠은 최소한으로 할 생각이야.

그런데 이렇게 작업한 날은 정말이지 뇌세포까지 피곤해져서, 계속 이렇게 그리다가는(추수 때 그랬던 것처럼), 완전히 탈진해서 일상적인 일도 못 할 지경에 이르겠더라. 그럴 때면 누군가와 함께 있을 수 있다는 생각이 싫지만은 않더라고. 그리고 요즘 들어서는 몽티셀리라는 훌륭한 화가 생각을 자주, 정말 자주 한다. 어마어마한 술고래에 제정신도 아니었다던데, 빨간색 – 파란색 – 노란색 – 주황색 – 보라색 – 초록색의 6가지 주요색을 균형 있게 쓰는 정신 노동을 하고 돌아온 내 모습이 딱 그럴 것 같다. 고된 노동과 빠듯한 계산을 해내며, 어려운 역할을 맡아 무대에 오른 배우처럼 극도로 긴장해서 생활하고, 그러면서도 단 30분 만에 수천 가지 경우의 수들을 생각하고 판단해야 하는 날들의 연속이거든.

그 와중에 한숨 돌리고 기분전환이 되는 유일한 한 가지는, 독한 담배와 진한 술로 거나하게 취하는 거야. 확실히 고상한 행동은 아니지만, 몽티셀리가 그랬다는 거야. 캔버스나 그림판을 앞에 두고 술을 마시는 사람을 한번 봤으면 좋겠다. 로케트 여사가 몽티셀리에 관해 퍼뜨린 악의적이고 위선적인 소문들은 심하게 과장된 거짓말이 분명해.

몽티셀리는 논리적인 색채 전문가라서 색색별로 철저히 세분된 계산을 적용해 색조의 균형까지 잡아주는 솜씨를 지녔어. 들라크루아나 리하르트 바그너처럼 뇌를 혹사한 사람이기도 해.

하지만 몽티셀리의 음주는, 들라크루아보다 체력이 강했고, 또 육체적으로 훨씬 고생했기 때문이었어(들라크루아가 훨씬 부자였지). 그래서 그런 삶을 안 살았다면, 아마 다른 행동으로 반항적인 신경을 드러냈을 거야. 쥘과 에드몽 드 공쿠르 형제가 말했었잖아. '우리는 멍해지려고 독한 담배를 피웠다. 창작의 가마 속으로 들어가서.'

그러니까 내가 괜히 인위적으로 흥분한 상태를 유지한다고 여기지 말아라. 그게 아니라, 나는 항상 복잡한 계산을 하기 때문에 이런저런 그림을 하나씩 척척 빠른 속도로 그릴 수 있는 거야. 이미 한참 전에 계산해 두거든. 그러니까 너도 내가 그림을 너무 성급하게 그린다는 말을 듣거든, 도리어 그자들에게 성급하게 판단했다고 답해 주거라.

안 그래도 지금 그간 그린 캔버스들을 네게 보내기 전에 하나씩 다시 손보는 중이야. 그런데 추수가 한창일 때 일하는 농부들보다 지금 나의 이 작업이 훨씬 힘들다. 절대로 불평이 아니야. 예술가의 삶에서는 바로 이런 순간이, 비록 실제 현실과는 다르지만, 이상향 속의 세상이 실현된 것처럼 반갑고 기쁜 순간이야.

어떻게든 팔리는 그림을 그리려고 애쓸 거다. 나도 나가는 비용을 충당하려면 뭐든 해야지. 쉽지는 않지만 예술가의 삶을 지켜나가기 위해서, 용기를 내고, 뼛속까지 타오르는 열의로 작업에 힘쓰겠다.

1888년 7월 1일 일요일 추정

해 질 녘 몽마주르에서 Sunset at Montmajour
1888년, 캔버스에 유화, 73.3×93.3cm

이곳의 태양과 낭만적인 자연을 의지하며 버터내고 있어

사랑하는 테오에게

작업에 너무 열중해서 편지 쓸 겨를이 전혀 없었다. 고갱에게도 다시 한 번 편지하고 싶었어. 본인이 얘기한 것보다 병세가 더 심각한 건 아닌지 걱정돼서 말이야. 마지막에 연필로 쓴 편지가 좀 그래 보였거든.

정말 그런 거라면 어떻게 해야 할까 모르겠다. 러셀은 여전히 감감무소식이다.

어제, 석양이 질 무렵, 작고 비틀어진 떡갈나무가 자라는 자갈 깔린 황야에 나가 있었어. 뒤쪽 언덕에 폐허가 보이고, 골짜기 사이로 밀밭이 보였지. 몽티셀리의 그림처럼 더없이 낭만적인 풍경이었어. 특히 덤불과 땅 위로 쏟아지는 햇살이 황금비처럼 노란 게 장관이더라. 선으로 이루어진 모든 게 아름다웠고 전체적으로 매력적이고 우아함이 넘치는 분위기였지. 어디선가 갑자기 매사냥을 나갔다가 돌아오는 기사와 귀부인이 보이고, 프로방스를 돌아다니는 음유시인 노인의 노랫소리가 들려도 전혀 이상하지 않을 분위기. 바로 앞 땅은 자주색으로, 저 먼 곳은 파란색으로 보였어.

그리고 습작도 1점 그려왔는데, 내가 그려내고 싶었던 만큼의 장면은 안 나왔어. 지난번에 타세 화방에서 아연 백색 물감을 충분하게 보내지 않았더라. 자주 사용하는 물감인데, 마르기까지 시간이 오래 걸리는 게 단점이야. 생트 마리에서 그려온 습작도 아직 덜 말랐을 정도니 말이다.

카마르그에 갈 계획이었는데, 같이 가기로 하고 데리러 오겠다고 약속한 수의사가 아무런 연락이 없더라. 뭐, 상관 없어. 어차피 들소 구경을 썩 좋아하는 건 아니라서.

어이없게도 가진 돈이 벌써 바닥을 드러내고 있는데, 그게, 월세를 내야 했었어. 알아둬야 할 게, 만약 숙식 비용을 빼고는, 나머지 돈은 고스란히 그림에만 쓴다. 한마디로, 힘은 힘대로 드는데, 들어간 돈만큼 나오는 건 없다는 뜻이지. 그래도 감히 바라는데, 언젠가는 얼마라도 들어간 돈을 건질 수 있을 거다. 그리고 돈이 더 생기면, 풍부한 색조를 만들어내는 데 돈을 더 쓸 거야.

새로운 소재가 하나 생겼어. 둥근 덤불과 가지가 늘어진 나무 한 그루가 자라는 정원인데 뒤로는 협죽도가 수풀처럼 자리를 잡고 있어. 얼마 전에 잔디를 깎았는지 햇살을 받은 기다란 건초가 말라가고 있고 위쪽 한 귀퉁이에 파랗고 초록색인 하늘이 보이는 곳이야.

발자크의 『세자르 비로토』를 읽는 중인데 다 읽고 보내 줄게. 아무래도 발자크의 작품 전체를 다시 한번 읽어 봐야겠다.

여기 오면서 이곳 사람들을 그림 애호가로 만들 수 있기를 바랐었는데, 지금까지는 다른 사람들의 마음속을 1센티미터도 파고들지 못했다. 그런데 마르세유로 간다? 글쎄, 뜬구름만 쫓아다니는 게 아닐까 싶다. 아무튼 그쪽으로 옮기는 문제는 일단 접었다. 식당에 가서 음식이나 커피 주문할 때를 빼고는 며칠 동안 말 한마디 하지 않고 지내는 날도 많아. 뭐 처음부터 그러기는 했다. 그래도 지금까지는 외로워서 못 견딜 정도는 아니다. 이곳의 강렬한 태양과 그 태양이 자연에 베푸는 효과가 정말 흥미롭거든.

1888년 7월 5일 목요일

별에 가려고 죽음을 택하는 걸지도 몰라

사랑하는 테오에게

조만간 캔버스하고 물감이 필요할 것 같다. 그런데 아직 캔버스 천 20미터를 40프랑에 파는 화방 주소를 못 알아냈어. 아무래도 지금은 데생 작업에 주력하고, 고갱이 올 때를 대비해서 물감과 캔버스를 비축해 둬야겠지. 물감도 펜과 종이처럼 크게 부담되지 않는다면 좋겠다. 유화 습작은 종종 망치는데 그러면 물감 낭비잖아. 종이는, 편지라면 모를까 데생에서 실수하는 일은 거의 없거든.

모파상의 소설에 토끼 사냥꾼이 나오지. 10년 넘게 토끼며 이런저런 사냥감을 쫓아다닌 남자인데, 너무 지쳐서 결혼을 생각하게 되었더니 그땐 남자구실을 제대로 할 수 없게 되어서 망연자실하며 심각한 고민에 빠진다는 이야기. 결혼을 앞두고 있거나 이 사냥꾼 신세가 된 건 아니지만, 내 체력이 이 사냥꾼을 닮아간다고 느낀다. 위대한 스승, 지엠이 말하길, 남자는 남자구실을 제대로 할 수 없게 되는 순간 야망을 갖게 된대. 글쎄, 난 남자구실을 하냐 못하냐는 상관없지만, 이로 인해 야심을 가지게 되는 일은 절대로 없을 거다.

러셀에게 보내는 편지는 봉투에 넣었다. 내 생각을 가감 없이 적었어. 만약 러셀이 고갱의 그림을 사지 않는다면 그럴 수 없어서일 거야. 그럴 형편이면 분명히 그림을 구입하겠지. 그 친구에게 고갱의 그림을 사라고 감히 강권했다면, 살 사람이 없어서가 아니라 고갱이 아파서라고 설명했어. 그가 병상에 몸져누운 데다가 병원비도 내야 하는데, 우리도 사정이 여의치 않을 때라서 서둘러 구매자를 알아봤던 거라고.

고갱 생각이 많이 들어. 어떤 그림을 그릴지나, 작업 환경 전반에 대해서도. 지금은 1프랑을 받고 주2회 청소와 빨래를 해주는 가정부를 구했어. 만약 고갱과 함께 지내면 침구 정리도 해줄 수 있겠지. 아니면 내가 묵던 숙소의 직원과 잘 얘기해 볼 수도 있어. 아무튼 중요한 건, 둘이 함께 지내면서 비용을 줄이는 방법을 찾아가는 거야.

론강 위로 별이 빛나는 밤
Starry Night Over the Rhône, 1888년
캔버스에 유화, 72.5×92cm

요즘 건강은 어떠냐? 그뤼비 박사는 종종 찾아가니?

누벨 아텐에서 나눴다는 대화 내용, 상당히 흥미롭더라. 너도 포르티에 씨가 가지고 있는 데부탱의 작은 초상화 잘 알거야. 시인, 음악가, 화가 등 대부분의 예술가들이 물질적으로 가난한 건(행복해 하는 예술가들조차) 참 신기한 현상이야. 모파상에 대한 최근의 네 지적이 그 사실을 확인해 주었다. 영원한 숙제를 다시 건드린 셈이거든. 우리 눈에 보이는 삶이 전부인 건지, 아니면 죽을 때까지도 그 절반밖에 모르고 살아가는 건지.

화가들만 놓고 보자면, 그들은 죽어서 땅에 묻히더라도 작품을 통해서 다음 세대, 그리고 그다음 세대에 가서도 회자된다. 그게 다일까? 아니면 뭐가 더 있나? 화가의 삶에서는 죽음이 가장 힘든 일이 아닐 수도 있어.

감히 말하는데, 나는 솔직히 그게 뭔지 잘 모르겠어. 하지만 언제나 별을 보고 있으면 참 단순한 꿈을 꾸는 기분이 들어. 도시와 마을이 표시된 지도 위 검은 점들을 보며 꿈을 꾸듯이. 왜, 왜 프랑스 지도에 찍힌 검은 점들에 가듯이 창공에 반짝이는 저 점들에 쉽게 가닿을 수는 없는 걸까?

타라스콩이나 루앙에 가려고 기차를 타듯, 우리는 별에 가기 위해 죽음을 택하는 걸지도 몰라. 그렇게 놓고 보면, 살아 있는 동안에는 우리가 별에 갈 수 없다는 건 확실한 사실이야. 죽은 뒤에는 기차를 못 타는 것도 사실이고. 그래서 말이다, 증기선이나 승합 마차, 기차 등이 지상의 교통수단이듯, 콜레라나 신장 결석, 폐병, 암 등이 천상의 교통수단이 아니라고 단정할 수도 없을 것 같아.

나이 들어 조용히 죽는 건 걸어서 천상으로 가는 방법이야.

1888년 7월 9일 월요일, 혹은 10일 화요일

193

단순하고 광활한 풍경이 주는 위로가 크기에

사랑하는 테오에게

방금 우편으로 커다란 펜화 5점을 두루마리로 말아서 보냈다. 몽마주르 연작에 해당하는 여섯 번째 데생이 포함돼 있어. 짙은 소나무들과 아를의 마을이 뒷배경이야. 다음에는 이 연작에 폐허의 풍경(네게 대충 크로키로 몇 장 그려 보냈었어)들을 추가하면 좋겠다. 고갱과의 협업에 착수하기로는 했지만, 내가 금전적으로는 도움이 될 수가 없으니, 내 그림을 통해 진심을 보여 주려고 최선을 다하고 있어.

크로에서 그린 풍경화와 론강에서 바라본 시골 풍경, 이렇게 2점이 펜화로는 가장 잘된 것 같아. 토마 씨가 혹시 마음에 들어 하지 않던? 아무리 그래도 100프랑 아래로는 어림 없어. 예전에 급전이 필요해서 데생 3점을 선물로 준 적이 있었거든. 하지만 이젠 제 가격 아래로는 못 줘. 모기 떼에게 물어뜯기고, 성가실 정도로 쉴 새 없이 불어와 작업을 방해하는 미스트랄에 맞서며 의연하게 그림을 그리는 건 아무나 할 수 있는 일이 아니거든. 끼니를 해결하기 위해 마을로 다시 돌아오는 길이 너무 멀어 몇 날 며칠을 우유에 빵조각만 먹고 버틴 건 차치하고서라도 말이야.

색채와 청명한 대기만 빼면 이곳 카마르그와 크로가, 라위스달이 살았던 시대의 네덜란드와 상당히 닮았다는 이야기를 몇 번 했을 거야. 두 지역 모두 평지인데 위에서 내려다보면 포도밭과 짚단이 쌓인 들판이 보이는 곳이라고 설명하면 이해가 쉬울 것 같다. 솔직히 이제 이것들 데생은 좀 지겨워졌어. 유화도 시작했지만, 미스트랄이 기승을 부리는 탓에 어떻게 해볼 도리가 없다.

데생이 훼손되지 않고 무사히 도착했는지 꼭 알려줘. 우체국 사람들이 우편으로 보내기에 너무 크다고 불평이 이만저만이 아니었어. 혹시 파리에서도 애먹이는 게 아닌지 걱정이다. 그래도 어쨌든 받아주긴 했으니 기쁘더라. 7월 14일 전에 도착해서 너도 크로의 평원을 통해 눈이 시원해지는 경험을 하면 좋겠구나. 광활한 들판이 주는 매력이 나한테는 얼마나 강렬한지 모른다. 그래서 그토록 미스트랄과 모기로 고생하면서도 조금도 성가시지 않았어. 어떤 풍경에는 골칫거리를 잊게 해주는 힘이 있는 게 분명해.

하지만 보다시피, 특별한 기법을 넣은 게 아니야. 얼핏 보면 일반 지도나 작전 지도처럼 보일 정도로. 게다가 거기까지 한 화가랑 동행했었는데, 그 사람 말이 그림 그리기 힘든 곳이라더라. 그런 곳을 나는 그 평원의 풍경을 내려다보려고 몽마주르에 족히 쉰 번은 올랐다니까. 내가 이상한 거야?

화가가 아닌 지인과도 가봤는데, 그때 내가 이렇게 말했어. "봐요, 바다처럼 아름답고 끝없이 광활한 풍경이죠." 그랬더니 이렇게 대답하더라. "바다보다 더 좋은걸요. 바다처럼 광활하면서도 사람 사는 흔적이 느껴지니까요."

빌어먹을 바람만 아니었으면 유화로 그렸을 텐데! 거긴 자리 잡고 이젤 세우기도 쉽지 않아. 그래서 틀림없이 유화 습작이 데생보다 정교하지 못할 거야. 캔버스가 시종일관 흔들렸거든. 데생은 그러거나 말거나 아무 상관이 없는데 말이야.

『국화 부인』은 읽어 봤니? 이 책을 보니, 진짜 일본 사람들은 벽에 아무것도 걸지 않는 모양이더라. 승원이나 사원의 설명을 봐도 아무것도 없는 것 같아(그림이나 진기한 물건들은 서랍에 보관한다더군). 그러니까 일본 예술품은 그렇게 감상하는 거지. 아주 밝지만 아무런 장식도 없고, 바깥 풍경이 바라보이는 방에서.

크로와 론강 언저리를 그린 데생 2점으로 시험해 보고 싶지 않아? 전혀 일본화풍은 아니지만 실질적으로 다른 어느 그림보다 일본화 같은 두 개의 그림으로 말이야. 그림 같은 게 전혀 없고 실내가 아주 밝은 카페나, 아니면 야외로 가지고 나가봐라. 가는 나뭇가지 같은 갈대 테두리가 있을 거야. 나는 여기서 아무런 장식품도 없는 실내에서 작업해. 흰색의 네 벽면과 빨간 벽돌로 된 바닥이 전부야. 내가 자꾸 너한테 그 두

꽃 피는 복숭아나무가 있는 크로 평원
La Crau with Peach Trees in Blossom, 1889년
캔버스에 유화, 65.5 ×81.5cm

데생을 그런 방식으로 보라고 하는 건, 이곳의 자연이 얼마나 단순한지 사실적으로 보여주고 싶어서야. 그나저나 고갱을 위해서, 추수와 알제리 보병을 그린 데생을 토마 영감님에게 보여주면 어떻겠니?

1888년 7월 13일 금요일 추정

나를 송두리째 내던져야 작품을 건진다.
미친 짓이지

사랑하는 테오에게

내가 조금만 더 젊었다면 분명히 부소 영감님한테, 매달 200프랑의 월
급에다가 인상주의 화가들의 그림으로 번 수입에서 월급 200프랑을 공
제한 나머지 부분의 절반을 우리 수익으로 보장해 주는 조건으로 너와
나를 런던에 보내달라고 제안해 봤을 거야. 그런데 지금은 우리 몸도 더
이상 젊지 않고, 인상주의 화가들을 위한 자금을 마련하러 런던에 건너
가는 일은 불랑제 장군이나 가리발디 장군, 아니면 돈키호테나 할 법한
일 같기도 해. 게다가 부소 영감님도 이런 제안은 아마 우리 면전에서
무시해 버릴 게 뻔하고. 그래도 네가 어딘가로 가야 하는 상황이라면,
뉴욕보다는 런던이 나을 것 같다.

　내 체력은 점점 떨어지는지 모르지만, 그림 그리는 손가락은 동작이
점점 능숙해지고 있어. 게다가 너는 미술상의 판단력과 장사꾼의 셈법
등을 오랫동안 배워 오며 착실히 경험을 쌓았잖아. 네가 잘 지적한 대
로, 우리 입지가 불안정하긴 하지만 우리가 가진 장점도 있다는 걸 잊지
말고, 끝까지 해내는 인내심과 통찰력을 계속 지켜가자. 막말로, 더 이
상 필요 없다고 쫓겨나느니, 차라리 런던으로 가라는 소리를 듣는 편이
낫지 않겠어?

　너보다 빨리 나이가 드는 처지라서, 어떻게든 네게 짐이 되지 않으려
고 애쓰고 있다. 도저히 뛰어넘을 수 없는 재앙이 닥치거나, 하늘에서
두꺼비가 비처럼 쏟아지는 일만 없다면, 그런 일은 없게 할 거다. 방금
유화 습작 30점 정도를 틀에서 떼냈어. 사업적으로 우리가 살길만 모색
한다면, 런던행이 그렇게 큰 실수일까? 내 생각에는 오히려 다른 곳보
다 그림 구매력이 클 것 같은데. 그래서인지 네게 습작을 30점씩 보내
긴 한다만, 파리에서는 네가 1점도 못 팔지 싶다. 하지만 프린센하허의
센트 큰아버지 말씀처럼 "모든 건 팔리기 마련이다." 뭐, 내 그림이 브로

샤르의 그림처럼 팔릴 일은 없겠지만, 그래도 자연을 담은 그림을 찾는 이들에게는 팔릴 만해. 뭐라도 채운 캔버스가 백지 캔버스보다야 훨씬 낫지 않겠냐. 나한테도 그림 그릴 권리, 그림 그리는 이유, 그런 게 있는 거야! (거드름을 피우겠다는 게 전혀 아니니 오해 말아라.)

사랑하는 아우야, 내가 이 망할 놈의 그림 때문에 몸이 망가지고 정신까지 나가지 않았다면, 틀림없이 인상주의 화가들의 그림을 전문적으로 거래하는 미술상이 되어 있을 거다. 하지만 다 엉망이 됐지. 런던, 좋지. 꼭 우리에게 필요한 곳이고. 하지만 아, 나는 지금은 예전에 했던 것처럼 하지 못하겠어. 하지만 나는 글렀어도, 네가 런던에 가는 건 전혀 실수가 아니다. 글쎄, 안개라면 파리에도 점점 많아지고 있지 않은가 싶네.

아직도 고갱이 네게 별도로 소식을 전하지 않은 게 이상하다. 아무래도 아프거나 낙담한 것이겠지.

왜 굳이 우리가 그림 때문에 치렀던 대가들을 언급하냐면, 이 사실을 항상 기억해야 한다는 의미다. 되돌아가기에는 너무 먼 곳까지 왔다는 사실. 다른 건 중요하지 않아. 물질적인 부분 말고는, 이제 내 삶에 뭐가 더 필요하겠어?

고갱이 빚도 못 갚고 여행 경비도 못 댈 처지라면—

그가 브르타뉴의 생활비가 훨씬 적게 든다고 장담한다면—

내가 그 양반 있는 곳으로 못 갈 것도 없어. 어차피 우리가 고갱을 돕기로 했으니까. 고갱이 '나는 여기서 아무 문제 없이 잘 지내고, 그림도 더 없이 훌륭하게 잘 그리고 있다'고 말한다면, 나도 똑같이 말할 수 있는 거잖아? 그런데 우리는 주머니 사정이 좋지 못하니까 비용을 최소화하는 방향으로 진행해야지.

최소 비용으로 많은 작품을 그릴 수 있는 방법을 취해야 한다고.

다시 한번 말하지만, 이게 가능하다면 장소가 북부든 남부든 상관 없어.

어떤 계획을 세워도, 그 이면에 치명적인 문제점이 존재해.

고갱의 문제는 쉽게 해결될까? 이사를 하는 게 결국 고갱에게 좋을까? 계획을 짜도 실행할 수 없다면, 상황이 얼마나 위태로운지 굳이 염

꽃밭의 길

Flowering Garden , 1888년

캔버스에 유화, 92×73cm

려하지 않으련다. 다만 상황이 어떤지 어떤지 정확히 알고 느끼고 있어야, 우리가 눈을 뜨고 일할 수 있지. 그렇게 일해야 혹 일을 망치더라도 (그럴 일은 없다고 감히 자신하지만, 아무튼) 뭐라도 남는 게 있을 거야. 자, 난 아무것도 기대하지 않겠어. 고갱 같은 사람도 벽에 부딪히잖아. 그러니 그 양반에게나, 우리에게나 빠져나갈 길이 있기를 빌어 보자.

참패로 끝날 가능성을 염두에 두면, 아무것도 못 해. 그냥 작업에 나를 송두리째 던졌다가 습작을 건져서 나와야지. 극심한 폭우가 휘몰아치면, 기분 전환을 위해서 거나하게 한잔하면 그만이고.

마땅히 해야 할 일이라기보단, 사실 미친 짓이지.

하지만 전에는 내가 화가라고 분명하게 자각하진 않았다. 그림은 그저 머리를 식히는 오락 같은 거였지. 정신 나간 사람들이 심심풀이로 하는 토끼 사냥처럼 말이야.

그런데 이젠 화가가 되는 일에 관심이 깊어졌고, 견고한 솜씨도 제법 갖춰간다.

그래서 이렇게 자신 있게 말하고 있는 거야. 내 그림은 틀림없이 좋아질 거다. 나한테 남은 건 그림밖에 없거든.

공쿠르 형제의 소설에 '쥘 뒤프레도 미친 사람처럼 보였다'는 글이 있는데, 혹시 읽어 봤어? 쥘 뒤프레는 자신의 그림을 사줄 후원자를 찾아냈잖아. 나도 그런 사람을 찾는다면, 네 짐을 덜어줄 수 있을 텐데!

여기 와서 심한 발작을 겪고 나니, 더 이상 어떤 계획도 세울 수가 없더라. 지금은 확실히 많이 나아졌지만 '희망, 뭔가 이루겠다는 욕망'은 깨졌다. 지금은 그저 필요해서, 정신적으로 고통 받지 않으려고. 기분 전환의 목적으로 그리고 있어.

1888년 7월 22일 일요일 추정

미치광이가 되지 않으려면,
더 잘 그리는 것만이 나의 구원이야

사랑하는 테오에게

훈훈한 편지, 고맙게 잘 받았다. 혹시 내가 편지 말미에 이런 글 썼었는데 기억하니? '우리가 나이 들어간다는 것, 그것이 현실이다. 나머지는 존재하지 않는 상상에 불과하다.' 사실 너보다는 나 스스로에게 하는 말이었다. 나이에 걸맞게 행동하고, 무조건 많이 작업하기보다 진지하게 구상하며 작업에 임해야 할 필요성을 절실히 느꼈거든.

가끔 공허해진다고 했지? 나도 똑같다.

뭐랄까, 우리가 사는 이 시대를 진실되고 위대한 예술의 르네상스로 볼 수도 있겠지. 공인된 케케묵은 전통이 여전히 건재해 보이지만 실상은 무력하고 나태한 관습에 불과해졌어. 하지만 새로운 화가들은 고립된 채 가난하게 지내면서 미치광이 취급을 받는다. 그리고 그 결과, 실제로 사회생활에서 미치광이가 되어 버리는 자들도 있어.

그런데 너도 이런 르네상스 초기 화가들과 똑같은 일을 하고 있어. 네가 그 친구들에게 돈을 대줘서 그림을 그리게 하고, 그 그림을 팔아서 돈을 마련해 주니까, 그 덕분에 그들은 계속해서 창작 활동을 이어갈 수 있거든.

어느 화가가 그림 작업에 지나치게 몰두한 나머지 성격 파탄에 이르면, 가정생활이며 사회생활이며 많은 부분까지 망가져. 그 결과 그 화가는 물감으로만 그리는 게 아니라 거기에 마음의 상처, 자기부정, 자포자기의 심정을 섞어 표현하게 될 테지. 그러면 너 역시 노력한 만큼 보상받지 못할 뿐만 아니라, 이 화가처럼 자의 반 타의 반으로 네 성격도 망가질 수 있어.

왜 이런 말을 하냐면, 네가 간접적이기는 해도 화가의 삶에 끼어들면, 나같은 화가들보다 훨씬 생산적인 결과를 만들어낼 수 있기 때문이야. 너는 미술상의 삶을 열심히 살면 살수록, 그와 비례해서 훌륭한 예술가

이기도 한 거야. 그것이 딱 내가 원하는 방식인데…… 나는 어떠냐면, 나는 더 방탕해지고, 병을 앓고, 깨진 항아리처럼 몸이 망가질수록, 창의적인 예술가에 가까워진다. 앞서 얘기했던 르네상스 시대의 화가들처럼.

틀림없이 현실은 이렇다. 하지만 예술은 영원히 존재하는 것이고, 마치 부러져 버린 고목의 뿌리에서 돋아나는 초록색 새순처럼 르네상스는 너무나도 정신적인 것이기에, 예술은 하지 못하고 그저 푼돈으로 생계를 꾸려갈 뿐이라는 생각이 들 때면 마음 한켠이 쓸쓸해진다. 그러니 정말이지 네가 나에게 예술이 살아 있음을 느끼게 해줘야 해. 어쩌면 나보다 더 예술을 사랑하는 네가 말이야.

물론 알고 있다. 이건 예술의 문제가 아니라 내 문제라는 걸. 그러니 내가 자신감과 평온함을 되찾을 수 있는 유일한 방법은 더 잘 그리는 것뿐이라는 걸.

다시 나의 지난 편지글로 돌아가 보자면, 확실히 나는 나이를 먹고 있지만, 예술이 낡아빠진 구닥다리가 되어간다는 생각은 단지 상상인 거야. 내가 방금 '무스메(娘)'를 그렸다. 꼬박 일주일이 걸렸어. 건강이 좋지 않아서 다른 건 아무것도 못 했고. 이게 문제야. 몸 상태만 괜찮았어도 중간중간 풍경화를 그렸을 텐데, 무스메를 완성하려면 거기에만 매달릴 수밖에 없었어. 무스메는 일본어로 12~14세 정도 되는 여자아이를 뜻해. 물론 내 그림 속 소녀는 프로방스 출신이지. 내가 그린 인물화는 2점이다. 알제리 보병과 이 소녀.

요즘 들어서 내 그림은 물론 내 외모까지 마치 에밀 바우터스의 그림에 등장하는 휘호 판 데르 후스처럼 무시무시하게 변하고 있어. 그래도 턱수염을 깔끔하게 면도해서 없애면 꽤 지적으로 묘사된 미치광이 화가처럼 보일 수도 있고, 같은 그림 속에 등장하는 수도원장처럼 보일 것 같기도 하다. 그 둘 사이 어딘가로 보인대도 큰 불만은 없다. 왜냐하면 일단 너부터 살아야 하니까.

특히나 네가 부소 화랑에 대한 입장을 바꾸면, 당장 내일이라도 위기가 닥칠지 모르니 손가락만 만지작거리면서 주저하고 있을 수는 없어. 그래서 나도 나지만 너도 역시 다른 화가들과의 관계를 돈독히 해둬야 하는 거야. 게다가 나는 항상 진실을 말해 왔어. 그런데 내가 쓴 돈을 다시 벌어들이게 된다면, 그건 내가 해야 할 의무를 다하기 때문일 거야. 그리고 내가 실질적으로 할 수 있는 건 바로 초상화야. 또 지나치게 술을 많이 마신다는 지적에 관해서는…… 글쎄, 그게 나쁜 걸까. 비스마르크는 언제나 현실적이고 현명한 결정을 내린 사람인데, 주치의가 그에게 과음하는 습관으로 평생 위장과 뇌를 혹사했다고 말했대. 비스마르크가 즉시 술을 끊었지. 그러자 그때부터 인기도 잃고 뒤처진 사람이 됐어. 아마 속으로는 주치의를 비웃었을 거야. 더 빨리 진찰받지 않아서 다행이었다고.

아무튼 따뜻한 손을 내밀어 악수 청한다.

추신: 고갱 일은, 그가 제안을 그대로 수용한다면 돕기로 한 결심을 바꾸면 안 되겠지만, 아니라면 우리도 꼭 고갱일 필요는 없어. 혼자 지내면서 작업하는 게 크게 불편하거나 싫지는 않으니 서두를 필요는 없어. 그 사실을 확실히 알아두라고.

1888년 7월 29일 일요일

우체부 조제프 룰랭의 초상화 Portrait of the Postman Joseph Roulin
1888년, 캔버스에 유화, 81.2×65.3cm

소크라테스를 닮은 우체부

사랑하는 테오에게

이렇게 큰아버지께서 더 이상 고통스럽지 않게 되셨구나. 아침에 누이에게 소식 전해 들었다. 장례식에 네가 와줬으면 하고 기대하는 것 같고, 어차피 네가 참석하겠지.

삶이라는 게 이리도 짧고 연기 같구나. 그렇다고 산 자들을 경멸할 이유는 없지. 오히려 그 반대야.

그렇기 때문에 그림이 아니라 그 그림을 그리는 화가들을 더 아껴야 하는 거야.

러셀을 위해서 열심히 작업 중이야. 내 유화 습작들을 데생 연작으로 그려서 보내려고. 그 친구는 틀림없이 좋아할 거야. 그리고 물론 내 바람이다만, 진지하게 들여다보고 거래까지 염두에 두게 될 게다.

맥나이트가 어제 여기에 다시 들렀는데, 역시나 〈무스메〉 초상화에 좋은 반응을 보이더라. 또 〈뜰〉은 다시 한번 좋다고 말했고. 그런데 그 친구, 진짜 돈은 있는 건지 모르겠다.

지금은 다른 모델을 세우고 작업 중이야. 우체부(조제프 에티엔 룰랭)(실제로는 우체국장인데 현재 통용되는 대로 '우체부'로 칭한다)인데, 금색 장식 무늬가 들어간 파란 제복 차림에 턱수염이 덥수룩한 얼굴이 꼭 소크라테스를 닮았다. 탕기 영감님처럼 격렬한 공화주의자이기도 해. 아무튼 다른 사람들보다 훨씬 흥미로운 양반이지.

러셀을 더 설득하면, 네가 산 고갱의 그림을 구입하지 않을까? 고갱을 도울 다른 방법이 없는 경우, 어떻게 해야 할까?

내가 그 친구에게 편지하면서 데생으로 그려서 보여 주면, 결정하는 데 도움이 되지 않을까.

이렇게 말해 보려고. 우리가 소개하는 그림들을 좋아하는 것 같은데, 그 화가를 알면 그림이 훨씬 더 잘 보인다고. 그러니 우리처럼, 그 화가를 온전히 믿고 그가 만든 결과물을 조건 없이 긍정적으로 보라고. 그리고 이런 말을 덧붙여야지. 우리 입장에서는 고갱의 대형 유화를 팔아도 상관없지만, 화가가 종종 돈이 필요한 상황이 발생하기 때문에, 그의 이익을 위해서 그림 가격이 3배, 4배로 뛸 때까지(틀림없이 그렇게 될 텐데) 무작정 기다릴 수만은 없다고. 그러면 러셀이 더 명확히 구매 의사를 밝힐 것 같은데…… 아무튼 두고 보자. 그런데 그러려면 고갱이 입장을 확실히 해야 해. 너한테는 절친한 사이라 그 가격에 그림을 팔았지만, 다른 애호가에게 그 가격에 팔지 않겠다고 말이야. 어쨌든, 데생부터 마무리하자. 지금 8점 그렸는데, 총 12점을 그릴 거야. 그리고 러셀이 어떻게 나올지 기다려 보자.

네가 네덜란드에 갈지 아닐지 궁금하구나. 지금은 묻지 않으마.

내 그림에 변화를 주고 싶다. 인물을 더 그려 넣는 거야. 그림 속에서 유일하게 내게 감동을 선사하고, 다른 그 어떤 것보다, 무한대를 느끼게 해주는 게 바로 인물이야.

이달 17일에 알제리 보병 소위 친구가 파리에 갈 예정이래. 네게 보낼 물건이 있으면 자신이 전해 준다길래 부탁할 생각이야. 그렇게 하면 운송비도 안 들고 넌 18일에 그림을 받을 수 있잖아.

오늘 누이에게 편지를 쓰려고. 아마 다들 침통한 분위기일 거야.

베르나르에게 크로키는 받았나 모르겠다.

누이 말대로, 더 이상 곁에 없는 사람들에 대해서는 좋은 순간, 좋았던 점만 기억하게 되더라. 그런데 그들이 여전히 함께 있다고 생각해볼 수도 있잖아. 그러면 지금 우리를 이토록 놀래키고 하염없이 슬프게 하는 이 삶의 잔혹함을 쉽게 벗어날 수 있어. 그러니까, 눈에 보이지 않는 또다른 제2의 삶이 있어서, 마지막 숨을 내뱉는 순간 그곳에 도달한다고 말이야. 이 흥미롭고도 엄숙한 여행에 접어든 이들에게 만복을 기원하고 호의를 전한다.

네덜란드에 가게 되거든, 어머니와 누이에게 꼭 내 안부 전하고.

악수 청한다.

1888년 7월 31일 화요일

밤의 카페에서, 목적지도 없이 떠도는 여행자처럼

사랑하는 테오에게

큰아버지 장례식에 다녀왔다니 참 잘했다. 네가 그렇게 해주기를 어머니가 기대하셨을 게다. 죽음과 반대편에 서 있는 자들이 할 수 있는 최선의 자세는 고인을 걸출한 인물로 기리는 일이야. 그를 알던 모든 이들에게 최고로 좋은 사람이었고, 모두가 그를 좋아했다고 말이야. 그러면 논란이나 잡음이 일지 않고, 이후 모두가 각자의 일상으로 편안하게 돌아갈 수 있지.

나는 잘 지낸다. 마치 맷돌 속에서 갈리는 곡식처럼 예술이라는 거대한 톱니바퀴 속에서 돌고 있지.

러셀에게 데생을 보냈다고 말했던가? 네게도 보내려고 비슷한 걸 다시 그리는 중인데, 역시나 12점이 될 거야. 데생을 보면 유화 습작의 분위기가 가늠이 될 거다. 미스트랄 때문에 고생한다고 했었잖아. 이놈의 바람이 붓질을 얼마나 방해하는지 몰라. 그래서 습작들이 '거칠게' 보이더라고. 네가 보면 아마, 데생을 그릴 게 아니라 차라리 집에서 덧칠을 해보는 게 낫지 않겠냐고 말할 게다. 나도 가끔은 그런 생각이 들어. 왜냐하면 그 상황에서는 붓질에 영혼이 담기지 않은 게 내 솜씨가 부족해서가 아니잖아. 고갱이 여기 있었으면 뭐라고 했을까? 바람이 덜 심한 실내를 더 선호했으려나?

이제 다소 거북한 문제를 이야기해야겠다. 아무래도 이번 주 안에 가진 돈이 바닥날 것 같아. 당장 오늘 25프랑을 써야 해. 닷새까지는 어찌어찌 버텨 보겠는데 일주일은 불가능해. 오늘이 월요일이니, 토요일 오전까지 편지를 주면 좋겠구나. 액수는 늘릴 필요 없고.

지난주에 우체부의 초상화를, 1점이 아니라 2점이나 그렸다. 하나는 손까지 나오는 상반신 그림이고, 다른 하나는 실물 크기의 얼굴 그림이야. 모델 양반이 비용은 받지 않았는데, 돈이 더 들었어. 같이 먹고 마시고, 거기에 로슈포르의 「라 랑테른」도 1부 쥐여줬어. 그래도 포즈를 잘

밤의 카페
The Night Cafe, 1888년
캔버스에 유화, 70×89cm

취해준 것에 비하면 내가 겪은 불편은 사소하고 하찮은 것이지. 그리고 그의 아내가 얼마 전에 출산했는데, 조만간 그 아기도 그리고 싶거든.

지금 작업 중인 데생과 함께 드 르뮈의 석판화 2점도 보내마. 〈와인〉과 〈카페〉. 〈와인〉에 메피스토펠레스 비슷한 인물이 등장하는데 가만히 들여다보고 있으면 젊은 시절의 코르 숙부님이 떠오르더라. 그리고 〈카페〉는…… 라울이라고 너도 알 거야, 작년에 알게 된 사람인데, 꼭 나이 든 집시 학생처럼 생긴 게 비슷해. 호프만 같기도 하고 에드가 앨런 포 같기도 하니, 드 르뮈의 재능이 얼마나 대단하니! 그런데도 세간에 거의 알려지지 않았어. 이 석판화들이 처음에는 그다지 마음에 들지 않을 수도 있는데, 한참 들여다보면 어김없이 빠져들고 말 게다.

캔버스도 물감도 다 떨어졌어. 그래서 여기서 미리 주문해 뒀는데, 아직 살 게 더 있어. 그러니 꼭 토요일 오전까지는 편지를 보내주길 바란다. 부탁한다.

오늘부터는 내가 묵고 있는 이곳의 카페 실내를 그릴 수 있을 것 같다. 저녁에 가스등을 켠 분위기를. 다들 〈밤의 카페〉라고 부르는데(여기 사람들 단골집이야) 밤새도록 문을 열어. 그래서 '밤의 부랑자'들이 숙박비가 없거나 술에 너무 취해 받아주는 곳이 없을 때 안식처처럼 찾아오곤 해.

가족이나 조국 같은 것들은, 가족은 물론이고 조국도 없이 근근이 버텨내는 우리 같은 사람들의 상상 속에서 그 어떤 현실보다 매력적일 수 있어. 나는 나 자신이 언제나, 어딘가의 목적지를 향해 떠도는 여행자 같다고 느껴.

하지만 그 어딘가, 어떤 목적지 따위는 이 세상에 존재하지 않는다고 생각하는 게 이성적이고 진실된 자세인 것 같다.

매음굴의 포주가 손님을 내쫓을 때도 아마 같은 논리를 적용하고, 같은 식으로 따지며 언제나 옳다고 주장할 거야. 그건 나도 알아. 그렇기 때문에 화가로서의 삶이 끝자락에 다다랐을 때, 내가 틀렸을 수도 있을 거야. 어쩌겠어. 그러면 예술뿐만 아니라 나머지 다른 것들도 그저 꿈에 불과했음을, 우리가 아무 의미 없는 존재였음을 인정하게 되겠지. 우리가 그토록 가벼운 존재라면 오히려 다행이야. 무한한 가능성을 가진 미래의 삶으로 이르는 길을 가로막을 게 아무것도 없을 테니까. 그래서 이번에 돌아가신 큰아버지의 얼굴이 그토록 차분하고 평온하면서도 근엄하셨던 거야. 솔직히 생전에는 젊으셨을 때나 연세가 드셨을 때나, 그런 표정은 거의 본 적이 없지. 고인의 얼굴을 질문하듯 바라보다가 비슷한 인상을 여러 차례 받았다. 내게는 이게 사후 세계가 존재한다는 하나의 증거 같이 느껴져(강력한 증거는 아니고).

요람에서 노는 아기를 물끄러미 들여다볼 때도 그 눈에서 무한(無限)을 느낀다. 사실 그게 뭔지 정확히는 모르겠다. 그런데 실은 이 모른다는 감정 때문에 우리가 살아가고 있는 이 현실의 삶이 편도 기차 여행으로 느껴지는 것도 같아. 빠른 속도로 지나가지만, 바로 곁에 있는 것들을 구분할 수도 없고, 무엇보다 기차 자체를 볼 수 없으니 말이야.

작품을 통한 예술가의 미래에 대해서는 딱히 아는 게 없다. 그래, 예술가들은 서로에게 횃불을 넘기면서 이어지고 있어. 들라크루아에서 인상주의 화가들로 그 영광이 넘어가는 것처럼 말이야. 그런데 그게 전부일까?

만약 기독교 안에서 편협하면서 동시에 순교적인 생각에 치우친 어느 가정의 선량한 노모가 자신의 믿음처럼 영생을 얻게 되면, 정말 그렇게 되면, 거기엔 전혀 이의가 없어. 그런데 왜 폐병이나 신경쇠약에 시달리면서 마차를 끄는 말처럼 힘들게 일하는 들라크루아나 드 공쿠르 같은 이들은, 폭넓은 생각을 가졌어도 그렇게 될 수 없어? 가장 힘들고 지친 사람들이야말로 이런 막연한 희망을 품는 걸 텐데.

1888년 8월 6일 월요일

예술의 단절,
바다처럼 변덕스럽고 배신적인 파리 때문에

사랑하는 테오에게

어느 늙은 농부를 유화로 그려보고 싶었어. 이목구비가 아버지와 무척 닮은 양반이거든. 다만 좀 더 평범하면서도 풍자화에 어울릴 듯한 이미지야. 그렇지만 그린다면 있는 그대로, 아주 평범한 농부의 모습으로 그려내고 싶다. 나중에 꼭 다시 올 테니 그땐 자기 그림을 달라는데, 그러려면 똑같이 2점을 그려야 해. 그 양반에게 줄 것과 내가 가질 것 이렇게. 그래서 안 된다고 했지. 그런데 언젠가 다시 찾아올 수도 있어. 그나저나 드 르뮈의 석판화는 네가 아는 그림인지 궁금하다.

요즘도 볼 만한 석판화들이 많아. 도미에, 들라크루아의 그림 복제화, 드캉, 디아스, 루소, 뒤프레 등등. 그런데 그것도 조만간 끝이 날 거야. 이 분야의 예술이 점점 사라지고 있다는 게 정말 한탄스럽다. 사람들은 왜 의사나 기술자들처럼 가진 걸 계속 지켜나가지 않는 걸까? 이 지긋지긋한 예술계에서는 새로운 게 발견되면 그저 자기들끼리만 알고 넘어가. 그러니 아무것도 보존되지 않고 그대로 잊혀지지. 밀레는 농부의 모습을 집대성한 작품을 남겼어. 그리고 지금은, 레르미트가 그렇지. 또 흔치 않은 작가, 뫼니에까지……. 그런데 지금 우리는 농부들의 모습을 제대로 바라보는 법을 아나? 아니. 그런 시각을 갖춘 이는 거의 없어.

상황이 이렇게 된 건, 어느 정도는 바다처럼 변덕스럽고 배신적인 파리와 파리지앵들 때문이 아닐까? 그래, 네 지적이 백번 옳아. 우리 자신을 위해 작업하고, 차분히 우리 길을 가자는 그 말 말이야. 인상주의가 신성한 영역인 건 맞지만, 그래도 나는 이전 세대 화가들처럼 그려보고 싶어. 들라크루아, 밀레, 루소, 디아스, 몽티셀리, 이자베, 드캉, 뒤프레, 용킨트, 지엠, 이스라엘스, 뫼니에, 거기에 코로와 자크 등등이 이해할 수 있는 그런 그림.

아! 마네는 그런 분위기에 거의 가까이 다가갔었어. 쿠르베도 형태와

213

집 뒤에 있는 정원
Garden Behind a House, 1888년
캔버스에 유화, 63.5×52.5cm

색채를 조화시켰지. 나는 한 10년 조용히 습작을 연습하다가 인물화 유화 한두 점 그려냈으면 좋겠다.

세로로 긴 농가의 정원 그림은 직접 보면 색감이 얼마나 환상적인지 모른다. 달리아는 짙고 풍부한 자줏빛인데, 두 줄로 늘어선 꽃들이 한쪽은 분홍색과 초록색이 모여 있고, 다른 쪽에는 초록 잎이 거의 없는 주황색들만 모여 있었어. 가운데에 흰 달리아 한 송이가 낮게 드리워져 있고 주황색과 빨간색이 어우러져 화사하게 보이는 꽃과 황록색 열매가 달린 작은 석류나무 한 그루가 서 있지. 잿빛 땅에 청록색 '줄기'가 기다란 갈대, 에메랄드빛 무화과나무, 파란 하늘, 초록 창틀과 빨간 지붕의 하얀 집들, 햇살이 쏟아지는 아침, 무화과나무와 갈대들 그림자가 드리워지는 저녁…… 코스트나 자냉이 있었다면 어땠을까! 이 모든 걸 다 품으려면 같은 나라에서 함께 작업하는 모든 학파 화가들 전체가 필요할 거야. 네덜란드 고전학파 화가들, 초상화 화가들, 풍속화 화가들, 풍경화 화가들, 동물 그림 화가들, 정물 화가들 등등.

다시 하는 얘기지만, 이 지역을 잘 아는 지인과 근처 농가들을 둘러봤는데 정말 흥미로웠어. 그런데 진정한 프로방스 소농가 분위기는 영락없는 밀레의 화풍 그대로더라. 이제 겨우 이런 정서를 깨닫기 시작한 나로서는 이런 느낌을 제대로 그림에 담아내려면 한동안 여기에 머물러야 할 거야.

그나저나 만약 고갱이 스스로 문제를 해결하지 못하는 상황이 이어지고, 그런 상황에서도 우리 계획을 실행에 옮겨야 한다면, 차라리 내가 움직이는 것도 가능하겠다 싶다. 어차피 거기서도 전원생활일 테니까. 아예 그 양반 쪽으로 옮겨 가는 방법을 적극적으로 추진해야 한다는 생각도 들어. 왜냐하면 조만간 그가 또다시 궁지에 몰릴 수도 있거든. 집주인이 더 이상 기다려 주지 않을 수도 있으니까.

그럴 가능성이 충분하고, 그렇게 되면 고갱은 아마 크게 낙담할 거야. 그래서 더더욱 협업을 성사시키는 게 시급한 문제라는 거다. 내가 그냥 브르타뉴로 가도 돼. 고갱 말로는 거기 물가가 모든 면에서 훨씬 싸서 생활비도 덜 든다잖아.

어느 농부의 집 정원에서 한 여성의 나무 조각상을 봤는데 스페인 화물선의 뱃머리에서 떨어져 나온 거래. 그 조각상이 편백나무 수풀 가운데 서 있었는데 완전히 몽티셀리의 그림 같았어. 아! 아름답고 큼지막한 빨간 프로방스 장미와 포도나무, 무화과나무가 서 있는 농가의 정원 풍경이 너무나 시적이다. 영원할 것 같은 강렬한 태양 아래서도 초록의 빛깔을 전혀 잃지 않는 풀들까지. 저수통에서 흘러나오는 맑은 물은 작은 운하 체계를 형성하고 있는 도랑 사이로 흘러 들어가 농작물을 적신다. 나이 든 카마르그 백마 한 마리가 농기구를 끌고 돌아다녀. 작은 올리브나무 과수원에 소는 보이지 않더라.

이웃집 부부는(식료품점을 하는데) 아무리 봐도 뷔토 부부와 닮은꼴이야.

그런데 이곳의 농가와 선술집 분위기는 북쪽에 비해 덜 침울하고 덜 비극적이긴 해. 그나마 더위가 추위보다는 가난한 환경을 덜 힘들고 덜 우울하게 해줘서가 아닐까 싶다. 네가 직접 여기를 둘러보면 좋을 텐데. 아무튼 고갱 일부터 마무리해야겠지.

1888년 8월 8일 수요일

파리의 치열한 삶, 은둔자의 뜨거운 삶

사랑하는 테오에게

괜찮은 여성 모델을 잃을까 봐 걱정이야. 나와 약속을 했었는데, 아무래도 방탕하게 놀며 돈 몇 푼 버는 더 좋은 일거리를 찾은 모양이야. 그녀는 특별했어. 들라크루아의 그림 속 인물 같은 표정에 전체적인 외모가 묘하게 원시적이야. 기다리는 것 외에 다른 방도가 없어서 인내심을 갖고 참고는 있지만, 모델 때문에 이런 문제들이 계속 반복되니 성가시다. 조만간 협죽도 습작을 그렸으면 좋겠어.

부그로처럼 깔끔하게 그리면 사람들이 모델 선 걸 수치스럽게 여기지는 않겠지. 아무래도 내가 모델을 잃는 건 사람들이 내 그림을 '엉망'이라고 여겨서인 것 같아. 물감만 잔뜩 덧칠한 그림으로 생각한다는 거지. 그래서 이름난 매춘부들까지 자기 평판에 금이 갈까 두려워해. 자신의 초상화를 남들이 조롱할까 봐 말이야. 사람들이 살짝만 더 호의적이면 제법 그럴듯한 그림을 그릴 수 있을 것도 같아서, 참 아쉽고 실망스럽다. "포도가 아직 시다"라고 말하며 포기할 수는 없어. 모델을 구할 수 없는 상황이 견디기 힘들어. 어쨌든 인내심을 가지고 다른 모델을 찾아봐야지.

내 그림이 영영 아무런 가치 없는 그림으로 남을 거라는 생각이 들면 정말 서글프다. 그림 그리는 데 들어간 비용의 값어치만이라도 된다면 돈 걱정 따위는 안 할 텐데. 그런데 지금의 현실은 오히려 그 반대로, 들어가는 돈만 있지. 그래도 어쨌든 그림은 계속 그리면서 더 나은 방법을 찾아야 해.

가끔은 고갱에게 이곳으로 오라고 권하느니 차라리 내가 그쪽으로 가는 게 더 현명한 게 아닌가 싶기도 해. 어느 순간, 자신을 너무 번거롭게 한다고 생각하지 않을지 그게 걱정이거든. 여기서 둘이 한 집에서 지낼 수 있을지, 그러면 수지타산을 맞출 수 있을지, 사실 알 수는 없지. 새로운 시도잖아. 그런데 브르타뉴에서는 돈이 얼마나 들지 계산이 됐는

작업하러 가는 화가

The Painter on His Way to Work, 1888년
캔버스에 유화, 48×44cm

데, 여기서는 영 가늠이 되질 않는다. 내게는 여전히 물가가 비싸고 사람들과의 관계도 썩 원만한 편은 아니야. 게다가 침대며 이런저런 가구도 장만해야 하고, 고갱의 여행 경비를 비롯해 이 양반이 진 빚까지 해결해야 해.

베르나르와 고갱 둘이 브르타뉴에서 돈을 거의 안 쓰고 지낸다는데 나는 그게 적절하다기보다 오히려 더 위험해 보인다. 아무튼 우리는 조만간 결단을 내려야 해. 난 어느 쪽이든 상관 없다. 비용이 더 적게 드는 곳을 선택하면 간단히 해결될 문제 같거든.

오늘 고갱에게 편지를 써야겠다. 모델 비용으로 얼마를 쓰는지, 괜찮은 모델을 만날 수는 있는지 등등을 물어봐야겠어. 나이가 들수록, 어떤 일에 뛰어들기 전에 헛된 망상 같은 건 일찌감치 접고 계산부터 해봐야 하는 거야. 젊을 때는 열심히만 하면 어떻게든 충분히 먹고 살 수 있으리라 믿지만, 현실은 그게 점점 힘들어진다는 거야.

고갱에게도 지난 편지에 이런 말을 썼었어. 우리가 부그로처럼 그림을 그렸으면 어느 정도 돈은 벌었을 거라고. 대중은 달라지지 않고, 그저 부드럽고 감미로운 것들만 찾지. 남보다 엄격한 재능은 작업에 능률을 가져다주지 못하지. 인상주의 화가들의 작품을 이해하고 좋아할 만큼 지적인 사람들은 대부분 이들 화가의 작품을 구입할 수 있을 만큼 경제적으로 여유롭지 못해. 그렇다고 해서 고갱이나 내가 작업을 게을리하겠어? 천만의 말씀. 하지만 우리는 가난과 편견과도 같은 사회적 고립을 받아들여야 해. 그러니 그 출발점으로 생활비가 가장 적게 드는 곳에 자리를 잡는 거야. 그러다가 성공이 찾아오면 금상첨화일 테고, 언젠가 실력이 확연히 향상되어도 금상첨화일 거야.

에밀 졸라의 『작품』에서 가장 감명 깊었던 부분은 봉그랑 융트라는 인물이야. 그가 한 말이 너무나 현실적이었거든. "불행한 이들이여, 예술가가 재능과 명성을 거머쥐면 안전하다고 믿는가? 그 반대야. 그 순간부터 더 나은 무언가를 만들어낼 수 없게 될 뿐이지. 작품보다 명성에 더 신경을 쓰는 탓에 그림을 팔 기회가 점점 줄어들 수밖에 없거든. 약한 모습을 조금이라도 보이는 순간, 시기와 질투에 차 있던 이들이 떼로 몰려들어 그를 흔들어낼 테고, 그러면 변화에 민감한 데다가 신의도 없는 대중이 일시적으로 그에게 허락했던 명성과 믿음도 추락하기 마련이야."

칼라일의 말은 더 정곡을 찌르지. "브라질에서는 반딧불이가 워낙 밝아서 저녁이면, 여성들이 그것들을 머리핀으로 머리에 달고 다닌다는 거, 당신도 잘 알 겁니다. 화려하고 멋진 장면이지요. 그런데 예술가에게 그 화려함이라는 것은 반딧불이가 달린 머리핀과도 같은 겁니다. 성공하고 화려하게 보이고 싶다고 하는데, 당신은 당신이 과연 무엇을 원하고 있는지 정확히 알고는 있습니까?"

그런데 나는 성공과 화려함을 끔찍하게 여기는 사람이야. 인상주의 화가들의 성공 이후가 벌써 걱정스러울 정도야. 힘겨운 지금의 시간도 훗날에는 '좋았던 때'로 여겨질 수도 있잖아.

어쨌든 고갱과 나는 앞날을 내다봐야 해. 그리고 지낼 공간, 누울 침대, 평생 따라다닐지 모를 실패한 삶을 영위하는데 필요한 것들을 얻기 위해서라도 열심히 그림을 그려야 해. 무엇보다 가장 생활비가 적게 드는 곳에 자리를 잡아야 하고. 그렇게 되면 아마 우리는, 판매가 저조하거나 전무해도, 평온한 마음으로 많은 작품을 그려낼 수 있는 거야.

그런데 지출이 수입을 초과하는데, 우리 그림을 팔면 해결될 거라고 지나치게 낙관적으로 바라는 건 옳지 않다. 안 좋은 시기에는 오히려 작품들을 되는 대로 헐값에 처분해야 하는 상황이 발생할 수 있어.

내 결론은 이거야. 수도사나 은둔자처럼, 안락함을 버리고 작품에 대한 열정을 불태우며 살자. 이곳의 자연과 기후는 정말 남프랑스만의 장점이야. 그런데 고갱은 파리의 치열한 삶을 포기하지 않을 것 같다. 온통 파리에 사로잡혀 있고, 영원한 성공에 대한 믿음이 나보다 훨씬 큰 사람이야. 그렇다고 내가 피해 볼 일은 없어. 어쩌면 내 시선이 과도하게 비관적인 걸 수도 있어. 그냥 고갱이 헛된 망상을 하든 말든 내버려두고, 다만 그에게 필요한 건 '머물 집, 먹을 음식, 그리고 그림'이라는 사실은 염두에 두자. 고갱이 약한 틈새는, 빚이 늘고 있기 때문에 미리부터 무너질 수 있다는 거야. 우리가 도와주면, 그가 파리의 경쟁에서 승리할 수도 있고.

　내가 이 양반만큼 야망이 있었다면, 우리는 같이 잘 지낼 수 없었을 거야. 하지만 나는 내 성공이나 내 행복 같은 거는 관심 없어. 그저 인상주의 화가들이 지속적으로 힘차게 작업 활동을 이어나가는 게 내 관심사다. 인상주의 화가들의 거처와 일용할 양식이 해결되기를 바랄 뿐이라고. 그리고 2인 생활비를 혼자 써대며 살아서 죄책감도 들어.

　화가라고 하면 사람들은 미치광이 아니면 부자라고 여긴다. 우유 한 잔이 1프랑, 파이 한 조각도 2프랑인데, 그림은 팔리는 일이 없어. 그렇기 때문에 네덜란드의 황야에 모여 사는 나이 든 수도사들처럼 공동생활을 해야 하는 거야. 고갱이 성공을 꿈꾼다는 건 이미 안다. 그는 파리를 등지고 살 수 없고, 가난을 곧 벗어나리라고 예상하지. 나야 여기 있든, 다른 곳으로 옮기든 아무런 상관도 없다는 건 너도 잘 알잖아. 그러니 그가 자신만의 싸움을 하도록 내버려 둬야 해. 더군다나 승리할 수도 있지. 파리에서 멀어지면 그는 자신을 별 볼 일 없는 사람으로 여길 수도 있어.

　아무튼 우리는 성공이나 실패에 초연하자. 내가 그림에 서명을 시작했다가 금방 그만뒀지. 너무 멍청해 보이더라고. 바다 풍경화에 빨간색으로 큼지막한 서명을 넣은 건, 초록색 위에 빨간색 색조를 넣어보고 싶어서다. 아무튼 조만간 보내주마. 주말이 다소 힘들 것 같다. 그래서 하는 말인데, 기왕이면 네 편지가 하루 늦어지기보다, 하루 일찍 도착했으면 좋겠구나.

1888년 8월 13일 월요일 추정

그림을 완성하려면 제멋대로 칠해야 해

사랑하는 테오에게

곧 파시앙스 에스칼리에라는 노인을 보게 될 거다. 곡괭이를 들고 다니는 카마르그의 목축업자인데 지금은 크로에 있는 농가에서 정원을 가꾸며 살고 있어. 오늘 네게 이 양반을 그린 유화의 데생을 보낼 거거든. 우체부 룰랭의 초상화 데생도 함께.

이 농부의 초상화는 뉘넌에서의 〈감자 먹는 사람들〉처럼 어두운 색감은 아닌데, 고상하신 파리 시민 포르티에 선생은(아마도 그림들을 문전박대해서 그런 성을 가지게 된 듯) 이번에도 똑같은 편견을 갖고 그림을 대하겠지. 그 이후로 넌 많이 달라졌지만, 그 양반은 전혀 달라지지 않았잖니. 파리에서 나막신을 다룬 그림이 많이 안 보여서 정말 유감이야. 예를 들어, 내 농부 그림이 네가 소장한 로트렉의 그림에 피해 줄일은 없잖아. 아니, 오히려 동시대비 효과로 로트렉의 그림에 더 눈길이 가고, 내 그림도 묘한 대비를 통해 좋은 반응을 얻을 수 있다. 왜냐하면 분칠에 우아한 화장으로 단장한 사람 옆에 서면 강렬한 햇살 아래 그을리고 강한 바람을 맞고 자란 얼굴의 특징이 더 도드라져 보이기 때문이지.

파리 사람들이 투박하고 거친 것, 몽티셀리 화풍의 그림, 바르보틴 등에 이렇게 관심이 없는 건 정말 크게 실수하는 거야. 아무튼 그래도 낙담하면 안 된다는 거, 나도 알아. 이상향은 실현될 수 없는 법이니까. 다만, 내가 파리에서 배운 것들은 사라져 가고, 인상주의 화가들을 접하기 전에 시골에 자리 잡았을 때 머릿속에 든 생각들이 속속 되살아나고 있다. 그러니 머지않아 인상주의 화가들이 내 그림 기법에 대해 이런저런 지적을 한다고 해도 놀랄 일은 아니야. 내 기법은 그들이 아니라 들라크루아의 방식을 자양분으로 삼았거든.

나는 눈앞에 보이는 것을 정확히 묘사하는 대신, 색을 임의대로 활용해 나다움을 강렬하게 표현하는 편이야. 이론적인 얘기는 일단 넘어가

파시앙스
에스칼리에의 초상화
Portrait of Patience Escalier
1888년, 캔버스에 유화
69×56cm

고, 그냥 내가 말하고 싶은 것 하나만 예로 들게.

내가 화가 친구의 초상화를 그리고 싶어. 그는 원대한 꿈을 가졌고, 밤꾀꼬리가 노래하듯 열심히 그림 작업을 해. 천성이 그런 친구거든. 그는 금발이야. 초상화 속에 내 감정, 이 화가 친구를 향한 애정을 쏟아부어야지. 그리고 색을 칠할 건데, 일단 그의 모습 그대로, 또한 내가 할 수 있는 한 최대한 충실하게 할 거야.

그런데 그게 끝이 아니야. 그림이 완성되려면 그때부터는 제멋대로 칠해야 해. 금발을 강조하고 싶으니까 주황색, 크롬색, 연한 레몬색을 동원할 거야. 머리 뒤 공간은, 허름한 아파트 건물의 평범한 벽이 아니라 무한대의 공간이 되도록 칠할 거야. 배경은 내가 만들 수 있는 가장 진하고 강렬한 파란색 단색으로 처리할 거야. 이렇게 파란색 단색 바탕에 밝은 금발을 조합하면 진한 쪽빛 바탕에 반짝이는 별같이 보이는 효과를 낼 수 있어.

농부의 초상화도 이런 방식으로 그렸어. 다만 여기엔 무한대의 별처럼 희미하게 빛나는 효과는 없어. 그 대신 추수가 한창인 한낮의 더위 속에서 분투하고 있는 억척스러운 남자를 상대하고 있다고 상상하며 그렸지. 그래서 달아오른 쇠 같은 강렬한 주황색과, 어둠 속에서도 빛을 발하는 앤티크한 금색을 사용했어. 아, 사랑하는 아우야…… 선량한 이들은 이 과장된 표현에서 풍자화만 떠올리겠지만, 무슨 상관이야? 우리는 『대지』나 『제르미날』을 이미 읽었으니 농부를 그릴 때 이 책들이 어떻게든 구체적으로 표현되기를 바라잖아.

룰랭의 초상화는 내가 느끼는 그대로 그릴 수 있을지 모르겠어. 이 양반은 혁명가적 기질만 보면 탕기 영감과 비슷한 사람이고 아마 정통 공화주의자로 여겨지는 듯해. 왜냐하면 우리가 지금 누리고 있는 이 공화국의 실정을 끔찍이 싫어하거든. 어느 부분에서 회의도 드는 것 같고, 공화주의 사상에 일정 부분 환멸을 느낀 것도 같고 그렇더라고.

그래도 어느 날인가 이 양반이 라 마르세예즈를 부르고 있는데 그 장면이 마치 89년을 보고 있는 기분이 들더라. 내년 말고, 무려 99년 전(1789년) 말이야. 들라크루아, 도미에, 그리고 순수한 네덜란드 고전 화가들이 활동했던 그 시절.

불행히도 그런 포즈는 막 나오는 게 아니야. 그래서 그럴듯한 그림을 그리려면 현명한 모델이 필요해.

이 말은 해야겠는데, 요즘, 물질적으로 지나치게 힘든 나날을 보내고 있다. 아무리 아껴도, 생활비가 거의 파리 수준으로 하루에 5~6프랑쯤은 순식간에 나가. 모델을 부르면 결과적으로 생활이 무척 궁핍해져. 그렇더라도 나는 계속 이렇게 생활할 거야.

　그래서 자신 있게 하는 말인데, 네가 간간이 여윳돈을 조금이라도 보내주면, 그건 나 개인이 아니라 다 그림에 들어간다. 내게는 두 가지 선택밖에 없어. 좋은 화가가 되느냐, 형편없는 화가가 되느냐. 난 전자를 택할 거야. 그런데 그림에 들어가는 돈은 사치스러운 정부에게 드는 비용이나 매한가지야. 돈 없으면 아무것도 못 하는데, 그 돈이라는 건 아무리 많아도 충분하지 않지.

　그렇기 때문에 그림에 사회가 비용을 내줘야 하는 거야. 화가에게 과도한 부담을 지울 게 아니라.

　그런데 봐라. 우리는 여전히 조용히 넘어가야 해. 왜냐하면 아무도 우리에게 그리라고 강요하지는 않으니까. 그림에 대한 무관심이 너무나 팽배해. 앞으로도 계속 그럴 것 같고.

　다행인 건, 내 위장이 기능을 회복했다는 거야. 그래서 지난 3주를 건빵, 우유, 달걀로 버틸 수 있었어.

　포근한 더위 덕분에 기력을 되찾는 중이야. 돌이킬 수 없는 상태에 이르기까지 기다리지 않고 당장 프랑스 남부로 내려온 건 정말 잘한 것 같다. 이제는 다른 사람들처럼 몸 상태도 멀쩡해진 느낌이야. 뉘넌에서 잠시 이랬었는데, 기분이 그리 나쁘지 않다. 다른 사람들이란 파업 중인 토목공, 탕기 영감님, 밀레 영감, 농부들을 말하는 거야. 건강 상태가 정상이면 빵 한 조각만 먹고도 하루 종일 그리면서 담배도 피우고 술도 마실 수 있어. 몸이 건강하면 그래야 하고. 그리고 저 하늘에 떠 있는 별과 무한대의 세상까지도 명확하게 느껴야 하고. 그래, 인생이라는 건 이토록 마법 같다. 아! 이곳의 태양을 믿지 않는 사람들은 무신론자인 거야.

　그런데 불행히도, 태양이라는 선량한 신의 곁에는 거의 항상 미스트랄이라는 악마가 따라다닌다.

　이런, 토요일 편지 배달이 끝났다. 네 편지가 올 줄 알았는데. 그렇다고 애만 태우고 있진 않다. 악수 청한다.

1888년 8월 18일 토요일

화병의 해바라기 세 송이
Three Sunflowers in a Vase, 1888년
캔버스에 유화, 73×58cm

**정물: 화병의 해바라기
열두 송이**
Still Life: Vase with
Twelve Sunflowers
1888년, 캔버스에 유화
91×72cm

해바라기 그림으로 고갱의 방을 장식해 주려고

사랑하는 테오에게

이렇게 서둘러 편지하는 이유는, 방금 고갱에서 편지를 받았다고 말해 주고 싶어서야. 그간 몰두하고 있던 작품이 있어서 소식을 전하지 못했는데, 기회가 되면 언제든지 프랑스 남부로 내려올 마음은 여전하다고 한다.

거기서 고상한 영국 신사들과 같이 어울려서 그림도 그리고, 토론도 하고, 티격태격 싸우기도 하면서 지내고 있대. 고갱은 베르나르의 그림을 칭찬하는데, 베르나르는 고갱의 그림을 칭찬했지.

나는 지금 마르세유 사람이 부야베스를 먹을 때처럼 열정적으로 작업에 전념하고 있어. 큼지막한 해바라기를 그리는 중이라고 해도 넌 놀라지 않겠지.

캔버스 3개를 채우는 중이야. 15호 캔버스에는 밝은색 배경에 초록색 화병에 담긴 큼지막한 해바라기 3송이를 그렸어. 30호 캔버스에는 로열 블루색 배경에 씨앗과 잎이 떨어져 나간 1송이와 봉오리 상태의 3송이를 그렸고. 또 다른 30호에는 노란 화병에 꽂아둔 봉오리 상태의 해바라기 12송이야. 세 번째 그림이 밝은색 위에 밝은색으로 그린 거라 결과물이 가장 나을 것 같아.

여기서 멈출 생각은 없어. 고갱과 함께 작업실을 꾸려갈 희망으로 이곳을 장식하고 싶다. 커다란 해바라기 그림들만으로. 너희 화랑 바로 옆 식당, 너도 기억할 텐데, 그곳 꽃 장식이 무척 근사했어. 난 아직도 창문의 큰 해바라기가 생각나. 이 계획을 실천에 옮긴다면 장식화가 12점쯤 필요해. 전체적으로 보면 파란색과 노란색의 교향곡인 거야. 해 뜨자마자부터 일어나서 이 작업에 매달린다. 꽃이 빨리 시드니까 전체를 한 번에 그려야 해서.

타세 화방에 이전 소포 두 꾸러미의 운송비에 해당하는 15프랑만큼 물감을 더 보내라고 말한 건 잘했다. 이 해바라기 그림을 끝내면 노란색과 파란색 물감이 부족할 것 같아서 안 그래도 조금 주문할 생각이었거든. 타세 화방의 일반 캔버스 천이 부르주아 화방보다 50상팀 비싸지만 훨씬 더 마음에 들고, 사전작업도 잘 돼 있어.

고갱이 건강하다니 정말 다행이야.

이곳 남프랑스가 점점 더 마음에 든다.

먼지를 뒤집어쓴 엉겅퀴 주변으로 흰나비와 노랑나비가 무리 지어 날아다니는 모습도 습작해 보고 있다.

요 며칠 사이 만나기를 고대했던 모델을 또 놓쳤어.

코닝이 편지했는데 헤이그에 머물 예정이라더라. 네게 습작 몇 점 보낼 거래.

새 캔버스를 채울 구상이 여럿 떠올랐다. 오늘 석탄 하역 작업을 하는 인부들을 보고 왔어. 데생으로 보냈던 모래 하역 작업, 바로 그 장소에 그 배야. 멋진 소재가 될 것 같아. 나는 인상주의 화가들과 달리 점점 더 단순한 기법을 시도하고 있어. 뭐랄까, 누구든 눈으로 흘낏 보기만 해도 명확히 알아볼 수 있는 그림을 그리고 싶다. 황급히 쓰는 편지다만, 누이에게도 몇 자 같이 적어서 동봉한다.

악수 청한다. 이제 다시 작업을 이어나가야겠다.

추신: 고갱이 그러는데 베르나르가 내 크로키를 모아서 작품집을 만들어 보여줬다더라.

1888년 8월 21일 화요일, 혹은 22일 수요일

살아생전에 인정받기는 힘들 것 같다

사랑하는 테오에게

타세 화방에 이것들 좀 물어봐 주겠니? 물감을 곱게 빻아서 쓸수록 기름을 더 잘 흡수하는 것 같은데, 지금은 너무 기름진 물감이 좋지 않거든. 두말 할 필요도 없이 말이야.

제롬처럼 사진과 꼭 닮게 사실화를 그리려면 당연히 곱게 빻은 물감을 써야지. 그런데 반면에 캔버스 표면은 좀 거칠어도 상관 없거든. 그래서 물감을 몇 시간이고 돌멩이로 빻는 대신, 괜시리 곱게 가는 수고를 덜고 그냥 칠할 수 있을 정도로만 적당히 갈아서 쓰면, 덜 어둡고 생생한 색이 나올 것 같더라고. 그러니까 타세 화방에서 크롬 계열의 3색과 베로니즈 그린, 주홍색, 납 주황색, 코발트색, 군청색 등을 이런 방식으로 시험 삼아 만들어 보면, 훨씬 적은 비용으로 생생하고 오래 가는 물감을 만들 수 있다고 장담한다. 정확히 얼마일까? 될 것 같은데…… 꼭 두서니 색이나 에메랄드 블루처럼 투명색 계열도 가능할 거야.

주문서를 같이 동봉하는데, 급한 것들이야.

지금은 네 번째 해바라기를 작업 중이다. 이번 건 14송이고 바탕이 노란색으로, 예전에 그렸던 모과와 레몬의 정물화와 분위기가 비슷해. 다만 크기가 더 크고 효과도 좀 남다르게 넣어봤어. 그래서 모과와 레몬 그림에 비해 간결한 느낌일 거야. 언젠가 드루오 경매장에서 본 마네의 근사한 그림 기억하니? 밝은 배경에 초록색 잎이 달린 큼지막한 분홍색 모란 몇 송이 말이야. 분위기며 꽃이며 참 조화로운데, 두텁게 칠해진 게 자넹의 그림과는 달랐지.

내가 말한 단순한 기법이 이런 거야. 점묘법 등의 기법을 쓰지 않고 그냥 다양한 붓 터치로 표현해 보려고 애쓰고 있다. 곧 보여 줄게.

유화에 이렇게 돈이 많이 들어가서 정말 난처하구나! 이번 주는 다른 주보다 돈 쓸 일이 없길래 실컷 그렸더니, 100프랑쯤은 거뜬히 다 없어

정물: 화병의 해바라기 열네 송이
Still Life: Vase with Fourteen Sunflowers, 1888년
캔버스에 유화, 93×73cm

지겠어. 그래도 주말까지 유화 4점이 완성될 테니 거기에 든 물감 가격까지 포함한다고 해도 한 주를 통째로 날려 버린 건 아니야. 매일 아침 아주 일찍 일어나고 점심과 저녁도 잘 챙겨 먹어서, 몸 축날 일 없이 꾸준히 작업할 수 있었어. 아쉬운 건, 아직도 우리 작업의 값어치를 몰라주는 시대에 살고 있다는 사실이야. 우리 그림을 사주지 않는 건 고사하고, 고갱의 경우처럼 완성한 그림을 담보로 맡겨도 돈을 빌릴 수 없다는 거지. 이렇게 대단한 그림을 맡기는데 푼돈조차 빌릴 수 없어. 그래서 우리가 되는 대로 그냥 운에 맡기고 살게 되는 거야.

내 살아생전에 이 상황이 달라질 것 같지 않아서 걱정이다. 적어도 우리가 밟아온 길을 따라올 후대의 화가들이 풍요로운 삶을 살 수 있도록 초석을 닦는다면, 그것만으로도 의미 있는 일이겠지.

인생은 짧은데, 모든 일에 과감할 수 있는 여력을 지닌 시기는 더더욱 짧아. 그런데 더 두려운 일은 새로운 화풍이 인정받기 시작하면, 화가들은 더 약해질 거라는 사실이야.

어쨌든 그래도 긍정적인 건, 지금 이 시대에, 우리가 퇴폐적인 사조에 속하지 않는다는 거야. 고갱과 베르나르는 지금 '어린애 그림'처럼 그리는 얘기를 하는데, 나도 퇴폐적인 분위기의 그림보다 어린아이의 그림이 더 좋아. 그런데 인상주의 화가들의 그림 속에서 퇴폐적인 분위기가 대체 어떻게 보인다는 거야? 오히려 그 반대인데 말이지.

타세 화방에 보내는 편지도 동봉한다. 아마 가격 차이가 꽤 크겠지만, 얇고 곱게 빻은 물감은 이제 별로 쓰고 싶지 않다는 건 말하지 않아도 알 거야. 악수 청한다. (배경이 로열 블루인 해바라기는 '후광'이 있어. 그러니까, 각각의 사물에 배경색과 구분되도록 보완되는 색으로 테두리를 넣었다는 뜻이야.) 또 연락하자.

1888년 8월 23일 목요일, 혹은 24일 금요일

형언하기 힘든 영원성을 담아 그린 초상화

사랑하는 테오에게

도데의 『프랑스 한림원 회원』을 다 읽었어. 베드린이라는 조각가의 말이 꽤 마음에 들었어. '명성을 얻는 건, 불이 붙은 부분을 입에 물고 시가를 피우는 것과 같다.'

그래도 확실히 『타르타랭』이 더 좋은 작품이더라. 훨씬 더 좋아. 색채로 비유해도 『프랑스 한림원 회원』은 『타르타랭』만큼 아름답지 않아. 왜냐하면 지나치게 상세하고 정확한 관찰 등의 묘사 때문인지 무미건조하고 차가운 장 베로의 쓸쓸한 그림만 떠오르거든. 반면에 『타르타랭』은 『캉디드』에 버금가는 진정한 걸작이야.

간곡히 부탁하는데, 여기서 그려서 보낸 내 습작들은 최대한 밖에 꺼내서 보관해 주면 좋겠다. 완전히 마른 상태가 아니라서 그래. 구석이나 어두운 곳에 두면, 색이 바랠 수도 있어. 그래서 〈무스메〉의 초상화하고 〈추수〉(폐허가 된 성채와 알피유 산맥을 배경으로 넓은 들판을 그린 풍경화), 〈작은 바다 풍경화〉, 가지가 늘어진 나무와 침엽수 수풀이 자라는 〈정원〉 등은 틀에 끼워 주면 아주 좋겠구나.

내가 애착을 가지는 그림들이거든. 〈작은 바다 풍경화〉는, 데생을 잘 보면 알겠지만, 가장 공을 많이 들인 그림이야.

새로 그린 농부의 얼굴 그림하고 〈시인〉의 습작을 넣으려고 떡갈나무 틀을 2개 주문했어. 아! 아우야, 가끔은 내가 원하는 게 무언지 너무나 명확해진다. 삶에서나 그림에서나, 사실 하느님의 선하심은 크게 필요치 않아. 하지만 고통스럽게 발버둥쳐도, 나보다 위대한 것, 그러니까 나의 생명과도 같은 창조력 없이는 해낼 수가 없어.

육체적으로 창조력이 좌절될 때, 우리는 아이를 낳는 대신 사상을 잉태하려고 노력하게 된다. 그렇게 해서 우리는 인류의 구성원이 되는 거고. 나는 그림을 통해서 음악처럼 위로가 되는 무언가를 표현하고 싶어.

남성과 여성에 뭐라 형언하기 힘든 영원성을 담아 그리고 싶다는 거야. 과거에는 후광이 그런 상징이었지. 지금은 빛 그 자체나 색의 떨림 등으로 그런 걸 표현하려고 애쓰고 있고.

이렇게 구상한 초상화가 아리 쉐페르의 그림을 의미하는 건 아니야. 왜냐하면 〈성 아우구스티누스〉처럼 뒷배경이 파란 하늘이거든. 사실 그의 채색은 뛰어나지 않아.

차라리 들라크루아의 〈감옥에 갇힌 타소〉나 인간의 진짜 모습을 그린 여러 회화들이 더 가깝다고 봐야지. 아, 초상화! 모델의 사상과 영혼까지 담은 초상화가 탄생할 때도 됐어!

벨기에 친구 말이, 맥나이트와 함께 지내면서 하숙비로 80프랑을 냈대. 둘이 사니 얼마나 절약되는지 봐라. 나는 혼자서 월세로만 45프랑을 내잖아. 그러니 매번 이런 계산을 하게 돼. 고갱과 함께 지내면 혼자 살 때보다 생활비를 더 쓸 일은 없다는 계산. 이 문제로 더는 고생할 일도 없고.

그런데 이 두 친구가 사는 집이 불편하다는 점도 고려해야 해. 잠자리가 불편하다는 게 아니라, 작업을 할 수 없다는 말이야.

그래서 난 여전히 두 가지 문제를 고민한다. 첫째는 물질적인 어려움이야. 먹고 살기 위해 어떻게든 수를 내야 하는 문제. 둘째는 색채야. 이 부분에서 분명히 무언가를 발견할 거라는 희망이 있어. 두 가지 보색의 결합, 두 색의 섞임과 대조, 비슷한 색조의 미묘한 떨림과 차이를 통해 두 연인의 사랑을 표현하는 것. 짙은 색 바탕에 환한 색조의 빛을 통해 이마 속에 든 생각을 표현하는 것. 별을 통해 희망을 표현하는 것. 석양빛을 통해 한 인간의 열정을 표현하는 것. 이런 것들은 실물 같은 그림(착시화)이 아니라, 실제로 존재하는 것들이잖아?

1888년 9월 3일 월요일

빨간색과 초록색이
무시무시한 열정을 뿜어내는 밤의 카페

사랑하는 테오에게

네가 보내준 정겨운 편지와 동봉해 보내준 300프랑, 정말 고맙게 잘 받
았다. 몇 주간 고민만 이어지더니, 최근에 매우 좋은 일이 생겼다. 고민
거리도 한꺼번에 오더니, 기쁨도 동시에 찾아오는구나.

사실 월세 문제로 집주인에게 항상 굽신거렸는데, 유쾌한 방식으로
받아치기로 마음먹었지. 작정하고 집주인 양반한테 큰소리를 쳤다는
뜻이야. 따지고 보면 나쁜 사람은 아닌데, 아무튼 이 양반한테 뭐라 그
랬냐면, 나한테 헛돈을 쓰게 한 만큼 돈을 돌려받는 셈으로 이 더러운

아를의 밤의 카페 The Night Cafe in Arles
1888년, 수채화, 44.4×63.2cm

235

집을 내 마음대로 그리겠다고 했어. 자, 집주인을 비롯해서 이미 초상화를 그려줬던 우체부, 밤늦게 돌아다니는 부랑자들, 그리고 나까지 다들 기뻐졌어. 낮에 잠깐잠깐 눈만 붙이며 연속으로 사흘 밤을 꼬박 새워서 그림을 그렸다. 간혹 낮보다 밤이 훨씬 더 생동감 있고 색감이 풍부해 보이거든. 집주인에게 그림을 그려주고 더 준 돈을 돌려달라고 물고 늘어질 마음은 없어. 내가 그린 것 중에서 가장 흉측한 그림이거든. 좀 다르긴 하다만, 〈감자 먹는 사람들〉에 버금간다고 할까.

빨간색과 초록색으로 인간의 무시무시한 열정을 표현하려 했어. 카페 벽은 시뻘건 색과 탁한 노란색을 섞어서 칠했고, 가운데에는 초록색 당구대를 그려 넣었어. 레몬 옐로의 등불 4개가 주황색과 초록색이 감도는 빛을 뿜어내도록 효과도 냈지. 곳곳에서 각기 다른 초록색과 빨간색이 충돌하며 대조를 이뤄. 탁자에 엎드려 잠든 부랑자들 모습이나, 썰렁하고 처량한 느낌의 실내, 높은 천장과 자주색, 파란색의 분위기 등도 마찬가지야. 예를 들면, 핏빛의 빨간 벽지와 황록색 당구대는 분홍색 꽃다발이 놓여 있는 루이 15세 시대 양식의 은은한 초록색 콘솔과 대비를 이룬다

뜨겁게 달아오르는 카페 한구석에서 지켜보고 있는 주인 양반의 흰 옷은 레몬 같은 노란색과 연한 초록색으로 빛나게 그렸어.

내일 네게 보내려고 수채화 톤으로 이 그림의 데생을 만드는 중이야. 분위기 보라고.

이번 주에 고갱과 베르나르에게 편지를 썼는데 그림 이야기만 했어. 그럴 일은 없지만, 행여라도 논쟁거리를 만들고 싶지는 않았거든! 그런데 고갱이 오든 말든, 가구를 장만해 두면, 집이 좋은지 아닌지는 논외로 치더라도, 거처, 집 같은 내 집이 생기는 셈이라 거리에 나앉는 불안을 머릿속에서 지울 수 있어. 모험을 즐기는 이십 대에는 아무렇지 않은 일이, 서른다섯을 넘긴 사람에게는 괴로울 수 있어.

오늘 「랭트랑지장」에서 빙 레비 씨가 자살했다는 기사를 읽었어. 설

마, 빙 화랑의 관리인 레비? 아마 다른 사람이겠지.

피사로가 〈무스메〉를 괜찮다고 여겼다니, 정말 기쁘다. 혹시 피사로가 〈씨 뿌리는 사람〉에는 별 말 안 했어? 나중에도 이런 그림들을 계속 탐구해서 그린다면, 그 최초의 시도는 당연히 〈씨 뿌리는 사람〉이야.

〈밤의 카페〉는 〈씨 뿌리는 사람〉과 늙은 농부의 얼굴 그림, 그리고 끝까지 완성한다면 〈시인〉의 연장선에 있는 그림이야. 사실화의 관점으로는 부분적으로 진짜 색상과 다르지만, 열정적인 기질의 어떤 대담한 감정을 연상시키는 색이지.

폴 망츠가 전시회에서, 우리가 샹젤리제에서 봤던 들라크루아의 〈폭풍우 속에 배 위에서 잠든 그리스도〉의 거칠고 강렬한 스케치를 보고서 비평 기사에서 이렇게 외쳤어. '파란색과 초록색으로 이렇게 무시무시한 효과를 만들어낼 수 있을 줄은 몰랐다.'

호쿠사이의 작품도 보면 탄성이 나오지. 그런데 그는 선과 데생으로 그런 결과를 만들어내. 네가 편지에 썼었잖아. '이 파도는 마치 발톱 같아서 배가 그 안에 갇힌 것처럼 보입니다.' 있는 그대로의 사실적인 색, 있는 그대로의 사실적인 데생으로는 이런 느낌을 살릴 수가 없어.

1888년 9월 8일 토요일

해바라기로 가득 채운 방,
광기와 일탈로 꽉 찬 카페

사랑하는 테오에게

방금 우체국에 가서 새 그림인 〈밤의 카페〉 크로키와 전에 그려둔 다른 크로키 하나를 보내고 왔다. 언젠가는 일본 판화 같은 그림도 꼭 만들어 볼 거야.

어제 집에 가구를 들였다. 룰랭 부부가 튼튼한 침대는 150프랑은 든다더니, 사실이었어. 그래서 계획을 살짝 틀어서, 호두나무 침대를 하나 사고 내 침대는 평범한 가구용 목재 재질로 샀어. 나중에 이 침대도 그릴 거야. 그리고 침구 1인용과 짚을 넣은 매트리스 2개를 샀어. 고갱이든 누구든 여기 오면 당장 침대를 사용할 수 있어.

애초에 이 집을 얻으면서 나 혼자 쓸 게 아니라, 다른 사람도 와서 지낼 수 있도록 꾸밀 생각이었잖아. 실질적으로 가진 돈의 대부분을 여기에 쏟아부었어. 남은 돈으로는 의자 12개, 거울 1개, 그리고 자잘한 생필품을 구입했어. 아마 다음 주부터는 거기서 지낼 수 있겠어.

손님이 오면 2층 아담한 방을 내줄 거야. 예술적인 감각이 넘치는 여성용 내실처럼 꾸며볼 생각이다. 내 침실은 최대한 간소하게 꾸며야지. 단, 가구만큼은 각지고 커다란 것들로 갖추고 싶어. 침대, 의자, 탁자, 모두 단순한 가구용 목재로.

1층에는 아틀리에 공간이 하나 있고, 그만한 크기의 공간이 하나 더 있는데 주방을 겸해서 쓸 수 있어.

조만간 쏟아지는 햇살을 받는 이 집을 그려서 보여 줄게. 아니면 불켜진 창문과 별이 뜬 밤하늘을 그린 그림이나. 앞으로는 네게도 아를에 별장처럼 쓸 수 있는 집이 하나 있다고 여겨라. 네 마음에도 쏙 들 정도로 이 집을 꾸밀 생각에 잔뜩 들떴다. 원했던 형식에 정확히 들어맞는 작업실로 만들 테니, 내년에는 휴가를 이곳과 마르세유에서 보내는 일정으로 잡아봐라. 그때쯤이면 준비가 될 테니까. 그리고 내 구상대로 꾸

이젤 앞에 있는 자화상
Self-Portrait in Front of the Easel
1888년, 캔버스에 유화
65.5×50.5cm

미면, 바닥부터 천장까지 온통 그림으로 뒤덮여 있을 거야.

네가 머물 방, 그러니까 고갱이 온다면 그 양반이 쓸 방은 흰 벽에 노 랗고 커다란 해바라기 그림 여러 점이 걸릴 거야. 아침에 창을 열면, 공 원의 초록색 풀과 나무가 보이고 떠오르는 해, 마을의 입구가 보이지. 아무튼 아담한 침대를 비롯해 우아한 다른 집기들이 구비된 내실에는 해바라기 12송이 그림과 14송이 그림을 걸 거야. 제법 눈에 띄는 방이 될 게다.

아틀리에는 빨간 타일이 깔린 바닥에, 벽과 천장이 온통 하얘서, 시골 풍의 의자와 목재 탁자 등을 놓고 그 위에 초상화를 놓으려고. 도미에 그림 분위기가 느껴질 거야. 감히 장담하는데, 분위기가 남다를 거야.

말이 나온 김에 아틀리에에 어울릴 도미에 석판화 복제화와 일본 판화

239

좀 구해주면 좋겠다. 급한 건 아니니 2장씩 생기는 물건을 좀 챙겨주렴. 그리고 들라크루아의 그림과 현대 화가들의 평범한 석판화도 부탁한다.

절대로 서두를 필요는 없고, 그냥 내가 구상하는 게 있어서 그래. 사실, 여기를 예술가들의 집으로 만들고 싶어. 비싼 건 없고, 오히려 싼 것들로 만 꾸미되. 의자부터 탁자까지 모든 집기에 개성이 넘치는 분위기의 집.

이토록 중요하고 진지한 작업을 해나가는 게 내게 얼마나 기쁘고 즐거운 일인지, 말로는 다 설명할 수가 없구나. 이곳을 꾸미는 게 나의 진짜 장식화가 되어 주길 바라고 있다.

〈밤의 카페〉라는 그림에서, 카페가 사람들이 자신을 파괴하고, 미치광이가 되고, 범죄자도 되는 공간임을 표현하려고 했어. 은은한 분홍색과 시뻘건 빨간색과 와인색, 루이 15세풍의 은은한 초록색과 베로니즈 그린, 황록색과 진한 청록색 등등을 대비시켜서 연한 유황이 끓고 있는 지옥의 가마솥 같은 분위기를 연출했지. 싸구려 술집의 어두운 구석이 뿜어내는 음침한 힘을 보여주고 싶어서. 하지만 일본식의 밝은 화풍과 타르타랭처럼 쾌활한 분위기도 어느 정도는 살렸다.

테르스테이흐 씨는 이 그림을 보고 뭐라고 할까? 인상주의 화가 중에서 가장 은밀하고 섬세한 시슬레의 작품 앞에 서서 이렇게 말한 양반이잖아. "화가가 다소 취한 상태에서 그렸다고밖에 볼 수 없군." 그러니 내그림 앞에서는 분명히 이렇게 말하겠지. 극심한 섬망 상태에서 그렸을 거라고.

1888년 9월 9일 일요일

그림 그리는 기관차처럼

사랑하는 테오에게

고갱이 여기로 와서 나와 함께 그림을 그리게 되고, 자신의 그림에 관한 일만큼은 인심을 좀 후하게 쓴다고 해도—

글쎄, 그래도 아마 너는, 네 도움 없이 아무것도 할 수 없는 화가 두 사람에게 제대로 된 일을 대줄 수는 없겠지. 돈 문제에 관해 뾰족한 수가 없다고 하는 네 말을 전적으로 믿는다만, 한편으로는 너도 뒤랑-뤼엘처럼 할 수 있지 않나 싶다. 남들이 클로드 모네의 진가를 알아보기 전에 그의 그림을 여러 점 사줬잖아. 그렇게 그림을 샀다고 그가 돈을 벌었던 건 아니야. 사들인 그림을 한동안 못 팔고 잔뜩 쌓아둘 수밖에 없었으니까. 하지만 결국엔 그가 옳았고, 지금은 스스로도 그 보상을 충분히 받았다고 여길 것이다. 물론 나는 만약 금전적 손해가 발생했더라도 이런 말을 꺼내지는 않는다. 하지만 고갱의 신의는 확인해 봐야 하는 게, 만약 그와 친한 라발이 새로운 돈벌이에 관한 가능성을 제시한다면, 라발과 우리를 놓고 망설일 거라는 생각이 들기 때문이야.

그 양반을 탓하자는 건 아니야. 다만 고갱이 자신의 이익을 끝까지 고집한다면, 너도 작품으로 돈을 돌려받는 방법까지 고려해서 네 이익을 챙겨야 맞아. 라발이 어느 정도 돈을 쥐고 있었더라면 고갱은 이미 우리에게 완전히 등을 돌렸을 수도 있어. 그가 다음번 편지에서 네게 도대체 무슨 이야기를 늘어놓을지 참으로 궁금하다. 곧 보낼 거야.

확실히 말할 수 있는 건, 그 양반이 여기 오든지 말든지, 우리 우정은 지켜나갈 거야. 다만 우리도 어느 정도 단호한 태도를 보여야 해. 네가 고갱에게 해주려던 일들의 진가를 제대로 누려 보면, 이 양반, 더 나은 방법은 못 찾지. 아니, 그럴 엄두도 내지 못할 거야. 아무튼 이거는 알아둬라. 이 양반이 여기 오지 않더라도 내가 애간장 태울 일은 없다. 내가 작업을 게을리하지도 않을 거고. 대신 이 양반이 이리 오면, 무척 반갑게 맞아줄 거야.

오래된 방앗간
The Old Mill
1888년
캔버스에 유화
64.5×54cm

　그런데 고갱을 무조건 믿다가는 무슨 일을 겪게 될지 알 수 없어. 그는 자신에게 이득이 되면 신의를 지키겠지만, 여기 오지 않는다면 다른 길을 찾아낼 거야.

　하지만 더 나은 길은 없을 게다. 굳이 잔꾀를 부리지 않아도 손해 보지 않을 텐데 말이야.

　지금이 고갱에게 편지가 오거든, 네가 직접적으로 물어볼 적기가 아닐까 싶다. '오실 겁니까, 아닙니까? 양단간에 결정을 내리지 못하신다면, 우리도 끝까지 계획한 대로 일을 진행할 수 없을지 모릅니다.' 보다 진지한 협력관계를 조성하기 위한 계획을 실행할 수 없게 되더라도, 나는 상관없어. 각자 하고 싶은 대로 할 수 있게 되는 셈이니까. 나도 고갱에게 편지를 보냈다. 원하면 작품을 교환하자는 뜻을 전했어. 고갱이 그린 베르나르의 초상화나 베르나르가 그린 고갱의 초상화를 하나 가지고 싶거든.

작품 구상이 넘쳐나서 혼자 지내면서도 무언가를 생각하고 느낄 틈조차 없을 정도야. 그림 그리는 기관차가 따로 없어.

그런데 이런 흐름이 멈추지 않을 것 같다. 내 생각에 활기가 넘치는 아틀리에란, 그렇게 만들어지는 게 아니라, 한곳에 끈질기게 머물며 작업을 해나가면서 하루하루 만들어 가는 거야. 낡은 방앗간을 그린 유화 습작이 있는데 〈암석 사이에 자라는 떡갈나무〉처럼 가미한 색조로 그렸어. 네가 〈씨 뿌리는 사람〉과 함께 액자에 넣었다던 그 그림처럼. 〈씨 뿌리는 사람〉에 관한 이런저런 생각들도 머리에서 떠나지 않는다. 〈씨 뿌리는 사람〉이며 이젠 〈밤의 카페〉까지, 습작을 과도하게 많이 만드는 건 아주 고약하고 못된 습관 같아. 하지만 뭔가에 감동하면, 이번엔 도스토옙스키에 관한 기사가 그랬는데, 그땐 그것만이 소중한 의미를 갖는 것 같은 생각에 사로잡힌다. 이번에는 공장이 있는 풍경화 습작을 세 번째로 그렸어. 빨간 기와지붕 위로 펼쳐진 붉은 하늘에 뜬 커다란 태양을 그렸는데, 성가신 미스트랄 때문에 성이 잔뜩 난 자연을 표현해본 그림이야.

집이 살 만한 공간으로 변해간다는 사실에 마음이 편해지고 있어. 같은 곳에 계속 머물면, 반복되는 계절에, 매번 똑같은 소재만 접하게 되니까 그림 실력이 더 떨어질까? 봄에는 과수원을, 여름에는 밀밭을 반복해서 보면서 은연중에 규칙적으로 앞으로의 작업을 생각하게 되고, 덕분에 더 나은 계획을 세울 수 있다. 전체가 조화를 이룰 습작만 여러 점 모이면, 어느 순간 보다 차분한 작품을 그리게 될 것 같아. 이런 작업 방식이 옳다고 믿는다. 다만, 너만 더 가까이 있다면 좋을 텐데.

1888년 9월 11일 화요일 추정

밤의 카페 테라스
Café Terrace at Night, 1888년
캔버스에 유화, 81 × 65.5cm

밤의 한복판에서 밤의 실체를 그려내는 게 흥미롭다

사랑하는 테오에게

아마 내일 아침이면 네 편지를 받을 것 같은데, 오늘 저녁에 편지 쓸 시간이 났구나. 정말 다사다난한 한 주였다.

내일부터 노란집에 들어가 지낼 계획인데, 이미 산 것도 있지만 앞으로 추가할 것도 있어서(꼭 필요한 것들만 말하는 거야) 이번에도 다시 한번 100프랑을 보내줘야겠다. 50프랑이 아니라.

지난주에 내가 쓴 돈이 50프랑이라고 치고, 이 돈을 전에 보낸 300프랑에서 다시 제하면, 남는 거라곤 여분의 50프랑이 전부가 되는데, 간신히 침대 2개 살 금액이야. 그리고 알다시피, 침대와 침구 외에도 이것저것 생필품들에 50프랑의 대부분을 썼고, 침대 하나는 더 단순한 물건으로 교환해서 비용을 줄였지. 아무튼 가구를 장만한 건 정말 잘한 것 같아. 게다가 작업 환경도 훨씬 더 자유롭고 전보다 불필요한 고민들도 줄어든 느낌이야.

다만 내가 내 그림의 형식과 완성도에 원하는 만큼 더 신경을 쏟는다면, 작업 속도가 더 느려지고 그림을 더 오래 가지고 있어야 할 거야. 작품들끼리 서로 보완이 되고 연작처럼 잘 어울리는지 살펴보기 위해서 말이야. 그리고 간혹 뼈처럼 단단하게 마를 때까지 보내고 싶지 않은 그림들도 있겠고.

30호 캔버스 그림 하나가 그래. 가지가 늘어진 나무와 풀, 둥글게 깎은 서양 삼나무 수풀과 협죽도 수풀이 자라는 공원의 한쪽 모습이야. 바로 이전에 보낸 소포 속에 들어 있던 공원 습작과 똑같은 그림이야. 다만 크기가 더 크고, 하늘 전체가 레몬처럼 노란빛이어서 가을의 정취가 물씬 풍겨. 그리고 훨씬 단순하고 두텁게 임파스토 기법으로 그렸어. 이번 주에 그린 첫 그림이야.

두 번째 그림은 별이 총총히 뜬 밤하늘을 배경으로 가스등이 불을 밝히고 있는 카페의 외부 전경이야.

이번 주의 세 번째 그림은 내 자화상인데, 거의 색을 쓰지 않은 무미 건조한 분위기야. 연한 베로니즈 그린 바탕에 회색 색조를 많이 썼다.

모델을 찾을 수 없을 때는 자화상이라도 그리려고 일부러 쓸 만한 거울을 하나 샀어. 왜냐하면 내 얼굴의 색조를 잘 살려서 그릴 수 있으면, 결코 쉬운 일이 아니라서 다른 이들의 얼굴도 그럴듯하게 그릴 수 있거든.

야경과 밤의 효과들, 밤의 실체를 현장에서 그리는 일이 어마어마하게 흥미롭단다. 이번 주에는 먹고, 자고, 그림만 그렸다. 그러니까 12시간을 내리 그림을 그리고, 때에 따라서는 6시간씩 나눠서 그리기도 하고, 아무튼 그 후에 12시간을 내리 자는 식이었어.

토요일에 발행되는(9월 15일) 〈피가로〉 문학 특별부록에 어느 인상주의 화가의 집을 소개한 글이 있더라. 보라색 유리벽돌을 이어 붙여 유리병 밑바닥처럼 만든 집인데, 태양빛이 통과하면 노란빛이 부서지듯이 퍼져서 특별한 효과가 일어난다더라고.

자주색 달걀 모양의 유리 벽돌로 된 벽을 지탱하기 위해서 기묘한 포도덩굴이나 다른 덩굴식물을 연상케 하는 모양의 검은색과 금색으로 된 쇠줄로 보강해 놨다더라. 이 보라색 주택은 정원 한가운데 자리 잡고 있는데, 주변의 모든 길은 샛노란 모랫길이었어. 관상용 꽃들이 자라는 화단의 색채도 당연히 남다른 분위기였지. 내 기억이 맞다면, 이 집은 아마 오퇴유에 있을 거야. 나도 지금이든 나중이든 이 집의 구조를 변경하지 않으면서도, 그런 장식만으로 이 집을 예술가의 집으로 꾸미고 싶다. 그렇게 될 거야.

1888년 9월 16일 일요일

가장 순수한 예술은 사람을 사랑하는 일

사랑하는 테오에게

아, 파리에서 너무 멀다고 투덜대는 사람이 있다면, 그냥 그러라지. 어쩔 수 없지. 가장 위대한 색채의 대가, 외젠 들라크루아가 프랑스 남부는 물론 아프리카까지 가 봐야 한다고 판단했던 이유가 뭐겠어? 아프리카는 물론이고, 당장 아를에서부터도 빨간색, 초록색, 파란색, 주황색, 유황 같은 노란색, 자홍색의 아름다운 대조를 볼 수 있기 때문이야. 진정한 색채 전문가들은 이곳에 와서 북쪽과는 또 다른 색채의 세계를 경험하고 인정해야 해. 나는 고갱이 이곳을 좋아할 거라고 확신한다. 그가 이곳을 찾지 않는다면, 여기보다 더 색감이 다채로운 곳을 경험해서일 거야. 그렇더라도 우리의 우정이나 원칙은 변하지 않아. 그의 자리에 다른 사람이 올 뿐이지.

우리가 하는 일이 무한의 세계로 이어지고, 그 작업이 존재 가치가 있을 뿐만 아니라 그 너머로도 계속 이어진다는 사실을 깨닫게 되면, 더욱더 평안한 마음으로 작업할 수 있을 거야. 그런데 너는 그런 평안함을 2배나 지녔지.

넌 화가들에게 친절해. 생각하면 할수록 확실해지는 건, 가장 순수한 예술은 사람을 사랑하는 일이라는 거야. 어쩌면 너는 예술과 예술가 없이도 잘 지낼 수 있다고 생각할지도 몰라. 표면적으로는 사실이지. 하지만 그리스인, 프랑스인, 과거의 네덜란드인 들도 예술을 받아들였고, 인류가 불가피한 쇠퇴의 시기를 겪은 후에는 예술로 치유받았어. 우리가 더 고결하다는 이유로 예술가와 예술을 천대하는 건 옳지 않아. 아직은 내 그림이 네게 받은 혜택을 갚을 정도로 훌륭하진 않다. 하지만 언젠가 그런 수준이 된다면, 그건 나만큼이나 너도 그림에 일조한 덕분일 거야. 우리는 둘이 함께 그림을 그리고 있는 셈이니까.

고갱이 이쪽으로 오든 말든, 우리의 우정은 변함없어. 그리고 지금 당장 오지 않는다고 해도, 언젠가 나중에 올 수도 있잖아. 고갱은 본능적

자화상(폴 고갱에게 헌정)
Self-Portrait(Dedicated to Paul Gauguin), 1888년
캔버스에 유화, 62×52cm

으로 타산적인 사람 같다. 자신의 사회적 지위가 낮다고 생각하기 때문에, 정직하면서도 상당히 교묘한 정치적인 수단을 동원해서 자신의 위치를 끌어올리고 싶어 하거든. 고갱은 내가 이런 부분까지 들여다보고 있을 줄은 상상도 못 할 거다. 이 양반, 자신이 무슨 일이 있어도 시간을 벌어야 한다는 사실도 모르고 있을 거야. 우리와 함께한다면 다른 건 몰라도 그 시간만큼은 얻을 수 있다는 것도 몰라.

추신: 고갱이 곧 네게 보낼 편지가 상황을 명확히 해주지 않을까.
'내가 와주기를 바란다면, 내 여비와 빚을 해결해 주십시오. 나는 가진 돈이 전혀 없기 때문입니다.' 나는 이런 식으로 이야기하는 화가를 비난하진 않아. 그 대신, 그는 자신의 작품을 기꺼이 내놓아야 할 거야. (그러면 우리는 또 돈이 필요해지겠지만) 그것으로 모든 게 순조롭게 해결되지. 다만 이 그림들이 언젠가는 팔리겠지만, 그때까지 몇 년간은 그림값에 대한 이자를 동결해둘 수밖에 없어. 결과적으로 오늘 400프랑을 주고 그림 하나를 사서 10년 후에 1,000프랑에 팔아도 원가에 파는 격이야. 그냥 아무것도 하지 않고 보관만 해두었으니까. 이런 사정은 네가 나보다 더 잘 알겠지.
네가 조금씩 사업에 애정을 보인다고 해도 놀랍지 않다. 혹은 적어도, 네 분야에서 무언가 새로운 걸 만들어내는 선구자들이 좀처럼 획기적인 변화를 끌어내지 못한다고 느껴서, 그냥 현재의 네 위치와 타협한다고 해도 이해해. 너는 예술가들을 잘 대해주며, 이 업계의 중심에 서서, 네가 할 수 있는 일들을 하는데, 기가 막히게 옳은 행동이다. 다만 되도록 건강을 잘 챙기고 부질없는 일로 애태우지 말아라. 어차피 일어날 일은 그냥 내버려 둬도 지금 당장 일어날 거란다.

1888년 9월 18일 화요일

이루 말할 수 없이 장엄하거나, 묘하게 보카치오스러운 이곳

사랑하는 테오에게

이미 오늘 아침 일찍 네게 편지를 써놓고 볕이 잘 드는 공원을 그리러 나갔지. 그러고는 그 캔버스를 가지고 들어왔다가, 새로 흰 캔버스를 꺼내 들고 다시 나가서 또 그림을 그렸다. 그러자 지금 다시 또 편지가 쓰고 싶어졌어.

지금까지 이렇게 운이 좋았던 적이 없어. 여기 자연은 형언할 수 없을 정도로 아름다워. 무엇이 됐든, 어디를 가든, 하늘은 감탄이 절로 날 정도로 파란색 돔 지붕 같고, 태양은 연한 유황색 빛줄기를 뿜어내는데, 마치 델프트의 페르메이르 그림 속 은은한 파란색과 노란색의 조합처럼 보여. 그 정도로 아름답게 그리지는 못하지만 그 아름다움에 푹 빠져서 그 어떤 기교도 고민할 필요 없이 붓이 나가는 대로 그리고 있다.

집 앞 공원을 세 번 그렸어. 카페는 두 번, 그리고 해바라기들. 그다음 보흐의 초상화, 내 자화상도 그렸고. 공장 위를 비추는 붉은 태양, 배에서 모래를 하역하는 인부들, 낡은 방앗간도 그렸고. 다른 습작들은 빼고도 이 정도니, 내가 얼마나 열심히 작업했는지 알겠지.

그런데 오늘 물감과 캔버스는 물론 돈까지 완전히 바닥났다. 마지막에 그린 그림은 마지막 하나 남은 캔버스에 마지막으로 남은 물감을 써서 그린 거야. 원래 초록색 공원인데 온전한 초록색 없이 프러시안 블루와 크롬 옐로만 써서 그렸어. 나 자신이 처음 이곳을 찾았을 때와 완전히 달라진 기분이 들어. 의심도 없고, 무언가를 그리기로 마음먹으면 망설이지도 않아. 그리고 앞으로 이런 면이 점점 더 커질 것 같다.

경치가 어찌나 좋은지! 집 앞의 공원 바로 옆에 귀여운 아가씨들이 모여 일하는 길이 있는데, 덴마크 친구 무리에는 이 길로는 안 와봤어. 공원을 매일 나와 함께 산책했지만 반대편으로만 다녔거든(구역이 셋으로 나눠져 있다). 뭐랄까, 묘하게 보카치오스러운 장소라고 하면 네가

아를의 공원 입구 Entrance to the Public Park in Arles
1888년, 캔버스에 유화, 72.5 ×91cm

아를의 공원의 길A Lane in the Public Garden at Arles
1888년, 캔버스에 유화, 73 ×92cm

이해하기 쉬울까. 이쪽 구역은 순결이나 윤리 등등의 이유로 협죽도 같은 꽃나무는 없어. 평범한 플라타너스나 빳빳한 전나무 수풀, 가지가 늘어진 버드나무, 초록색 풀들뿐이다. 하지만 무척 친밀한 분위기야! 마네의 그림 중에 비슷한 분위기의 공원이 있었는데.

내가 꼭 써야만 하는 물감이며 캔버스 천에다 생활비 등은 네가 감당할 수 있는 한 계속 대주면 좋겠다. 지금 준비하는 것들이 지난번에 보낸 그림들보다 훨씬 낫기 때문이야. 이번에는 손해 보는 그림이 아니라 돈벌이가 될 것 같거든. 어쨌든 내가 연작으로 다같이 잘 어울리게 그려내면 말이지. 그러려고 노력 중이고.

진짜 토마 씨가 내 습작을 담보로 200~300프랑쯤도 빌려줄 수 없을까? 그 돈으로 내가 1,000프랑을 벌 수 있는데. 명확하게 설명할 수는 없지만 지금 내가 보고 있는 저 장면에 정말, 이루 말할 수 없이, 황홀하고 장엄한 전율이 일거든!

가을에 대한 갈망, 미처 깨닫기도 전에 흘러가 버리는 시간에 대한 열정을 일깨우는 장면! 하지만 내일 아침이면 사라져 버릴지니, 한겨울의 미스트랄이 찾아오면 날아가 버릴지니 조심하라.

집 문제도, 작업도, 행운이 따랐다. 그래서 감히 하나 더 바라건대, 행운은 홀로 오지 않는다고 하니 이 행운이 내게만 머물지 않고 너한테까지 전해지면 좋겠다. 얼마 전에 단테, 페트라르카, 보카치오, 조토, 보티첼리에 관한 기사를 읽었는데, 세상에, 마치 이들이 직접 쓴 편지를 읽는 기분이 들 정도였어! 페트라르카는 여기에서 멀지 않은 아비뇽에 살았으니, 나와 똑같은 사이프러스와 협죽도를 보았겠지. 공원 그림에 레몬 같은 노란색과 라임 같은 초록색을 임파스토로 칠해 넣었어. 가장 감동한 건 조토였는데, 늘 고통받으면서도 언제나 선의에 가득 차 있고 열정이 넘치는 사람이더라. 마치 이 세상과 다른 세상에 사는 사람처럼 말이야.

아무튼 조토는 특출난 예술가야. 나는 단테나 페트라르카, 보카치오

같은 시인보다 조토가 더 강렬하다.

항상 드는 생각이지만 시가 회화보다 훨씬 끔찍해. 회화도 뭐 지저분하고 성가신 일이긴 해. 하지만 화가는 입을 열지 않거든. 그냥 침묵하는데, 난 그게 좋아.

사랑하는 테오야, 네가 이곳의 사이프러스와 협죽도와 태양을 봤다면(곧 보게 될 테니 걱정 말아라) 아마 퓌비스 드 샤반느의 아름다운 작품인 〈감미로운 땅〉 같은 작품들을 곧잘 떠올릴 게다.

이곳은 타르타렝 같은 면모와 도미에 같은 면모가 공존하는 유쾌한 고장이야. 너도 잘 알다시피 특유의 사투리를 쓰는 순박한 시골사람들 사이에서, 그리스적인 요소도 많아서 가령 마치 레스보스의 비너스 같은 아를의 비너스가 젊음을 느끼게 한다.

조만간 너도 남프랑스의 진가를 알아볼 날이 분명히 찾아올 거야.

클로드 모네가 앙티브에 올 때면 네가 찾아가 만날 수도 있고, 아무튼 기회가 올 거다.

그런데 미스트랄이 기승을 부리면 감미로운 땅이 전혀 반대의 세상으로 둔갑해. 미스트랄은 정말 성가신 존재야. 그러다가 바람이 뚝 그치면 얼마나 다른 세상, 어찌나 멋진 세상이 되는지! 색채는 강렬하고, 공기는 맑고, 고요한 정적에서는 떨림마저 느껴진다.

틈날 때마다 쇠라의 방식과 기법을 곰곰이 생각했어. 그 방식을 따라할 생각은 없지만, 그가 색채를 다루는 방식은 대단히 독창적이야. 정도 차이는 있지만, 시냑도 마찬가지야. 점묘파 화가들은 새로운 방법을 찾아냈고 나도 어쨌든 이 화가들을 좋아해. 그런데 나는 (솔직히 말해서) 파리 시절 이전에 추구하던 방향으로 되돌아가고 있어. 그리고 나 이전에 '암시적인 색채'를 언급한 이가 있는지는 모르겠지만, 들라크루아와 몽티셀리는 암시적인 색채라는 말을 하지는 않았지만 그림으로 보여 줬지.

아무튼 지금의 내 상태는 뉘넌 시절과 마찬가지야. 음악을 배우겠다고 헛된 노력을 했던 그 시절 말이야. 그때도 나는 우리가 쓰는 색과 바그너 음악 사이의 관계를 느꼈지. 지금은 확실히 인상주의 속에서 외젠 들라크루아가 부활하는 모습을 본다. 하지만 그 해석이 서로 다르고 양립하기 힘든 터라 인상주의 차원에서 이론으로 정립하기는 힘들 거야. 그래서 내가 인상주의 화가들 편에 서는 거야. 하지만 큰 의미는 없다. 뭔가를 해야 하는 것도 아니고. 그저 동료로서 있는 것이지, 어떤 입장을 표명할 필요도 없으니까.

살다 보면 바보 같은 짓도 해야 해. 나는 공부할 시간이 있었으면 좋겠는데, 너는 뭐 다른 거 바라는 게 있어? 아마 너도 나처럼 아무런 선입견 없이 평온하게 공부를 할 수 있었으면 하는 마음일 거다.

하지만 안타깝게도 내가 수시로 돈을 부탁해서 네게서 평온할 기회를 빼앗고 있구나.

그래도 이런저런 계산은 하고 지내고 있어. 오늘도 캔버스 천 10미터에 쓸 물감을 기본색인 노란색 하나만 빼고 정확히 계산해 뒀어. 내가 가진 모든 물감이 동시에 바닥나는 건 내가 물감에 관한 비율을 몽유병자처럼 무의식적으로도 철저히 계산하고 있다는 증거가 아닐까? 데생도 그래. 나는 데생할 때 거의 치수를 재지 않아. 그래서 측정하지 않으면 돼지처럼 데생하게 된다는 코르몽의 의견에 정반대의 입장이야.

정말 대단한 날들이야! 딱히 무슨 일이 있어서가 아니야. 너나 나나 아직 저물지는 않았고, 끝장난 것도 아니고, 앞으로도 그럴 일은 없을 거야.

그러나 내 그림을 '미완성'이라고 말하는 비평가들에게 반박할 생각도 없다. 악수를 보낸다. 곧 더 소식 전하마.

1888년 9월 18일 화요일

254

온갖 보라색을 동원해야지,
흑백만으로는 표현할 수가 없어

사랑하는 테오에게

집이 가져다준 마음의 평화가 커서, 이제부터는 미래를 대비한 작업을 한다는 자부심이 생긴다. 나 이후에도 다른 화가가 이 일을 이어받겠지. 나한테는 시간이 필요해. 그리고 이 집을 장식할 그림에 대해서는 생각해둔 게 있어. 내가 제대로 된 그림을 그리지 못했던 기간 동안 쏟아부은 돈에 해당하는 값어치가 나가는 장식화가 될 거야.

어머니의 초상화를 그리면서 즐거웠다. 네가 보기에도 건강하고 표정이 활기차 보이시지. 다만 실물과 똑같지 않은 점은 마음에 들지 않더라(어머니가 여동생 빌레미나를 통해 전해준 사진을 보고 그렸다). 얼마 전에 내 자화상

화가의 어머니 초상
Portrait of the Artist's Mother
1888년, 캔버스에 유화
40.5 × 32.5cm

을 그렸는데 이렇게 회색 색조를 사용했거든. 그런데 색을 입히지 않으니까 실물과 닮은 분위기를 낼 수는 없었어. 회색 색조와 회색 빛을 띤 분홍색을 찾아내려고 그토록 애쓴 게, 흑백만으로 그려진 그림은 싫더라고. 색채가 빠진 『제르미니 라세르퇴』를 과연 제르미니 라세르퇴라고 할 수 있을까? 없지. 그나저나 나는 우리 가족의 초상화를 정말 그려보고 싶었어!

올리브나무가 자라는 정원에서 천사와 함께 있는 그리스도를 그린 습작을 두 번째로 긁어냈다. 여기서 올리브나무야 매일같이 제대로 보지. 하지만 모델 없이는 그릴 수도 없고, 그리고 싶지도 않아. 그래도 분위기는 색채와 함께 머릿속에 잘 넣어뒀다. 별이 빛나는 밤에, 그리스도의 푸르스름한 얼굴은 가장 강렬한 푸른 빛을 사용할 거야. 천사는 가미한 레몬 옐로로 칠하고, 배경에는 시뻘건 보랏빛부터 잿빛 색조까지 온갖 보라색을 동원해야지.

이 집에 누군가 들어와 나와 함께 거주하기까지 시간이 오래 걸리더라도 내 생각은 변함 없다. 이렇게 준비해 두는 건 시급한 문제였고, 나중에는 분명히 도움이 될 거라는 거. 우리가 일하고 있는 예술 분야는 미래가 창창한 분야야. 그렇기 때문에 퇴폐적인 삶이 아니라 차분하고 안정된 생활을 이어가야 하는 거야. 나는 여기서 더더욱 일본 화가처럼 살 것이다. 자연과 벗하는 소시민처럼. 그러니 쇠퇴기에 접어든 사람들 마냥 비참하게 살까 봐 걱정할 필요 없어. 내가 늙도록 살게 된다면 아마 탕기 영감님과 비슷한 사람이 되겠지. 아무튼 우리 개인의 미래는 아무것도 알 수 없지만, 인상주의는 오래 지속될 거라는 건 알 수 있잖아.

1888년 9월 21일 금요일

내 그림에 독창적인 양식을 불어넣을 거야

사랑하는 테오에게

바로 어제 편지에도 썼다만, 오늘도 정말 날씨가 좋았다. 내가 지금 여기서 보고 있는 장면들을 네가 못 보는 것이 무척 슬퍼. 오전 7시부터, 딱히 특별한 건 아니고, 잔디밭 사이에 자라고 있는 서양 삼나무인지 사이프러스인지, 그 둥글게 깎은 수풀 앞에 앉아 있었어. 너도 이미 봤어. 네게 보낸 공원 습작에 그렸으니까. 그나저나 이것도 크로키로 그려서 보내마. 역시나 30호 캔버스 크기야.

수풀은 초록색에 다채로운 청동색이 섞여 보여. 잔디는 아주 신선한 초록색에 레몬 색조가 들어간 베로니즈 그린이 어우러지고, 하늘은 아주 아주 새파랗다.

맨 뒤로 열을 지어 선 수풀은 협죽도인데, 잔뜩 성난 모습의 이 나무들은 무슨 운동 실조를 겪는 것처럼 희한하게 꽃을 피우고 있어. 신선한 꽃들도 많지만 시든 꽃들도 있고, 초록 잎들도 겉보기만으로는 끝없이 새로 돋는 것 같은 새순 덕분에 계속해서 신선한 모습을 유지하고 있어.

그 위로 음산한 분위기의 시커먼 사이프러스가 한 그루 자라고 알록달록한 차림의 행인들이 분홍색 오솔길을 오간다.

이 그림은 똑같은 장소에서 30호 캔버스에 그린 다른 그림과 짝을 이룬다. 다만 시점이 달라졌고, 공원도 연한 레몬 옐로 빛 하늘 아래 각기 다른 다양한 초록색으로 꽉 차 있지. 그런데 볼수록 이 공원에 묘한 면이 있는 것 같지 않아? 그러니까 내 말은, 단테, 페트라르카, 보카치오 등 르네상스 시대의 시인들이 꽃이 핀 잔디밭 위 둥근 수풀 사이를 오가는 모습이 상상된다는 거야. 나무 몇 그루를 빼긴 했어도, 이 구도에서 표현하고 싶었던 건 고스란히 반영해서 그렸어. 다만 수풀은 특징은 건드리지 않되 실제보다 조금 더 풍성하게 그렸다. 더 사실에 가깝고 더 본질적인 특징을 표현해 내고 싶어서 똑같은 장소만 벌써 세 번째 그리고 있는 거야.

쟁기로 갈아 놓은 들판Ploughed Field, 1888년, 캔버스에 유화, 72.5 × 92.5cm

그런데 그런 공원이 바로 집 앞에 있어. 공원의 바로 이곳이 내가 예전에 네게 말했던 딱 좋은 예야. 여기서 대상의 실질적인 특징을 잡아내려면 많은 시간을 들여서 관찰하고 그려야 한다고 말이야. 네게 보내는 크로키에는 아마 단순한 선으로만 보일 거야.

이번 그림도 짝을 이루는 노란 하늘 그림과 마찬가지로 물감을 두텁게 칠해 임파스토로 그렸어. 내일 밀리에와 다시 한번 작업해 봐야지.

오늘도 오전 7시부터 오후 6시까지, 잠깐 요기하러 바로 코앞에 있는 곳에 다녀온 것을 제외하고는 계속 앉아서 그림을 그렸어. 그래서 작업 속도가 빠른 거야.

하지만 과연 시간이 흐른 뒤에, 넌 이 작업을 뭐라고 말하고, 나는 어떻게 생각할까?

나는 지금 때론 아주 맑은 정신으로, 때론 사랑에 눈이 멀듯 맹목적으로 작업에 매달리고 있어. 왜냐하면 다채로운 색채에 둘러싸여 지내는 경험이 내게는 무척 새로워서, 주체할 수 없을 정도로 흥분되거든. 피곤 따위는 문제가 안 돼. 심지어 당장 오늘 밤에 나가서 새 그림을 그려 올 수도 있을 것 같다.

나도 어쩔 수 없는 게, 내 생각은 명확해. 다른 화가들이 89년도 전시회를 위해 애쓰는 만큼, 나도 최대한 많은 작품을 완성해서 내 입지를 다져놓고 싶어. 쇠라는 개인전을 해도 될 만큼 커다란 대형 유화 두세 점을 가지고 있고, 시냐도 그럴듯한 그림을 가지고 있고, 고갱이나 기요맹도 입장은 마찬가지야. 그래서 나도 그때까지는 장식화 습작을 연작으로 갖춰놓으려고 한다. 전시회 출품과 상관없이.

이 정도면 우리도 충분히 독창적이라는 평을 들을 거야. 이 정도 그림만 가지고 있다면, 남들도 우리가 괜한 거드름을 피운다고 여기지 않을 테니까. 장담하는데 난 이 장식화에 어떤 양식을 불어넣을 거야.

혹시 고갱에게 소식은 있었니? 나는 베르나르 소식을 기다리는 중이야. 크로키를 보냈으니 편지를 보낼 것 같거든.

고갱은 다른 협업을 염두에 둔 게 틀림없다. 벌써 몇 주 전부터 그런 낌새를 느꼈어. 몇 주나 전부터.

뭐, 이 양반 마음이지.

일단 외로움은 내게 문제되지 않아. 그리고 나중에 다른 동료도 생길 테지. 그것도 원하는 것 이상으로. 다만 고갱이 마음을 바꾼다고 해서 이 양반에게 싫은 소리는 않아야 해. 그냥 좋은 쪽으로만 받아들이자. 고갱이 라발과 함께 지내겠다고 하면, 그것도 그럴 만한 일이야. 라발은 그의 제자고 이미 둘이 함께 지내봤으니까. 필요할 경우 두 사람이 다 이 집으로 올 수도 있어. 방법은 찾으면 돼.

1888년 9월 26일 수요일

구두 한 켤레
A Pair of Shoes, 1888년
캔버스에 유화, 44×53cm

261

상상력마저 휴식하게 만드는 그림

사랑하는 테오에게

이제서야 네가 작업 방향을 가늠해 볼 수 있을 만한 작은 크로키들을 그려 보낸다. 오늘 다시 작업에 착수했거든.

눈은 여전히 피곤하지만, 머릿속에 새로운 구상이 떠올라서 이렇게 크로키로 그렸어. 크기는 또 30호고.

이번에는 그냥 내 침실이다. 여기선 채색의 역할이 아주 커. 단색 계열을 사용해서 그림 속 사물들의 분위기를 최대한으로 살릴 거야. 그래서 전체적으로 휴식이나 수면이 연상되는 그림으로 만들어야지. 한마디로, 이 그림을 보면 머리가, 아니 그보다는 상상력이 쉬게 되는 거지.

벽은 창백한 보라색이고 바닥은 빨간 타일이 깔려 있어.

침대의 나무 틀과 의자는 신선한 버터 같은 노란색이야.

시트와 베개는 초록빛이 감도는 아주 밝은 레몬색이고.

이불은 진홍색.

창문은 초록색.

화장대는 주황색, 대야는 파란색.

문은 연보라색.

이게 전부야. 이 방에는 아무것도 없어. 덧문은 닫혔고.

가구가 주는 육중한 분위기가 휴식이 절대로 방해받지 않을 거라고 말하고 있어.

벽에는 초상화와 함께 거울, 손 닦는 수건, 옷가지 등이 걸려 있어.

액자는 (그림에 흰색을 쓰지 않았기 때문에) 흰색이 될 거야.

이건 강제로 쉬어야 했던 상황에 대한 나만의 복수라고 할 수 있어.

내일은 종일 작업에 매달릴 생각인데, 너도 보다시피 단순한 구도의 그림이야. 그림자들도 모두 뺄 거야. 일본 판화처럼 솔직담백하고 평면적인 색조로 칠해야지.

아마 〈타라스콩의 승합 마차〉나 〈밤의 카페〉와는 대조가 될 거야.

아를의 빈센트 침실 Bedroom in Arles
1888년, 캔버스에 유화, 72×90cm

긴 편지는 못 쓴다. 내일 아주 이른 아침, 새벽빛을 보면서 작업을 시
작해서 마무리할 생각이거든.

통증은 좀 어떠니? 소식 전해주기 바란다.

조만간 네 편지 받으면 좋겠다.

조만간 다른 방들도 크로키로 그려 보내 주마.

악수 청한다.

1888년 10월 16일 화요일

263

마침내 고갱이 왔다. 이제 다 됐어!

사랑하는 테오에게

편지도, 50프랑도 고맙다. 내 전보를 받아서 알고 있겠지만, 고갱이 건강한 모습으로 이곳에 도착했다. 오히려 나보다 더 건강해 보이더라.

네가 작품을 팔아 줘서 아주 기뻐하고 있더라. 그건 나도 마찬가지야. 덕분에 집에 꼭 필요한 물건들을 지체없이 장만할 수 있을 테고, 너 혼자 모든 부담을 짊어질 필요도 없게 됐으니 말이야. 아무튼 고갱이 오늘 중으로 네게 편지할 거다. 그는 아주 아주 흥미로운 사람이야. 이 양반과 함께하면 좋은 작품을 많이 그릴 수 있겠다는 믿음이 생겨. 아마도 그는 틀림없이 그럴 테고, 나 역시 그럴 수 있으면 좋겠다.

그리고 네 부담도 다소나마 줄어들기를, 아니, 아주 많이 가벼워지기를 감히 기대한다.

나는 정신적으로 지치고 육체적으로 온 힘을 다 소진할 때까지 그림을 그려야겠지. 왜냐하면 그것 말고는 우리에게 들어가는 이 경비를 회수할 방법이 내게 전혀 없으니까.

내 그림이 팔리지 않는 현실은 나도 딱히 어쩔 도리가 없다.

그래도 언젠가는, 비록 얼마 되지는 않지만 물감 비용과 생활비보다는 내 그림의 값어치가 훨씬 크다는 걸 사람들이 알아줄 날이 올 거야.

지금 돈이나 재정적인 부분에 관해 내가 원하고 걱정하는 건, 더는 빚지지 말자는 것뿐이다.

그런데 사랑하는 아우야, 그간 진 빚이 너무 큰 탓에, 그걸 다 갚으려면(어떻게든 해낼 거다만) 그림을 그려내는 고통이 내 삶 전체를 집어삼켜서 살아도 사는 것 같지 않을 것 같다. 그러면 작업은 더 힘들어지고, 많은 작품을 그리지 못할 것 같다는 거야.

지금 그림이 팔리지 않는 게 걱정이다만, 그건 결국 네가 고생한다는 의미이기 때문이야. 내가 한 푼도 벌지 못해서 네가 곤란해지는 게 아니라면, 나는 그럭저럭 어떻게든 버틸 수 있어.

그런데 돈 문제는 이 정도만 알아도 충분할 것 같아. 50년을 사는 사람이 1년에 2천 프랑씩 쓴다고 하면, 결국 평생 10만 프랑을 쓰는 셈이니 10만 프랑을 벌어야 하지. 화가로 살면서 100프랑짜리 그림을 1천 점 그리는 건 아주, 아주, 아주 어려운 일이야. 하물며 한 점에 100프랑이나 하는 그림이라면…… 정말이지……. 우리가 하는 일은 정말 어려운 일이야. 하지만 달라질 것도 없어.

앞으로는 타세 화방과 거래할 일이 없을 것 같아. 왜냐하면 고갱도 그렇고 나도 그렇고 웬만하면 더 저렴한 물감을 주로 쓸 것 같거든. 캔버스 천도 우리가 직접 사전작업을 해서 사용할 거야.

조만간 앓아눕겠구나 싶은 낌새가 있었는데, 고갱이 와주니 기분까지 한결 나아져서 아픈 것도 모르고 지나갈 것 같다. 그래도 한동안은 음식에 신경 써야 해. 그러면 돼. 아무럼, 그러면 다 된 거지.

조금만 기다리면 곧 작업한 그림들을 받아보게 될 거다.

나도 내 그림을 팔 수 있는 날이 분명, 올 거야. 그런데 너하고는 계산이 번번이 늦어지는구나. 가져다 쓰기만 하고 벌어오는 게 없으니. 이런 생각을 할 때마다 서글퍼진다.

네덜란드 친구 하나가 너랑 같이 지내게 됐다니 듣던 중 반가운 소식이다. 이제 혼자가 아닌 거잖아. 안 그래도 겨울이 다가오는 터인데 정말 잘됐다. 정말 잘됐어.

아무튼 나는 바쁘게 움직여야겠다. 나가서 30호 캔버스에 새 그림을 그려야 하거든.

조만간 고갱이 네게 소식 전할 텐데, 그때 내 편지도 같이 보내마. 고갱이 여기를 어떻게 생각할지는 솔직히 나도 모르겠어. 우리 생활에 대해서도 말이야. 하지만 분명한 건, 네가 그림을 팔아 줘서 대단히 행복해한다는 거야.

1888년 10월 25일 목요일 추정

265

고갱이 이곳을 어떻게 생각하는지, 딴 생각을 하는 건 아닌지

사랑하는 테오에게

조만간 앓아누울 것 같았는데 잘 지나갔다고 말했었잖아. 그런데 이렇게 계속 돈을 가져다 쓰면 정말 앓아눕게 될 것 같다. 너한테 너무 과도한 부담을 주는 것 때문에 걱정이 이만저만이 아니라서 말이다.

일단 시작한 일은 끝까지 밀어붙이는 게 최선이니 고갱을 우리 쪽으로 부른 건 잘한 거겠지. 또한, 너도 경험해 봐서 알겠지만, 가구를 들이고 집을 꾸미는 게 생각보다 어려운 일이더구나. 이제야 간신히 숨통이 트이는 것 같다. 네가 고갱의 작품을 팔아 준 덕에 절호의 기회를 잡을 수 있었으니 말이야. 어쨌든 고갱과 너와 나, 이렇게 우리 세 사람이 합심하면 지금까지 우리가 해온 대로 차분히 헤쳐나갈 수 있어.

내가 돈 걱정하는 부분을 너무 염두에 두지 말아라. 고갱이 왔으니, 고갱과 나한테 들어갈 생활비는 나 혼자 지낼 때보다 덜 들겠지.

고갱은 그림을 팔아서 목돈을 마련할 수도 있을 거야. 대략 1년쯤 후면 그렇게 번 돈으로 마르티니크에 자리를 잡을 수도 있겠지. 그게 아니면 그렇게 모을 일도 없을 거다.

넌 매달 내 그림에다 고갱의 그림까지 추가로 받는 거야. 나는 더 고생할 일도 없고, 더 비용을 들일 일도 없이 꾸준히 작업을 이어갈 수 있을 것 같다. 사실, 우리가 지금까지 해온 협업의 방식이 괜찮은 방식 같아. 이 집은 정말 너무 마음에 들어. 편하기도 편한데, 진정한 예술가의 집 같거든. 그러니 내 걱정은 하지 말아라. 네 걱정도.

그런데 난 네가 심히 걱정되긴 한다. 고갱이 딴 생각을 하고 있다면, 네가 헛돈만 쓴 셈이니까 말이야. 그래도 고갱은 참 남다른 인간이야. 호들갑을 떠는 성격도 아니고, 여기서 열심히 작업하면서 크게 도약할 수 있는 적절한 순간을 차분히 기다리는 사람 같아.

이 양반도 나만큼이나 휴식이 필요했더구나. 얼마 전에 번 그 돈이 있었다면 진작에 브르타뉴에서도 휴식을 취했겠지. 하지만 지금은 그런 돈이 생겼으니 편안히 지낼 수 있겠지. 우리 한 달에 250프랑 이상은 안 쓸 거야. 물감 비용도 줄일 거다. 직접 만들어 쓸 생각이거든.

그러니 우리 걱정은 크게 할 거 없고, 너도 한숨 돌려라. 너도 숨 고르기가 필요할 테지. 그저 매달 150프랑씩만(고갱도 똑같이) 부탁하마. 어쨌든 이렇게 되면, 내 개인 비용은 줄고, 고갱의 그림 값어치는 분명 더 올라갈 거야.

나중에 네가 파리나 여기에 내 그림을 보관하게 되면, 솔직한 내 심정은, 당장 돈 문제로 전전긍긍하며 그림을 팔기보다 그냥 보관해 두면 좋겠다. 그냥 그렇다고. 게다가 만약 내 그림이 그럴듯하면, 그렇게 해

씨 뿌리는 사람 The Sower
1888년, 캔버스에 유화, 72×91.5cm

267

도 일단 금전적인 부분에서 우리가 손해 보는 건 없는 셈이잖아. 와인과 마찬가지로 저장고에 넣어두면 서서히 숙성될 테니 말이야. 또 한편으로는 내가 애써서 그림을 그리는 게 더 바람직한 게, 돈의 입장에서 봤을 때도 물감의 형태로 가만히 튜브 속에 들어 있느니 차라리 내 캔버스 위에 뿌려지는 게 더 낫지.

편지를 마치면서 감히 바라는데, 6개월 후에는 고갱과 내가 정말 오래갈 화실이자 프랑스 남부로 오고 싶은 모든 동료 화가들이 꼭 거쳐 가는 곳, 적어도 그들에게 도움이 되는 곳을 만들었다는 자부심이 들면 좋겠다. 손을 꼭 잡고 진심 어린 악수 청한다.

추신: 고갱이 내가 장식한 집 분위기를 전반적으로 어떻게 생각하는지 아직 잘 모르겠다. 그런데 몇몇 습작은 아주 마음에 들어 해. 〈씨 뿌리는 사람〉과 〈해바라기〉와 〈침실〉이야.

전체적인 분위기는 나도 아직 잘 모르겠어. 다른 계절 그림까지 그려봐야 알 것 같다. 고갱은 이미 모델로 세울 아를 여인을 찾았더라. 나도 그 경지에 이르면 좋겠다. 하지만 난 여기 풍경이 아주 괜찮다고 생각하거든. 다양하기도 하고.

그래서 나 나름대로 잘해가고 있어. 새로 그린 〈씨 뿌리는 사람〉을 네가 좋아할 것 같은 자신감이 든다.

1888년 10월 29일 월요일 추정

비바람이 심해졌어.
혼자 있지 않아서 얼마나 다행인지

사랑하는 테오에게

네가 반가워할 소식이 있는데 고갱이 포도 수확하는 여성들을 완성했어. 〈흑인 여성들〉만큼 아름답더라. 〈흑인 여성들〉 정도로 값을 쳐준다면(한 400프랑 정도) 이번에도 괜찮겠어. 당연히 전체를 놓고 본 다음에 골라야겠지. 나도 아직 브르타뉴에서 그린 건 못 봤어. 고갱한테 이런저런 그림이라고 설명은 들었는데 분명 그럴듯한 그림일 거야.

나는 매음굴을 배경으로 데생을 하나 했는데 유화로 한번 칠해볼 생각이야. 고갱이 여기에 온 게 10월 23일이니 지난 달에 너한테 받은 돈을 50프랑으로 쳐야 해.

나도 포도밭 그림 하나를 완성했어. 온통 자주색과 노란색을 사용했고 그 안에 파란색과 보라색 의상을 걸친 인물 여러 명과 노란 태양을 그려 넣었어.

이 그림을 받으면 몽티셀리가 그린 풍경화 옆에 두면 좋을 것 같다.

종종 기억에 의존해 그림을 그려볼 생각이야. 미스트랄이 기승을 부릴 때는 야외에 나가 실물을 보고 그린 습작보다 이렇게 그린 그림이 덜 어색하고 더 예술적으로 보이더라고.

밀리에가 아프리카로 떠났다는 얘기를 아직 안 했던 것 같구나. 파리까지 내 캔버스 여러 점을 옮겨다 준 보답으로 내가 습작 1점을 줬고 고갱은 삽화가 들어간 『국화 부인』을 받고 그 친구에게 작은 데생 1점을 줬어. 퐁타방 쪽과 교환하기로 한 그림은 아직 못 받았는데 그림은 완성됐다고 고갱이 그러더라.

여기는 지금 비바람이 심해졌어. 그래도 혼자 있지 않아서 얼마나 다행인지 몰라. 그리고 궂은날에도 기억에 의존해서 그림을 그릴 수도 있어. 혼자였으면 이렇게 지내지 못했을 거다.

고갱도 〈밤의 카페〉를 거의 다 그려가고 있어. 친구로 지내기에 아주 흥미로운 사람이야. 무엇보다 요리 솜씨가 완벽해서 나도 한 수 배워두면 정말 편하겠더라.

그리고 기다란 나무 막대를 가져다 틀 위에 놓고 못질한 다음 칠까지 해서 액자를 만들었는데 만족스럽더라. 내가 먼저 그렇게 시작했지. 그런데 그거 알아? 흰 액자를 고안한 건 어느 정도 고갱의 아이디어 덕분이라는 거. 아무튼 틀 위에 기다란 나무 막대로 액자를 만드는 데 들어가는 돈은 5수 정도야. 고갱과 함께 더 완벽하게 만들 방법을 찾아볼 생각이야. 액자가 툭 튀어나오는 부분도 없고 캔버스와 한 몸을 이루게 되는 거라 아주 쓸만해.

곧 연락하자, 진심 어린 악수 청하면서 네덜란드 친구들에게도 인사말 전한다.

추신: 고갱이 네게 안부 전한다면서, 네가 팔게 될 첫 번째 그림값에서 틀에 들어가는 비용을 챙겨와 달라고 부탁하더라. 중요한 거라고 하네. 그리고 베르나르가 너한테 수수료 명목으로 요구할 비용도 챙겨와 달라는데, 그건 자신이 그 친구에게 준 거래.

1888년 11월 10일 토요일

고갱이 내 해바라기를 모네의 해바라기보다 좋아해

사랑하는 테오에게

고갱이 그린 〈브르타뉴의 아이들〉이 도착했는데, 아주 근사하게 수정해 놨더라고.

이 그림이 난 무척 좋고 팔릴 그림이라는 점도 반갑지만, 더더욱 반가운 건 지금 여기서 그려서 네게 보낼 그림 2점이 이것보다 30배는 더 근사하다는 사실이야. 〈포도 수확하는 여성들〉하고 〈돼지들과 함께 있는 여성〉 이야기야. 이런 결과물이 나온 건 고갱이 간인지 위장인지 아무튼 질환을 앓고 있었는데 그게 점점 나아진 덕분이었어. 최근까지도 고생했었거든.

내 그림에 대해서는, 네 마음에 드는 것들은 지금 당장 팔지 않고 네가 집에 보관해 주면 좋겠다. 걸리적거리는 나머지 그림들은 여기로 보내주면 되고. 왜냐하면, 내가 야외로 나가 그려낸 그림들은 전부, 불 속에서 건져낸 밤과 같은 존재거든.

고갱이나 나나 썩 내키는 부분은 아니었지만, 아무튼 고갱을 통해 나도 이제 그림 그리기에 변화를 줘야 할 때라는 사실을 깨달았다. 그래서 요즘 기억에 의존해 상상력으로 그림을 그리기 시작했는데, 이렇게 작업하다 보니 예전에 그린 습작들이 유용하겠더라고. 과거에 내가 직접 본 것들을 떠올려주거든.

돈 문제가 시급하지 않다면야 굳이 기를 쓰고 그림을 팔 이유는 없잖아.

너는 구필 사람이지만 나는 아니잖아. 어쨌든 6년간 몸담긴 했지만, 나나 회사나 피차 못마땅히 여기는 사이였어. 다 지난 과거이긴 하지만 사실은 사실이니까.

그러니 너는 너대로 갈 길을 가라. 하지만 나는 그림을 팔기 위해서, 작은 복숭아나무 그림이나 다른 그림처럼 순수한 작품을 들고 그곳으로 되돌아가는 건, 과거의 내 모습과는 너무 동떨어진 행동이라는 생각

271

담뱃대가 놓인 빈센트의 의자
Van Gogh's Chair with His Pipe, 1888년
캔버스에 유화, 93×73.5cm

고갱의 의자
Gauguin's Chair, 1888년
캔버스에 유화, 90.5×72.5cm

만 든다. 이건 아니다. 일이 년 후에, 대략 30점 정도가 모이면…… 그 30점으로 단독 개인전을 열어달라고 부탁하면, 부소 영감은 아마 작품들을 그대로 되돌려보낼 게다. 그 양반들이 어떤 사람인지 너무나 잘 아니까, 그 양반들에게는 아예 가질 않지. 그들을 망치려고 그러는 게 아니야. 오히려 내가 다른 사람들에게는 거기 찾아가 보라고 적극적으로 권하고 있다는 걸 너도 알잖니.

그저 나와 그곳 사이에 오랜 앙금이 있을 뿐이야.

분명하고 확실하게 말해두는데, 나는 너를 구필화랑과는 전혀 별개인, 인상주의 화가들의 그림을 전문적으로 다루는 미술상으로 여긴다. 그렇기 때문에 다른 화가들을 네가 일하는 곳으로 가보라고 적극적으로 권하는 거야. 그런데 부소 영감이 이런 말을 하게 내버려 두고 싶지는 않아. "그 젊은 친구가 그렸다고 하기에는 썩 나쁘지 않군그래."

나는 절대로 그 양반들을 다시 찾아가지 않을 거야. 당당하지 못한 입장으로 찾아가느니, 차라리 그림을 안 팔고 말지. 그렇다고 그 양반들이 정정당당하게 나올 일도 없을 테니, 결과적으로 다시 잘해볼 일은 없다는 뜻이야.

우리가 이 부분을 명확히 할수록, 다들 그림을 보러 널 찾아가게 될 거야. 그걸 팔아줄 필요는 없고 그저 내 그림을 보여주면 돼. 그건 부소 앤 발라동 화랑과 관련 없는 개인적인 거래가 아니니까, 넌 적법하게 일하는 거고 그만큼 존중받을 수도 있는 거야.

그래도 누군가 하나는 사겠다는 임자가 나오지 않겠어? 그럴 때는 내게 직접 문의하라고 해줘. 아무튼 이건 확실하다. 지금의 이 시련을 견딜 수 있으면, 내가 빛을 볼 날은 분명히 찾아온다는 거. 지금 내가 할 수 있고 해야만 할 것은 오로지 그림 그리는 일이야.

한 가지가 더 있는데, 마우베 형수님께 답장할 때, 고갱에 대해 전부 이야기하고 데생도 몇 개 보내려고 해. 그러면 테르스테이흐 씨 귀에도 들어가겠지. 고갱과 나는 런던 전시회의 필요성을 자주 얘기해. 그래서 테르스테이흐 씨에게 전했으면 하는 편지를 써서 네게 보낼 것 같다. 문제는, 그 양반의 업무를 의욕적으로 이어갈 후계자가 있느냐는 거야(그 날이 멀지 않았는데). 그자는 당연히 새로운 그림들에 주목해서 일해야겠지.

악수 청하는데, 물감이 조금 더 필요할 것 같다.

다시 한번 말하는 건데, 한 달에 나 혼자 250프랑을 쓰던 것이, 둘이서 각자 150프랑씩 쓰게 된 거다. 1년쯤 지나면 너도 이게 옳았다고 인정할 게다.

그 이상은 나도 장담할 수 없구나. 고갱은 그림을 보내는데, 나는 그림을 온통 방에다 걸어놔서 보낼 게 없어서 유감이다. 임파스토로 그린 부분을 간간이 씻어내서 기름기를 제거하는 법을 고갱이 알려줬어. 이 작업을 끝내면 채색을 다시 손봐야 해. 지금 그림을 보내면 나중에 보내는 것보다 색감이 확 떨어질 거야. 누가 봐도 성급하게 그린 티가 난다고 여길 게다. 나도 아니라고 부인하지는 않는다. 그래서 변화를 좀 줄 거야.

고갱처럼 능력 있는 동료 화가와 함께 생활하면서 그가 작업하는 과정도 지켜볼 수 있다는 게 얼마나 좋은지 모르겠다. 혹자들은 고갱이 더 이상 인상주의 화파다운 그림을 그리지 않는다고 비난하고 있어. 그런데 그가 최근에 그린 작품 2점은, 너도 곧 볼 텐데, 제법 두텁게 칠한 데다 나이프로 작업한 부분도 군데군데 있어. 이 작품은 그가 브르타뉴에서 그린 그림들 전부는 아니더라도, 적잖은 수의 그림들을 압도할 것 같다.

고갱과는 친구로서도, 또 동업자로서도 영원히 함께하면 좋겠어. 고갱이 열대 지방에서 화가 공동체를 결성할 수 있으면 그것만큼 환상적인 일도 없을 거야. 그런데 그렇게 되려면, 그가 계산하는 것보다 훨씬 많은 돈이 필요할 거야.

며칠 전에 고갱이 그러더라. 클로드 모네가 그린 커다란 일본식 화병에 담긴 해바라기 그림을 봤는데 정말 근사했다고. 그런데 내가 그린 해바라기가 더 마음에 든다더라.

고갱의 생각에 동의한다는 게 아니라, 내가 퇴보하고 있는 건 아니라는 말을 하는 거야. 항상 아쉽고 유감스러운 건 너도 알다시피, 모델 구하기가 하늘의 별 따기 같다는 사실이야. 어떻게든 극복해 보려고 애는 쓰지만, 제약이 한둘이 아니다. 내가 지금과 전혀 다른 사람이었거나, 돈이라도 많은 부자였다면, 강요라도 해서 해냈을지도 모르지. 지금도 포기는 안 했어. 그냥 잠자코 침묵만 지킬 뿐이야. 마흔이 되었을 때, 저 해바라기 그림처럼 인물화도 고갱의 마음에 들게 그릴 수 있으면, 누구와 비교해도 결코 뒤지지 않는 화가의 대열에 오르겠지. 그러니, 인내심을 가져 보자.

아무튼 최근에 그린 습작 2점은 좀 묘한 구석이 있어. 30호 캔버스에 밀짚을 엮은 방석이 얹힌 노란색 나무 의자를 그렸는데, 벽에 비해서 빨간 벽돌 바닥이 눈에 띄어(낮). 다른 하나는 고갱이 사용하는 빨간색과 초록색의 안락의자인데, 어두운 밤 분위기를 표현했고 벽과 바닥도 빨간색과 초록색이 있어. 의자 위에는 소설책 2권과 양초를 올려뒀고. 범포(帆布) 캔버스에 임파스토로 두텁게 칠한 그림이야.

필요 없는 습작은 돌려보내달라고 말했다만 전혀 급한 일은 아니야. 마음에 들지 않는다면 너희 집에서 공간만 차지하는 짐이겠지만 나한테는 자료로 활용할 수 있는 것들이거든. 그리고 내 습작에 관해서는 이것 하나만큼은 꼭 지켜줬으면 좋겠다. 입장을 확실히 해야 한다는 것 말이야. 그러니까 나 때문에 화랑과 상관없는 거래를 하지 말라는 거야. 내가 내 발로 구필화랑에 걸어 들어가는 일은 거의 있을 수 없고, 당당히 걸어 들어가는 일은 거의 불가능한 일이니까.

1888년 11월 19일 월요일 추정

고갱과 나는 함께 할 일이 아주 많아

사랑하는 테오에게

푹 쉬고 난 터라 안 그래도 나 역시 너한테 소식 전해야지 생각하고 있었다. 우선 정겨운 편지 정말 고맙고 같이 동봉해 보내준 100프랑도 고맙다. 우리는 아침부터 하루 종일 작업에 몰두하다 저녁이면 피곤해져서 카페에 갈 때도 있는데, 돌아와서 일찍 잠드는 편이야. 이렇게 지낸다.

여전히 화창한 날이 이어질 때도 간간이 있긴 한데 여기도 이제 겨울이야. 그래도 이제는 기억에 의존해 상상력으로 그려보는 게 끔찍하게 싫지는 않아졌다. 굳이 밖에 나가지 않아도 작업할 수 있으니까. 한증막

씨 뿌리는 사람
The Sower
1888년
캔버스에 유화
32×40cm

277

우체부 조제프 룰랭의 초상
Portrait of the Postman Joseph Roulin, 1888년
캔버스에 유화, 64×48cm

아르망 룰랭의 초상
Portrait of Armand Roulin, 1888년
캔버스에 유화, 65×54.1cm

남학생(카미유 룰랭)
The Schoolboy(Camille Roulin), 1888년
캔버스에 유화, 63.5×54cm

오귀스틴 룰랭 부인의 초상화
Portrait of Madame Augustine Roulin, 1888년
캔버스에 유화, 55×65cm

같은 더위 속에서 작업하는 건 상관없는데, 알다시피 내가 추위에는 약하잖아. 뉘넌에서 정원을 그릴 때도 실패했었는데, 아무래도 상상력으로 그림 그리는 건 습관이 필요한 것 같다.

그 대신 예전에 내가 얼굴 그림을 그렸던 우체부 양반의 일가족 초상화를 그렸어. 남편, 아내, 아기, 남자아이, 그리고 열여섯 살 된 큰아들까지. 다들 외모는 러시아인처럼 생겼는데 기질까지 전형적인 프랑스 사람들이다. 15호 캔버스에 그렸어. 내 감정이 너도 느껴질 게야. 내가 그들의 담당의가 아니라서 천만다행이라는 생각이 들더라니까.

이 그림은 가지고 있다가 더 섬세하게 자세를 잡아서 다시 그려보고 싶다. 필요하다면 모델료를 지불해서라도 말이야.

그래서 이들 일가족 초상화를 더 그럴듯하게 그려낸다면, 적어도 내 개인적으로 만족스러운 그림을 그리게 될 것 같아.

습작에 습작만 거듭하고 있는데 한동안은 계속 이럴 것만 같다. 진창에서 허우적거리고 있는 기분이야. 그래도 마흔쯤에는 뭔가 정리된 삶을 살 수 있지 않을까 싶다. 서글픈 생각이 들 만큼 뒤죽박죽 엉망진창이긴 하지만 마흔에는 그랬으면 좋겠다. 간간이 좋은 작품도 완성한다. 〈씨 뿌리는 사람〉 같은 건 내가 봐도 첫 번째 그림보다 더 잘 그렸어.

시련을 견뎌낼 수 있으면, 비록 세간에 이름이 오르내리는 그런 사람은 될 수 없다고 해도 언젠가는 우리도 승리하는 날이 올 거야. 이 속담을 떠올리는 것과 비슷한 경우가 될 것 같다. '동네의 기쁨은 가정의 괴로움이다.'

어쩌겠냐! 여전히 치러야 할 전쟁이 남아 있다면, 때가 될 때까지 차분히 기다려야 해. 네가 항상 말했잖아. 그림의 갯수보다 질에 신경 쓰라고. 그래, 우리가 신경 써서 그린 습작들이 쌓여가고 있다. 당연히 팔기 위한 그림들이 아니야. 조만간 어쩔 수 없이 그림을 팔아야 할 때가 오면, 진지하게 연구한 부분만큼 그 값어치가 유지되는 그림들은 조금 더 비싸게 팔자.

조만간, 대충 한 달 내에, 어쩔 수 없이 너한테 그림 몇 점을 보내지 않을 수가 없을 것 같아. 어쩔 수 없다는 전제를 단 건, 여기 남부에서 그림을 말리면 임파스토로 처리한 부분까지 아주 바싹 마를 때까지 시간이 너무 오래 걸리기 때문이야. 적어도 1년은 걸려. 그림을 보내지 않고 내가 가지고 있는 게 낫기는 하겠지. 어쨌든 지금 당장은 누군가에게 보여줄 필요는 없으니 말이야. 내 생각이 그렇다는 거야.

고갱은 열심히 그리고 있다. 나는 배경과 전경을 노란색으로 칠한 정물화가 아주 마음에 들어. 고갱이 지금 내 초상화를 그리는 중인데 이번에는 그리다 말지는 않았으면 한다. 풍경화도 여러 점을 그리는 중이고, 〈빨래터의 여인들〉은 상당히 근사해.

고갱의 데생 2점을 네가 받아야 한다. 네가 브르타뉴로 보냈던 50프랑의 대가로 말이야. 지금 베르나르의 어머니가 가지고 있다더라고. 어처구니없는 일들이 여럿 있는데, 이것도 그중 하나지. 결국엔 그림을 돌려주시리라 믿는다. 그리고 베르나르의 그림도 꽤 괜찮아. 나는 이 친구 그림이 파리에서 성공할 자격이 충분하다고 생각해.

아마도 우리는 그림을 그리거나 편지를 쓰면서 저녁 시간을 함께 보낼 것 같다. 해야 할 것들이, 우리가 할 수 있는 것보다 많더라.

너도 알다시피 고갱이 20인회가 주최하는 전시회에 초대됐어. 벌써 브뤼셀에 자리 잡는 상상까지 하더라고. 그렇게 되면 덴마크인 아내를 다시 만날 가능성이 커지기 때문일 거야. 그런데 그가 아를의 여인들 사이에서 반응이 좋기 때문에 그런 일은 없을 것 같다.

결혼한 유부남이지만 전혀 그래 보이지가 않아. 행여 고갱과 아내 사이에 불화라도 있는 건가 걱정이다. 그래도 당연히 아이들은 아끼더라. 초상화로 봤는데 참 귀여워. 우리는 이 부분에 크게 타고난 능력이 없는 것 같다. 곧 연락하자. 너와 네덜란드 친구들에게 악수 청한다.

1888년 12월 1일 토요일 추정

고갱이 나에게 실망한 것 같아

사랑하는 테오에게

네 편지와 그 안의 100프랑과 우편환 50프랑, 진심으로 고맙게 받았다.

고갱이 아를이라는 괜찮은 마을과 우리가 함께 지내는 이 노란집, 그리고 무엇보다 나한테 다소 실망한 것 같아.

사실, 여기서 지내도, 이 양반이나 나나 헤쳐나갈 난관들이 없지는 않겠지. 그런데 이 난관들은 다른 데 있는 게 아니라 바로 우리 내면에 들어 있는 것들이야. 한마디로, 고갱이 이곳을 박차고 뛰쳐나가거나, 아니면 아예 자리를 잡고 정착하게 되겠지. 난 고갱에게 행동에 옮기기 전에 충분히 생각하고 계산도 해보라고 권했어. 고갱은 강인하고 창의력도 뛰어난 사람이지만 그렇기 때문에 무엇보다 마음이 평안해야 해.

여기서 그 평안을 찾지 못하는데, 다른 데 가서 찾을 수 있을까?

아무튼 나는 고갱이 절대적으로 안정을 되찾은 상태에서 결정하기를 기다리는 중이다.

1888년 12월 11일 화요일 추정

◆ 어느 순간부터 두 사람 사이에 불화가 싹텄다. 고갱은 빈센트 몰래 테오에게 편지를 썼다. '내 그림을 판 돈의 일부를 좀 보내주면 고맙겠습니다. 이런저런 상황을 다 따져보고 파리로 돌아가기로 결심했습니다. 빈센트와 난 사사건건 부딪히는 지경에 이르렀습니다. 이렇게 성격이 안 맞는데, 각자 작업을 하려면 마음이 편안해야 하는데…….' 테오는, 마치 고갱에 대한 짝사랑 고백과도 같은 형의 편지를 계속 받으며 형에 대한 연민과 걱정이 커져갔다. 형의 생명과도 같은 희망을 단호하게 끊을 수 없었던 테오는 우회적으로 형을 진정시키려고 노력하지만 소용이 없었다.

고갱이 회복되고 있어서 정말 기쁘다

사랑하는 테오에게

어제 고갱과 함께 몽펠리에에 가서 미술관을 둘러봤다. 무엇보다 브리아스 관을 집중적으로 관람했어. 브리아스의 초상화가 여러 점이었어. 들라크루아, 리카르, 쿠르베, 카바넬, 쿠튀르, 베르디에, 타사에르, 그 외에도 여러 화가들이 그렸더라. 그리고 들라크루아, 쿠르베, 조토, 파울 뤼스 포터르, 보티첼리, Th. 루소 등의 아름다운 그림도 있었어.

브리아스는 예술가들의 후원자였지. 딱 이 말을 해주려고. 들라크루아가 그린 초상화를 보면 빨간 머리에 턱수염 난 남자가 있는데, 영락없이 너나 나를 닮은 모습이라 뮈세의 시가 떠오르더라고……

> 내가 어디를 가더라도
> 검은 옷을 입은 불행한 사람이
> 우리 곁에 다가와 앉아
> 마치 형제처럼 우리를 쳐다보네.
> (뮈세의 시 〈12월의 밤〉을 빈센트가 상황에 맞게 변형한 내용)

네가 봤어도, 분명히 비슷한 생각을 했을 거다.

고갱과 나는 들라크루아와 렘브란트 등에 관한 이야기를 많이 나눴어. 아주 열띤 토론을 벌인 탓에 방전된 전기 배터리처럼 머리가 전혀 돌아가지 않을 때도 있을 정도야. 완전히 마법 속에 빠져 있었지. 프로망탱이 제대로 보고 한 말이 있어. 렘브란트가 마법사 같다는 말. 왜 이런 말을 하냐면 네덜란드 친구인 더 한과 이사악손 때문이야. 그 두 친구가 렘브란트를 좋아하고 연구를 많이 한 만큼 그 연구를 계속 이어가라는 말을 전하고 싶었다. 절대로 낙담하면 안 된다고 말이야.

너도 잘 알겠지만, 라 카즈의 소장품 중에서 렘브란트가 그린 묘하면서도 환상적인 초상화가 있어. 그 인물이 떠오를 때마다 들라크루아나 고갱의 가족이나 가문과 관련 있는 인물 같다는 생각이 들길래, 고갱에게 말했지. 왜 그런지는 모르지만 나는 그 그림을 〈나그네〉 혹은 〈먼 곳에서 온 사내〉라고 부르게 되더라.

장갑을 끼고 있는 얀 식스의 초상화 속에서 네 미래를 살펴보라고 너한테 말했던 것과 같은 맥락이야. 렘브란트가 동판화로 찍어낸, 햇살이 쏟아지는 창가에서 책을 읽는 얀 식스의 모습에서 네 과거와 현재가 떠오른다고 말했던 것도. 자, 우리가 여기까지 온 거야.

오늘 아침에 고갱에게 기분이 어떠냐고 물었더니 '예전의 본성이 살아난 느낌'이라고 하더라고. 듣기만 해도 반가운 소식이었어. 나 역시 지난겨울에 몸과 마음이 지친 채로 이곳에 와서 다시 일어서기까지 심적으로도 괴로웠거든.

아무튼 너도 몽펠리에 미술관을 둘러보면 좋겠다. 근사한 작품들이 많아.

동료 화가들끼리 모여서 공동체 생활을 한다는 게 희한하게 보일지는 모르지만 네가 항상 하는 말로 마무리 지으면 어떨까 싶다. 두고 보면 알게 될 거라고.

1888년 12월 17일 월요일, 혹은 18일 화요일

283

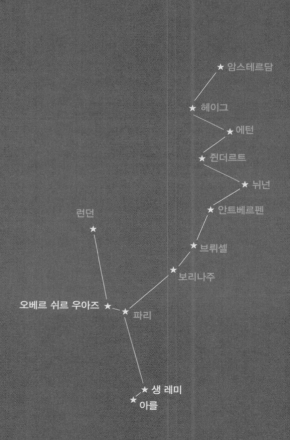

★ 암스테르담

★ 헤이그
　　★ 에턴
★ 쥔더르트
　　★ 뉘넌
★ 안트베르펜

런던
★　　　★ 브뤼셀
　　★ 보리나주

오베르 쉬르 우아즈 ★　★ 파리

★ 생 레미
★ 아를

별이 빛나는 밤에

4

죽음은 별로 향하는 여행

Vincent

빈센트는 아돌프 몽티셸리의 꽃 그림을 좋아했는데, 그는 선묘가 아니라 유화 물감을 두껍게 칠해서 색채의 농담으로 표현하는 임파스토(impasto, 반죽, 덩어리) 기법으로 그렸다. 말 그대로 물감을 아주 두꺼운 붓이나 나이프 때론 그냥 손가락으로 푹 찍어 반죽처럼 두텁게 덧칠해서, 색은 물론이고 질감까지 드러내는 표현법이다. 오늘날 우리가 반 고흐의 그림에서 바람의 그림자, 하늘의 무한한 깊이까지 느낄 수 있는 이유가 바로 이것이다. 팔레트에서 색을 섞지 않고 캔버스에 두 색상을 나란히 찍듯이 칠하기 때문에, 색과 질감뿐만 아니라 수많은 회색조의 음영까지 생겨서 그림에서 입체감과 생동감이 뿜어져 나온다. 빈센트는 임파스토 기법의 유화에 자신이 있었다.

그런데 난처하게도, 임파스토 기법은 물감이 많이 들었다. 특히 습작의 시기를 끝내고 본격적으로 작품 제작에 돌입하게 되자, 테오에게 '팔리는 그림'을 얼른 안겨주고 싶어서 부지런히 그릴수록, 테오에게 '그러니 어서 물감 값을 보내라'고 더 재촉해야 하는 역설적인 상황이 되었다.

아를에서의 첫 번째 발작으로 빈센트는 병원에 입원했고, 퇴원한 이후에 안타깝게도 일상으로 돌아오지 못했다. 하지만 그는 어느 정도 자신의 상태를 받아들이고 체념했다. 고갱의 부재를 받아들이려 애썼고, 불시에 발작과 졸도 증상이 나타나곤 했지만 심각하지 않았고, 이제 그가 원하는 건 그림을 그리는 것뿐이었다. 그런데 이때 아를의 노란집에서 쫓겨났다.

고흐는 병세가 호전되었다고 판단한 펠릭스 레이 박사의 허락을 받고 낮에는 작업실에 다녀올 수 있었다. 그런데 노란집 주변에 거주하는 아를의 주민들이 "미치광이를 정신병원에 입원시켜 달라"는 진정서를 시장에게 제출했고, 레이 박사가 출타 중이던 틈에 고흐를 강제로 재입원시켰다. 결혼을 앞두고 있던 테오는 형에 대한 안타까움과 미안함으로 괴로웠다. "형은 나를 위해 많은 걸 해줬는데, 형이 괴로운 나날을 이어가는 때에 나는 곧 사랑하는 요안나와 결혼해서 행복한 가정을 꾸린다고 생각하니 너무 미안해."

고흐 역시 불안감을 숨기지 못했다. 숨기려고 노력은 했겠지만 언제나처럼 횡설수설하는 행간에서 테오가 떠날까 봐, 자신이 소외될까 봐 얼마나 불안해 하는지 다 읽었다. 이 세상에 자신을 이해해 주는 단 한 사람, 자신의 영혼까지 보듬고 궂은일을 도맡아 보살펴 주던 소울메이트를 잃을지도 모른다는 두려움에, 미래의 제수씨에 대해 험담도 하고 괜시리 테오를 비난했다가, 스스로 생레미의 정신병원으로 가겠다고 제안했다. 테오는 혹여 형이 낙담해서 한 말일까 봐 염려하면서도 동의했다.

하지만 생폴 정신병원에서의 일 년은 실수였다. 그림으로만 보자면 화려하게 피어나고 있었다. 오랜 소원대로 이젠 자연을 넘어서 사람들의 인물화를 강렬하게 성공적으로 그려내고 있었다(다만 자화상은 멈췄다). 하지만 달갑지 않은 발작이 늘 곁에 머물렀고, 자유롭게 그림을 잘 그리는가 싶다가도 물감을 마신다고 소란을 피웠다. 테오와 고갱(동료들)이 있는 파리로 가기를 희망했지만, 막상 테오는 도저히 엄두가 나질 않아서 파리 근교 오베르의 가셰 박사를 추천했다. 빈센트는 오베르로 갔고 거기서 숨을 거뒀다.

형 빈센트의 평생의 후원자이자 동료이자 친구이자 영혼의 동반자였던 동생 테오는, 형이 숨을 거둔 지 반 년 만에 지병으로 숨을 거뒀다. 테오의 아내였던 요안나는 두 형제가 주고받은 편지를 읽고 감명을 받아서 빈센트 반 고흐의 그림을 세상에 알리는 일에 발 벗고 나섰다. 그리고 1914년 테오의 무덤을 빈센트의 무덤 옆으로 옮겨 주고, 하나의 덩굴을 두 개의 무덤에 심어 주었다. 형제는 하나의 뿌리에서 나온 덩굴잎을 이불처럼 같이 덮고서 오베르 쉬르 우아즈의 공동묘지에 평안히 누워 있다.

귀에 붕대를 감은 자화상
Self-Portrait with Bandaged Ear
1889년, 캔버스에 유화
60 × 49cm

난 괜찮으니, 고갱에게 편지해 달라고 전해줘

사랑하는 테오에게

내 상태는 전혀 걱정할 게 없으니 안심하라고 알려주고 싶어서, 너도 직접 만났던 레이 박사의 진료실에서 이렇게 네게 짤막하게 소식 전한다. 아직은 며칠 더 여기 병원에서 머물고, 그 다음에 아주 차분한 모습으로 집으로 돌아가게 되지 않을까 싶다. 네게 부탁하고 싶은 건 딱 하나야. 걱정하지 말라는 거. 네가 날 걱정할까, 나는 그게 너무 걱정이다.

이제 고갱 이야기를 해보자. 내가 그를 겁에 질리게 한 걸까? 도대체 왜 어떻게 지내는지 소식을 주지 않지? 너와 같이 떠났을 거 아니야. 파리를 그토록 다시 보고 싶어 했으니 파리에 가서 더 자기 집처럼 느끼고 있을 텐데. 고갱에게 편지해 달라고 전해줘. 내가 항상 그를 생각하고 있다는 말도.

악수 청한다. 네가 봉어르 가족들과 만난다는 편지, 여러 번 다시 읽었어. 아주 완벽해. 나는 그냥 지금 이대로가 좋다. 다시 한번, 너와 고갱에게 진심 어린 악수 청한다.

추신: 편지는 같은 주소로 보내라. 라마르틴 광장 2번가

1889년 1월 2일 수요일

◆ 편지지 윗부분에 '아를 시립 병원'이라고 인쇄되어 있고, 편지 뒷면에 레이 박사의 첨언이 있었다.

「선생님 형님의 편지에 몇 마디 덧붙입니다. 다행히도 나의 진단이 맞았던 것 같아서 알려드립니다. 발작은 일시적인 증상이었습니다. 며칠 내로 다 나을 것으로 확신합니다.

여러 차례 형님과 진료실에서 이야기를 나눴습니다. 형님도 즐거워하시고 내게도 유익한 시간이었습니다. 안녕히 계십시오.」

고갱 선생, 노란집에 대한 나쁜 말은 삼가 주십시오

친애하는 벗, 고갱 선생

병원에서 첫 외출을 나온 김에 선생에게 진심으로 깊은 우정을 담아 짤막하게 소식 전합니다.

병원에 입원해서 고열에 시달리고 쇠약해진 상태에서도 선생 생각을 참 많이 했습니다.

선생, 내 동생 테오가 굳이 여기까지 올 필요가 있었습니까? 적어도 이제는 내 동생을 안심시켜 주십시오. 그리고 선생도 안심하십시오. 이 멋진 세상에서, 모든 게 다 최고이고 최선인 이곳에서 결코 악의는 없었다는 점을 믿어 주십시오.

쉬페네케르 씨에게도 나의 안부 인사를 전해 주십시오. 그리고 이래저래 보다 성숙하게 생각해서, 이 작고 소박한 노란집에 대한 나쁜 말은 삼가 주십시오. 아울러 내가 파리에서 만났던 동료 화가들에게도 안부 인사 전해 주십시오.

선생이 파리에서 번창하시기를 기원합니다. 진심 어린 악수를 청하며
선생을 사랑하는 친구, 빈센트가

추신: 룰랭이야말로 진심으로 날 위해준 사람입니다. 모두가 선뜻 나서지 않을 때 가장 먼저 나를 병원에서 퇴원시키려고 나서준 사람이니까요. 답장 부탁합니다.

◆ 고갱에게 보내는 편지는, 테오에게 쓴 편지의 뒷면에 쓰여 있었다.

테오야,

그림과 관련된 부분도 고갱이 너를 확실히 안심시켜 주면 좋겠다. 나는 곧 다시 작업을 시작할 생각이야. 가정부 아주머니와 룰랭이 집을 잘 관리하고 정리 정돈까지 도와줬어. 밖으로 나가면 이 동네에서 내가 좋아

하는 길을 따라 걸을 수도 있고, 곧 포근한 계절이 돌아오면 과수원에 나가 꽃나무들도 다시 그릴 수 있을 거야.

사랑하는 아우야, 널 여기까지 오게 만들어 가슴이 아프구나. 너까지 끌어들이고 싶진 않았는데. 결과적으로 내가 큰 상해를 입은 것도 아니었는데, 괜히 너까지 번거롭게 했어.

네가 그나마 마음 편히 지내고, 또 봉어르 집안과도 잘 지내고 있다니 얼마나 다행인지 모르겠다. 안드리스(요안나의 오빠)에게 내가 그렇게 전하더라고, 진심 어린 악수도 청한다고 전해주렴.

이곳 아를의 화창한 진풍경을 보여주기도 전에, 어둡고 칙칙한 아를을 먼저 보게 했구나. 그래도 힘을 내자. 편지는 라마르틴 광장 2번가로 바로 보내라. 집에 남아 있는 고갱의 그림은 그가 원하면 바로 보내줄 거다. 이 양반이 가구 샀던 비용도 돌려줘야 할 거야.

악수 청한다. 다시 병원으로 돌아가야 하는데, 조만간 퇴원할 거란다.

1889년 1월 4일 금요일

정물: 오렌지, 레몬 그리고 파란 장갑
Still Life : Oranges, Lemons and Blue Gloves
1889년, 캔버스에 유화, 47.3 × 64.3cm

순간적인 예술가적 광기였기를

사랑하는 테오에게

룰랭은 아주 괜찮은 사람이야. 정말 좋은 친구로 계속 남고 싶어. 여전히 이 양반의 도움이 필요하다. 이 양반만큼 이곳을 잘 아는 사람도 없어. 오늘은 함께 저녁을 먹었다.

혹여 인턴인 레이 선생에게 감사 표시를 하고 싶다면, 이렇게 하면 아주 좋아할 거다. 이 양반이 렘브란트의 〈해부학 교실〉 이야기를 들었더라. 그래서 진료실에 걸어둘 목판화 복제화를 구해줄 수 있다고 했지.

펠릭스 레이 박사의 초상화
Portrait of Doctor Félix Rey
1889년, 캔버스에 유화
64×53cm

기력이 회복되면, 레이 선생의 초상화를 그려 보고 싶다.

지난 일요일에 다른 의사를 만났는데, 적어도 이론적으로는 들라크루아와 퓌비스 드 샤반느 등이 어떤 작업을 했는지 알고 있을 뿐만 아니라 인상주의에도 호기심이 많은 사람이었어. 이 양반하고 더 잘 알고 지내면 좋겠다.

〈해부학 교실〉은 프랑스 뷔파와 아들이 운영하는 출판사에서 나왔는데 12~15프랑 정도 가격이야. 운송비가 따로 들지 않도록 액자는 여기서 주문할게.

병원 신세를 진 며칠간 아주 흥미로운 시간을 보냈다. 환자들에게 세상 사는 법도 배우는 시간이었어.

그냥 예술가적 광기가 순간 발작을 일으켰던 것이기를, 그래서 마치 동맥이 잘린 듯 출혈이 심해서 고열이 일어났던 것뿐이었기를 바라는 마음이다. 식욕도 금방 돌아왔고 소화력도 별문제 없고, 맑은 피가 매일 잘 돌아서 하루하루 머릿속이 맑아지는 느낌이야. 그러니 네가 서글픈 마음으로 이곳에 다녀간 여행과, 나의 입원을 깨끗이 잊어 주기 바란다.

화가도 직업이기에, 인간적인 마음을 유지하려는 노력을 끊임없이 해야 해.

나는 네가 당부한 대로 지내고 있고, 내가 느끼고 생각하는 바를 그대로 편지에 적었다. 봉어르 집안사람들과 만난 일은 어떻게 되었는지 알려다오. 그들과의 돈독한 우정이 유지되고, 더 깊어지기를 바란다.

내가 여기 남아 있는 건, 일단 지금으로서는 어디로 가야 할지 모르겠어서야. 시간이 좀 지나면, 이런저런 계산을 다시 해보고, 어느 쪽이 나을지 상황 판단이 되겠지.

1889년 1월 7일 월요일

폴 고갱 작
자화상
Self-Portrait, 1888년
캔버스에 유화, 45×55cm

폴 고갱 작
해바라기를 그리는 반 고호 Van Gogh Painting Sunflowers
1888년, 캔버스에 유화, 73×91cm

집 주인이 날 쫓아내려고 해

사랑하는 테오에게

너의 이 정겨운 편지보다 더 일찍, 오늘 아침에 네 약혼녀가 보낸 약혼 소식이 도착했다. 그래서 벌써 그녀에게 진심으로 축하한다고 회신했고, 이 편지로 네게도 다시 한번 축하 인사 전한다.

내 건강 문제로 인해 네가 꼭 가야 하는, 또한 나 역시 오래전부터 기대해왔던 여행에 차질을 빚으면 어쩌나 걱정했었는데, 이제 그런 걱정이 다 사라진 덕분에 몸도 마음도 멀쩡해졌다.

오늘 아침에도 병원에 가서 상처 부위에 치료를 받고 레이 선생과 한 시간 반 동안 산책하며 이야기를 나눴다. 화젯거리는 정말 다양했고, 심지어 자연사(自然史)에 관한 이야기도 했었어.

네가 전해준 고갱의 소식은 정말 반가웠다. 그러니까 그 양반, 열대 지방으로 돌아가겠다는 계획을 포기하지 않았다는 거잖아. 그게 그 양반이 갈 길이야. 그가 어떤 계획을 세우는지 훤히 보이고, 진심으로 찬사를 보내고 싶다. 내가 유감스럽게 느끼는 게 자연스러워 보이겠지만, 넌 알 거다. 내가 바라는 건 그저 고갱이 잘되는 것뿐이야.

퇴원 비용이 꽤 많이 나왔다. 당장 시급한 건 아니라 며칠은 기다릴 수 있으니, 수일 내로 50프랑만 보내주면 정말 좋겠다.

고갱의 계산이 틀리는 이유는 월세, 가정부 임금, 여기저기 들어가는 실질 비용 등 불가피한 요소들을 셈에 넣지 않는 습관 때문일 거야. 이런 비용들은 이제 너와 내가 감당해야 할 몫이 됐다. 그래도 이걸 감당할 수 있으면, 다른 동료 화가들이 이런저런 부대비용 걱정 없이 이곳에서 나와 함께 지내면서 작업할 수 있을 거야.

나도 방금 전해 들었는데, 내가 집을 비운 동안 집주인이 나를 내쫓고 담배 가게를 운영하는 양반과 임대 계약을 했다는 모양이야. 조금 걱정이 된다. 나는 그렇게 호락호락하게 이 집에서 쫓겨나는 수모를 겪을 마음이 없거든. 내가 직접 실내는 물론 외부 페인트칠까지 했고, 가스

등까지 달았어. 그러니까 오래전에 버려진 집처럼 을씨년스럽던 공간을 사람 사는 집으로 만든 게 나란 말이지. 행여 부활절 무렵까지도 집주인이 나가라고 계속 강요하면, 네게 조언을 구하고 싶구나. 어쨌든 나는 우리 동료 화가들의 이익을 보호하기 위한 대변인 역할이니까. 게다가 부활절까지는 별일 없이 순탄할 것 같기는 하다. 중요한 건 근심 걱정 없이 지내는 거야.

육체적으로는 별문제 없다. 상처도 잘 아물고 있고, 식욕도 좋고 소화도 문제 없는 걸로 봐서 과다 출혈 문제도 균형이 돌아온 것 같다. 가장 두려운 문제는 불면증이야. 의사는 별 말 없고, 나도 굳이 상담하지 않았어. 그저 혼자 불면증과 씨름하는 중이지. 불면증과 싸우는 나의 비법은 베개와 매트리스 사이사이에 장뇌를 잔뜩 넣는 거야. 행여 너도 불면증을 겪고 있으면 한번 해봐라. 나는 노란집에서 혼자 자는 게 두렵고, 잠들지 않을까 봐 걱정했었어. 그런데 그것도 다 지난 일이네. 앞으로 다시 그런 기분이 들 일은 없겠어.

혹시 고갱이 그린 내 초상화하고 고갱이 최근에 그린 자화상을 본 적 있어?

그것과 내가 가지고 있는 그 양반 자화상, 그러니까 브르타뉴에서 나와 교환할 때 보내준 자화상을 비교하면, 고갱이 여기 와서 마음이 평온해진 게 분명히 보인다.

더 한과 이사악손은 어떻게 지내니? 막연한 바람이긴 했지만, 고갱이 여기 나와 함께 더 머물렀다면, 그 두 친구를 이곳으로 부르면 어떨까 생각했었어. 또 그럴 생각으로 작은 방 두 개를 임대한 건데, 이제는 비어 있어서 내가 다 쓰는 중이야(월세는 21프랑 50이야). 고갱이 떠났고 프랑스 남부까지 오는 여비도 만만치 않을 테니, 그 생각을 더 고집할 엄두도 나지 않는구나. 어쨌든 그 두 친구를 다시 보거든 내가 안부를 묻더라고 전해줘.

룰랭이 너한테 안부 전해달라고 한다. 오늘 받은 편지에 네가 자신에 대해 좋은 이야기를 써줬다고 기뻐하더라. 그럴 자격이 충분한 양반이기도 하지.

    악수 청하면서 너와 네 약혼녀에게 좋은 날만 이어지기를 내가 얼마
나 간절히 원하는지 네가 당연히 알아줄 거라 믿는다.

1889년 1월 9일 수요일

정물: 협죽도 화병과 책
Still Life: Vase with Oleanders and Books, 1888년
캔버스에 유화, 60.3×73.6cm

안부 인사조차 없는 고갱의 짧은 편지

빈센트에게

노란 색 배경의 〈해바라기〉가, 나는 딱 '빈센트 반 고흐 스타일의 정수'로 여겨집니다. 당신 동생네 집에서 본 〈씨 뿌리는 사람〉도 아주 좋아요. 사과와 레몬을 그린 노란 정물화도 그에 못지 않게 좋고. 테오 씨가 네덜란드에서 그린 당신의 옛작품들을 석판화 복제로 뜬 것(〈감자 먹는 사람들〉)을 보여주었어요. 데생으로 색감을 표현한 점이 매우 흥미롭더군요. 내 작업실에 당신 초상화 옆에 걸었습니다.

나의 〈포도 수확〉(나중에 제목을 〈인간의 불행〉으로 바꿨다)은 '흰색'으로 화면이 완전히 나눠집니다. 요즘은 그걸 reliner 과정에 푹 빠져 있습니다. 이렇게 하면 캔버스에 그리기도 쉽고 나중에 리터칭도 한결 편하답니다. 캔버스를 밀가루풀로 판자에 붙이고, 다 말라서 고정되면 뜨거운 다리미질로 세계 누릅니다. 그러면 색상의 균열은 그대로 있으면서 보다 평평해져서 한결 깔끔한 표면이 됩니다. 다 끝나면 물을 적신 수건으로 덮어 두었다가 캔버스를 떼어냅니다.

이것이 전반적인 reliner 과정이지요.

룰랭의 배려에 감사합니다. 열쇠를 보내 줘서 잘 받았습니다. 다음번에는 당신이 나의 펜싱용 마스크와 장갑 2개를 소포로 보내 주십시오. 윗층 작은방 선반에 올려두고 왔습니다.

모두에게 다정한 인사 전합니다.

당신의 다정한 벗, 폴 고갱

(쉬페네케르의 집에서. 대로 29길)

1889년 1월 8일 화요일에서 16일 수요일 사이

폴 고갱 작
인간의 불행
Grape Harvest at Arles, 1888년
캔버스에 유화, 72.5×92cm

포도, 배와 레몬이 있는 정물
Still Life with Grapes, Pears and Lemons, 1887년
캔버스에 유화, 48.5×65cm

정물: 화병의 해바라기 열두 송이
Still Life: Vase with Twelve Sunflowers
1889년, 캔버스에 유화
92×72.5cm

한 달 동안의 이 어이없는 상황에 대하여

사랑하는 테오에게

어떻게 봐도 참담한 결과다. 지금은 물론이고 예전부터 쭉 네가 더 진지하게 신경을 써줬더라면, 결과는 만족스러웠겠지. 그런데 어쩌면 좋을까. 상황은 여러모로 복잡하고, 내 그림은 별 값어치도 안 나가는데, 그 그림에 들어가는 돈은 엄청나. 그래, 때론 내 건강과 정신까지 대가로 치르지. 더는 말하지 않으마. 내가 무슨 할 말이 있겠어. 그냥 이번 달의 돈 문제만 의논하자.

고갱은 자신이 대단한 행동을 했다고 자랑이라도 하고 다니는 건가?

봐라, 일이 그렇게 된 어처구니없는 상황을 고집스럽게 물고 늘어질 마음은 없지만, 당시에 나를 아예 정신이 나간 사람이라고 여겼다면, 그 잘난 동료 화가 양반은 왜 침착하게 행동하지 못했던 걸까? ……………………… 이 부분은 더 이상 언급하지 않으마.

고갱 스스로도 우리 형제와의 인연을 감사하게 생각해야 할 정도로 그에게 후한 인심을 써준 건 정말 고맙다.

그런데 공교롭게 이것도 필요 이상의 지출인 셈인 거야. 그래도 희망은 엿볼 수 있어.

그나저나 이쯤 되면 고갱도 우리가 자신을 이용한 게 아니라, 오히려 그가 온전히 생활할 수 있도록 도왔다는 걸 알아야, 아니, 이제부터라도 알아가기 시작해야 하는 거 아니야? 작업을 할 수 있도록…… 또, 성실하게 살 수 있도록…… 열심히 도왔다는 걸 말이야.

…… 왜 자신의 무분별하고 경솔한 행동으로 인해 너와 내가 입은 피해와 우리가 겪은 고통에 대해서는 책임이 없는 듯이 굴지?

고갱이 왜 해바라기 그림을 달라고 하는지 모르겠어. 여기 두고 간 자신의 습작과 교환하자는 거야. 나보다는 그가 가지고 있어야 훨씬 유용하게 쓰일 테니 어차피 그 습작들은 돌려보낼 거야.

하지만 내 그림은 여기 가지고 있을 생각이다. 그리고 그 양반이 요구하는 해바라기는 무슨 일이 있어도 여기에 그대로 둘 거야. 이미 내가 그린 해바라기를 2점이나 가져갔거든. 나와의 그림 교환이 마음에 들지 않으면, 마르티니크에서 그려온 소품이나 브르타뉴에서 그려 나한테 보내준 자화상을 가져가고, 내 자화상과 파리에서 가져간 내 해바라기 2점을 되돌려주면 그만이야.

고갱이 어떻게 자신의 존재가 나한테 짐이 될까 봐 걱정했다는 말을 버젓이 할 수 있는 거냐? 내가 여기에 와달라고 지속적으로 요구한다는 걸 알고 있었고, 그가 당장 이곳으로 와야 한다는 내 주장을 여러 사람을 통해 전해 들었음을 결코 부인할 수 없을 텐데.

나는 분명히 그 일을 우리 둘 사이의 일로 끝내고 넌 끌어들이지 말자고 했다. 그는 그 이야기를 듣지 않았지.

고갱과 함께 렘브란트와 빛에 관한 이야기를 하다가 결론도 제대로 못 내리고 성급히 끝내버린 게 못내 아쉽다.

더 한과 이사악손은 여전히 거기서 지내니? 더 한이 그린 장의사를 자세히 들여다봤어. 그 친구, 친절하게 사진을 보내줬더라고. 파헤쳐진 무덤에서 나오는 빛의 반사광을 받아 반짝이는 그 인물에서 렘브란트의 기운이 느껴지는 것 같았고, 그 무덤 앞에 장의사가 몽유병 환자처럼 서 있었지. 아주 섬세한 방식으로 표현한 그림 같더라. 나라면 목탄으로 안 그렸을 것 같은데, 더 한은 색이 없는 단색의 목탄으로 이런 걸 표현해낸 셈이지.

이 친구한테 내 습작을 보여주고 싶다. 불을 켠 양초와 소설책 두 권(노란색과 분홍색 표지)이 올려진 빈 안락의자(바로 고갱이 쓰던 의자)로 배경은 빨간색과 초록색인 30호 그림이야. 오늘은 이 그림과 짝을 이루는 그림을 다시 좀 손봤어. 내 빈 의자야. 파이프와 담배쌈지를 올려놓은 평범한 나무 의자. 이 두 습작도 다른 그림들처럼 밝은색을 통한 빛의 효과를 표현해 보려고 했다. 더 한에게 이 부분 내용을 읽어 주면 그 친구는 내가 무얼 표현하고 싶어 하는지 대번에 이해할 거다.

오늘 편지는 얼마나 길어질지 모르겠지만, 한 달 동안 벌어진 일을 나름 분석하려 애썼고, 고갱이 나와 다시는 이야기하고 싶지 않다고 거부하고 있는 이 어이없는 상황에 대한 불평도 좀 하고 싶었다. 그리고 평가할 부분도 몇 가지 더 남아 있어.

그 양반과 나는 종종 프랑스 예술이나 인상주의 등에 관한 의견을 서로 나누곤 했었는데…….

지금 인상주의 화파가 결성돼서 순항하는 건 불가능하거나, 적어도 불분명할 것 같아.

영국에서 라파엘 전파주의가 겪은 전철을 밟지 말라는 보장도 없잖아. 그렇게 해체된 그 전철을.

과감히 분석해 보면, 고갱의 모습에서 인상주의 화파의 키 작은 호랑이, 보나파르트 같은 인물이라고 칭해도 과언이 아닐 것 같은데……. 이 상황을 어떻게 설명해야 할지 모르겠지만, 아를에서 그가 사라진 상황은 바로 저 키 작은 하사가 이집트 원정을 나섰다가 곤경에 처한 병사들을 뒤로하고 파리로 귀환한 상황과 비슷하다고 할 수 있어.

다행인 건, 고갱이나 나나, 다른 화가들도 기관총을 비롯한 치명적인 화기 등으로 무장하지 않았다는 사실이야. 꼭 필요하다면 오로지 내 붓과 펜으로만 무장할 결심이다.

그런데 고갱은 마지막에 보낸 편지에서, 거의 고래고래 소리를 지르는 듯한 말투로 자신의 '펜싱용 마스크와 장갑'을 돌려달라고 하더라. 작고 아담한 노란집에 있는 작은 침실에 남아 있는 그 물건들 말이야. 당장 이 애들 장난감 같은 물건들을 소포로 보내버릴 거야. 고갱이 평생 이보다 더 진지한 물건을 쓸 일이 없기를 바랄 따름이다.

1889년 1월 17일 목요일

두고 봐라, 내가 그린 해바라기들은 유명해질 거야

사랑하는 테오에게

지금은 룰랭 부인의 초상화를 그리고 있어. 병원에 입원하기 전에 시작한 그림이야. 분홍색부터 주황색까지 적색 계열의 색을 다양하게 표현했는데 노란색은 연한 초록에서 진한 초록색이 들어간 레몬 옐로도 사용했어. 이 그림을 완성하면 기쁠 텐데, 남편이 없다고 모델을 서주지 않을까 걱정이다.

알다시피, 고갱이 떠나고 나니 상황이 처참하다. 동료 화가들이 힘든 시기에 찾아와 지내라고 집도 마련하고 가구도 갖춰놨는데 이번 일로 바닥에 주저앉은 꼴이 됐어.

그래도 일단 가구는 그대로 두자. 지금은 사람들이 나를 두려워하지만, 시간이 지나면 그런 분위기도 사라지겠지.

인간은 누구나 다 언젠가는 죽기 마련이고 병에도 걸릴 수 있어. 그런데 그 병이라는 게 딱히 달갑지 않다고 해서 피해갈 수도 없잖아? 회복할 방법을 찾는 게 최선이지.

본의 아니게 고갱을 힘들게 했을지도 모른다는 생각이 들면서 후회스럽기도 하다. 하지만 마지막 순간에 내 눈에는 한 가지밖에 들어오지 않았어. 아를에서 생활하고 있지만, 파리로 가서 자신의 계획을 실행할 생각만 하고 있는 고갱의 모습. 그래서 결국 그가 얻는 건 뭐지?

지금으로서는 가장 중요한 게 네 결혼식이 연기되지 않는 거야. 네가 결혼하면 어머니가 편안하고 행복하실 게다. 네 삶에서나 사업적으로도 꼭 필요한 면이 있고. 네가 속한 사회에서는 높이 평가받는 일이겠지. 그런데 내가 공동체를 설립하려고 애쓰고 몸부림쳤다는 사실까지도 종종 의심하는 예술가들은 어떨지 모르겠구나……. 그러니 아우야, 내게 평범한 축하 인사나 천국으로 직행하는 거라느니 하는 진부한 확신 같은 걸 바라진 마라.

아내와 함께하면 넌 이제 혼자가 아닌 거야. 우리 누이도 얼른 그렇게 됐으면 좋겠다. 그러니까, 빌레미나가 의사를 만나 결혼하거나 그게 안 되면 화가와 결혼했으면 하는 게 내 바람이라고.

그래! 네 앞으로 뻗은 길로 곧장 걸어가라!

아무튼 네가 결혼식을 올리고 나면 나도 무척 행복할 것 같다.

그래서 하는 말인데, 네 아내 때문에라도, 이따금 내 그림을 구필화랑에 거는 게 좋겠다는 생각이라면, 다음과 같은 이유로 반대했던 나의 오랜 앙금을 털어놓으마. 너무 천진난만한 그림을 들고 구필화랑에 들어갈 일은 없다고 말했었잖아. 다만 네가 원한다면, 해바라기 그림 2개는 전시해도 괜찮다.

고갱이 그 중 하나를 받으면 정말 좋아할 거야. 나도 무척이나 고갱을 기쁘게 해주고 싶기도 하고. 그러니 고갱이 하나 달라고 하면, 내가 그 그림을 하나 더 그려주마.

두고 봐라, 분명 내가 그린 해바라기들은 사람들의 시선을 끌 거야. 그런데 너한테 조언을 하자면 너와 네 아내 될 사람이 그냥 보관하고 있어 줬으면 한다.

분위기가 다소 다른 그림이지만 가만히 계속 보고 있으면 풍성한 느낌이 전해지거든. 고갱이 그 해바라기들을 엄청나게 좋아한다는 건 너도 알잖아. 나한테 이렇게 이야기했었지. "이거야말로…… 진짜…… 꽃 그림이지."

자냉에게는 모란이 있고, 코스트에게는 접시꽃이 있듯이, 내게는 해바라기가 있어.

1889년 1월 22일 화요일

306

광기에 대한 해독제는 예술뿐이야

사랑하는 테오에게

건강과 작업이 그럭저럭 정상으로 회복되어 간다는 소식 짤막하게 전하려 펜을 들었다.

한 달 전과 비교하면 놀랄 정도로 많이 나아졌어. 팔이나 다리가 부러졌다가 다시 붙는 건 알았지만, 뇌도 부러진 것처럼 망가졌다가 다시 아물 수 있는 줄은 몰랐다.

여전히 '나아져봐야 무슨 소용'이냐 싶지만, 그러면서도 이렇게 회복해가는 게 놀랍다. 애초에 나아질 만한 상태가 아니었으니까.

네가 여기 왔을 때 아마 고갱의 방에서 30호짜리 해바라기 그림 2점을 봤을 텐데, 방금 그거랑 아주 똑같이 그린 복제화의 마지막 손질을 끝냈어. 그것 외에 〈자장가〉라는 그림도 하나 더 있다고 이야기했을 거야. 입원하느라고 중단했던 그림이거든. 오늘 이 그림을 2점 더 그렸어.

안 그래도 고갱에게 이 그림에 관한 이야기를 했었어. 홀로 바다에서 온갖 위험에 노출된 채 사투를 벌이는 아이슬란드 어부와 그들의 고립된 생활에 관한 이야기를 말이야. 그 이야기를 나누자마자 이런 그림을 그리고 싶다는 생각이 든다는 말도 했었지. 순수한 아이 같으면서도 동시에 순교자 같은 인상을 지닌 아이슬란드 뱃사람이 선실에서 이 그림을 보면 파도에 흔들리는 고기잡이배의 움직임도 마치 어릴 때 듣던 자장가처럼 느낄 수 있게 그려보고 싶다고.

지금 보니 잡화점에서 파는 착색 석판화 같아 보일 수도 있겠다 싶다. 초록색 상의에 주황색 머리를 가진 여성이 분홍색 꽃들이 장식된 진한 초록색 벽지 앞에서 두드러져 보이는 그림이야. 노골적인 분홍색과 원색적인 주황색, 강렬한 초록색의 날카로운 부조화가 적색과 초록색 계열의 색들이 한 색조씩 낮아지면서 부드러운 효과를 내도록 해봤어.

아직도 겨울이니, 그냥 내가 내 작업을 할 수 있게 내버려두면 좋겠어. 미친놈 취급을 하면 어쩔 수 없는 일이지. 딱히 내가 할 수 있는 게 없잖아.

그래도 견딜 수 없었던 환각 증상이 멈춰서, 이제는 그냥 악몽 정도만 꿀 뿐이야. 브롬화칼륨 덕분일 거야.

다음 달에, 내가 어쩔 수 없이 한 달 생활비 전체를 다 부탁하고도 추가로 더 필요하다는 말을 하더라도 놀라지 말아주면 좋겠다. 다시 한번 말하지만, 내가 틀렸으면 나를 곧장 정신병원에 가둬도 절대로 저항하지 않을게. 하지만 그게 아니라면 내가 전력을 다해 작업에 집중할 수 있게 해주라. 내가 말했던 주의 사항들도 고려해서 말이야.

지금처럼 계속 작업에 몰두하면, 2월이나 3월에는 작년에 그렸던 여러 습작들과 똑같은 복제화 작업을 차분하게 완성할 수 있을 것 같다. 네가 이미 가지고 있는 습작인 〈추수〉와 〈하얀 과수원〉 등에 이것까지 추가하면 든든한 기반을 갖추게 되는 셈이야. 네 결혼식도 있으니, 3월을 넘기기 전에, 해결해야 할 일은 해결할 수 있을 거다.

그런데 2월과 3월에 걸쳐 내내 작업에 몰두하게 될 텐데, 지금도 여전히 몸 상태가 정상이 아닌 터라 미리 말해두는 건데, 그 두 달 동안은 1년 치 예산 중에서 매달 250프랑씩은 써야 할 거야.

어쩌면 너도 이해할 거다. 내가 걸렸던 병이나 그 재발 가능성과 관련해서 나를 안심시켜 주는 건, 적어도 고갱과 내가 무의미하게 시간을 허비하지 않았고, 그 결과로 그럴듯한 유화 몇 점은 건졌다는 사실을 확인하는 길이라는 걸 말이야. 그리고 감히 바라는 일이지만, 무엇보다 돈과 관련된 문제에서 지금처럼 차분하고 올곧게 대응할 수 있다면 언제든 구필화랑과의 일에서도 실수하지 않을 게다. 솔직히 너를 매개로 간접적으로는 구필화랑의 녹을 받아먹었다고 할 수도 있지만…… 직접적으로는 오롯이 독립적인 나 자신일 뿐이다.

그러니 이 문제 때문에 계속 서로 불편한 상태로 지내는 대신, 이것만 해결되면 전처럼 가까운 형제로 돌아갈 수 있을 거야. 날 계속해서 먹여 살리려면 넌 가난하게 살 수밖에 없겠지. 하지만 나도 네게 돈을 돌려주기 위해 목숨을 걸겠어.

이제 네 아내가, 따뜻한 마음으로, 우리 형제가 조금은 어려진 기분이 들게 해주겠지.

편지를 마무리하기 전에 다시 한번 말하지만, 어제 경찰서에서 경감이 친히 날 만나러 찾아왔어. 악수를 청하면서 하는 말이, 필요한 경우 얼마든지 자신을 찾아와 친구처럼 부탁하라더라. 싫다고 거절할 일이 아닌 게. 조만간 집 문제가 발생하면 찾아가 부탁할 수도 있을 것 같거든. 월세 내는 날을 기다리는 중이야. 그래야 관리인이나 집주인의 두 눈을 똑바로 쳐다보면서 물어볼 수가 있잖아.

그런데 나를 쫓아낼 계획이라면 적어도 이번에는 그게 그리 뜻대로 되지는 않을 거야.

어떠냐? 솔직히 우리도 인상주의 화가들을 위해 최선을 다했잖아. 그러니 나도 이제 그 화가들 사이에서 크진 않지만 내가 차지하고 있는 입지를 더 확실히 다지고 보장해줄 수 있는 그런 그림을 그리고 싶다.

아! 그 미래는 과연…… 그래도 팡글로스 영감이 항상 이렇게 말했잖아. 최선의 세상에서는 언제나 모든 게 다 잘될 거라고……. 이 말을 의심할 수 있을까?

그림을 그리는 게 내게는 기분전환이다. 그리고 난 기분전환 거리가 반드시 필요해. 어제는 여기 새로 생긴 폴리 아를레지엔이라는 극장에 갔었어. 그 덕분인지 처음으로 무시무시한 악몽에 시달리지 않고 잤다. 프로방스 문학 사교모임이 주최한 공연이었는데 제목이 노엘이었나 목동이었나 그랬고, 중세 기독교 분위기를 아주 잘 살린 내용이었어. 연구도 철저하게 했고, 돈도 많이 들었을 것 같더라.

당연히 그리스도의 탄생이 나오고, 그 일에 관여하게 된 프로방스의 어느 농부 일가가 겪는 기상천외한 이야기야. 아주 좋았어. 렘브란트의 동판화 작품만큼이나 인상적이었던 건, 늙은 농부의 부인이었어. 처음에는 탕기 영감 아내라고 해도 무방할 정도로 다혈질에다 거짓말 잘하고, 위선적이면서 미친 사람처럼 굴더니만…… 나중에 신비로운 분위기에 휩싸인 요람 앞에 서자, 떨리는 목소리로 노래를 부르기 시작했는데, 목소리가 마녀에서 천사처럼 변했다가 또 천사에서 아이처럼 변하더라. 그러더니 그에 화답하는 다른 목소리가 이어졌어. 단호하면서도 떨리지만 따사로운 여인의 목소리가 무대 뒤에서 울려 퍼지더라고.

정말 근사했어. '펠리브르'라고 불리는 이 사교모임 회원들은 정말 온 힘을 쏟아붓는 사람들이야.

이런 분위기에서 사는데, 나로서는 굳이 열대 지방까지 가야 할 필요가 있나 싶다. 따뜻한 열대 지방에서 탄생하는 예술은 분명 근사하겠지. 앞으로도 그 생각엔 변함이 없어. 아주 근사할 거야. 그런데 말이야, 난 그곳까지 가기에는 나이도 많이 들었고 (워낙 귀가 얇아서 혹했더라도) 몸도 성치 않다.

고갱은 그럴 수 있을까? 꼭 그럴 필요는 없어. 그렇게 될 일이라면, 그냥 둬도 알아서 그렇게 되겠지.

우리는 기다란 사슬의 일개 고리에 불과해.

고갱과 나는 마음속 깊은 곳에서 서로를 잘 이해하고 있다. 비록 둘 다 살짝 제정신은 아닐지 몰라도, 그게 어때서, 우리가 붓으로 말하려는 부분에 관한 염려들에는 반박할 만큼 예술적으로 충분히 깊은 사람들 아니더냐?

누구든 신경쇠약에 시달릴 수 있고, 오를라처럼 될 수도 있고, 무도병이며 이런저런 병에 걸릴 수도 있는 거야.

그렇다고 해서 해독제가 전혀 없을까? 들라크루아는? 베를리오즈는? 바그너는? 우리 예술가들이 예술적 광기를 지니고 있는 건 사실이야. 그래도 내가 유독 그런 면이 심하다는 사실을 부인하진 않아. 하지만 우리 식의 해독제와 위로가, 조금의 선의만 있다면, 충분히 퍼져나갈 수 있을 거야. 퓌비스 드 샤반느의 〈희망〉을 봐라.

1889년 1월 28일 월요일

310

완전히 멀쩡해질 수 없다는 사실을 받아들여야지

사랑하는 테오에게

미스트랄이 쓴 『미레유』를 읽어봤냐고 물었잖아. 나도 너처럼 번역된 부분들만 단편적으로 읽었다. 그런데 혹시 구노가 그 작품에 음악을 입혔다는 얘기는 아니? 그랬을 것 같아. 물론 나야 그 음악은 모르고, 들려줘도 음악을 듣기보다는 연주자들만 바라보겠지. 그런데 확실한 건, 여기서 아를 여인들의 입을 통해 나오는 말들이 무척 음악적으로 들리더라는 거야. 맞아, 그런 부분들이 간간이 들린다.

정물: 드로잉보드, 담뱃대, 양파, 봉랍
Still Life: Drawing Board, Pipe, Onions and Sealing-Wax, 1889년
캔버스에 유화, 50×64cm

어쩌면 〈자장가〉에 은연중에 이곳 특유의 음악적 색채를 담아내려 했는지도 몰라. 비록 잡화점에서 파는 싸구려 채색화만도 못한 그림이긴 하지만 그래도 시도는 괜찮았다.

아를, 좋은 동네라고 불리지만 참 희한한 곳이야. 내 친구 고갱이 남프랑스에서 가장 난잡한 곳이라고 부른 건 타당한 이유가 있지.

리베 박사가 지금 이곳 사람들을 보면, 과거에 우리에게 거듭 "다들 환자 같군요"라고 말했던 일을 사과해야 할 거야. 그런데 일단 여기서만 도는 그런 병에 한 번 걸리고 나면, 다시는 그 병에 걸릴 일이 없어.

왜 이런 말을 하냐면, 내가 망상을 가진 게 아니라는 걸 입증하기 위해서야. 나는 나날이 좋아지고 있고 의사의 지시는 다 따를 거지만……마음씨 착한 룰랭하고 병원에서 퇴원할 땐 난 너무 멀쩡했거든. 나중에 내가 아팠다는 느낌만 받았어. 어쩌겠어, 내게는 그런 순간이 있는 것을. 고대 그리스 신전의 황금 삼각의자 위에 앉아 신탁을 전하는 무녀처럼 주체할 수 없는 열정에, 혹은 광기에 사로잡히는 순간이 말이다.

착란 증상을 겪을 때면 내가 너무나 좋아하는 것들이 어지럽게 눈앞을 떠돌아서, 이걸 현실로 받아들일 수도 없고 그렇다고 거짓 예언자처럼 굴 수도 없어서 곤란하다.

병이나 죽음, 이런 건 놀랍지 않지만, 우리의 야망은 다행히도 우리가 하는 일보다 훨씬 크다! 게다가 이렇게 생각하는 사람들이 많아. 사회 각 계층에서, 신분이 높든 낮든.

여기 사람들은 속이 아주 깊어서, 글보다 말이 더 확실해. 그래서 일단 한동안은 이 집에서 지내게 됐다. 정신적으로 회복하기 위해서 내 집같이 편안한 공간에서 지낼 필요가 있거든.

네가 르픽가에서 로디에가로 이사를 간다니, 거긴 가본 적이 없어서 잘 모르겠다. 그래도 중요한 건, 이제 너도 집에서 점심을 먹을 거라는 거야. 아내와 함께 말이야. 몽마르트르에 계속 남아 있는다면 빠른 시일 내에 이런저런 훈장을 받아서 예술부 장관도 될 수 있겠지만, 그건 네가 원하는 길이 아니잖아. 마음 편히 일하는 게 낫지. 네 생각이 전적으로 옳다고 본다.

나도 다소 이렇게 됐어. 내 건강 상태를 묻는 여기 사람들에게 항상 이렇게 말하게 되더라고. 죽을 힘을 다해 살아가다 보면 언젠가 내 병도 죽을 거라고.

내가 전혀 쉴 틈이 없다는 말이 아니야. 하지만 한번 중병을 앓아 보면, 두 배로 아플 수는 없다는 걸 알게 돼. 건강하거나 아프거나, 젊거나 늙거나, 둘 중 하나인 거야. 다만 이것만 알아둬. 나도 너처럼 의사가 처방해준 대로 최대한 따르려고 애쓰고 있다는 사실을 말이야. 작업의 일환이자 의무 같은 거라고 여기면서.

이 말도 꼭 해야겠다. 이웃들이 나한테 유난히 잘해준단다. 모두들 고열이나 환각 증상, 광기 등에 시달린 경험이라도 있는 건지, 마치 일가 친척이라도 되는 것처럼 잘 이해해 주더라고. 어제는 내가 제정신이 아니었을 때 찾아갔던 그 아가씨를 다시 보러 갔었는데, 이런 말을 들었다니까. 여기서는 전혀 놀랄 일이 아니라고. 그녀도 처음에는 힘들어하고, 기절도 하고 그랬었는데 차츰 괜찮아졌다더라고.

그런데 내가 완전히 멀쩡해졌다고 여겨서는 안 되겠더라고. 여기 사람 중에서 나처럼 아팠던 사람들 말이 사실이었어. 젊은 사람이나 나이든 사람이나 어느 순간, 제정신이 아닐 때가 있는 법이라는 거.

그러니 내가 멀쩡하다느니, 앞으로 아무 일 없을 거라느니, 그런 말로 날 안심시켜 달라고 네게 부탁하진 않으련다.

난 이 지역 풍토병에 걸린 적이 없으니 나중에 걸릴 수도 있을 거야. 그런데 이곳 병원은 다 치료법이 있더라고. 그러니 굳이 수치스럽다고 속일 이유 없이 솔직히 몸이 좋지 않다고 말하면 그만이야.

1889년 2월 3일 일요일

아니에르의 브와예 다르장송 공원의 연인들
Couples in the Voyer d'Argenson Park at Asnières, 1887년
캔버스에 유화, 75 × 112.5cm

날 이 독방에서 빼내지 말아라

사랑하는 테오에게

정겨운 네 편지를 받고 보니 형제애에서 비롯된 근심 걱정이 강하게 느껴져서, 침묵을 깨는 게 도리일 것 같았다. 정신이 온전한 상태로, 네가 잘 아는 너의 형으로서 이 글을 쓴다. 사정은 이렇다. 여기 사람 몇 명이 모여 시장한테 탄원서를 냈더군(시장 이름이 타르디외일 거다). 대략 여든 명 넘는 사람들이 나를 지목하면서 자유롭게 돌아다니게 놔둬서는 안 된다고 했다는 거야.

서장인지 경감인지가 결국 나를 다시 병원에 강제로 입원시키라는 명령을 내린 거지.

그렇게 해서 여기 갇혀 있다. 감시인이 자물쇠로 잠근 독방에 벌써 여러 날째. 죄명이 뭔지, 그게 입증은 된 건지도 모르는 상태로 말이다.

당연히 속으로야 이런 상황까지 이르게 된 이유를 하나하나 따져 묻고 싶은 마음이 굴뚝같지. 하지만 딱히 화를 낼 수도 없고, 이런 상황에서 사과를 했다간 오히려 그게 스스로 내 잘못을 인정하는 셈이 될 것 같거든.

분명히 말해두는데, 여기서 나가는 문제, 일단 그걸 부탁할 마음은 전혀 없다. 나에 대한 이 모든 비난과 모함이 결국 무고로 판명될 것이라고 확신하기 때문이야.

게다가 내가 여기서 나가는 것도 쉽지는 않다는 거, 너도 잘 알 거다. 화를 억누르지 못하면 당장 위험한 미치광이 취급을 받게 될 거야. 꾹 참으며 희망을 가져보자. 격한 감정을 드러내봐야 내 상황만 악화시킬 거야. 만약 한 달 후에도 내게서 아무런 소식을 듣지 못하면, 그땐 조치를 취해다오. 하지만 내가 편지하는 동안에는 기다려라. 그래서 이 편지를 통해 너는 개입하지 말고 그냥 내버려 두라는 뜻을 전하는 거다.

상황이 뒤죽박죽 복잡하다는 정도만 미리 알아두면 된다. 넌 나의 이런 부분도 알고 있잖니. 내가 전적으로 차분하게 마음을 다스리고 있다가도 새로운 감정적 자극을 받으면 순식간에 흥분해서 반응해 버리기도 한다는 거 말이야. 그러니 동네 사람 수십 명이 한 사람, 그것도 아픈 사람을 상대로 이런 짓을 벌였다는 사실을 깨달았을 때, 몽둥이로 가슴을 정통으로 얻어맞은 듯한 그 느낌이 어땠을지 한번 상상해 봐.

그래, 그냥 너는 알고만 있으면 돼. 물론 나는 심리적으로 충격이 크다만 그래도 평정심을 되찾아서 화내지 않으려고 애쓰고 있어. 반복적으로 발작을 경험하고 나니 나도 겸허히 깨달은 바가 있어.

그래서 인내하며 버티는 중이다.

중요한 건, 벌써 여러 차례 말했다시피, 너도 침착함을 유지하라는 거야. 네 결혼식에 방해가 되면 안 돼. 다 네 결혼식 이후에 확실히 해결할 수 있을 테니, 그동안은 내 말대로 여기 일에 관여하지 말고 놔둬라. 시장이며 경찰서장인가 하는 사람도 나는 친구라고 생각하니까, 그들이 원만히 해결될 수 있도록 최선을 다해줄 거라 믿는다. 여기도, 자유가 없는 것만 빼면, 다른 상황이라면 하려고 했을 많은 것들만 빼면, 썩 나쁘진 않아. 게다가 나는 비용을 감당할 여력이 없다는 사실도 분명히 밝혔어. 돈이 없어서 이사도 못 간다고. 작업을 못 한 게 벌써 3개월쨌데, 뭐랄까, 당신들이 날 자극하고 괴롭히지만 않았어도 그림을 잘 그려냈을 거라는 말도 전했다.

어머니와 누이는 어떻게 지내냐? 통 재밌는 일도 없고. 심지어 난 흡연도 금지야. 다른 환자들은 다 피우는데. 딱히 할 일도 없어서 매일같이 아침부터 밤까지 내가 아는 모든 사람들을 떠올려 보고 있다.

처량해라. 참, 이 모든 게, 덧없어라.

너한테 솔직히 하는 말인데, 이렇게 문제를 일으키고 수모를 겪느니, 차라리 죽어버리는 게 낫겠다는 심정도 든다. 어쩌겠냐. 이렇게 살면서 유일하게 깨달은 건, 그저 불평하지 말고 받아들이라는 것뿐이야.

이 와중에도, 내가 계속 그림을 그리려면 당연히 아틀리에와 가구 및 집기가 있어야 해. 가지고 있는 걸 잃게 되면 다시 장만할 여력은 없다. 다시 여관방을 전전하게 되면 너도 알다시피, 작업을 할 수가 없어. 안정된 주거 공간이 꼭 필요하거든. 여기 사람들이 내게 항의하면, 나도 그들에게 항의할 거야. 그러면 그들은 손해배상에 원만히 합의해 줘야 겠지. 자신들의 무지와 잘못으로 내가 손해 본 걸 나한테 되돌려주면 되는 거라고.

내가, 그러니까, 정말로 완전히 미친 사람이라면(그게 절대로 있을 수 없는 일이라고 장담 못하겠다) 어쨌든 그들은 날 지금과는 다르게 대해야 한다. 신선한 공기를 들이켜고 작업할 자유를 돌려줘야지.

그렇게만 되면 정말이지 나도 참고 지나가지. 그러나 전혀 그럴 기미가 안 보인다. 내가 평온한 내 일상을 되찾았더라면 진즉에 병도 다 나았을 거야. 내가 담배만 피워도, 술만 마셔도 빈정거리며 자극하는데, 어디 해보라지.

난들 어쩌겠냐? 그들은 온갖 절제를 강요하면서 내 삶을 더 비참하게 만들고 있어. 사랑하는 아우야, 어쩌면 우리네 소소한 불행은 농담처럼 웃어넘기는 게 최선이듯, 인간사의 커다란 불행도 그런지 몰라. 남자답게 받아들이고, 그저 목표를 향해 곧게 달려가는 거야. 현재 우리 사회에서 예술가들은 금이 간 항아리에 지나지 않아. 너한테 그림을 보내고 싶어도 모든 게 자물쇠로, 빗장으로, 경찰에게, 방책에 막혀 있구나. 날 여기서 빼내지 말아라. 어떻게든 잘될 테니까. 마찬가지로 시냑에게도, 내가 다시 편지하기 전까지는 굳이 개입하지 말라고 전해라. 그랬다가는 벌집을 들쑤시는 결과가 벌어질지도 모르니 말이다.

이 편지를 그대로 레이 선생에게 읽어줄 거야. 이 양반은 책임이 없는 게, 얼마 전에 병을 앓았거든. 아무튼 레이 선생도 네게 소식 전할 거다. 내 집은 경찰이 출입을 통제했어.

어렴풋이 네가 보낸 등기우편이 기억나는데, 서명을 강요하기에 받지 않겠다고 거부한 적이 있었어. 서명 하나 가지고 사람을 그렇게 당황스럽게 만드냐고 항의했더니 그 이후로 아무런 편지도 전해주지 않는구나. 그러니 베르나르에게, 내가 답장을 할 수 없었던 건 이제, 편지 한

번 보내려면 거의 교도소에 버금가는 절차를 거쳐야 해서라고 설명해 줘라. 고갱에게 조언을 구하라는 말과 함께 내가 악수 청한다는 안부도 전해 주고.

네 약혼녀와 안드리스 봉어르에게도 내 안부 인사 전해라.

큰일을 앞둔 상황에서 네 발목을 잡거나 널 번거롭게 할까 두려워 가급적이면 더 이상 소식은 전하지 않는 게 낫겠다. 잘 정리될 거다. 너무나 어처구니없는 상황이니까. 이사하면 주소 알려다오.

나 역시, 내가 자유롭게 활보하게 됐을 때, 누군가가 나를 자극하거나 욕을 하고 비난하면 온전히 나를 다스릴 수 있을지 자신은 없다. 그렇게 되면 그 상황을 누군가는 또 이용할 테고. 어쨌든 사람들이 시장에게 탄원서를 제출한 건 엄연한 사실이니까. 나는 분명하게 이렇게 대답했어. 이 고매하신 양반들이 행복하시다면, 당장이라도 내 몸을 던져 영원히 사라져줄 수도 있다고. 그런데 아무리 따져봐도 내가 한 건 자해일 뿐, 그들에게 해를 끼친 건 전혀 없지 않냐고. 그러니 지금은 비록 내 마음이 편치 않지만, 낙담하지 말자. 지금 네가 여기로 오면 상황이 더 복잡해질 뿐이야. 나도 수가 생기면 당연히 다른 곳으로 이사 갈 생각이야.

이 편지가 온전히 네 손에 전달되기를 바란다. 두려워 말자. 지금은 나도 어느 정도 마음을 다스리면서 지내고 있어. 그냥 지켜보자. 어쩌면 편지 한 통 정도 더 써주면 기쁘겠다. 지금은 그걸로 충분해. 내가 인내심으로 버텨내면 그만큼 강해져서 또다시 발작을 일으킬 위험을 다스릴 수도 있을 거다. 나도 나름대로 여기 사람들과 친구처럼 지내려고 최선을 다했고, 이런 일이 있으리라고는 상상도 못 한 터라, 충격이 이만저만이 아니었다.

또 연락하자, 사랑하는 아우야. 내 걱정은 접어두기 바란다. 지금의 이 상황은 그저 방역 차원의 격리 수용에 불과할 테니까. 알 수는 없겠지만 말이다.

1889년 3월 19일 화요일

아를 풍경이 보이는 꽃이 핀 과수원
Orchard in Blossom with a View of Arles
1889년, 캔버스에 유화, 72×92cm

모두의 안위를 위해, 격리되어 지내는 게 낫겠다

사랑하는 테오에게

이 편지가 도착할 즈음이면 이미 파리로 돌아왔겠구나. 너와 네 아내에게 행운을 기원한다.

정겨운 편지와 동봉한 100프랑, 정말 고맙게 잘 받았다.

집주인에게 25프랑만 냈는데, 실은 65프랑을 줬어야 해. 당장 살진 않아도 가구며 집기 등을 들여놨으니 3달치 월세가 선불이고, 거기에 이사 비용 등에 10프랑이 더 들었고.

그리고 옷가지들이 너무 형편없어서, 거리로 나왔다가 새 옷을 사지 않을 수 없었다. 35프랑짜리 정장 한 벌에 4프랑을 주고 양말 6켤레를 구입했어. 그랬더니 고작 몇 프랑만 남더라고. 월말에 또 월세를 내야 할 텐데, 뭐, 며칠 기다려달라고 해봐야지. 병원비는 일단 오늘까지의 비용을 정산해도, 월말 비용까지도 보증금이 충분히 남았다.

이달 말에 생 레미에 있는 병원이나 요양원으로 가볼까 하는 생각은 변함 없다. 살 목사님이 권했던 곳 말이야. 이런 일을 결정하는데 득과 실을 꼼꼼히 따져보지도 않다니 미안하구나. 그것까지 논하다가는 내 머리가 견뎌내질 못하겠어서 그래.

이 정도만 얘기해도 충분히 이해하겠지. 나는 이제 다시 아틀리에를 꾸미고 거기서 홀로 지내는 건 절대로 못 해. 여기 아를에서건 어디서 건, 지금은 그래. 그래도 다시 마음을 다잡고 새로 시작해 보려고 해봤지만 지금으로서는 가능할 것 같지 않다. 작업실 운영을 비롯해 이런저런 일을 책임지고 억지로 떠맡아야 하면, 이제 간신히 되살아나고 있는 그림 솜씨를 잃게 될까 봐 두려워.

그래서 당분간은 격리되어 지내는 게, 남들의 안위는 물론이고 나 자신의 평화를 위해서 좋을 것 같다.

그나마 조금 다행인 건, 나 자신이 이 정신병을 여러 다른 질병의 하나로 여기고, 있는 그대로 받아들이기 시작했다는 거야. 그래도 발작을 겪고 있을 때는 내가 상상했던 모든 게 다 현실 같았어. 어쨌든 그 부분은 생각하기도, 말하기도 싫다. 자세한 설명은 넘어가도 이해해 주라. 그렇지만 너와 살 목사님, 레이 선생에게 부탁하는데, 이달 말이나 5월 초에는 꼭 아까 말했던 격리 요양원으로 갈 수 있게 해줬으면 해.

작업실에 틀어박혀 지내면서 기껏 기분전환 한다는 것도 인근 카페나 식당에 가서 이웃들에게 욕이나 얻어먹는 게 전부인 지금까지의 화가 생활, 그 짓은 다시 못하겠다. 다른 사람과 사는 것도, 그게 동료 화가라도, 힘들어. 너무 힘들어. 너무 큰 책임감을 짊어져야 해. 생각할 엄두조차 나지 않는다.

아무튼 3개월로 시작해 보고 그 이후의 일은 두고 보자. 비용은 80프랑 정도 들어갈 거야. 나도 유화랑 데생도 조금씩 그릴게. 예년처럼 맹렬하게 몰아붙이진 않을 거야. 이 모든 상황을 너무 슬프게 바라보지는 말아라.

근래 들어 이사로 가구며 집기를 옮기고 네게 보낼 그림들을 포장하면서, 서글프더라. 무엇보다도, 그토록 진한 형제애로 내게 이 모든 걸 해줬고, 오랜 시간 동안 유일하게 나를 지원해준 네게, 이런 슬픈 현실을 넋두리처럼 늘어놓고 있는 이 상황이 정말 원망스럽다. 그런데 이런 슬픔을 내가 느끼는 그대로 표현하는 것조차 힘이 드는구나.

네가 나한테 베풀어준 호의는 결코 헛된 게 아니다. 왜냐하면 네가 베푼 호의는 그대로 남아 있으니까. 비록 물리적인 결과물이 형편없어 보일 수는 있지만, 어쨌든 고스란히 남아 있잖아. 이것도 역시 내 느낌을 고스란히 설명하는 게 힘이 드는구나.

이제는 술이 내 정신질환의 주요 원인이었다는 걸 너도 잘 알 거다. 그런데 이게 서서히 찾아왔던 것처럼, 물러가더라도 그렇게 서서히 물러갈 것 같다. 담배로 인한 문제였어도 마찬가지일 거야.

그래도 내가 바라는 건 하나뿐이다. 회복……. 어떤 이들은 술 담배가 백해무익하다는 공포를 미신처럼 믿어서, 술 담배를 입에도 안 댄다고 자랑하기도 해. 우리는 거짓말, 도둑질, 크고 작은 범죄를 저지르면 안 된다고 들어왔지. 그런데 말이다, 우리가 단단히 뿌리를 내리고 살고 있는 이 사회가, 오로지 미덕만 가지고 살아야 하는 곳이라면, 그건 선한 사회일까 악한 사회일까, 너무 복잡한 문제야.

그러니까 내 사랑하는 아우야, 우리도 이 시대의 병을 인정하고 받아들여야 하는 거야. 이제껏 비교적 건강하게 지내왔으면 조만간 그렇지 않은 순간이 찾아오는 게 당연해. 나는, 너도 당연히 알겠지만, 선택권이 있었다면 미치는 쪽을 선택하지는 않았겠지. 하지만 일단 걸리면 돌이킬 수가 없어. 그러나 여전히, 조금이나마 그림을 그릴 수 있다는 위로는 남아 있다.

마음으로 악수 청한다. 편지를 자주 쓰게 될지는 모르겠다. 논리정연한 내용의 편지를 쓰기에는 내 하루하루가 좀 모호한 편이라서 말이야. 오늘따라 지금까지 내게 보여준 네 호의가 유난히 크게 다가오는 것 같구나.

고갱을 만나거나 편지라도 할 일 있거든 내가 안부를 묻더라고 전해라.

1889년 4월 21일 일요일

그림도 꽃처럼 시든단다

사랑하는 테오에게

네 생일(5월 1일)을 앞두고, 올 한 해는 크게 힘들 일 없기를, 무엇보다 건강을 회복하기를 기원한다.

요즘은 네게 기력을 나눠줄 수도 있을 정도로 힘이 넘친다. 머리까지 정상으로 돌아온 건 아니고.

오늘 회화 작품하고 습작을 챙겨서 상자에 넣었다. 그중 신문지로 감싼 게 하나 있는데 그림이 좀 벗겨졌어. 가장 괜찮은 그림 중 하나였는데, 들여다보고 있으면 침수된 내 작업실 분위기가 어땠는지 느낌이 확실히 올 거다. 이 습작하고 다른 것들 몇 개가 내가 아파서 병원에 있는 동안 습기로 인해 훼손됐거든.

홍수로 물이 집 바로 앞까지 찼다더라고. 돌아와 보니 사방 벽에서 습기와 초석이 스며나오고 있었어. 내가 집에 없었으니 당연히 난방을 못 했으니까.

나한테는 충격이었어. 작업실만 침수된 게 아니라, 작품이 간직하고 있던 추억까지 엉망이 되어 버린 거야. 완전히 끝장나 버렸어. 간결하고도 오래가는 걸 찾아내려고 그토록 간절히 애썼는데. 애초에 불가항력과의 싸움이었거나, 어쩌면 내 성격이 나약해서겠지. 결국 뭐라고 형언할 수는 없는 심각한 회한이 지금도 마음에 남아 있다. 어쩌면 이런 이유로 발작 당시에 그렇게 소리를 질렀나 보다. 나 자신을 보호하고 싶은데 더 이상 그럴 수 없어서. 나만을 위한 게 아니었는데. 이 작업실은 동봉해 보내는 기사 속에 소개된 그런 불행한 화가들을 위한 공간이 될 수도 있었어.

아무튼 같은 생각을 한 사람들이 우리 이전에도 여럿 있었어. 몽펠리에의 브리아스 같은 사람은 자신의 전 재산과 삶을 거기에 다 쏟아부었지만 가시적인 성과는 거의 없었지.

그래, 시립미술관이 배정해준 싸늘한 공간에 가면, 깊은 슬픔에 젖은

한 남자의 얼굴 표정들과 많은 아름다운 회화들을 볼 수 있어. 물론 감동적이지. 하지만 묘지에서 느끼는 감동에 가까워!

하지만 퓌비스 드 샤반느가 그린 〈희망〉의 존재를 극명히 드러내는 공동묘지를 거니는 건 힘든 일일 거야.

그림은 꽃처럼 시든단다. 그래서 그 환상적인 〈다니엘〉이나 〈오달리스크〉 같은(루브르에 전시된 것들과 달리 보라색 색조로만 구성된) 들라크루아의 그림들도 훼손됐지. 하지만 얼마나 인상적이니! 이 그림들이 거의 눈길도 받지 못한 채 구석에서 시들어가는 한편에서, 대다수의 관람객들은 쿠르베, 카바넬, 빅토르 지로 등의 작품만 바라보고 있어.

대체 뭐 하는 사람이냐, 우리 화가들은? 리슈팽의 지적이 대부분 옳은 것 같아. 『신성모독』에서 아주 단도직입적으로 단번에 화가들을 전부 정신병원으로 보내버리잖아.

그런데 확실한 건, 아무런 대가 없이 나를 받아줄 요양원은 어디에도 없다는 거야. 심지어 그림 그리는 비용은 내가 부담하고 그 결과물을 모두 병원에 두고 나오겠다고 해도 말이야. 뭐, 엄청나다고 할 수는 없지만 어쨌든 좀 불공평해. 이런 줄 알았더라면 포기했었을 거야. 너의 우정이 없었다면 아마 사람들은 다들 거리낌 없이 나를 자살로 내몰았을 거고, 내가 아무리 겁쟁이었어도 결국은 그렇게 끝을 봤겠지. 너도 알게 될 거라 바라는데, 바로 이 틈새가 우리가 사회에 이의를 제기하고 우리 자신을 보호할 지점인 거야.

아마 알고 있겠지만 그 마르세유 출신의 화가는 압생트 때문에 자살한 게 아니야. 이유야 너무나 간단해. 아무도 그에게 압생트를 공짜로 안 줬을 테고, 그도 사 마실 돈이 없었을 테니까. 게다가 그는 압생트를 즐거우려고 마신 게 아니라, 이미 병이 들었고 그렇게 버텼을 뿐이지.

살 목사님이 생 레미에 다녀오셨는데, 요양원 밖에 나가 그림 그리는 것도 허락이 안 되고, 100프랑 미만으로는 받아줄 수 없다고 하네.

좋은 소식은 아니었어. 5년 복무 조건으로 외인부대에 입대해서 이 곤경을 벗어날 수 있다면, 차라리 그 길이 낫겠다. 왜냐하면 감금 상태

압생트가 있는 정물
Still Life with Absinthe, 1887년
캔버스에 유화, 31.5 × 22cm

로 작업도 못 하면 회복이 더딜 테고, 또 계속해서 미친 사람으로 살려고 매달 꼬박꼬박 100프랑씩 내야 하기 때문이야.

어떻게 해야 할지 진지하게 고민해봐야 해. 그런데 나를 병사로 받아주기는 할까? 살 목사님과 이런저런 얘기를 한 터라 몸도 피곤하고 뭘 어떻게 해야 할지도 모르겠다. 베르나르에게 군 입대를 독려한 게 나았는데, 그런 내가 병사로 지원해서 아라비아반도로 나갈 생각을 하고 있다니 정말 희한하지 않냐?

혹시나 해서 해두는 말이다. 내가 정말로 외인부대에 입대하게 되더라도 날 심하게 원망하진 말라고 말이야. 나머지 부분들은 모호하고 기묘할 따름이다. 너도 알다시피 그림 비용을 회수할 수 있을지도 대단히 의심스럽고. 그리고 내 건강 상태는 나아지는 것 같아.

감시 하에만 그림을 그릴 수 있다면! 그것도 요양원 안에서만. 그런 조건이라면 과연 돈을 내고 거기 들어갈 필요가 있을까? 그런 조건이라면 병영이 더 잘할 수 있겠어.

1889년 4월 30일 화요일

병원엔 있을 수 없고, 외인부대로 피할 수 있을까

사랑하는 테오에게

일단 회계 담당자에게 보증금 조로 30프랑을 미리 지불했어. 아직은 여기 있지만 계속 있을 수는 없는 터라 결단을 내려야 해. 요양원은 장기적으로 큰 비용이 들 텐데, 또 다른 집을 빌리는 것보다 덜 들 거란다. 게다가 다시 혼자 살 생각을 하면 끔찍해. 외인부대에 입대하고 싶구나. 다만 내 사건이 온 동네에 다 알려졌으니 거절당할까 봐 두렵다. 그런데 내가 진짜 두려운 건, 이렇게 조심스러워지는 이유는, 사람들이 거부할지도 모른다는 걱정이야. 5년간 외인부대에서 복무하게 연줄을 놔줄 지인이라도 있었으면 당장에 지원했을 거야.

다만 남들 눈에 이 결심이 또 다른 미친 짓처럼 보이는 게 싫어서 미리 네게 이야기하고, 살 목사님에게도 이야기하는 거야. 그러니 내가 그렇게 입대하더라도, 멀쩡한 정신으로 충분히 고민해서 내린 결심이다.

잘 생각해 봐라. 먹고살 돈도 부족해지는 마당에 계속해서 그림 그리는 데 돈을 쏟아붓는 건 가혹한 일이야. 그리고 너 역시 성공의 확률은 매우 희박하다는 걸 충분히 알고 있어. 게다가 불가항력의 상황이 내 발목을 절망스럽게 붙잡고 있지. 또한 앞으로 누이들까지 보살펴야 할 상황이 올 수도 있다. 그러니까 내 말은, 어쨌든 이런 상황이다. 날 받아준다는 확신만 있으면 당장 외인부대에 지원했을 거야. 하지만 그 이후로 자신이 없어지고 뭐든 주저하게 되면서 지금은 거의 기계처럼 살고 있어.

그래도 건강이 아주 좋아졌고 그림 작업도 조금씩 하고 있어. 분홍색 꽃이 핀 밤나무들이 늘어선 가운데 꽃이 만개한 작은 벚나무와 등나무가 하나씩 자라고 있는 공원 산책로에 햇살과 그림자가 얼룩을 만들어 놓은 장면이야. 호두나무 액자에 넣은 공원 그림과 짝을 이루는 그림이 될 거야.

5년간 외인부대에 입대하겠다는 건, 내가 무슨 희생을 하거나 선행을 베풀겠다는 말이 아니야. 내 삶은 '나락'에 떨어졌고, 정신은 예나 지금이나 명한 상태다. 그러니 누가 내게 뭘 해줘도 내 삶의 균형을 어떻게 맞춰야 할지 모르겠어. 여기 이 병원처럼 반드시 지켜야 할 규칙이 있는 곳이 오히려 마음이 편해. 군대도 사정이 비슷할 테지. 지금 여기서 지원했다간 퇴짜맞을 위험이 상당히 커. 왜냐하면 나를 불치의 정신질환이나 간질을 앓는 완전히 미친 사람으로 여기고 있거든(프랑스에 간질환자가 5만 명인데 그중에서 4천 명만 병원에 수용돼 있다더라. 딱히 놀랄 일도 아니지).

　그동안은 내가 할 수 있는 일을 하면서 기다릴 거야. 무슨 그림이든, 유화든 뭐든 다 그려낼 거야. 그런데 그림에 들어가는 비용이 빚처럼 어

아를의 병원 병동
Ward in the Hospital in Arles, 1889년
캔버스에 유화, 74×92cm

깨를 짓눌러 나를 더 무력하게 만든다. 가능하면 이런 상황이 끝났으면 좋겠어.

그리고 내 뜻은 이미 확실히 밝힌 그대로야. 이제부터 무언가를 결정해야 하는 상황이 발생하면, 너와 살 목사님이 나 대신 결정해도 괜찮아. 이건 명심해라. 난 아무것도 거부하지 않을 거라는 거. 우리의 예상보다 더 큰 비용이 들고, 그림을 그릴 자유 외출이 허용되지 않는 난관에도, 생 레미에 입원해야 한다면 그렇게 할 거야. 그러니 결정을 내려야 해. 계속 여기 머물 수도 없는 상황이거든.

일단 회계 담당자에게는 계속 여기서 지낼 수 있다면 45프랑이 아니라 60프랑 정도는 기꺼이 낼 수 있다고 말은 해뒀어. 그런데 규정상 입원비는 정가인 모양이다. 아무튼 지금까지 나한테 뭐라고 말하는 사람은 없지만, 아무래도 여기를 나가야 하는 게 아닌가 싶어. 내 가구며 집기를 맡겨둔 밤의 카페에 다시 가서 지낼 수도 있지만…… 거긴 작업실이던 노란집과 가까운 곳이라 예전 이웃들과 빈번하게 마주치지 않을 수가 없을 거야.

그래도 이 동네에서는 이제 내 이야기를 하는 사람이 없어서 공원 같은 곳에 나가 그림을 그리면 호기심에 다가와 구경하는 행인들 외에는 크게 방해받는 일도 없어.

물질적인 부분 때문에 너무 낙담하지는 말자. 적어도 그 부분만큼은 합리적으로 처리하자. 부득이한 경우, 여기 밤의 카페에서 숙식까지 해결하면서 지낼 수 있다는 게 다행이라면 다행이지. 거기 주인 양반하고는 친구처럼 지내는 사이고, 어쨌든 예나 지금이나 나도 손님이잖아. 오늘은 날이 너무 더웠는데 기분이 좋더라. 그 어느 때보다 넘치는 활력으로 그림 작업을 했어.

1889년 5월 2일 목요일

그래, 생 레미로 가자

사랑하는 테오에게

오늘 정겨운 네 편지를 받고 너무나 기뻤다. 그래, 생 레미로 가자.

그런데 다시 한번 말하지만, 충분히 숙고하고 의사의 조언을 받은 다음 외인부대 지원이 더 필요하다거나 혹은 더 유용하고 현명한 방법일 수 있다는 결론이 나오면, 그것도 똑같은 관점에서 다시 한번 고민해 보자. 이전의 선입견은 버리고! 그거면 돼. 네 머릿속에서 희생에 관한 부분은 지워라. 안 그래도 며칠 전에 빌레미나에게 편지하면서 그 얘기를 했었어. 나는 평생, 혹은 거의 평생을 순교자처럼 살지 않으려고 애썼다고. 나는 그럴 재목이 못 된다고.

그럴 수밖에 없는 상황이 생기거나 그런 상황을 초래하면, 아연실색하겠지. 당연히 순교자의 삶을 산 사람들을 기꺼이 존경하고 우러러본단다. 하지만 『부바르와 페퀴셰』만 보더라도 우리 같은 범인들에게 더 어울리는 삶이 있다는 걸 너도 알아야 해.

아무튼 지금 짐을 챙기고 있다. 살 목사님도 여건이 되면 거기까지 나와 동행하실 거야.

마음을 단단히 먹어야 할 것 같아. 실성한 화가가 적지 않다는 건 엄연한 사실이니 말이야. 간단히 말해, 화가의 삶이라는 게 사람을 멍하게 만들기 때문이겠지. 그림 작업에 몰두하면, 괜찮아. 하지만 그래도 머리는 멍한 상태야. 5년간 외인부대에서 복무하면 건강도 나아지고, 이성적으로 변할 뿐만 아니라 자기 조절력도 키울 수 있을지 몰라.

아무튼 이렇게 되든 저렇게 되든, 나는 상관없다.

1889년 5월 3일 금요일

331

생폴 병원 정원

The Garden of Saint-Paul Hospital, 1889년

캔버스에 유화, 95 × 75.5cm

제수씨가 테오의 집이 되어주니

사랑하는 테오에게

편지 고맙다. 이 모든 게 온전히 살 목사님 덕이라는 네 말이 결코, 틀린 말이 아니야. 정말 목사님께 감사할 따름이야.

여기로 오길 잘했다는 생각이 든다고 말하고 싶다. 우선, 미쳤거나 정신 나간 다양한 사람들이 모인 동물원 같은 이곳의 현실을 보고 나니, 막연한 불안감이나 두려움이 사라졌어. 그리고 차츰 정신질환이라는 것도 여느 질병과 마찬가지로 여겨지더라. 마지막으로 그냥 내 느낌인데, 환경이 달라지니 나한테 도움이 되는 것도 같다.

내가 아는 한, 여기 의사는 내가 이전에 겪은 발작 증상이 간질 때문이라고 생각하는 듯하다. 굳이 더 묻지는 않았어.

그림 소포는 받았니? 혹시 훼손된 그림은 없는지도 궁금하다.

지금도 2개를 그리는 중이야. 보랏빛 붓꽃과 라일락 덤불. 여기 정원에 피어 있더라.

그림 작업에 대한 의무감이 커지는 만큼 그림 솜씨가 더 빨리 살아나는 것 같다. 가끔은 작업에 너무 빠져드니, 나는 온 평생을 멍하게 세상살이에 어리숙한 채로 지내겠지 싶다.

네게는 더 길게 쓰지 않을게. 새로운 누이(테오의 아내인 요안나)에게도 답장을 할 생각이라서. 그녀의 편지는 매우 감동적이었어. 다만 내가 그럴 여력이 있을까 모르겠다.

◆ 요안나에게 쓴 답장을 동봉했다.

친애하는 제수씨에게

편지 고맙게 받았습니다. 안 그래도 동생 녀석 소식을 기다리고 있었어요. 그래서 더더욱 반가웠습니다. 보아하니 제수씨도 이미 테오가 파리를 사랑한다는 사실을 곁에서 지켜보며 다소 놀란 듯하군요. 제수씨는 파리를 좋아하지 않으니, 아니, 그보다는 파리의 꽃들을 더 좋아할 테니까요. 지금은 아마 등나무에 꽃이 피기 시작할 시기겠군요. 무언가를 좋아하게 되면, 좋아하지 않을 때보다 더 정확하게 보고 더 좋게 보지 않던가요?

테오나 나에게 파리라는 도시는 한편으론 이미 묘지 같은 곳입니다. 우리 형제가 직간접적으로 알고 지냈던 무수한 화가들이 생을 마감한 곳이라는 뜻입니다.

물론 제수씨도 곧 좋아하게 될 밀레를 비롯해서 여러 화가들이, 파리를 벗어나보려고 했었어요. 하지만 외젠 들라크루아만 봐도, 파리지앵이 아니라 그냥 '한 사람'의 화가로 소개하기가 힘들지요.

단정짓기 조심스럽지만, 파리에서도 그냥 거주지가 아니라 집을 가질 수 있다는 점을 제수씨가 꼭 이해해줬으면 해서 하는 말입니다.

어쨌든 지금은 제수씨가 테오의 집이니 다행입니다.

희한하게도 끔찍한 발작 증상을 겪었더니 내 마음에서 또렷한 욕망이나 희망이 사라져 버렸습니다. 그래서 이렇게 열정이 식는 건, 산을 오르는 게 아니라 내려갈 때일까 궁금해졌습니다. 어쨌든 제수씨, 당신이 최선의 세상에서는 모든 게 최선이라고 믿는다면, 파리가 그 최선의 세상 속에서 최고의 도시인 것도 믿을 수 있을 겁니다.

혹시 파리에서 삯마차를 끄는 말들의 그 커다란 눈동자를 본 적이 있나요? 상심한 듯한 그 아름다운 눈동자가 가끔은 기독교 교인들을 떠올리게 한다는 점을 깨달았는지 궁금합니다. 어쨌든 우리는 야만인도 아니고, 농부도 아닙니다. 오히려 문명과 교양(소위 그렇게 일컬어지는 것)을 사랑할 의무를 지닌 사람들입니다. 그러니 파리는 살아가기에 좋지 않다고 말하는 건 위선입니다. 파리에 처음 오면, 아마 모든 게 다 자연에 반하거나 더럽고 서글퍼 보일 수 있어요. 그래도, 제수씨가 파리를 싫어한다면 무엇보다 그림을 싫어하는 것이고, 그림과 직간접적으로 연관된 사람도 싫어하는 것입니다. 그림은 아름다운 대상인지 쓸모 있는 대상인지 대단히 헷갈려지기 때문입니다.

하지만 어쩌겠어요. 정신이 오락가락하거나 아픈 상태에서도 자연을 사랑하는 자들이 있는 것을. 바로 화가들입니다. 그리고 인간의 손으로 만들어낸 걸 사랑하는 사람들도 있는데 이들이 그림까지도 좋아합니다.

비록 이곳에는 심각한 정신질환을 앓는 사람들도 몇 있지만, 내가 이전에 정신병에 대해 가졌던 두려움과 공포가 벌써 대단히 옅어졌습니다.

또, 동물원 짐승들처럼 끔찍하게 울부짖는 소리나 비명이 수시로 들리지만, 여기 사람들은 서로 잘 알고 지내면서 발작 증상이 발생하면 서로를 도와줍니다. 내가 정원에 나가 그림을 그리고 있으면 다들 가까이 다가와서 구경하는데, 아를의 선한 시민들보다도 훨씬 조용하고 예의 있게 전혀 방해하지 않아요.

나는 여기 오래 머물 수도 있을 것 같습니다. 여기와 아를의 병원만큼 마음 편하게 지내면서 그림도 좀 그릴 수 있는 곳은 없었거든요. 여기서 가까운 곳에 잿빛과 파란색이 어우러진 작은 산맥이 있는데 그 산자락에는 아주 진한 녹색의 밀밭과 소나무들이 자라고 있습니다.

나는 그저 먹고살 정도로만 돈벌이를 할 수 있으면 행복할 것 같습니다. 그래서 이렇게 회화와 데생을 많이 그렸는데 전혀 안 팔린다는 생각이 들면 걱정이 앞을 가립니다. 섣불리 이런 상황을 불공평하다고 여기지는 마시기 바랍니다. 앞일은 나도 모르니 말입니다.

편지 다시 한번 고맙다는 말을 전하면서, 이제는 내 아우가 저녁에 퇴근해서 텅 빈 집으로 들어가 홀로 지내지 않는다는 사실에 너무 기쁘다는 말도 전합니다. 마음으로 악수 청하면서, 내 말 명심하기 바랍니다.

1889년 5월 9일 목요일, 생 레미

아이리스
Irises, 1889년
캔버스에 유화, 71×93cm

라일락
Lilacs, 1889년
캔버스에 유화, 73×92cm

광기에 대한 공포는 가셨지만,
삶에 대한 의욕은 없다

사랑하는 테오에게

방금 손에 네 편지를 받아드니 기쁘기 이루 말할 수가 없구나. 〈자장가〉를 보고 그런 생각을 했다니 무척 뿌듯하다. 그래, 정확히 봤어. 싸구려 채색화를 사고 손풍금 소리를 들으며 감상에 젖는 서민들이 살롱전에 드나드는 잘난 사람들보다 어쩌면 그림에 더 정확하고 진지할 거야.

고갱이 받겠다고 하면 액자에 끼우지 않은 상태로 〈자장가〉 1점을 주거라. 베르나르에게도 우정의 표시로 1점 주고. 그런데 고갱이 〈해바라기〉를 원하면 그 양반 그림 중에서 네 마음에 드는 작품 하나를 내놓고 교환해야 공평해. 고갱은 확실히 나중에 해바라기 그림을 가장 좋아했어. 오랫동안 보다가 좋아진 모양이지.

진열은 이런 방식으로 해야 해. 〈자장가〉를 가운데 놓고 해바라기 그림을 각각 오른쪽과 왼쪽에. 마치 세 폭 그림처럼 말이야. 그러면 노란색과 주황색 계열의 머리가 양옆의 노란색 꽃 때문에 훨씬 더 화사해 보일 거야. 그렇게 보면 내가 이전에 했던 말이 이해될 거야. 고기잡이 배의 선실 한구석에 걸 만한 장식화를 그리고 싶다고 했었잖아. 그러면 그림이 커지면서, 기법이 간결해야 그림의 존재가 더 돋보인다. 그러니까 가운데 그림에는 빨간색 액자야. 양쪽의 해바라기 그림은 얇은 나무 액자가 어울려.

보면 알겠지만 이렇게 소박한 나무액자가 딱 맞는데, 비싸지도 않지. 초록색과 붉은색의 〈포도밭〉이며 〈씨 뿌리는 사람〉, 〈갈아놓은 밭〉, 〈침실〉도 이런 액자가 좋을 게다.

새로운 30호 그림은, 역시나 평범한 곳이야. 잡화점에서 파는 싸구려 채색판화에 그려진, 수풀 속 연인들의 영원한 보금자리 같은 곳 말이야. 덩굴에 감긴 여러 개의 두툼한 그루터기, 그리고 역시 덩굴과 일일초가 휘감고 지나가는 땅, 돌로 된 벤치, 싸늘한 그림자에 가려 창백해 보이는 장미 덤불까지. 전경에는 꽃받침이 하얀 식물들이 자라고 있어. 색은 초록색, 자주색, 분홍색을 주로 썼고. 어떤 양식을 담아내는 게 관건이야(불행히도 잡화점용 채색판화와 손풍금 소리에는 없지).

여기 온 뒤로, 황량한 정원, 그 정원에서 자라는 커다란 소나무, 또 그 소나무 아래서 이런저런 독보리류와 뒤섞여 무성하고 높이 자란 손보지 않은 풀들만 있어도 그림 작업하기에 충분하다. 아직 병원 밖에는 나가보지 못했어. 그런데 생 레미의 풍경은 정말 근사한 것 같다. 점차 단계적으로 알아갈 수 있겠지. 이렇게 여기서 지내니까 당연히, 의사들이 내가 전에는 왜 그랬는지, 그리고 앞으로 어떻게 될지를 더 자세히 분석하고 진단할 수 있을 테니, 감히 바라는 거지만, 자유롭게 그림을 그릴 수 있게 해줄 것 같아.

다시 한번 말하지만 나는 여기서 잘 지낸다. 그러니 당분간 파리나 인근의 기관으로 굳이 옮겨갈 필요는 없을 것 같다. 내 방은 아담한데 벽에는 회녹색 벽지를 발랐고 두 폭의 연녹색 커튼에는 가느다란 빨간 선으로 테두리가 쳐진 빛바랜 장미 문양이 있어. 이 커튼, 아무래도 고인이 된 파산한 부자가 남긴 유품 같은 게, 무늬도 그렇고 아주 근사해. 같은 사람이 남겼을 것 같은 낡은 안락의자도 있는데 디아스나 몽티셀리 그림처럼 갈색, 빨간색, 분홍색, 흰색, 크림색, 검은색, 물망초 같은 파란색, 병 같은 초록색 점들이 찍힌 타피스리 쿠션이 달렸어. 창문의 쇠창살 너머로는 울타리가 쳐진 사각형 밀밭이 보여서 꼭 판 호이언풍의 전망 같고, 아침에는 그 위로 태양이 찬란하게 떠오른다. 게다가 (여기는 빈방이 30개도 넘는데) 그림 작업을 하는 방도 하나 있어.

음식은 그저 그래. 바퀴벌레가 나오는 파리의 식당이나 기숙사 음식처럼 곰팡내도 좀 나는 편이고. 여기 모여 사는 불행한 사람들은 정말 아무것도 하는 게 없고(책 한 권도 없이 여흥거리라고는 공놀이나 체커 놀이가 전부야), 하루를 보내며 유일하게 기분을 전환할 구실이라면 이집트콩, 강낭콩, 렌틸콩을 비롯해 이런저런 가공식품과 식민지산 음식물 일정량을 정해진 시간에 배에 집어넣는 것뿐이야. 이런 것들은 소화

가 쉽지 않으니까, 사람들이 대부분 돈도 안 들고 위험하지도 않게 하루
하루를 보내게 되지. 그런데 정말이지, 광기가 나타난 사람들을 바로 곁
에서 지켜보다 보니까, 광기에 대한 두려움이 상당히 사라지더라. 나 역
시 언제라도 쉽게 그렇게 될 수 있을 테니까. 전에는 이런 사람들에게
반감을 품었고, 트루아용, 마르샬, 메리용, 융트, 마리스, 몽티셀리 등 여
러 화가들이 결국 이런 식으로 생을 마감했음을 상기할 때마다 너무나
고통스러웠다. 그런 상황에 처한 그들의 모습을 떠올릴 수조차 없었어.

　그런데 지금은 그런 두려움 없이 이런 상황들을 생각해 본다. 그러니
까 이들이 폐결핵이나 매독보다 더 끔찍한 병을 겪었다고 생각하지 않
는다는 뜻이야. 나는 이 화가들이 다시 평온한 자세를 되찾고 그림에 몰
두하는 모습을 떠올려. 옛 화가들을 재발견해 보는 게 하찮은 행동이 아
니야. 농담이 아니라 나는 진심으로 고마움을 느끼고 있다.

왜냐하면 비명을 지르고 시종일관 횡설수설하는 사람도 있지만, 여기엔 서로를 챙겨주는 진심 어린 우정이 있어. 이들은 이렇게 얘기해. 내가 먼저 남들을 참고 견뎌야, 남들도 나를 참고 견뎌준다고. 그 외에도 옳은 이야기를 많이 하고, 그걸 실천하며 지낸다. 우리끼리는 서로를 잘 이해해줘. 이따금 나와 수다를 떠는 사람이 있는데, 뭐라고 하는지 알아들을 수는 없지만 어쨌든 꼬박꼬박 대답하는 건, 나를 두려워하지 않는다는 소리야. 누군가 발작을 일으키면, 모두가 그를 지켜보면서 자해하지 못하도록 보호해. 걸핏하면 화를 내고 시비를 거는 환자한테도 마찬가지야. 동물원 터줏대감들이 득달같이 달려와서 싸우는 사람이 있으면 서로를 떼어놓지.

1년 후에는 내가 할 수 있는 것, 내가 하고 싶은 걸 지금보다 훨씬 더 잘하고 싶다. 그러면 다시 시작해 보자는 생각이 슬슬 들겠지. 파리나 다른 곳으로 옮기는 건 지금은 별로 내키지 않아. 여기가 내가 있을 곳 같아. 수년씩 이곳에 있는 사람들이 가장 괴로워하는 건 극심한 무력감일 게다. 난 그림을 그리니까 어느 정도 무력감을 극복할 수 있을 거야.

비 오는 날이면 우리가 모여 앉은 방은 분위기가 침체된 어느 마을의 삼등석 대합실 같다. 게다가 여기는 항상 모자를 쓰는 사람, 안경을 쓰는 사람, 지팡이를 드는 사람, 해수욕장에 온 듯 차려입는 사람 등등 정말 미친 사람들이 모여 있어서 다들 여행객들처럼 보여.

내 건강에 관해서 감사해야 할 게 또 있다. 가만 보니 다른 환자들도 발작 증상을 겪을 때 나처럼 이상한 소리나 목소리가 들리고 눈앞에 보이는 것도 막 달라지고 그런다더라. 덕분에 처음 발작을 경험했을 때부터 품고 있던 공포심이 줄어들어서, 이제는 불시에 다시 같은 일을 겪게 되더라도 주체할 수 없을 정도로 두렵지는 않을 것 같다. 이게 그냥 내가 겪는 질환의 한 증상인 걸 알고 나니까 다르게 보이더라고. 다른 정신질환자들을 이렇게 가까이서 볼 수 없었다면, 지금도 여전히 두려움을 떨쳐내지 못했겠지. 발작 증상을 겪을 때의 그 두려움은 정말 말로 다 설명할 수 없을 정도였거든. 적잖은 간질환자들은 혀를 깨물거나 자

해를 해. 레이 선생 말이 나처럼 자기 귀에 자해한 사람도 있었대. 그리고 여기 병원에서 병원장이랑 같이 나를 찾아왔던 의사도 전에 그런 경우를 봤다더라고. 그래서 조심스러운 말이다만, 일단 이게 어떤 병이고 내가 어떤 상태이며 언제든 발작 증상을 겪을 수 있다는 걸 알고 나니까, 적어도 마음의 준비를 해서 불안감이나 공포에 사로잡히지 않게 됐어. 아무튼 5개월째 증상이 줄어들고 있으니, 완전히 회복되었거나, 적어도 전처럼 심하게 발작 증상을 겪을 일은 없겠다는 희망이 생긴다.

여기 벌써 2주째, 나처럼 하루 종일 소리를 지르거나 뭐라고 말을 하는 환자가 하나 있는데 복도에서 울리는 목소리하고 말소리가 들린다고 생각하나 봐. 아마 청각신경에 문제가 생겼거나 극도로 예민해서겠지. 나는 환시와 환청을 동시에 겪었잖아. 언젠가 레이 선생이 그랬는데, 그거 간질 초기에 흔한 증상이라더라고.

당시 충격이 얼마나 컸는지 움직이기만 해도 구역질이 올라와서 정말 이대로 깨어나지 않는 것만큼 좋은 게 없겠다 싶을 정도였어. 지금은 삶에 대한 공포도 이미 많이 사그라들었고 우울한 기분도 좀 무뎌졌다. 하지만 여전히 어떤 의지 같은 건 없고, 뭘 하고 싶은 욕구도 전혀 없다. 일상생활과 관련된 욕망, 예를 들어 친구들을 생각은 하지만 굳이 만나고 싶은 마음은 전혀 들지 않아. 그렇기 때문에 아직은 당장 여기서 나갈 시점이 아니라고 생각하는 거야. 어딜 가든 아직도 불쑥 우울해질 수 있거든. 삶에 대한 반감이 급격히 줄어든 것도 아주 최근이야. 이제 거기서 의지가 생기고, 행동으로 이어질 방법을 찾아야겠지.

네가 여전히 파리에 발이 묶여서 인근을 빼고는 다른 지방에 가보지 못했다는 게 유감이다. 오죽하면 여기서 이 사람들과 같이 지내는 내가, 구필화랑이라는 숙명에 붙들려 있는 너보다 더 불행한 것도 아니라는 생각이 들 정도겠냐. 이렇게 놓고 보면 네 사정이나 내 사정이나 매한가지네. 어쨌든 너도 네 마음대로 할 수 있는 게 극히 일부뿐이잖아. 이런 성가신 상황에 적응이 돼버리면 이게 제2의 천성이 되는 거야.

그런데 돈 문제는, 뭘 어떻게 해도 대치 상태의 적군처럼 늘 마주해야 해서 부정할 수도, 잊고 지낼 수도 없다.

나도 남들처럼 내 의무를 다할 거야. 그리고 내가 쓴 돈도 다 회수할 수 있을 거야. 내가 쓴 돈은 너한테, 그리고 적어도 가족한테 빌린 돈이라고 여기고 있기 때문에 지금까지 그림을 그린 거고, 앞으로도 그릴 거야. 네가 살아가는 방식과 다를 바 없는 거야. 내가 불로소득이 좀 있었더라면 마음 편하게 예술을 위한 예술을 했겠지. 하지만 지금은, 꾸준히 그리다 보면 나도 모르는 사이에 실력이 향상되어 있을 거라고 믿는 것만으로도 만족한다.

이 물감들이 필요할 것 같다.

1889년 5월 23일 목요일 추정

343

결국은 위로가 되는 그림을 그리기 위하여

사랑하는 테오에게

고갱과 다른 화가들이 출품한 전시회에 내 그림을 내걸지 않은 건 정말 잘한 것 같다. 내가 완쾌되지 않은 이상, 굳이 그 사람들 감정을 건드릴 필요는 없잖아.

고갱과 베르나르가 실질적으로 큰 장점을 가졌다는 건 의심의 여지가 없어. 그런데 이들처럼 이렇게 활기 넘치고 젊고 자신의 길을 개척해가야 하는 사람들은, 대중이 기꺼이 그들의 작품을 당연하게 인정해줄 때까지 벽에 뒤집어서 걸어두는 게 불가능하다는 것도 충분히 이해가 간다. 카페 같은 곳에 전시하면 큰 소란이 일겠지. 취향이 나빠서가 아니야. 나도 두 번이나 비슷한 전과가 있어 양심에 찔리긴 하거든. 뒤 탕부랭하고 클리시 대로에 있는 가게에서 말이야. 아를이라는 좋은 동네에 살던 선량한 식인종 81명과 그들이 받들어 모시는 시장이 초래한 일도 소란이라면 소란이었지.

그런데 뭐 따지고 보면, 의도한 건 아니더라도 결국 이런 소동의 원인은 그들보다 내게서 찾아야 할 거야.

마침내 올리브나무가 들어간 풍경화를 그렸고, 별이 뜬 밤하늘로 습작도 그렸어.

고갱이나 베르나르가 요즘은 무슨 그림을 그리는지 모르지만, 분명히 방금 말한 이 두 습작과 비슷한 감성일 게다. 이 두 습작과 담쟁이덩굴 습작을 한참 동안 보고 있으면 아마 고갱과 베르나르와 내가 함께 나눴던 이야기나 고민들이 말로 설명하는 것보다 더 쉽게 이해될 거다. 낭만주의나 종교로의 회귀가 아니었어. 하지만 보이는 것보다 훨씬 더 강도 높게 들라크루아의 방식으로, 트롱프뢰유의 사실성을 넘어서는 의지를 담아 색을 사용하고 데생을 하면 파리의 교외나 파리의 무도회장보다 순수한 시골 오지의 자연을 표현할 수 있을 거야. 도미에가 직접 보고 그린 것보다 더 차분하고 순수한 인간의 모습도 그려볼 수 있을 거야. 물론 도미에의 데생 방식을 따라야겠지.

존재 여부는 일단 논외로 친다고 해도, 우리는 생투앙 너머에 자연이 펼쳐져 있다고 믿어. 어쩌면 졸라의 소설을 읽으면서, 르낭이 들려주는 완벽한 프랑스어의 발음에 매료될 수도 있어.

어쨌든 「르 샤 누아르」가 자신들만의 방식으로 여성들을 그리고 있는데, 그중에서도 포랭의 솜씨가 단연 뛰어난 편이야. 그 외에도 자신들만의 방식을 고수하는 사람들도 있어. 파리와 파리의 우아함을 좋아하지만, 전혀 파리 사람답지 않게 표현하는 방식. 그러니까 다른 방법이 얼마든지 있다는 사실을 증명해 보여야 한다는 거야.

고갱, 베르나르, 그리고 나는 아마 계속 우리 자리는 지킬 수 있을 거야. 승리를 쟁취하는 일도 없겠지만, 그렇다고 짓밟힐 일도 없을 거야. 우리는 이 일이나 저 일을 위해 존재하는 게 아니라, 위로하기 위해서, 보다 더 위로가 되는 그림을 준비하기 위해 여기 있는 거야.

1889년 6월 18일 화요일 추정, 생 레미

별이 빛나는 밤에
Starry Night, 1889년
캔버스에 유화, 73×92cm

사이프러스 연작을 그려보고 싶다

사랑하는 테오에게

편지에 물감 주문서 동봉하는데, 지난번에 보낸 걸 대신하는 거야. 제법 덥고 화창한 날이 이어져서 그림 몇 점을 또 그렸어. 그러다 보니 30호 캔버스를 12점이나 작업 중이다. 초록색 병같이 쉽게 만들기 어려운 색조로 칠한 사이프러스 습작이 2점인데 전경에는 백연으로 임파스토를 만들어놨어. 단단히 굳은 땅을 표현한 거야.

몽티셀리 그림도 이런 식으로 준비 작업을 거친 게 많아. 그 위에 색을 입히는 거지. 그런데 이렇게 작업해도 캔버스가 버틸 수 있을 정도로 튼튼한지는 잘 모르겠다.

고갱과 베르나르가 위로가 되는 그림을 그린다고 말했었잖아. 그런데 이 말도 덧붙여야 하겠다. 이미 고갱에게도 여러 번 이야기했었는데, 다른 사람들도 이미 그런 그림을 그렸다는 사실을 간과해서는 안 된다고 말이야. 뭐 어쨌든, 파리에서 멀어져 시골 한복판에 들어오면, 파리의 일을 금방 잊게 되고, 생각도 변하더라고. 그래도 바르비종에서 봤던 그 아름다운 그림들은 도저히 잊을 수가 없더라. 그 그림보다 더 나은 걸 그리는 건 아무래도 힘들 것 같은데, 뭐 굳이 그럴 필요도 없을 것 같긴 하다.

나는 어떻게 해야 할지 모르겠다. 여기에 있든, 다른 데로 가든, 크게 달라질 건 없을 것 같아. 그러니 여기 그대로 있는 게 가장 간단하지 않을까.

다만, 네게 전할 소식이 딱히 없다는 게 아쉽다. 그날이 그날 같거든. 고민거리라야 그저 밀밭이나 사이프러스를 가까이 가서 들여다볼 가치가 있을까 없을까 정도가 전부야.

화사하고 아주 샛노란 밀밭을 그렸지. 내가 그린 것 중에서 가장 화사한 그림이지 싶다.

사이프러스는 항상 마음이 가는 대상이야. 해바라기처럼 여러 점으로 그려보고 싶어. 아직은 내가 본 그대로의 느낌을 살리지 못했거든.

선이나 비율은 이집트의 오벨리스크처럼 아주 아름다워.

그리고 초록은 기품이 넘치고 남다른 분위기가 느껴지는 색이야.

개인적으로는 화창한 배경에서 검은 점처럼 보이긴 하지만 상당히 흥미로운 검은 색조라고 할 수 있어. 정확하게 포착해서 그려내는 게 여간 힘든 일이 아니야.

그런데 파란색과 대비를 해서 봐야 해. 정확히 말하면 파란 바탕에서 본다고 해야겠지.

여기 자연을 잘 담아내려면, 뭐 어딜 가도 마찬가지겠지만 이곳에 오래 머물러야 해.

그래서 몽트나르의 색조에서는 사실성과 친밀함이 느껴지지 않지. 빛은 신비로운 효과를 지니고 있거든. 몽티셀리와 들라크루아가 그런 신비함을 제대로 간파했지. 피사로가 예전에 이 부분을 아주 잘 지적했었는데, 그가 말했던 대로 하려면 나는 아직 갈 길이 까마득하다.

그래서 물감을 좀 보내주면 정말 좋겠구나. 조만간 말이야. 뭐 괜찮다면. 너무 애쓸 필요 없으니 그냥 네가 할 수 있는 만큼만 해주면 된다. 두 번에 걸쳐 보내줘도 아무 상관 없어.

사이프러스를 그린 두 습작 중에서 내가 크로키로 그린 게 훨씬 더 잘 됐어. 나무가 아주 크고 꽉 찬 느낌이 살아 있거든. 전경 맨 아래쪽에는 가시덤불과 잡초를 그렸어. 자줏빛으로 보이는 언덕 너머로 초승달과 함께 초록색 같기도 하고 분홍색 같기도 한 하늘이 펼쳐져 있어. 전경은 아주 두껍게 임파스토 효과를 줘서 노란색, 자주색, 초록색 빛을 띠는 덤불들을 강조해서 표현해 봤어. 먼저 그린 데생하고 이번에 또 그린 데생 2점을 보내줄게.

그러면 며칠은 바쁘게 보내게 될 거야. 여기서는 하루 종일 할 일을 찾는 게 고민거리다.

1889년 6월 25일 화요일

사이프러스 나무
Cypresses, 1889년
캔버스에 유화, 93.3×74cm

사이프러스 나무가 있는 밀밭
Wheat Field with Cypresses, 1889년
캔버스에 유화, 73×93.5cm

테오 네 아기의 대부가 되어줄 때는
이곳을 나가야겠지

사랑하는 동생 부부에게

오늘 아침에 받은 요(요안나)의 편지에 아주 반가운 소식이 담겨 있더군요. 두 사람 모두에게 정말 축하하고, 정말 기쁜 소식입니다. 무엇보다두 사람이 마음에 품었던 생각에 내 마음도 뭉클했습니다. 두 내외가건강이 좋지 않았기에 아기를 가져도 될지 고민했고, 태어날 아기가 측은하게 여겨진다고 했지요. 그러면 이 아이는 태어나기도 전에, 건강한부모 사이에서 태어난 다른 아이들에 비해 사랑을 덜 받는 아이가 된다고요.

왜냐하면 그 부모들이 느끼는 첫 감정은 벅찬 기쁨일 테니 말이지요. 그런데 그렇지 않습니다. 우리가 삶에 대해 뭘 안다고 좋은지 나쁜지, 공평한지 아닌지 판단하겠습니까? 그리고 고통받기 때문에 불행하다는 말도 사실로 입증된 적이 없습니다.

룰랭 부부의 아기가 부모들을 보며 잘 웃고 매우 건강하지만, 정작그들은 아기가 생겼을 당시 매우 힘든 시기를 보내고 있었습니다. 그러니 있는 그대로 받아들이고, 믿음을 가지고 옛말이 가르치는 대로 인내심으로 마음을 무장하고 기다렸으면 합니다. 열의도 함께 말입니다. 자연의 이치에 맡기세요.

테오의 건강에 관한 제수씨의 지적과 걱정은 나도 진심으로 동감합니다. 하지만 내가 확실하게 말해드릴 수 있는 건, 테오의 건강은 따지고 보면 나와 비슷한 상황이지만, 약한 게 아니라 균형이 잡히지 않아오락가락한다고 할 수 있습니다. 나도 가끔은 병이 우리를 낫게 해준다고 믿고 싶습니다. 그러니까 병이 발작 같은 증상으로 이어지는 건 몸이정상 단계로 회복되기 위해 필요한 과정이라고 말입니다.

오늘 아침에 여기 의사 양반과 이야기를 나눴습니다. 이미 내가 생각했던 내용을 그대로 말해주더군요. 그러니까 병이 나았다고 여기려면

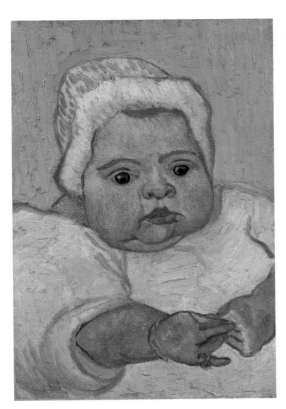

아기 마르셀 룰랭
The Baby Marcelle Roulin, 1888년
캔버스에 유화, 35 × 24.5cm

최소 1년은 두고봐야 한다고요. 아주 사소한 이유로도 발작 증상이 재발할 수 있기 때문이랍니다.

나는 여기서 금주하며 지냅니다. 그게 가능하네요. 예전에 술을 마신 건, 그러지 않고 멀쩡히 지낼 다른 방법을 몰랐기 때문입니다. 아무튼 이제는 상관없는 문제입니다. 금주를 하니 매우 계산적이 되긴 하지만, 생각이라는 게 떠오를 때 그 흐름이 훨씬 자연스럽습니다. 회색조로 그림을 그리는 것과 채색화를 그리는 것의 차이라고 할 수 있습니다. 나는 사실 회색조의 그림을 더 그려야 할 것 같습니다.

1889년 7월 6일 토요일

그림 그리기가 최고의 치료약이다

사랑하는 테오에게

어제 그림을 조금 시작했어. 창밖 풍경으로, 노란 볏짚을 쳐낸 밭이야. 갈아놓은 땅은 보라색이고, 볏짚들은 노란색, 그리고 뒷배경으로 언덕이 보여.

그림 그리기가 주는 만족감은 다른 어떤 것도 대신할 수가 없다. 만약 다시 한번 그림에 내 온 힘을 쏟아부을 수만 있다면 분명히 나한테는 최고의 치료약일 거야. 하지만 모델도 구할 수 없고, 이런저런 이유

쟁기질 하는 사람이 있는 들판 Enclosed Field with Ploughman
1889년, 캔버스에 유화, 49×62cm

가 가로막는구나. 아무튼 만사를 다소 수동적으로 보면서 참고 기다려야겠다.

종종 브르타뉴의 동료들을 떠올린다. 아마 다들 나보다 나은 그림을 그리고 있겠지. 지금 이런 일을 겪는 와중에도 다시 본격적으로 시작할 수 있다면, 남프랑스를 택하진 않을 거야. 내가 독립적이었고 자유로웠어도 열정은 아껴둘 것을. 그림으로 담아낼 아름다운 것들이 있긴 하니까.

포도밭이나 올리브나무 들판 같은 것들 말이야. 여기 요양원 관리부서를 믿을 수만 있다면 내 집기며 가구들을 여기에 모두 가져다 두고 차분하게 다시 시작하는 것만큼 간단하고 좋은 방법은 없을 거야. 병이 낫거나 아니면 간간이 좋아질 때면 조만간 파리나 브르타뉴에 가서 얼마간 머물 수도 있을 거야. 왜냐하면 여기 비용이 너무 비싸고 이제 다른 환자들이 좀 무서워졌거든. 아무튼 여러 가지 이유들로 여기 오게 된 게 행운은 아니었다는 생각이 든다.

발작이 재발한 탓에 너무 상심해서 슬픔을 과장하는지도 모르겠다. 그렇지만 두려운 건 사실이야. 너는 이렇게 말할 거야. 잘못은 내 안에 있지, 상황이나 다른 사람 탓이 아니라고. 내 생각도 마찬가지야. 그래도 달가운 일은 아니다.

보다시피 난 여전히 침울하다. 나아지는 게 없거든. 게다가 의사들을 찾아다니며 그림을 그리게 해달라고 부탁하는 나 자신이 너무 멍청하게 느껴져. 아무튼 조만간 내 상태가 어느 정도까지 회복될 수 있다면, 그건 다 그림 작업 덕분일 거야. 그렇게 희망해야지. 그래야 의지가 강해지면서 결과적으로 나약한 마음이 남아 있을 자리가 사라질 테니까.

사랑하는 아우야, 이것보다 나은 소식도 전하고 더 나은 글을 쓰고 싶지만, 마음대로 되지 않는구나. 산에 올라 하루 종일 그림을 그려보고 싶어. 조만간 요양원에서 그렇게 해주면 참 좋겠다.

1889년 9월 2일 월요일 추정

주변을 황금으로 물들이는 태양 아래서 일어나는 죽음

사랑하는 테오에게

방에서 쉼 없이 그리고 있다. 이렇게 하면 좋은 게, 쓸데없는 기이한 생각들을 머릿속에서 밀어낼 수 있어.

그래서 〈침실〉을 하나 더 그렸어. 이번 습작이 가장 잘된 것 같아. 조만간 캔버스 보강작업을 해야 해. 단숨에 그려서 유분이 순식간에 날아간 탓에 캔버스에 단단히 자리를 잡지 못한 상태야. 단숨에 그리고 임파스토 효과를 많이 낸 다른 습작도 그렇게 될 것 같아. 게다가 얇은 캔버스는 시간이 좀 지나면 헤지고 두꺼운 덧칠을 감당하지 못하더라고.

너는 그래도 아주 질 좋은 틀을 구했더라. 세상에 나도 그런 틀이 있었으면 작업에 훨씬 도움이 됐을 거다. 여기서 쓰는 건 볕에 오래 두면 구부러지는 것들이야.

사람들 말이, 스스로를 아는 게 그렇게 힘들다고 하더라(나도 그렇게 믿고 있다). 그런데 자기 자신을 그리는 것도 쉬운 일은 아니야. 요즘 내 자화상을 2점 작업하는 중이거든. 모델이 없기도 하고, 인물화를 다시 그리고 싶기도 해서. 하나는 첫날 눈 뜨자마자 바로 그린 거라 귀신처럼 비쩍 마르고 창백해 보여. 진한 청자색 바탕에 얼굴은 허옇고 머리는 노랗게 칠했어. 한마디로 색채 효과를 줬지.

그다음에 또 하나를 시작했는데 상반신 7부 정도 길이에 밝은 바탕으로 그렸어. 그리고 지금은 지난여름에 그린 습작들을 손보는 중이야. 아침부터 밤까지 작업한다는 거지.

모가 내 그림을 보고 갔다는 네 말을 들은 뒤에, 요 며칠 몸이 아파 앓아 누워 있으면서 계속 벨기에 화가들 생각이 나더라. 그러고 나니 옛 기억들이 눈사태처럼 사정없이 쏟아지는데, 현대 플랑드르 화가들의 화파를 쭉 정리하다 보니 나중에는 결국 17세기 스위스 용병처럼 향수병이 도지더라고.

이게 별로 달갑지 않은 게, 우리는 앞을 보고 나아가야 하기 때문이지. 뒷걸음질은 용납되지 않을 뿐더러 불가능하거든. 그러니까 과거로 빠져들어 우울할 정도로 향수병에 시달리지 않을 정도로만 지난 일을 회상해야지.

이 편지는 그림 그리다 지치고 싫증 날 때 틈틈이 쓰는 거야. 작업은 잘되고 있어. 지금은 몸이 불편해지기 전인 며칠 전에 시작한 그림과 씨름하는 중이야. 〈풀 베는 사람〉인데 노란색 위주의 습작이고 아주 두껍게 칠했어. 그래도 소재는 아름답고 단순해. 내가 이 풀 베는 사람을(무더위 속에서도 해야 할 일을 마치기 위해 애쓰는 저 희미한 인물) 통해 본 건, 바로 죽음의 이미지였어. 인간이 바로 저렇게 베어지는 밀 같은 존재라는 뜻이야. 굳이 비교하자면 전에 내가 열심히 그렸던 〈씨 뿌리는 사람〉과 대척점에 있다고 할 수 있지. 하지만 이 죽음은 결코 슬픈 죽음이 아니야. 주변의 모든 것을 고순도의 황금으로 물들이는 태양 아래서 벌어지는 일이거든.

다시 이어 쓴다. 아무튼 이 기세를 몰아서 다시 한번 새 그림을 그려볼 거야. 내 앞으로 다시 한번 환한 시대가 펼쳐질 것 같은 느낌이다.

그러면 어떻게 해야 할까? 몇 달 계속 여기 있어야 할까, 다른 곳으로 옮겨야 할까? 그건 나도 모르겠다. 발작 증상이 재발하면 그것만큼 곤란한 일도 없을 텐데, 너나 다른 사람 앞에서 그런 일이 발생할 위험이 아주 크기 때문이야.

사랑하는 아우야(여전히 그리는 도중에 간간이 이어서 쓰고 있다), 나는 지금 뭐에 홀린 사람처럼 그림 작업에 매달려 있어. 그 어느 때보다 강렬한 울분을 조용히 그림 속에 쏟아내는 중이야. 이렇게 하면 내 건강 회복에도 도움이 될 것 같거든. 어쩌면 들라크루아가 말했던 일이 내게 일어날지도 모르지. '나는 이가 다 빠지고 숨도 잘 쉬어지지 않을 나이가 돼서야 그림의 세계를 발견했다.' 그래서 내 안의 병적인 슬픔이 소리 없는 분노를 (아주 천천히) 그림 속에 쏟아붓게 만들고 있는 거야. 아침부터 밤까지 쉬지 않고(아마도 이게 비법이겠지) 오랫동안 서서히. 나도 잘은 모르겠다. 아무튼 지금 작업 중인 두세 점은 제법 괜찮아. 노란 밀밭에서 풀 베는 사람하고 밝은 배경의 자화상인데 20인회가 때에 맞춰 나를 기억해 준다면 출품할 생각이야. 안 그랬으면 싶지만, 그들이 날 잊고 지나가도 괜찮다.

벌써 9월이다. 이렇게 가을의 한복판으로 들어가다 순식간에 겨울을 맞겠구나.

나는 계속 밤낮으로 그림 작업에 몰두할 건데 크리스마스 무렵에 다시 발작 증상이 찾아올지는 두고 봐야겠지. 그 시기가 지나면 아무 문제 없이 여기 병원 관계자들과 깨끗이 정리하고 한동안 북쪽으로 가서 지낼 수 있을 것 같다. 아무래도 겨울을 보내는 동안 다시 발작 증상이 재

수확하는 사람과 태양이 있는 밀밭 Wheat Fields with Reaper at Sunrise
1889년, 캔버스에 유화, 73×92cm

발할 것 같거든. 대략 석 달 사이에. 그러니 지금 당장 이곳을 떠나는 건 신중하지 못한 결정 같다.

일절 외출하지 않고 건물 안에서만 지낸 게 벌써 6주째다. 정원조차 안 나갔는데 다음 주쯤에 지금 작업하는 그림이 완성되면 그때나 시도해볼 생각이야.

어쨌든 나는 파리에서처럼 아무런 증상 없는 잠복기를 거치는 것보다 증상을 겪고 있는 지금이 더 낫다고 생각해. 아마 얼마 전에 완성한 밝은 배경의 내 자화상을 받아서 내가 파리에 있을 때 그린 자화상 옆에 두고 비교해 보면 내 말이 무슨 말인지 훨씬 이해가 쉬울 거야. 지금의 내가 훨씬 건강해 보이는 것도 느껴질 거다. 어쩌면 이 초상화가 내가 쓴 편지보다 내가 어떻게 지내고 있는지를 더 잘 설명해 주고 널 안심시켜줄 수 있겠다 싶다. 애써서 그린 거야.

드디어 〈풀 베는 사람〉을 완성했다. 아마 네가 보면 너희 집에 걸어두고 싶다는 생각이 들 거다. 자연이라는 위대한 책이 우리에게 말해주는 죽음의 이미지를 담아낸 거야. 다만, 내가 표현하고 싶었던 건 '웃는 듯한' 분위기였어. 언덕을 이루는 선을 자줏빛으로 칠한 걸 제외하고는 노란색 일색의 그림이야. 연노랑과 황금색 등등. 웃기는 건 격리시설 방 창문에 달린 철창 너머로 본 풍경이라는 거야.

희망이라는 게 생기고 나니 이런 걸 기대하게 되더라. 흙덩어리며 풀이며 노란 밀에 농부들 같은 자연이 내게 주는 의미를 너는 네 가족을 통해 얻었으면 한다는 거야. 그러니까 사람들에 대한 사랑 속에서 업무와 관련된 것뿐만 아니라 너를 위로해 주는 힘, 네가 기력을 회복하게 해주는 힘 등, 필요한 걸 얻을 수 있으면 한다는 거야. 그래서 부탁하는 건데, 일에 너무 얽매이지 말고 너희 두 사람 건강부터 잘 챙겨라. 그리 머지않은 미래에 또 좋은 일이 있을 테니 말이야.

1889년 9월 5일 목요일과 6일 금요일

꽃 피는 아몬드 나무
Blossoming Almond Tree, 1890년
캔버스에 유화, 73.5 ×92cm

조카에게 줄 아몬드나무를
그리기 시작했어요

사랑하는 어머니께

보내주신 편지에 답장을 드린다고 며칠을 벼르고 있었는데, 아침부터 밤까지 그림 그리기에 열중하다 보니 시간이 이렇게 흘러가고 말았습니다. 아마 어머니도 저와 마찬가지로 마음만은 요와 테오 곁에서 함께 하고 계시겠지요. 모든 일이 순조롭게 잘 풀렸다는 소식에 얼마나 행복했는지 모릅니다. 무엇보다 빌레미나가 두 사람 곁에 있어서 다행입니다.

저는 테오가 아이에게 우리 아버지 이름을 붙여주는 게 좋겠다고 생각했었습니다. 안 그래도 요즘 부쩍 아버지 생각을 자주 하거든요. 그런데 이미 결정을 했다기에, 저는 아이에게 선물할 그림 작업을 시작했습니다. 침실 벽에 걸어둘 그림으로 파란 하늘을 배경으로 흰 꽃이 핀 큼지막한 아몬드나무 가지입니다.

그림이 팔렸다니 이참에 테오를 보러 파리로 갈까 진지하게 생각 중입니다. 여기 의사 선생 덕분에 이곳에 처음 왔을 때보다 훨씬 침착해지고, 건강해져서 나가게 될 것 같습니다. 당연히 요양원 바깥세상은 어떻게 돌아가고 있는지도 둘러볼 생각입니다. 다만, 너무 자유롭게 다니다가 그림 그리는 걸 어려워하게 되지 않을까 그게 걱정입니다.

1890년 2월 19일 수요일

오베르의 교회 The Church at Auvers
1890년, 캔버스에 유화, 94×74cm

오베르에 도착해서 가셰 박사를 만났다

사랑하는 테오와 요에게

요를 직접 만나고 나니, 이제는 테오에게만 편지를 쓰기가 힘들어졌어. 다만 프랑스어로 쓰는 걸 제수씨가 이해해 주면 좋겠다. 프랑스 남부에서 2년을 보냈더니 이제는 프랑스어로 써야 하고 싶은 말을 제대로 할 수 있거든. 오베르는 아주 아름답구나. 그리고 무엇보다 요즘은 보기 힘든 낡은 초가집도 많아.

그래서 말인데 이 집들을 유화로 제대로 그려볼까 해. 그러면 여기서의 생활비 정도는 충당할 수 있지 않을까. 아무튼 그런 생각이 절로 들 정도로 아주 아름다워. 전형적인 시골 특징이 생생히 살아 있는 풍경.

가셰 박사를 만났는데, 좀 독특한 양반 같더라. 그래도 의사 경험 덕분에 신경성 질병과 싸우면서도 균형을 유지하고 있는 걸 거야. 내 눈에는 나만큼이나 발작 증상을 겪을 사람처럼 보였거든.

이 양반이 여관을 소개해 줬는데 숙박비가 하루 6프랑이야.

내가 찾아낸 곳은 하루에 3프랑 50이던데.

일단 상황이 달라지기 전까지는 여기서 지낼 생각이야. 습작을 몇 점 그리다 보면, 다른 곳으로 옮길지 말지 알게 되겠지. 다만 좀 불공평하게 느껴지는 게, 다른 일꾼들처럼 돈도 내고 일도 하는 건 매일반인데, 그림을 그린다는 이유로 2배 가까운 비용을 내야 하는 상황이야. 그래서 3프랑 50짜리 여관에서 시작할 거다.

아마 너도 이번 주에 가셰 박사를 만나겠지. 이 양반, 아주 근사한 피사로의 그림을 소장하고 있더라. 눈 내리는 겨울을 배경으로 한 빨간 집. 세잔의 꽃 그림도 2점이나 있어.

그리고 마을을 배경으로 한 세잔의 그림이 하나 더 있어. 정말이지 나도 여기서 기꺼이 붓질 좀 해보고 싶다는 생각이 간절해진다.

가셰 박사에게 여관 비용이 하루 4프랑 정도면 괜찮겠지만 6프랑은 내가 쓸 수 있는 비용을 2프랑이나 초과한다고 말했지. 그곳이 훨씬 더

아를린 라부의 초상
Portrait of Adeline Ravoux, 1890년
캔버스에 유화, 52×52cm

조용할 거라고는 말하겠지만, 난 됐다.

　가셰 박사의 집은 아주 오래된, 검고 검고 검은 골동품들로 꽉 차 있더라. 앞서 말한 인상주의 화가의 작품만 예외였고. 아무튼 그는 나이가 지긋한 양반인데, 첫인상이 그리 나쁜 편은 아니었다. 벨기에에서 살았던 이야기나 옛 화가들에 관한 이야기를 시작하더니 경직됐던 얼굴에 미소가 번지더라고. 친하게 지낼 수 있을 것도 같고, 이 양반 초상화도 그릴 수 있겠다는 생각이 들었어. 그러면서 나한테, 과거에 겪었던 일을 자꾸 돌이키지 말고 열심히 작업에 임해야 한다고 하더라고.

　파리의 온갖 소음은 역시 내게 필요한 게 아니었어. 요도 만나고, 너희 아기도 보고, 너희 집도 구경해서 정말 좋았다. 지난번 집보다 더 좋더구나. 모두에게 행운과 건강을 기원하고 조만간 또 보길 바라며, 진심 어린 악수 청한다.

1890년 5월 20일 화요일

가셰 박사는 너 같기도 하고, 나 같기도 해

사랑하는 테오에게

벌써 며칠째, 머리나 좀 식히고 나서 편지해야지 생각했지만, 그림 작업에 너무 푹 빠져 있었다. 오늘 아침에 네 편지가 도착했는데 보내준 편지와 동봉해준 50프랑, 정말 고맙게 잘 받았다. 그래, 날짜를 더 길게 잡을 수 없다면 일주일 정도라도 여기서 너희 식구들이 휴가를 보내는 것도 여러모로 좋을 것 같다.

매일같이 너는 물론이고 요와 조카까지 많이 생각난다. 여기서 신선한 공기를 마음껏 들이켜면서 지내는 어린아이들은 그렇게 건강해 보이더라. 그런데 이미 여기서 봐도 아이들 키우는 게 쉽지 않아 보이니, 파리 시내의 5층짜리 아파트에서 안전하게 아이를 키운다는 건 당연히 더 힘들겠지. 그래도 현실에 적응해야지 어쩌겠니.

가셰 박사 말이, 부모는 부모 입장에서 자연스러운 식습관을 유지해야 한다더구나. 하루에 맥주는 두 잔 정도는 마신다든지 하라는 거지. 아마 너도 이 양반을 더 알고 나면 친해질 게다. 그도 벌써부터 기대하고 있어. 볼 때마다 너희 식구 모두 한번 내려오면 좋겠다고 말하거든. 내 눈에는 너나 나처럼 어딘가 아픈 것 같기도 하고, 얼빠진 사람처럼 보이기도 해. 나이는 훨씬 많고, 몇 년 전에 부인과 사별했다더라. 그래도 천생 의사에다 그런 직업 정신과 믿음으로 버티며 사는 것 같아. 우리는 벌써 가까워졌어. 게다가 이 양반도 몽펠리에의 브리아스를 알고 있고 그가 현대미술의 역사에서 중요한 역할을 한 인물이라고 생각하는 것도 나와 견해가 같더라고.

지금은 가셰 박사 초상화를 작업 중이다. 머리에 흰색과 밝은 금색, 그리고 아주 환한 계열의 색이 들어간 모자를 걸친 얼굴에 손은 아주 밝은 살색이고 파란색 프록코트를 입은 모습을 그리고 있어. 배경은 코발트 블루로 처리했고 빨간 테이블에 기댄 자세인데, 테이블 위에는 노란 책 한 권과 자주색 디기탈리스가 놓여 있어. 내가 여기로 출발할 당

가셰 박사의 초상

Portrait of Dr. Gachet, 1890년
캔버스에 유화, 68×57cm

아를의 여인(지누 부인)

L'Arlésienne(Madame Ginoux), 1890년
캔버스에 유화, 65×54cm

시, 그렸던 내 자화상하고 분위기가 비슷해.

가셰 박사는 이 초상화를 열광적으로 마음에 들어 해서, 자신이 소장할 수 있게 하나 더 그려줄 수 있겠느냐고 부탁하더라. 당연히 나도 바라는 바야. 그는 또 드디어 내가 최근작 〈아를의 여인〉 초상화의 의미를 이해하더라고. 분홍색 색조로 그린, 네게도 보낸 그것 말이야. 습작을 구경하러 오면 언제나 그 초상화 2점에 관해 이야기하는데, 더하거나 보태지도 않고 있는 그대로의 그림을 인정하고 좋아하더라고.

조만간 네게도 이 양반 초상화를 한 점 보내주고 싶다. 의사 선생 집에서 지난주에 그린 습작이 2점인데 모두 가지라고 했어. 하나는 알로에와 금잔화와 사이프러스야. 일요일에는 흰 장미와 포도밭 한가운데 서 있는 흰옷을 입은 인물을 그렸어. 아마 열아홉 살 된 의사 양반 따님의 초상화도 그릴 수 있을 것 같은데, 얼핏 드는 생각에 요와 친하게 지낼 수 있지 않을까 싶다.

야외에서 너희 가족 초상화를 그려보고 싶기도 하다. 너와 요와 아기의 초상화.

작업실로 쓸 만한 공간은 아직 못 찾았다. 너희 집과 탕기 영감님 화방에 있는 그림을 보관할 공간이 필요하긴 하잖아. 그리고 손봐야 할 그림도 많고. 어쨌든 하루하루 근근이 버티고 있다. 날씨는 너무 좋아. 건강도 괜찮고. 밤 9시면 잠을 청하는데 대부분 새벽 5시면 깬다.

긴 잠에서 깨어 밖으로 나오는 기분이 그리 나쁘지 않았으면 하는 바람이고 또 아를로 떠나기 전에 비해 자신감이 붙은 붓놀림을 계속 유지할 수 있었으면 하는 바람이다. 가셰 박사 말이 발작 증상이 재발할 우려도 매우 적다고 하니 이래저래 얼마나 다행이니.

하지만 의사 양반은 이곳 상황에 대해 신랄한 비판을 하더라. 찾아오는 외지인도 거의 없고, 물가도 끔찍하게 비싸다고. 내가 여관에 내는 숙박비가 얼마인지 듣더니 깜짝 놀라면서 이 동네를 찾은 자신이 아는 외지인 중에서 아주 운이 좋은 편이라고 하더라고. 네가 요와 아이와 함께 오면 이 여관에 머무는 게 좋을 거다. 솔직히 이곳에 머무는 이유는 가셰 박사 말곤 없다. 아무래도 친구처럼 잘 지낼 수 있을 것 같은 예감 이거든. 언제든 의사 양반 집을 찾을 때마다 그럭저럭 괜찮은 그림 한 점 정도는 그릴 수 있을 것 같고, 이 양반도 매주 일요일이나 월요일마다 날 저녁 식사에 초대해줄 것 같아.

그런데 지금까지는 그 집에 가서 그림 그리는 건 반가운 일이었지만 점심이나 저녁 식사를 같이하는 건 아주 고역이야. 왜냐하면 이 대단한 양반께서 식사 때마다 애써 네다섯 가지 요리를 내오는데, 이게 서로에게 아주 죽을 맛이거든. 아무래도 이 양반은 위장이 약한 모양이야. 싫은 소리를 하려다가도 참는 건, 온 가족이 모여앉아 식사하던 옛날을 그리워하는 의사 양반 마음이 눈에 보여서다. 우리도 그 분위기 너무 잘 알잖아.

아무튼 가셰 박사는 정말 아무리 봐도, 진짜, 너 같기도 하고, 나 같기도 하다. 페롱 원장이 내 안부를 묻더라는 소식, 반갑게 읽었다. 당장 오늘 잘 지낸다고 편지해야겠다. 나한테 정말 잘해준 양반이라 절대 잊지 않을 거거든. 샹 드 마르스에 일본식 그림을 내건 데물랭이 이곳으로 돌아왔다고 하던데, 만날 수 있으면 좋겠다.

고갱은 〈아를의 여인〉 초상화를 보고 뭐라고 하더냐? 그 양반 데생을 바탕으로 그린 거 말이야. 결국 너도 알아보겠지만, 아마 내가 그린 것 중에서 가장 나쁘지 않은 그림 중 하나일 게다. 가셰 박사가 소장한 기요맹의 그림은 알몸의 여성이 침대에 누워 있는 그림인데 아주 근사해. 아주 오래전에 기요맹이 그린 자화상도 하나 있던데, 우리가 가지고 있는 그림과는 사뭇 분위기가 달랐어. 좀 어두운 편인데 그래도 흥미롭더라.

그런데 의사 양반 집은 정말 골동품 상점을 방불케 할 정도야. 쓸모없어 보이는 것도 더러 있었지. 그래도 좋은 점이라면 꽃이든 정물이든 항상 그릴 게 있다는 거지. 의사 양반을 위해서 그린 습작은 비록 현금은 아니지만 우리한테 해주는 부분에 대해서 이렇게라도 성의를 표하고 싶다는 걸 보여주기 위해 그린 거야.

가세 박사가 들라크루아의 〈피에타〉를 한참 동안 들여다보더니, 자기에게도 한 점 그려주면 너무 좋을 것 같다고 하더라. 그러고 나면, 나중에 모델 구하는 데 혹시 도움을 주지 않을까 하는 생각이 들었어. 아무래도 이 의사 양반은 우리를 제대로 이해하는 사람 같고, 꿍꿍이속이나 별다른 의도 없이 자신이 아는 모든 지식을 동원하고 예술에 대한 순수한 사랑으로 우리와 함께 일할 수 있는 사람 같아. 종종 초상화 그릴 기회도 만들어줄 수 있을 것 같아.

최근에 밀레의 그림이 막대한 금액에 팔린 것과 관련된 이런저런 뜬소문들이 상황을 더 악화하는 것 같아서 걱정이다. 이로 인해서 그림에 들어간 비용을 건질 가능성조차 날아가 버릴 수 있거든. 현기증이 날 정도로 아찔한 상황이지. 그러니 뭐하러 그런 생각을 하나. 맥만 빠질 뿐인데 말이야. 차라리 우호적인 친구들을 찾으며 하루하루 버텨나가는 게 더 낫지.

1890년 6월 3일 화요일

어두운 유리창을 들여다보듯,
삶은 늘 어렴풋하기만 합니다

사랑하는 어머니에게

어머니 편지에, 뉘년을 다시 찾은 뒤 '한때는 내 것이었다는 데 감사할 따름'이고 이제는 전부 남들에게 남겨두고 와서 마음이 편하시다는 구절을 읽으며 뭉클했습니다.

마치 어두운 유리창을 들여다보듯, 그렇게 희미할 따름이지요. 삶, 헤어짐과 죽음, 끊임없는 걱정들의 이유를, 우리는 어렴풋이 이해할 뿐입니다. 제게는 삶이 내내 외로운 길 같습니다. 제가 그토록 애정을 갖고 대했던 사람들이 다 그렇게 유리창 너머로 어렴풋하기만 합니다.

하지만 또 그래서인지, 요즘은 제 그림 작업이 전보다 더 균형이 잡히는 듯합니다. 그림도 그 자체로 하나의 세계입니다. 작년에 이런 글을 읽었어요. 책을 쓰거나 그림을 그리는 일은 아이를 낳는 것과 같다고요. 늘 출산이 가장 자연스럽고 최선인 행위라고 생각해 왔습니다만, 그래서 비록 세 행위 중에서 가장 이해받지 못하는 일을 하면서도 최선을 다합니다. 제게는 과거와 현재를 이어주는 유일한 끈이기 때문입니다.

테오네 식구들이 일요일에 다녀갔습니다. 다 같이 가셰 박사의 집에서 점심을 함께했습니다. 저와 이름이 똑같은 꼬마 친구는 생전 처음으로 동물의 세계를 경험하기도 했습니다. 그 집에는 고양이가 8마리, 개가 3마리에 닭이며 토끼, 거위, 비둘기 등이 아주 많거든요. 이 꼬마 친구가 그닥 알아본 것 같진 않아요. 그래도 아주 건강해 보입니다. 테오도 요도 마찬가지고요. 테오네 식구들과 멀지 않은 곳에 살고 있으니 마음이 안도가 됩니다. 어머니도 곧 테오네 식구들을 다시 만나시겠네요.

편지 주셔서 다시 한번 감사드립니다. 어머니와 빌레미나 모두 건강하시기를 기원하며 마음으로 포옹을 나눕니다.

1890년 6월 13일 금요일

사이프러스 나무와 별이 있는 밤
Road with Cypress and a Star, 1890년
캔버스에 유화, 92×73cm

내 소중한 친구 고갱,
〈아를의 여인〉은 당신과 나의 공동 작품입니다

내 소중한 친구, 고갱에게

이렇게 다시 편지 보내줘서 고맙습니다, 내 소중한 친구. 이곳으로 돌아온 뒤로 매일 선생 생각을 했습니다. 파리에는 단 사흘밖에 머물지 않았는데 그 소란스러운 파리의 분위기가 너무 싫어서, 한적한 시골로 와서 머리를 식히는 게 현명하겠다고 판단했습니다. 안 그랬다면 진즉에 선생을 찾아갔을 겁니다. 그나저나 선생이 〈아를의 여인〉을 마음에 든다고 했다니, 정말 기뻤습니다. 엄밀히 말하면 선생이 그린 데생을 참고해 그린 초상화거든요. 선생의 데생에 표현된 소박한 특징과 형식에 자유롭게 색을 입히는 방식으로 재해석하기는 했지만, 선생이 그린 데생 원본의 느낌만큼은 충분히 살리려 애쓴 그림입니다.

〈아를의 여인〉은 소위 합작품입니다. 사실 흔치 않은 경우로, 선생과 나의 공동 작품이라고 할 수 있을 겁니다. 우리가 함께했던 몇 달이 요약된 결과물이라고 할까요.

나는 이 그림을 그리느라 한 달 넘게 또 병을 앓았답니다. 하지만 선생과 나, 그리고 극소수의 몇 사람은 이 그림의 진가를 알아볼 줄 알았죠. 우리의 의도를 알아보고 이해해줄 거라고 말입니다. 여기서 친구가 된 가셰 박사는 두세 번 정도 주저한 끝에 이렇게 털어놓았죠. "단순히 표현하는 게 정말 힘든 일이군요."

혹시 올리브나무는 보셨습니까? 지금은 현대인답게 암울한 표정의 가셰 박사 얼굴을 그렸습니다. 뭐랄까요, 선생이 〈올리브 정원의 그리스도〉에 대해 언급했던 것과 비슷합니다. 굳이 이해를 바라고 그린 건 아니라고 말했지만, 난 선생의 의도를 읽었고, 내 동생도 그랬죠.

요양원에서 지내면서 하늘의 별과 함께 있는 사이프러스를 그린 것도 있습니다. 마지막으로 시도한 그림인데, 희미한 달이 뜬 밤하늘, 불투명한 흙색의 테두리를 두른 듯 어둠 속에서 막 모습을 드러내는 가느다란 초승달, 지나치게 밝은 별 하나는 구름이 떠다니는 군청색 하늘에서 은은한 분홍색과 초록색 색조를 지니고 있습니다. 아래쪽으로 이어지는 길옆에는 노란 풀들이 길게 자랐고, 그 너머로 낮게 깔린 파란 알프스산맥이 보입니다. 낡은 여관 창문에서 주황색 불빛이 빛나고, 아주 높게 자란 시커먼 사이프러스 한 그루가 우뚝 솟아 있는 장면입니다.

길 위에는 흰 말이 끄는 노란 마차 한 대와 느릿느릿 걷는 행인 두 사람이 보이지요. 뭐랄까, 낭만적이랄까요. 동시에 프로방스 분위기가 살아 있는 그림이죠. 이것도 프로방스의 추억을 떠올리게 하는 풍경화와 몇몇 소재를 담은 그림과 함께 동판화로 찍게 될 것 같습니다.

아무튼 며칠 파리에 머물긴 했지만 어안이 벙벙했던 탓에, 선생 그림 한 점 제대로 감상하지 못했습니다. 조만간 파리에 며칠 머물 기회가 또 오겠죠. 더 한과 함께 다시 브르타뉴로 가신다니 저도 기쁩니다. 선생이 괜찮다면, 저도 한 달쯤 그곳에 가서 바다 풍경화 한두 점 그릴까 합니다. 우리가 함께 무언가 묵직하고 진지한 그림을 그리는 겁니다. 아마 지난날, 거기서, 계속 함께 노력했다면 이런 방향으로 달려왔을 겁니다.

그게, 아마 선생도 마음에 들어 할 구상이 하나 있습니다. 밀밭을 그리는데 (지금 당장 그려서 보여줄 순 없는데) 오로지 밀 이삭만 그리는 겁니다. 녹색과 파란색 줄기에 리본같이 기다란 잎사귀는 빛에 반사되어 초록색과 분홍색을 띠고, 살짝 노랗게 익어가는 줄기는 주변에 퍼지는 먼지로 인해 연분홍색 테두리를 두른 느낌이 들고, 아래쪽에는 분홍색 메꽃이 줄기를 감싸고 있는 모습으로. 배경은 생동감과 동시에 차분한 느낌을 살리는 겁니다. 거기에다 인물을 그려 넣고 싶기도 해요. 아무튼 각기 다른 녹색의 색조가 들어가지만, 색감이 같으니까 전체가 커다란 녹색의 조화를 이루고, 그 떨림을 통해 산들바람에 줄기가 흔들리는 감미로운 소리가 머릿속에 떠오를 겁니다. 이런 색조를 조화롭게 활용하는 건 결코, 쉬운 일이 아닙니다.

　[이후 내용 소실]

1890년 6월 17일 화요일 추정

373

초록색과 핑크색, 자연처럼 서로를 보완해주는 보색

사랑하는 테오에게

어제와 그제, 이틀 동안 가셰 양의 초상화를 그렸어. 곧 보여주마. 분홍색 원피스 차림에 배경이 되는 벽은 벽지가 초록색에 주황색 점이 찍혔고, 바닥에는 초록색 점이 무늬로 들어간 빨간 카펫이 깔렸어. 진한 자주색 피아노를 치는 모습으로, 세로가 1미터에 가로가 50센티미터야.

아주 즐겁게 그린 인물화인데, 쉽지는 않았다.

가셰 박사가 다음에는 오르간을 연주하는 모습을 그리게 해주겠다고 약속했어. 너 줄 그림도 하나 더 그릴 생각이야. 가만 보니까 이게 가로로 길게 그린 밀밭과 잘 어울리겠더라고. 세로로 긴 분홍색 색조 옆에 가로로 긴 연한 초록색 황록색 그림을 두면 분홍색을 잘 보완해줄 거야.

하지만 대중이, 자연의 한쪽이 다른 한쪽과 맺고 있는 모종의 관계를 오롯이 이해하기까지는 아직 갈 길이 멀다. 서로를 돋보이게 해주고 서로를 설명해 주는 그런 관계.

그런데 간혹 그걸 느끼고 이해하는 소수의 사람들이 있지. 그건 정말 엄청난 거야. 그렇게 되면 여성들의 옷에서도 밝은 색조를 아름답게 배열할 수 있지. 지나가는 사람들의 초상화를 그려도, 이전보다 훨씬 예쁘게 그릴 수 있고. 나는 퓌비스의 그림 속에 깃들어 있는 모든 우아함들을 자연에서 수시로 느낀다. 예술과 자연의 관계란.

어제 두 인물을 봤거든. 짙은 양홍색 원피스 차림의 어머니와 연한 분홍색 원피스에 장식 없는 노란 모자를 쓴 딸이었는데, 두 사람 모두 아주 건강하고 시골 사람답게 투박하고 얼굴은 볕에 그을렸어. 어머니는 얼굴색이 훨씬 더 벌겋고 검은 머리에 다이아몬드 귀고리를 걸었지. 들라크루아의 〈성처녀의 교육〉이 떠오르더라. 조르주 상드의 얼굴과 정말 닮아서 말이야.

1890년 6월 28일 토요일

374

피아노 치는
마르그리트 가셰
Marguerite Gachet
at the Piano
1890년, 캔버스에 유화
102.6 × 50cm

그렇게 될 일이라면, 그렇게 되겠지

사랑하는 테오에게

방금 편지 받았다. 아기가 아팠다고. 당장이라도 너희 식구들 곁으로 달려가고 싶지만, 이런 마음 아픈 상황에서 내가 도울 게 아무것도 없다는 생각에 떠날 엄두가 나지 않는구나. 네가 지금 얼마나 힘들지 상상이 가서 뭐라도 돕고 싶지만 당장 그쪽으로 달려가면 오히려 상황이 더 복잡해지겠지. 마음으로는 진심을 담아 내 일처럼 같이 걱정하고 있다. 가셰 박사의 집이 온갖 잡동사니로 가득 찬 게 좀 유감스럽다. 그것만 아니면 아기를 데려와 여기서(가셰 박사의 집) 적어도 한 달 정도 머물면 참 좋을 텐데. 시골 공기가 건강에 정말 좋거든. 여기 아이들 중에, 파리에서 태어나 잔병치레가 잦았다가 여기 와서 건강히 잘 지내는 애들이 있어. 내가 머무는 여관으로 와도 괜찮을 거다. 네가 혼자 있으면 외로울 테니 내가 일주일이나 보름 정도 너희 집으로 가도 되고.

아무튼 아기가 걱정이야. 신선한 공기를 쐬어야 하는데. 동네 다른 아이들이 이래저래 돌아다니는 걸 보니 더더욱 그런 마음이 들어. 요도 아마 우리의 이런 걱정과 위험 같은 걸 생각하고 있을 거다. 가끔은 제수씨도 시골에 내려와 기분 전환도 해야 할 거야.

앞날, 그러니까 부소 화랑 없는 앞날에 관해서 내가 무슨 말을 해줘야 할까? 그렇게 될 일이라면, 그렇게 되겠지. 너는 그 양반들을 위해 노력을 아끼지 않았고 항상 모범을 보여온 사람이야.

나도, 할 수 있는 한 해보려고 애쓴다만, 네게 숨기지 않고 솔직히 말하면, 항상 그만큼 체력이 받쳐줄지 장담을 못 하겠다. 내 병이 재발하더라도 이해해주렴. 난 여전히 삶과 예술을 좋아하지만, 아내를 얻을 거란 기대는 거의 하지 않아. 마흔 살쯤 되면, 아니, 아무것도 가정하지 말자. 내 삶이 어떤 모습으로 펼쳐질지, 그건 나도 정말 모르겠다.

1890년 7월 2일 수요일

슬픔과 지독한 외로움

사랑하는 테오에게

요의 편지는 내게 정말 복음서와도 같았다. 우리가 함께 겪었던 그 어렵고 힘들었던 시간 이후, 내 마음을 괴롭혔던 두려움에서 나를 구원해 주었어. 모두가 생계를 위협받고, 이런저런 이유로 스스로의 나약함을 절감하는 이런 상황에서 아주 큰 힘이 되었어.

여기로 돌아온 뒤로 지금까지 마음이 서글프구나. 너희에게 퍼붓는 폭우가 내 마음도 위협하고 있어. 어쩌겠니. 알다시피 난 평소에 유쾌하려고 애쓰는 사람이다만, 내 삶이 뿌리까지 송두리째 흔들리고 있는데 나도 따라 휘청일 수밖에.

난 늘, 무척은 아니고 약간은, 내가 너희에게 짐이 되고 있는 건 아닌지 두려웠어. 그런데 요의 편지로, 나 역시 두 사람처럼 열심히 일하고 힘들어한다는 걸 이해해 준다는 걸 느꼈다.

이곳으로 돌아와서 다시 그리기 시작했는데, 자꾸 붓을 손에서 놓게 되지만 어쨌든, 그리고 싶은 대상이 확고한 덕분에 대형 유화를 3점이나 그렸어. 음산한 하늘 아래 넓게 펼쳐진 밀밭을 2점 그렸는데 슬픔과 지독한 외로움을 표현한 거야. 조만간 보여주마. 내가 가까운 시일에 파리로 가져가고 싶거든. 이 그림이 두 사람에게 말해줄 거야. 내가 직접 말로는 설명할 수 없지만, 내가 이곳 시골에서 느끼는 건강하고 힘이 되는 그런 느낌 같은 걸 말이야.

세 번째 그림은 도비니의 정원이야. 여기 자리를 잡은 후에 그리려고 작정했던 그림이야.

너희가 계획한 여행이 조금이나마 기분 전환에 도움이 되기를 진심으로 바란다.

자꾸만 조카가 눈앞에 어른거리는구나. 그림에 온 힘을 쏟는 것보다, 아이를 키우는 게 훌륭한 일이라고 생각은 한다만 어쩌겠니. 적어도 내가 느끼기에, 삶을 되돌리거나 다른 일을 하기에는 이미 나이가 많이 들

오렌지를 든 아이
Child with Orange, 1890년
캔버스에 유화, 50 × 51cm

어버렸는걸. 그래서 그런 희망은 이미 버렸지만, 여전히 정신적인 고통
은 남아 있단다. 기요맹을 다시 못 보고 온 게 후회스럽다. 그래도 그가
내 그림을 봤다니 기쁘다. 그를 기다렸다가 만났으면 아마 이런저런 이
야기를 하다가 기차를 놓쳤겠지.

1890년 7월 10일 목요일 추정

화가들의 공동체는 이미 늦어 버렸을까?

사랑하는 테오에게

정겨운 편지와 동봉해 준 50프랑 지폐, 고맙게 잘 받았다.

네게 쓰고 싶은 이야기들이 많았는데, 그래 봐야 무슨 소용인가 싶어졌다. 그저 대표 양반들이 너를 다시 호의적으로 대해 주기를 기대해 본다.

네 가정의 평화는, 그것을 깨뜨리는 위협적인 폭풍우에도 불구하고 언제나처럼 잘 유지될 거라고 확신한단다.

나는 요즘 내 그림에 온 정신을 집중하고 있어. 그래서 내가 정말 좋아하고 존경하는 화가들만큼 좋은 그림을 그리려고 노력 중이야.

그런데 돌이켜 보니, 화가들이 점점 더 궁핍해진다는 생각이 들어.

그래…… 그런데 이들에게 화가 공동체의 효용성을 이해시키기에는 너무 늦어 버렸을까? 하기야, 여기서 요행히 공동체를 만들더라도, 다른 공동체가 무너지면 따라서 무너져 버리겠지. 너는 미술상들이 인상주의 화가들을 위해 공동체를 조직할 수도 있다고 말할지 모르지. 하지만 그건 일시적일 뿐이야. 한 개인이 나서 봐야 아무런 효과도 없고. 게다가 이미 그런 경험들을 다 겪어 봤는데, 그걸 다시 반복해야 할까?

고갱이 브르타뉴에서 그린 그림을 봤는데, 상당히 근사하더구나. 아마 거기서 그린 다른 그림도 그렇겠지.

도비니의 정원(내가 정말 유화로 그리고 싶었던 소재야)을 크로키로 그려서 보냈다. 거기에 낡은 초가집 크로키와, 비 온 뒤 넓게 펼쳐진 밀밭을 그린 30호 유화 2점의 크로키도 같이. 히르스허흐가 자신도 네가 물감을 사는 가게에 주문하고 싶다면서 주문서를 전해 달라고 부탁하더라.

타세 화방에서 대금 상환 인도 방식으로 이 친구와 직접 거래를 할 수 있을 거다. 그 대신 20퍼센트 할인이 적용돼야 해. 이게 가장 깔끔한 방법일 거야. 아니면 나한테 물감을 보낼 때 같이 보내면서 청구서를 동봉하거나 총액을 알려 주면, 이 친구가 네게 돈을 보내는 방법도 있어. 여기서는 쓸 만한 물감을 구할 수가 없거든.

나는 주문할 물감을 아주 최소한으로 확 줄였어.

히르스허흐는 이제야 조금씩 감을 잡아가는 것 같다. 나이 지긋한 교장 선생님의 초상화를 그렸는데 아주 잘 그렸어. 그러더니 풍경화 습작도 몇 점 그렸는데, 색감이 너희 집에 있는 코닝의 그림과 비슷해. 그 그림, 아니면 우리가 함께 봤던 푸르만의 그림과 완전히 똑같아질 것 같다.

조만간 또 연락하자. 건강 잘 챙기고, 하는 일에 행운이 깃들기를. 요에게도 안부 전해 주고, 마음으로 악수 청한다.

추신: 도비니의 정원에는, 전경에 초록색과 분홍색이 어우러진 풀들이 자라. 왼쪽에 초록색과 자주색의 수풀이 있고 잎사귀가 허연 식물의 줄기가 하나 보여. 중앙에는 장미 화단. 오른쪽에 울타리와 벽, 그리고 그 벽 위로 자주색 나뭇잎이 달린 개암나무가 솟아 있지.

그다음에는 라일락 울타리, 한 줄로 늘어선 둥근 모양의 노란색 보리수, 뒷배경에 분홍색에 파란 지붕이 얹혀 있는 집. 벤치 하나에 의자 3개, 노란 모자에 검은 옷을 입은 인물 하나와 전경에 보이는 검은 고양이 한 마리. 하늘은 연한 초록색이다.

1890년 7월 23일 수요일

도비니의 정원
Daubigny's Garden, 1890년
캔버스에 유화, 50.7 × 50.7cm

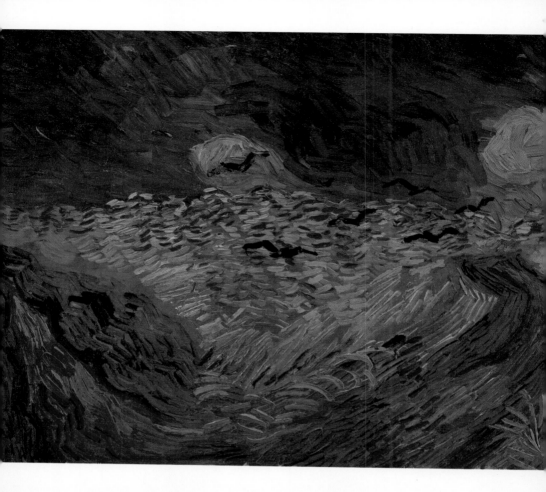

까마귀가 있는 밀밭
Wheat field with Crows, 1890년
캔버스에 유화, 50.5×103cm

구름 낀 하늘 아래 밀밭
Wheat Field under Clouded Sky, 1890년
캔버스에 유화, 50×100.5cm

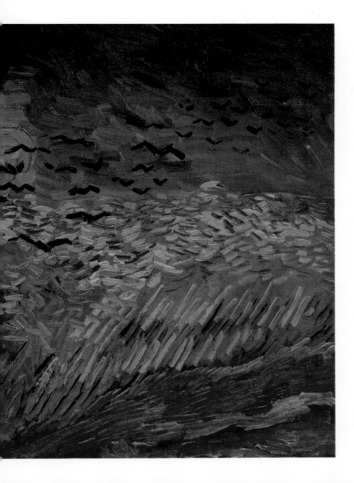

자화상Self-Portrait, 1887년, 마분지에 유화, 42 × 33.7cm

1853년 3월 30일 네덜란드 브라반트 지역의 시골 마을 쥔더르트에서 태어났다.

1855년 2월 17일 여동생 아나가 태어났다.

1857년 5월 1일 남동생 테오도르 반 고흐가 태어났다.

1861년 쥔더르트 공립 초등학교를 다녔다.

1864년 10월 제르베르헌의 얀 프로빌리의 사립 기숙학교에 입학했다.

1866년 9월 틸뷔르흐 국립중학교로 옮겼다.

1868년 3월 학교를 중퇴하고 집으로 돌아왔다.

1869년 7월 30일 센트 큰아버지의 소개로 구필화랑 헤이그 지점에서 일하기 시작했다.

1872년 9월 테오가 헤이그에 있는 형을 찾아오고, 서로 편지를 쓰기 시작했다.

1873년 1월 테오가 구필화랑 브뤼셀 지점에서 일하기 시작했다.

5월 형 빈센트는 승진해서 구필화랑 런던 지점으로 옮기는데, 가는 길에 파리를 들러서 루브르 박물관과 화랑들을 주의 깊게 관람했다.

1874년 7월 하숙집 딸 외제니 로이어를 짝사랑하다가 고백했는데 뜻밖에 '다른 하숙생과 비밀 약혼을 했다'는 말을 듣고 충격을 받았다. 그래서 네덜란드의 부모님 집에 잠시 가 있다가 여동생 아나와 함께 런던으로 돌아왔다.

1875년 5월 방황하는 조카를 위해서 센트 큰아버지가 구필화랑 파리 지점으로 전근시켰다. 하지만 내내 불성실한 근무 태도를 보이다가 크리스마스 휴가에 말도 없이 부모님 집인 에텐으로 가 버렸다.

1876년 4월 1일 구필화랑에서 해고 통지를 듣고서 사직서를 제출했다.

4월 16일 런던 부근 램스게이트에서 모집하는 무급 교사직에 지원해서 근무했다.

7월 존스 목사의 조수로 채용되면서 목회자의 꿈을 꾸기 시작했다.

11월 4일 최초로 설교했다.

1877년 1~4월 아버지가 도르드레흐트의 서점에 취직시켰지만, 적응하지 못했다.

5월 친척들의 지원을 받아서 암스테르담에서 신학대학 입학시험 공부를 시작했다.

1878년 7월 신학대학 입학시험에 실패, 재도전 의사를 밝혔지만 묵살당해서 부모님이 있는 에텐으로 갔다.

8~10월 목회자의 꿈을 꺾지 못하는 아들을 위해 아버지의 주선으로 브뤼셀 부근 전도사 양성학교에 입학했다. 하지만 수업 시간에 문제를 일으켜서 쫓겨났다.

1879년 1~6월 임시 전도사로 채용되어 보리나주로 파견되었다.

7월 고행에 가까운 생활 모습으로 신도들 사이에서 신임을 얻지 못해 전도사직에서 해고되었다. 실망한 빈센트가 교구목사에게 조언을 구하려고 브뤼셀까지 100킬로에 가까운 거리를 걸어서 갔다가, 그림을 그려보라는 조언을 듣고 힘을 얻어 돌아왔다.

1880년 1월 화가 쥘 브르통이 사는 쿠리에르로 도보여행을 떠났다.

3월 에텐에 돌아왔으나 아버지와 불화가 생겨서, 다시 보리나주로 돌아갔다.

7월 테오와 약 1년 간 중단한 편지를 다시 쓰기 시작했다.

10월 소묘를 공부하려고 브뤼셀로 갔다.

1881년 4월 브뤼셀을 떠나 에텐의 부모님 집으로 되돌아왔다.

7월 여름 휴가를 온 사촌인 미망인 케이에게 사랑을 고백했다가 거절당했다. 그런데 포기하지 않고 암스테르담까지 찾아가 '촛불에 손을 넣는' 과격한 행동을 보여 주위 사람들을 당황시켰다.

1882년 1월 헤이그파 화가인 사촌 형 안톤 마우베에게 그림을 배우기 시작했다. 이때 거리의 여인인 시엔과 동거한다. 또 다시 가족의 맹렬한 반대에 부딪쳤지만, 오히려 시엔과 결혼해서 그녀의 아이까지 책임지겠다고 선언했다.

7월 2일 시엔이 남자아이를 출산했다.

1883년 9월 테오의 설득으로 시엔과 헤어지고, 드렌터로 잠시 여행을 갔다.

12월 뉘넌의 아버지 집으로 들어갔다.

1884년 1월 발을 다친 어머니를 간호하며 부모님과의 관계가 회복되는 듯했다. 그런데 함께 간호하던 이웃의 마르홋 베헤만과 친해져서 청혼했다가 그녀의 가족들이 반대해서 마르홋 베헤만이 음독자살을 시도하는 사건이 일어났다.

2월 정기적으로 테오에게 소묘를 보내기 시작했다.

5월 라파르트가 와서 열흘 동안 체류하며 농민을 그렸다.

1885년 3월 26일 아버지인 테오도루스 목사가 심장 발작으로 갑자기 사망했다.

4~5월 〈감자 먹는 사람들〉을 그렸다.

9월 빈센트가 모델을 서던 여인을 임신시켰다는 루머가 돌고, 마을 신부가 교구민들에게 모델 금지령을 내렸다.

10월 암스테르담 국립미술관에서 본 렘브란트와 할스 작품에 매료됐다.

1886년 1월 안트베르펜의 미술 아카데미에 들어갔다.

3월 미술학교에서도 정확한 데생을 하지 않는다고 갈등이 일어나자, 지체 없이 파리로 가서 테오와 함께 살기 시작했다.

4월 코르몽의 화실에서 지도를 받으며 베르나르, 러셀, 로트렉 등을 만났다. 테오를 통해 모네, 시슬레, 드가, 시냐, 쇠라 등을 알게 되었다.

겨울에 퐁타방에서 온 고갱과 교류를 시작했다.

1887년 1월 일본 판화풍으로 탕기 영감의 초상을 그렸다. 봄에 세가토리의 카페 뒤 탕부랭에서 일본 판화전을 개최했다. 베르나르와 아니에르에서 그림을 그렸다.

11월 샬레 식당에서 베르나르, 앙크탱, 로트렉, 고갱과 함께 전시회를 개최했다.

1888년 2월 아를로 갔다.

5월 라마르틴 광장 2번가 '노란집'을 빌렸다.

5월 말에 생트 마리 해안에서 그림을 그렸다.

7월 〈알제리 병사 밀리에〉, 〈소녀(무스메)〉를 그렸다.

8월 〈우체부 룰랭〉, 〈농부 파시앙스 에스칼리에〉, 〈해바라기〉를 그렸다.

9월 초 〈외젠 보크의 초상〉, 〈밤의 카페〉를 그렸다.

9월 중순 〈밤의 카페 테라스〉를 그렸다. 노란집에 거주하기 시작하며 톨스토이의 『종교론』에 심취했다.

10월 23일 고갱이 아를에 도착했다.

11월 우체국장 룰랭의 가족을 그렸다.

12월 23일 귀를 자르고 다음날 시립병원에 입원한다. 고갱은 26일 파리로 떠났다.

1889년 1월 7일 퇴원하여 의사 레이의 초상을 그렸다.

2월 7일 다시 병원에 수용되었다가 일주일 후 퇴원했다.

2월 26일 시민들의 청원에 의해 다시 입원했다.

3월 24일 시냑이 병문안을 와서 함께 노란집에 갔다가 홍수로 인한 습기로 그림이 손상된 것을 보았다. '그간의 모든 노력, 기억들이 사라져 버렸다'는 사실에 큰 충격을 받았다.

4월 18일 테오가 요안나 봉어르와 결혼했다.

5월 8일 생 레미의 생폴 정신병원에 입원했다. 외출이 허락되지 않는 상황이었기에 안뜰에서 붓꽃을 그리거나 병실의 창살을 통해 밀밭, 올리브 밭, 별이 빛나는 밤, 사이프러스 나무 등을 그렸다.

7월 중순 채석장 입구에서 그림을 그리다가 발작, 1개월 반 동안 작업을 중단했다.

9월 밀 베는 사람, 자화상, 들라크루아와 밀레를 모사했다.

1890년 1월 17일 브뤼셀의 20인전에 「해바라기」 등을 출품했다. 여기서 〈붉은 포도밭〉을 외젠 보크의 누이 안나가 구입했다. 고흐 생전에 판매된 유일한 작품이었다.

1월 20일경 아를의 지누 부부를 방문, 이틀 후 발작이 일어나 일주일간 계속된다.

1월 31일 테오가 아들이 태어나자 '빈센트'라는 형의 이름을 붙여주었다.

2월 22일 지누 부인에게 초상화를 전하려 아를에 가다가 발작, 이튿날 발견되었다.

3월 19일 앵데팡당전에 10점을 출품했다.

5월 16일 파리에 도착. 테오의 집에서 3일을 보냈다.

5월 20일 오베르 쉬르 우아즈에 도착하여 폴 가셰 의사를 만났다.

6월 8일 테오 일가와 함께 가셰의 집에서 하루를 보냈다.

7월 6일 테오의 요청으로 파리에 가서 로트렉, 오리에를 만난다.

7월 27일 일요일, 여느 때처럼 외출했다가 총상을 입고 귀가했다.

7월 29일 오전 1시 반 숨을 거뒀다. 이튿날 마을 공동묘지에 묻혔다.

1891년 1월 25일 테오가 네덜란드 위트레히트에서 사망했다.

1892년 얀 토로프와 롤란트 홀스트에 의해 최초의 회고전이 열렸다.

1914년 요안나가 테오의 유해를 오베르의 빈센트 묘지 옆으로 이장하고, 하나의 담쟁이덩굴을 심어서 두 사람의 묘가 함께 얽혀서 감싸지도록 했다.

옮긴이 이승재

한국외국어대학교 불어교육과와 동 대학 통번역대학원을 졸업했다. 유럽 각국의 다양한 작가들을 국내에 소개하고 있으며, 도나토 카리시의 《속삭이는 자》《이름 없는 자》《미로 속 남자》《영혼의 심판》《안개 속 소녀》를 비롯하여, 안데슈 루슬룬드, 버리에 헬스트럼 콤비의 《비스트》《쓰리 세 컨즈》《리뎀션》《더 파더》《더 선》, 프랑크 틸리에의 《죽은 자들의 방》, 에느 리일의 《송진》 등을 우리말로 옮겼다.

빈센트 반 고흐, 영혼의 그림과 편지들

초판 1쇄 펴낸 날 2023년 3월 30일
초판 3쇄 펴낸 날 2024년 10월 30일

지 은 이 빈센트 반 고흐
옮 긴 이 이승재
펴 낸 이 장영재
펴 낸 곳 (주)미르북컴퍼니
자 회 사 더모던
전   화 02)3141-4421
팩   스 0505-333-4428
등   록 2012년 3월 16일(제313-2012-81호)
주   소 서울시 마포구 성미산로32길 12, 2층 (우 03983)
E - mail sanhonjinju@naver.com
카   페 cafe.naver.com/mirbookcompany
인스타그램 www.instagram.com/mirbooks